ro
ro
ro

Rowohlt Verlag GmbH, Kirchenallee 19, 20099 Hamburg

Kontaktadresse nach EU-Produktsicherheitsverordnung:
produktsicherheit@rowohlt.de

«Horst Eckert versteht sein Geschäft: Geschichten der etwas härteren Gangart.» (*Hamburger Abendblatt*)

Horst Eckert, 1959 in Weiden/Oberpfalz geboren, lebt seit 29 Jahren in Düsseldorf. Er studierte Politische Wissenschaft und arbeitete fünfzehn Jahre als Fernsehjournalist. Seine Romane gelten als «im besten Sinne komplexe Polizeithriller, die man nicht nur als spannenden Kriminalstoff lesen kann, sondern auch als einen Kommentar zur Zeit» (*Deutschlandfunk*). Sie wurden in mehrere Sprachen übersetzt sowie mehrfach preisgekrönt.

Mehr Infos zum Autor unter www.horsteckert.de.

«Spannende Fiktion mit einer gehörigen Portion Realitätsnähe.» (*SR3*)

«Ein spektakulärer Thriller.» (*Die Welt*)

Horst Eckert

Schattenboxer

▼

Thriller

Rowohlt Taschenbuch Verlag

3. Auflage Mai 2023

Veröffentlicht im Rowohlt Taschenbuch Verlag,
Reinbek bei Hamburg, August 2016

Umschlaggestaltung Hafen Werbeagentur, Hamburg
Umschlagabbildung Philip R Jones / Getty Images Satz
aus der Minion Pro, PostScript, PageOne
bei Dörlemann Satz, Lemförde
Druck und Bindung BoD - Books on Demand GmbH,
Bad Hersfeld
ISBN 978 3 499 26940 0

You think not getting caught in a lie
is the same as telling the truth?

J. GRADY/L. SEMPLE/D. RAYFIEL,
THREE DAYS OF THE CONDOR

Prolog

▼

Montag, 1. April 1991

Noch immer hatte sich die Zielperson nicht blicken lassen.

Im ersten Stock der alten Villa leuchtete nur ein einziges Fenster. Durch das Fernglas sah er in das Arbeitszimmer: Bücherregale, die Kommode mit der Lampe darauf, eine Funzel mit gelblichem Schirm. Daneben ein schwach schimmernder Monitor, der wiedergab, was die Überwachungskameras im Garten des Anwesens aufnahmen.

Er lauerte weit außerhalb ihrer Reichweite, gut sechzig Meter entfernt in einem der Schrebergärten auf der anderen Seite der Uferstraße. Nieselregen und stockdunkle Nacht. Die Kälte nahm er nicht wahr. Dass seine Chefin ihn für diesen Job auserkoren hatte, erfüllte ihn mit Stolz, zugleich war er angespannt bis in jede Faser seiner Nerven.

Ein Auto näherte sich. Vielleicht die Polizei, die verstärkt Streife fuhr, oder die Wachablösung für die Sicherheitsmänner, die nebenan einen ehemaligen Thyssen-Manager beschützten. Wichtige Leute wohnten an dieser Straße. Prominentenufer, so hieß sie im Volksmund. Ein heller Mercedes schnurrte zwischen den gestutzten Platanen vorbei, wahrscheinlich ein Nachbar.

Er hob erneut das Fernglas an die Augen.

Verdammt, die Zielperson saß am Schreibtisch. Er hatte verpasst, wie sie den Raum betreten hatte. Es wäre eine Gelegenheit gewesen, hoffentlich nicht die letzte.

Er ließ das Fernglas ins Gras fallen und griff nach dem Gewehr, einem älteren FN-FAL aus belgischer Produktion, Kaliber 7,62 × 51, bei der Bundeswehr auch als G1 bekannt. Mit derselben Waffe hatte er im Februar auf die US-Botschaft in Bonn zahlreiche Schüsse abgegeben – in Vorbereitung auf die heutige Nacht.

Er wischte die Linse des Zielfernrohrs trocken und visierte an. Die Person war nicht mehr zu sehen. Hatte sie das Zimmer schon wieder verlassen? Es musste heute Nacht geschehen, denn morgen früh würde eine gepanzerte Limousine die Zielperson abholen, zu Terminen in Bonn, Berlin und im Ausland. Wenn sie am kommenden Wochenende zurückkehrte, würde es womöglich schon zu spät sein.

Im engen Sichtfeld tauchte ein Haarschopf auf und verschwand wieder. Die Person war noch da.

Bleib ruhig, sagte er sich. Sobald sie aufsteht, erwischst du sie.

Er wartete, den Lauf des G1 auf die Lehne eines Gartenstuhls gestützt, und ignorierte den stärker werdenden Regen. Nicht auszudenken, wie die Chefin reagieren würde, falls er versagte. Du hast nur diese Chance. Zeig, dass du es kannst.

Das Handtuch, das er bereits ausgepackt hatte, wurde nass, aber das machte nichts. Die Ermittler würden im blauen Frotteestoff auf Haare stoßen – die Spur, die zum sorgfältig gewählten Sündenbock führen würde. Seit einiger Zeit erkannten die Gerichte den genetischen Fingerabdruck an, schon eine Haarwurzel genügte. Großartig, wozu moderne Technik in der Lage war. Man musste sie sich nur zunutze machen.

Sein Opfer stand nun auf. Rolf-Werner Winneken, Präsident der Treuhandanstalt, zuständig für die Stilllegung oder Privatisierung der volkseigenen Betriebe in der ehemaligen DDR. Eine überraschend große Gestalt. Heller Pyjama, Rücken zum Fenster. Der Manager näherte sich der Kommode, vermutlich um das Licht zu löschen.

Schuss Nummer eins ließ den Mann aufschreien. Die Ehefrau eilte herbei, der zweite Schuss traf versehentlich sie – die Frau taumelte gegen das Regal und fasste sich an den Arm.

Er drückte ein drittes Mal den Abzug. Endlich brach Winneken zusammen. War da ein Blutfleck auf seinem Rücken gewesen? Hatte bereits der erste Schuss gesessen, in Höhe des Herzens, wie beabsichtigt?

Egal, jetzt musste es schnell gehen. Er legte das Bekennerschreiben mit dem berüchtigten Logo unter das Handtuch, das die Haare enthielt, und beschwerte alles mit dem Fernglas, damit der Wind nichts davontragen konnte. Das Gewehr nahm er mit. In wenigen Minuten würde es hier von Polizeibeamten wimmeln.

TEIL EINS

Die Tote auf dem Grab

1

▼

Montag, 10. März 2014

Es ging mit sechzig Sachen die Dreherstraße entlang, Anna fluchte über den angeblichen Schleicher vor ihnen und fuhr für Vincents Geschmack viel zu dicht auf, aber er sparte sich den Kommentar. Sie hatten sich von der Fahrbereitschaft einen zivil lackierten Passat besorgt, und als ranghöherer Beamter genoss Vincent Veih das Privileg, sich von der Kollegin kutschieren zu lassen. Seit einer Woche war es amtlich: Er leitete das Düsseldorfer KK11, und zwar nicht mehr bloß kommissarisch.

Im letzten Jahr war seine langjährige Chefin zum Landeskriminalamt gewechselt, und die Behördenleitung hatte geschlagene zehn Monate gebraucht, um den Posten neu zu besetzen. Es gab Leute, die Vincents Beförderung lieber verhindert hätten. Missgünstige Vorgesetzte, neidische Kollegen. Er wusste, dass das auch an ihm lag – sich bei allen beliebt zu machen, war nie seine große Begabung gewesen.

Sie waren spät dran, bereits zehn Uhr. Vincent schaltete das Radio ein, die Nachrichten im Lokalsender. Gleich die erste Meldung betraf den Fall Pollesch, den Mord an einem Jugendlichen, der eigentlich längst aufgeklärt war, aber immer noch Furore machte.

Anna erreichte den Parkplatz vor dem Friedhofstor und stellte den Wagen in der einzigen freien Lücke ab. Sie machte den Gurt los und wollte den Schlüssel abziehen.

«Warte», sagte er.

«Aber die Trauerfeier …»

Vincent drehte das Radio lauter. Der Anwalt des vor gut einem Jahr verurteilten Täters habe beim Düsseldorfer Landgericht die Wiederaufnahme des Verfahrens beantragt, denn es sei eine Entlastungszeugin aufgetaucht. Schon seit Tagen war in den Zeitungen darüber spekuliert worden, jetzt hatte die Verteidigung also Nägel mit Köpfen gemacht. In den Sätzen des Nachrichtensprechers klang es, als gelte Thabo Götz bereits als Unschuldslamm.

«Wie kann das sein?», entfuhr es Anna. Eine rot gefärbte Strähne fiel ihr ins Gesicht, sie strich sie hinters Ohr.

«Das Gericht wird den Antrag verwerfen», versuchte Vincent sie zu beruhigen.

Sein Smartphone spielte *London Calling*, auf dem Display war die Nummer von Inspektionsleiter Thann zu lesen. Vincent stieg aus, ein kalter Windstoß fuhr unter seine Jacke.

«Veih.»

«Hören Sie, was hat es mit dem angeblichen Alibi auf sich?»

Vincent stellte sich Thanns Gesicht vor. Meist sah er aus, als habe er in eine Zitrone gebissen. Oder einen Wurm in der Stulle entdeckt, die er sich morgens immer schmierte, um das Geld für die Kantine zu sparen.

«Reden Sie vom …»

«Vom Fall Pollesch, was sonst! Die Zeitungen sind voll mit dieser neuen Zeugin. Warum sind Sie nicht schon vor zwei Jahren auf sie gestoßen?»

«Weil die Frau erst jetzt aus dem Hut gezaubert wurde.»

«Ich kann nur hoffen, dass das Gericht nicht darauf hereinfällt. Unsere Behörde steht ohnehin schon in der Schusslinie. Die Leute halten uns für voreingenommen, für Rassisten! Und jetzt soll auch noch ein angebliches Alibi diesen Negerbengel …»

«Bitte?», unterbrach Vincent.

Sein unmittelbarer Vorgesetzter wurde lauter: «Bis zum Abend bekomme ich etwas Schriftliches in dieser Sache von Ihnen, Kollege Veih. Ordentliche Polizeiarbeit – der Begriff ist bekannt?»

«Götz und sein Anwalt haben keine Chance, Herr Thann.»

«Schriftlich! Die Anforderung kommt von ganz oben, ich bin nur der Bote. Haben wir uns verstanden, Kollege Vincent *Che* Veih?»

Vincent tippte auf das rote Symbol. Der Wind holte altes Laub von den Bäumen. Für die Nacht war eine Sturmwarnung ausgesprochen worden. Vincent knöpfte im Gehen seine Lederjacke zu.

Anna schloss zu ihm auf. «Der Giftzwerg?»

«Kriminaloberrat Thann.»

«Sag ich doch. Was will er?»

Vincent überlegte, ob das Wiederaufnahmegesuch nicht vielleicht doch eine Chance hätte. Er kannte die Fakten nicht im Detail, denn er war damals nur am Rand mit den Ermittlungen betraut gewesen. Aber warum sollte das Landgericht einer plötzlich aufgetauchten Zeugin mehr vertrauen als sämtlichen Sachbeweisen? Die Richter werden das Gesuch ablehnen, schätzte Vincent.

«Wo geht's lang?», fragte er.

«Obere Kapelle.»

Sie beschleunigten den Schritt. Der asphaltierte Weg führte zwischen den Gräbern bergauf. Vincent spürte sein rechtes Knie. Ein verschlissener Meniskus, und das mit knapp vierundvierzig – womöglich müsste er eines Tages das Laufen aufgeben, grauenvoller Gedanke.

Bald standen die Bäume dichter, der Friedhof ähnelte einem Wald. Bemooste Findlinge dienten als Grabsteine. Vincent fiel auf, dass er zum ersten Mal hier war, obwohl er seit fast einem

Vierteljahrhundert in dieser Stadt lebte und drüben auf der anderen Seite des Rheins aufgewachsen war.

Erneut *London Calling*, das Bild seiner Freundin auf dem Display. Vincent nahm das Gespräch an. «Du, im Moment passt es …»

«Warum habe ich das Gefühl, du machst dich rar?», fragte Saskia. «Hast du …»

«Ich ruf dich später zurück.» Vincent steckte das Handy zurück in die Jackentasche.

Ein breiter Turm kam in Sicht, der die obere Kapelle überragte. Sie erreichten den Gipfel der Gerresheimer Höhen, standen vor dem schlichten Bau aus roten Ziegeln und entschieden, hier draußen zu warten. Es konnte nicht mehr lange dauern. Durch das geschlossene Portal waren Streicherklänge zu hören, fast übertönt vom Rauschen der Baumwipfel.

«Vivaldi», sagte Vincent. «*Der Winter*, erster Satz.»

«Hey, und ich dachte schon, du kennst nur *The Clash*.»

Vincent drehte den Rücken gegen den Wind und verschränkte die Arme. «Thann will mir die Verantwortung zuschieben, falls es zur Wiederaufnahme kommt.»

«Ich dachte, du bist dir sicher, dass das nicht geschehen wird.»

«Bin ich auch. Mehr oder weniger.»

«Außerdem hast du damals nicht die Ermittlungen geleitet. Warum solltest also du …?»

«Ein Dienststellenleiter muss nun mal den Kopf hinhalten.»

«Ach was, ein Dienststellenleiter findet immer einen Weg, den Schwarzen Peter weiterzureichen.»

«Hast du nicht damals der Julian-Pollesch-Mordkommission angehört?»

«Siehst du, das meine ich.»

Die Kollegin versuchte, sich eine Zigarette anzuzünden.

Vincent hielt seine Hände um die Flamme, damit sie nicht vorzeitig ausging.

«Im Ernst, Anna. Haben wir etwas übersehen?»

Sie schüttelte den Kopf. «Pia Ziegler hat Götz eindeutig erkannt, außerdem gibt es Sachbeweise. Wir haben die Tatwaffe bei dem Jungen gefunden. Eigentlich war der Fall schon nach drei Tagen klar: Thabo Götz hat Pollesch erschossen, weil er dachte, der Schüler habe seine Freundin angebaggert. Ein Beziehungsdrama unter Jugendlichen. Hätte dieser pigmentierte Schönling ...»

«Anna ...»

«Schon gut, hört doch keiner mit. Hätte also der hübsche Junge ein echtes Alibi, dann hätte es sein Anwalt schon vor zwei Jahren präsentiert, allerspätestens im Prozess. Sei unbesorgt, Vincent, das Urteil gegen Götz ist wasserdicht.»

«Kein vernünftiger Zweifel?»

«Nein.» Hastig inhalierte sie.

«Seit wann rauchst du eigentlich?», fragte Vincent.

Anna blickte grimmig, als sei er ihr zu nahe getreten.

«Ich hab dich seit Jahren nicht mit Zigarette gesehen. Wenn du irgendwelche Probleme hast ...»

«Wie kommst du darauf?» Anna ließ den Stummel fallen, trat die Glut aus, hob die Kippe auf und blickte sich vergeblich nach einem Papierkorb um. «Du und deine drei Semester Psychologie!»

«Vier», korrigierte Vincent.

«Na toll. Gratuliere.»

Die Flügel des Portals schwangen zur Seite. Ein graues Fahrzeug, die Miniaturausgabe eines Lastwagens, rollte surrend heraus. Auf dem gepflasterten Vorplatz knirschten die Reifen. Der Sarg auf der Ladefläche war aus hellem Holz. Ein üppiges Gesteck weißer Rosen schmückte ihn.

«Mein Gott, Pia», sagte Vincent leise. «Achtzehn Jahre, oder?»

«Fast», antwortete Anna. «Mitte Mai wäre sie volljährig geworden, soviel ich weiß.»

«Die Welt ist nicht gerecht.»

«Thabos Anwalt hat sie auf dem Gewissen. Er und diese schwachsinnige Initiative.»

Hinter dem Sarg führten der Pfarrer und sein Messdiener den Trauerzug an – die Zeit, als Selbstmörderinnen von der Kirche des Papstes boykottiert wurden, war glücklicherweise längst vorbei. Ihnen folgten Polizeihauptkommissar Stefan Ziegler und seine Frau, Verwandte und Nachbarn, Kollegen aus Zieglers Dienststelle, Kids aus Pia Zieglers Schulklasse. Vincent und Anna schlossen sich der stummen Prozession an.

Der asphaltierte Weg schlängelte sich in den östlichen Teil des Friedhofs, wo das Gelände sanft zum Rotthäuser Bachtal hin abfiel. Vincent hoffte, dass seine Lederjacke für den Anlass dezent genug war.

«Hast du Pia gekannt?», fragte die Kollegin leise.

Vincent schüttelte den Kopf. Er konnte sich nur an eine Begegnung im Präsidium erinnern. Stefan hatte seine Nichte über den Flur des KK11 geschoben, als sie nach der Entlassung aus dem Krankenhaus ein weiteres Mal aussagen sollte. Ein in sich gekehrter Teenager, schmal, langes Haar, zusammengekniffene Lippen, den Blick zum Boden gewandt. Schmerzen, schätzte Vincent, vom Schuss in den Rücken und von der Operation. Um Pias sechzehnten Geburtstag herum musste das gewesen sein – damals hatte es noch die Hoffnung gegeben, dass das Mädchen den Rollstuhl irgendwann nicht mehr brauchen würde.

Vielleicht hätte die Zeit die Wunden ihrer Seele geheilt, überlegte Vincent, wenn es diese unselige Kampagne nicht gegeben hätte. Die selbsternannten Bürgerrechtler der Freiheit-für-Thabo-Initiative. Rassismusvorwürfe gegen Polizei und Justiz. Und vor allem die Versuche, Pia als einzige Belastungszeugin zu diskreditieren – als sei es nicht schon traumatisch genug gewesen, einen Mord mitzuerleben. Und sich selbst eine Kugel einzufangen, als sie sich schützend vor Julian Pollesch stellte.

Ob dem Anwalt und den Unterstützern von Thabo Götz bewusst war, was sie angerichtet hatten? Ob sie sich wenigstens schämten?

Bretter umrahmten das tiefe Rechteck, grüne Matten kaschierten den Schacht. Die Träger hoben den Sarg vom Elektrofahrzeug. Ältere Herren in grauen Anzügen, auf den Mützen das Wappen der Stadt.

Das Handy vibrierte.

Schon wieder Saskia.

Vincent entfernte sich von der Trauergemeinde, um nicht zu stören. Erst jetzt bemerkte er ein Kamerateam und zwei Fotografen, die mit langen Objektiven aus dem Hintergrund ihre Aufnahmen machten, sowie einen Bagger, der sich zwischen den Bäumen bereithielt, um mit dem Aushub des nächsten Lochs Pias Grab zu füllen.

«Passt es jetzt besser?», kam Saskias Stimme aus dem Apparat.

«Bin gerade auf einer Beerdigung.»

«Sorry.»

«Nein, geht schon.»

«Ich wollte dir nur sagen, dass ich den Buchvertrag unterschrieben habe. Wir sollten das heute Abend feiern, falls du noch nichts vorhast.»

«Wie kommst du eigentlich darauf, ich würde mich rar machen?»

«Weil immer ich es bin, die anruft.»

«Du übertreibst.»

«Wir haben uns seit fast einer Woche nicht gesehen. Ist es wegen Oskar?»

«Unsinn.»

Für einen Moment war Stille, dann fragte Saskia: «Weißt du, was er einmal werden will?»

Vincent musste lachen. «Ist die Müllkutscher-Phase schon wieder vorbei?»

«Polizist, Kripobeamter. Ein Fortschritt, oder?»

«Da bin ich mir nicht so ganz sicher.»

«Kommst du heute Abend? Wenn du möchtest, gehen wir vorher zu Brigittes Buchpremiere. Ich nehme an, sie würde sich sehr …»

«Verschon mich bitte damit. Eine verdammte Grusel-Show wird das: ‹Ich war Terroristin, ist das nicht schick?›»

«Es ist immerhin deine Mutter.»

«Und wenn schon. In all den Jahren hab ich kein Wort des Bedauerns von ihr gehört! Kein Mitgefühl für die Opfer. Buback, Schleyer – wetten, dass sie genau weiß, wer geschossen hat?»

«Schon gut, Vinnie, ich hab ja nur gemeint …»

«Ihr und eure Bücher!»

Mitschülerinnen der Toten lagen sich in den Armen und weinten. Zieglers Kollegen aus der Mörsenbroicher Wache starrten auf ihre Schuhspitzen. Zwei ältere Frauen in Schwarz tuschelten, während die helle Kiste lautlos in die Grube glitt.

Stefan und Christine Ziegler ließen Erde auf den Sargdeckel rieseln, dann gaben sie die Schaufel weiter und traten zur Seite. Rein äußerlich ein höchst ungleiches Paar, dachte Vincent. Christine wirkte zierlich, ihr schwarzes Kleid betonte die schlanke Silhouette, während Stefan völlig aus dem Leim ging.

Vincent hatte gehört, dass sie Pia als kleines Kind zu sich genommen hatten, nachdem Zieglers Bruder und dessen Frau auf der Autobahn ums Leben gekommen waren – am Ende eines Staus von einem auffahrenden LKW zerdrückt.

Das Mädchen war für Onkel und Tante wie eine leibliche Tochter gewesen, ihr einziges Kind. Wie schrecklich musste es für sie gewesen sein, Pia vor ein paar Tagen mit aufgeschnittenen Pulsadern zu finden!

Soviel Vincent wusste, hatte es keinen Abschiedsbrief gegeben. Die Zieglers würden sich womöglich für den Rest ihrer Tage mit der Frage quälen, ob sie Pias Suizid hätten verhindern können.

Endlich war Vincent an der Reihe und gab Stefan die Hand. Er sprach dem Kollegen, der damals die Mordermittlung so eifrig unterstützt hatte, die Anteilnahme der gesamten Kripo aus – wenn schon sein Inspektionsleiter oder der Kripochef dazu nicht in der Lage waren.

«Danke», murmelte Stefan. «Schön, dass ihr gekommen seid.»

Anna umarmte ihn kurz. Der dicke Kerl brach in Tränen aus, gleich darauf wischte er sie sich mit dem Ärmel aus dem Gesicht, als sei ihm der Gefühlsausbruch peinlich.

«Wir müssen zusammenhalten», sagte Stefan schließlich. «Der Mistkerl darf nicht freikommen.»

«Auf keinen Fall», bestätigte Anna.

«Nicht vor Ablauf seiner Strafe», fügte Vincent hinzu.

Ziegler griff nach der Hand seiner Frau. «Wir haben Thabo noch nie ausstehen können, und das hat wirklich nichts mit seiner Hautfarbe zu tun. Der Kerl ist kalt, gemein und zu allem fähig.»

Christine Ziegler entzog ihrem Mann die Hand und schlang die Arme um ihren dünnen Leib, als friere sie. Vincent wagte es nicht, sie anzusprechen. Sie starrte unentwegt zur Grube hinüber. Sie weinte nicht, aber sie zitterte am ganzen Leib.

2

▼

Zurück in der Festung, wie er und die Kollegen das Präsidium nannten. Vincent fuhr mit dem Paternoster in den zweiten Stock, tippte den vierstelligen Code in das Kästchen neben der Glastür zum KK11 und drückte sie beim Summton auf. Als Erstes besorgte er sich den Abschlussbericht zum Mordfall Pollesch aus dem Archiv. Der Leitz-Ordner enthielt die zentralen Zeugenaussagen sowie Fotos und Beschreibungen der wichtigsten Spuren.

Bevor er in sein Büro ging, steuerte er das nebenan gelegene Geschäftszimmer an, um seine Post zu holen. Obenauf ein rosafarbenes Blatt: *Zum Sprachgebrauch in allen dienstlichen Belangen.*

«Das hat jeder bekommen», erklärte Nora, die Sekretärin, mit vollem Mund. Sie vertilgte ein Plunderteilchen, ohne den Blick von ihrem Computerbildschirm zu nehmen. «Gilt ab heute.»

«Und bedeutet?»

«Dass es nicht mehr Kommissar heißt, sondern Kommissarin. Und Beamtinnen statt Beamte. Es sei denn, es sind ganz konkrete männliche Beamte gemeint. Dann darf man weiterhin die männliche Form benutzen.»

«Kapier ich nicht.»

«Gender Mainstreaming nennt man das, glaube ich.»

Eine Errungenschaft der rot-grünen Landesregierung, vermutete Vincent. Die Anweisung war von Polizeipräsident Schindhelm unterzeichnet. Vielleicht war Schindhelm sogar von selbst auf die Idee gekommen, um sich bei der neuen Innenministerin einzuschmeicheln.

Vincent trug die Sachen nach nebenan, ließ die Verbindungstür geöffnet und setzte sich an seinen Tisch. Er warf das rosafarbene Schreiben in den Papierkorb und schlug den Pollesch-Bericht auf.

Für das Memo, das Inspektionsleiter Thann angefordert hatte, hätte es genügt, ein paar Sätze aus der vorangestellten Zusammenfassung abzuschreiben, doch Vincent las sich fest und ertappte sich dabei, dass er sich immer wieder über Ausdrucksfehler und schlechten Stil ärgerte, über abgedroschene Sätze und lückenhafte Darstellungen. Ihm fielen die Frotzeleien seiner MK-Leiter ein, Anna Winkler und Klaus Schranz: Er sei zu pingelig und mische sich zu sehr in ihre Arbeit ein. Ansichtssache, fand Vincent.

Er studierte die Vernehmungsprotokolle. Thabo Götz, der Täter. Pia Ziegler, die Zeugin, die selbst angeschossen worden war. Der junge Mann hatte abgestritten, am betreffenden Tag überhaupt in Polleschs Wohnung gewesen zu sein. Sonst hatte er nur Angaben zur Person gemacht – auf Anraten seines damaligen Anwalts. Die Aussage des Mädchens las sich seltsam knapp und emotionslos. Anna hatte das Protokoll unterschrieben, gerade von ihr hätte sich Vincent mehr erwartet.

Welche Vernehmungstaktik hatten sich die Kollegen zurechtgelegt? Welche Körpersprache hatte ihr Gegenüber gezeigt? Nichts davon war schriftlich festgehalten worden. Die leisen Anzeichen von Unsicherheit und Angst, die unbewussten Begleiter von Ausflucht und Lüge – Vincent wusste, dass er ein Gespür dafür hatte und sich Menschen oft erst dadurch verrieten.

Nach langer Lektüre fügten sich die Bruchstücke, die er von damals im Gedächtnis hatte, doch zu einem Bild. Unscharf, aber einigermaßen stimmig.

Am siebten Mai 2012, einem Montag, waren gegen sechzehn Uhr in der Leitstelle des Präsidiums mehrere Notrufe eingegangen. Anwohner der Benderstraße im Stadtteil Gerresheim glaubten, Schüsse vernommen zu haben. Etwa zeitgleich meldete die Besatzung eines Streifenwagens, dem nachgehen zu wollen. Die Kollegen gehörten der Wache Mörsenbroich in der Wilhelm-Raabe-Straße an. Stefan Ziegler arbeitete dort als Dienstgruppenleiter, und Gerresheim zählte zum Revier.

Die Beamten fanden die Tür zur Wohnung von Julian Pollesch geöffnet vor, das Schloss war aufgebrochen. Drinnen lagen der tote Schüler sowie die schwerverletzte Pia, die der Notarzt sofort in die Klinik an der Gräulinger Straße schaffen ließ. Stefan Ziegler eilte an den Tatort und unterstützte den ersten Zugriff, bis die Spurensicherung eintraf. Für das KK11 war Felix May zur Stelle – er hatte in jener Woche Bereitschaft. Thilo Becker führte die Mordkommission an.

Nach zwölf Tagen war Pia erstmals vernehmungsfähig und bei voller Erinnerung. Sie gab an, dass Julian Pollesch ihr Nachhilfeunterricht gegeben habe und sie im Anschluss *Breaking Bad* auf DVD geschaut hätten, eine amerikanische TV-Serie. Plötzlich sei Pias notorisch eifersüchtiger Freund Thabo hereingeplatzt, habe die Situation missverstanden und nach lautem Wortwechsel eine Pistole gezogen, mit der er in den Wochen zuvor bereits angegeben habe.

In einer späteren Vernehmung hatte Pia diese Darstellung wiederholt. Ohne Widerspruch oder Korrektur – die Akte gab keinen Anlass, an der Aussage des Mädchens zu zweifeln.

Thabos DNA war im Tatzimmer gefunden worden. In seiner Wohnung die Waffe samt seiner Fingerspuren. Schließlich auch eine Jacke, die Thabo gehörte und an deren rechtem Ärmel Pulverschmauch haftete – genau an den typischen Stellen.

Alles passte.

Vincent blickte auf die Uhr. Fast schon Feierabend. Er öffnete das Mailprogramm seines Rechners und formulierte den Bericht an seinen Vorgesetzten. Darunter tippte er seinen Namen und bewegte die Maus – der Cursor blinkte auf dem Symbol für Abschicken.

Vincent hielt inne. Immer wenn etwas allzu eindeutig erschien, fühlte er sich herausgefordert, noch einmal nachzuhaken.

Er griff zum Telefon, rief die Staatsanwaltschaft an und ließ sich mit Martin Kilian verbinden, der im Prozess gegen Thabo Götz die Anklage vertreten hatte. Kilian war ein alter Hase, Vincent hatte schon mehrfach mit ihm gearbeitet. Bedächtig und gründlich, zugleich sympathisch, wie Vincent fand.

«Ich wusste, dass Sie anrufen würden», sagte der Staatsanwalt.

«Hellseherische Fähigkeiten?» Vincent hatte den Mann vor Augen, dem die Stimme gehörte: faltiges Gesicht, gewelltes graues Haar, das stets ein paar Zentimeter über Ohren und Kragen fiel.

«Sie sind neugierig auf die Alibizeugin im Mordfall Pollesch, stimmt's?»

«Wie ist Ihr Eindruck?»

«Mir liegt nur das Protokoll der Aussage vor. Götz' Anwalt hat die Zeugin vernommen, und das Gericht bittet mich um eine Stellungnahme zum Wiederaufnahmeantrag.» Kilian ließ ein rasselndes Husten hören.

«Und?»

«Na ja.»

Vincent spürte ein flaues Gefühl im Magen. «Sie werden doch nicht …»

«An der Zulässigkeit des Antrags besteht meiner Ansicht nach kein Zweifel.»

«Mag sein, aber letztlich ist er unbegründet, oder sehen Sie das anders?»

Schweigen am anderen Ende der Leitung.

Vincent packte den Hörer fester. «Herr Kilian, Sie werden doch nicht gegen die Verurteilung argumentieren, die Sie selbst gewollt und erreicht haben!»

«Die Aussage der Frau klingt schlüssig.»

«In der Version des Anwalts.»

«Das Gericht wird die Zeugin laden und natürlich selbst vernehmen. Aber wenn sie dabei so glaubhaft klingt wie auf dem Papier ...»

«Sie rechnen mit der Wiederaufnahme?»

«Was noch lange nicht hieße, dass Götz am Ende freigesprochen wird.»

«Also, der Anwalt präsentiert eine Frau, die behauptet, zum fraglichen Zeitpunkt mit Götz zusammen gewesen zu sein, und schon knickt die gesamte Justiz ein?»

«Herr Veih ...»

«Auf diese Art können wir sämtliche Morduntersuchungen der letzten Jahre neu aufrollen! Wie begründet es die Frau denn, dass sie erst jetzt mit ihrer Neuigkeit angerannt kommt?»

«Sie war damals illegal im Land und fürchtete die Abschiebung. Erst später hat sie einen Deutschen geehelicht und sich einbürgern lassen und war danach zur Aussage bereit.»

«Und die ist schlüssig und glaubhaft?»

«Ausreichend im Sinne des Paragraphen 359 der Strafprozessordnung.»

«Damit behaupten Sie, dass Pia Ziegler gelogen hat.»

«Ich behaupte gar nichts, Herr Veih.»

«Und die Waffe, die DNA, die Schmauchspuren?»

«Herr Veih ...»

«Dass Sie meiner Dienststelle dermaßen in den Rücken fallen, enttäuscht mich maßlos. So etwas hätte ich nicht von Ihnen erwartet.»

Stille in der Leitung.

Vincent sah Pias Tante am Grab stehen, starr vor Trauer, ein Nervenbündel. Er konnte sich nicht bremsen. «Geht es um Politik, Herr Kilian? Um die sogenannte öffentliche Meinung? Eine paar Wirrköpfe einer Freiheit-für-Thabo-Initiative rufen ‹Rassismus›, und schon flattern überall die Hosen, oder was?»

«Wegen einer Formalie sollten wir nicht …»

«Formalie? Soll ich *das* meinen Leuten sagen? Meinen Vorgesetzten? Dem Kollegen Stefan Ziegler und seiner Frau, die erst vor wenigen Stunden ihre Nichte beerdigt haben?»

Keine Antwort.

Vincent schlug den Hörer auf die Gabel.

Er wusste, dass er machtlos war. Die Polizei hatte ihre Arbeit längst getan.

Ein Mausklick – sein Memo war jetzt bei Inspektionsleiter Thann. Vincent stand zu den Ermittlungsergebnissen seiner Leute.

Keine Änderung, kein Hintertürchen. Er hatte stets Vorgesetzte verabscheut, die sich auf Kosten anderer absicherten.

3

Die Nacht war über die Stadt hereingebrochen, Vincent verharrte in einem dunklen Hauseingang und behielt die Buchhandlung auf der anderen Straßenseite im Auge.

Wäre er mit Saskia hierhergekommen, hätten sie hineingehen, seiner Mutter Hallo sagen und eine schreckliche Veranstaltung über sich ergehen lassen müssen. Danke, kein Bedarf.

Trotzdem war er neugierig. Wer interessierte sich für die ollen Kamellen einer gescheiterten Linksextremistin, deren wilde Zeit dreieinhalb Jahrzehnte zurücklag? Wie wirkte seine Mutter auf diese Leute? Vincent wusste, dass sie ihre guten Seiten hatte, auch wenn sie alles tat, um sie vor ihm zu verbergen.

Vincent beobachtete, wie ein Pärchen den Laden betrat, mittelalt, beide in Jeans und Anorak. Dann ein junger Typ, vielleicht Student, gegeltes Haar fiel ihm schräg über die Augen.

Das hell erleuchtete Schaufenster zog Vincent nun doch an, er überquerte rasch die Straße. Das Plakat hinter der Scheibe zeigte eine Frau an der Grenze zum Rentenalter. Graue Kurzhaarfrisur, runde Wangen, spitze Nase. Freundlich, als könne sie kein Wässerchen trüben.

Vincent erinnerte sich an das Schwarzweißfoto, das er als Kind aus einer Illustrierten geschnitten hatte. In dem Artikel war es um das Rätsel gegangen, wie aus der Tochter eines rechtschaffenen Polizisten eine Terroristin hatte werden können. Damals war Brigittes Gesicht schmaler gewesen, die Wangenknochen zeichneten sich ab, braunes Haar fiel lang und glatt über die Schultern. Die Miene verkniffener – wer weiß, unter welchen Umständen die Aufnahme gemacht worden war.

Er hatte den Ausschnitt in einer Ritze hinter der Matratze versteckt, denn im Haus der Großeltern waren zwei Themen streng tabu gewesen – die Kriegszeit und Brigitte. Opa führte ein strenges Regime. Vincent missachtete manchmal die Regeln, zunächst ungewollt, später auch mit Absicht. Wenn sein Großvater laut wurde und mit Strafen drohte, zog sich Vincent in sein Zimmer zurück, holte den zerknitterten Zettel hervor und hielt Zwiesprache mit der Mutter, die ihn weggegeben hatte: Warum bist du eine böse Frau geworden? Soll ich dich hassen oder lieben? Und manchmal fragte er sich, ob das Verbrechen auch in ihm steckte. Er hatte niemanden, mit dem er darüber reden konnte. In solchen Momenten fühlte er sich als der einsamste Junge der Welt.

Im Fenster stapelte sich Brigittes Autobiographie, gebunden und mit Lesebändchen, knallroter Schutzumschlag. *Frei und ohne Furcht* – ein rundum verlogener Titel, fand Vincent.

Er musste die Lebenserinnerungen nicht lesen, um zu wissen, dass sie keinen Pfifferling wert waren. Nie hatte Brigitte

Zweifel oder Bedauern geäußert, weder in Interviews noch privat, auch nach so vielen Jahren nicht. Zu groß ihre Arroganz, zu stark die falsch verstandene Solidarität mit den einstigen Kumpanen. Sie hatte geholfen, Menschen zu ermorden, und sich in zwei Jahrzehnten Knast mehrfach selbst fast umgebracht – Hungerstreik als Fortsetzung eines sinnlosen Kampfes. Ob sie jemals imstande sein würde, diese Zeit zu hinterfragen?

Vincent fasste sich ein Herz und betrat den Laden. Eine Verkäuferin wies ihm den Weg entlang der Bestsellerregale und quer durch die Hörbuchabteilung. Er hielt auf die Treppe zu, die in das Untergeschoss führte. In sicherer Entfernung blieb er stehen.

Zu seiner Überraschung füllten sich im Lesecafé die Stuhlreihen. Vincent zählte siebzig, achtzig Zuhörer, und noch immer strömten weitere hinzu, Frauen und Männer jeden Alters. Strickpullover, Palästinensertücher, aber auch Anzüge und Perlenketten. Einige Leute trugen Anstecker der Freiheit-für-Thabo-Initiative – die grellgelben Dinger stachen Vincent sofort ins Auge.

Vor den Stuhlreihen wartete ein Tisch mit einem Glas Wasser auf den Star des Abends. An der Rückwand hingen zwei großformatige Aufnahmen aus Brigittes jüngstem Obdachlosen-Zyklus. Vincent mochte die Arbeiten seiner Mutter, aber nach dem Erscheinen ihrer Autobiographie würde man über sie wieder nur als Terroristin reden, nicht als preisgekrönte Fotografin.

Anschwellender Applaus. Begleitet von der Inhaberin der Buchhandlung, trat Brigitte an den Tisch. In den ersten Reihen erhoben sich die Leute sogar von ihren Stühlen, darunter eine blonde Vierzigjährige.

Nina, seine Ex, immer noch schlank und attraktiv.

Sie schaute hoch, ihre Blicke trafen sich.

Vincent spürte einen Stich im Magen. Er machte kehrt und steuerte den Ausgang an. Die Verkäuferin musste ihm aufschließen. Ohne ein Wort trat er ins Freie.

Durchatmen. Ein Regenschauer prasselte nieder. Vincent schlug den Kragen seiner Jacke hoch und ging mit schnellen Schritten auf sein Auto zu.

4 ▼

«Vinnie, stirbst du bald?»

Der Junge trug einen hellblauen Schlafanzug aus Frottéstoff. Auf die Hausschuhe war ein Tiger gedruckt, der die Zunge herausstreckte.

«Oskar!», ermahnte Saskia ihren Sohn.

«Aber, Mama, du hast doch gesagt, dass man sterben muss, wenn man alt ist.»

Vincent wunderte sich, dass der Kleine noch auf war.

«So alt ist Vinnie nun auch wieder nicht», sagte Saskia.

«Aber er hatte bestimmt mal einen Dino als Haustier, oder?»

«Ich hatte ein Buch über Dinosaurier», antwortete Vincent.

«Das hab ich auch!»

Saskia wollte ihren Sohn zu Bett bringen, doch Oskar bestand darauf, dass Vincent das tun solle.

Er folgte dem Kleinen in dessen Zimmer, und während er noch überlegte, was seine Aufgabe sei, war Oskar bereits ins Bett geklettert und kuschelte sich in die Decke.

Vincent war in Gedanken noch bei Brigittes Veranstaltung. Er spürte ein Kribbeln, das Echo eines Gefühls der eigenen Kindheit – als stimme etwas nicht mit ihm, weil seine Mutter ihn nicht liebte. Warum sonst hätte sie ihn verlassen?

«Vinnie?»

«Oskar?»

«Mama sagt, ich werde mal zwei Papas haben. Der eine hat mich gebaut, und der andere nimmt mich schon so fertig, wie ich bin.»

Vincent fuhr dem Kleinen durchs Haar.

«Wirst du mein neuer Papa sein?»

Er spürte einen Kloß im Hals. Was soll ich darauf antworten?

«Vinnie?»

«Ja?»

«Du musst nicht sterben. Ich kann dir sagen, wie das geht: Feier einfach keinen Geburtstag mehr, dann wirst du nicht älter.»

Vincent wünschte ihm süße Träume und löschte das Licht.

Saskia schenkte den Sekt ein, den Vincent mitgebracht hatte. «Der Verlag zahlt einen ordentlichen Vorschuss», sagte sie. «So kann ich zu Hause arbeiten und mich besser um den Jungen kümmern. Ich muss nicht länger beim Sender Klinken putzen.»

«Gratuliere.»

Seine Freundin wollte über Rolf-Werner Winneken schreiben – in zwei Jahren würde sich das Attentat auf den Spitzenmanager zum fünfundzwanzigsten Mal jähren, ein schreckliches Jubiläum als Marketingvehikel für das Buch.

Vincent fragte sich, warum ein Verlag ausgerechnet Saskia Baltes mit dem Projekt beauftragte. Sie hatte bislang vor allem als Nachwuchsreporterin für das Lokalfernsehen gearbeitet und war noch nie als Sachbuchautorin in Erscheinung getreten.

«Spannender Stoff», schwärmte Saskia. «Absolut mysteriös.»

«Wie meinst du das?»

«War Alfred Meisterernst wirklich der Schütze? Wer waren

seine Komplizen? Gab es die dritte Generation der RAF überhaupt? Wenn nein – warum musste Winneken wirklich sterben?»

Vincent stöhnte auf. Seine Freundin drohte sich in Verschwörungstheorien zu verstricken. Damit würde sie sich nur lächerlich machen.

Sie stießen an. Saskia nippte an ihrem Glas. Ihr Blick fixierte ihn. «Du musst mir helfen, Vinnie.»

«Wie meinst du das?»

«Du hast mir doch erzählt, dass du damals mit als Erster am Tatort warst. Und ich bräuchte die Akten.»

«Hast du etwa den Leuten im Verlag weisgemacht, du könntest die Fallakte Winneken einsehen?»

Saskia legte den Kopf schief. «Meinst du, sie hätten mir den Auftrag wegen meiner schönen Augen gegeben?»

«Ich fass es nicht.»

«An die Sachen kommst du doch ran, oder?»

«Was sonst noch?»

«Kann ich mit deiner Unterstützung rechnen? Bitte, Vinnie!»

«Was hast du dem Verlag noch versprochen?», fragte er streng.

Sie wich seinem Blick aus und trank einen Schluck. Eine Verlegenheitsgeste.

«Sag schon.»

«Deine Mutter …»

«Wusste ich's doch!»

Er stand auf und trat ans Fenster. Saskia schwieg. Vincent erinnerte sich an seine erste Zeit im Polizeidienst. Als die Schüsse auf den Treuhandchef fielen, hatte er gerade die Ausbildung bei der Bereitschaftspolizei beendet und im Schichtdienst der Wache Oberkassel begonnen. Was hatten die Kollegen auf ihm herumgehackt, als sie spitzkriegten, dass seine Mutter wegen ihrer RAF-Mitgliedschaft in Köln-Ossendorf hinter Gittern saß! Als sei er ein Maulwurf der Terroristenbande, als habe er schon als Kind mit Molotowcocktails gespielt. Dabei war Vincent in einem stockkonservativen Polizistenhaushalt aufgewachsen.

Saskia räusperte sich. «Sie kann mir dazu sicher eine Menge aus ihrer Sicht erzählen.»

«Wie kommst du darauf?»

«Manche sagen, die Taten der dritten Generation seien möglicherweise von den Leuten der zweiten aus den Gefängnissen heraus geplant und gesteuert worden. Ich würde gern wissen, wie deine Mutter über Winneken denkt. Über den gesamten Komplex der dritten Generation.»

«Hat sie darüber etwas in ihrer Autobiographie geschrieben?»

«Nein, aber vielleicht wird sie mit mir zum ersten Mal darüber reden. Das wäre toll für mein Buch! Du wirst doch ein gutes Wort für mich einlegen, oder?»

«Auf mein Wort gibt Brigitte nichts. Sie wird niemals über diese Dinge reden. Und die Akte kann ich dir auch nicht besorgen.»

«Komm schon, Vinnie!»

Sein Blick fiel auf ein rundes gelbes Ding, das neben Stiften, einem Handy und einem Exemplar von *Frei und ohne Furcht* auf Saskias Schreibtisch lag. «Was ist das?»

«Krieg dich ein, bitte.»

Er packte den Freiheit-für-Thabo-Sticker, trug ihn in die Küche und schleuderte ihn in den Treteimer für den Hausmüll. «Tolle Gesellschaft, Saskia, in die du dich da begibst.»

«Wie meinst du das?»

«Die Leute, die dieses Propagandazeug verkaufen, halten den Mord an Winneken vermutlich für einen Akt des Widerstands gegen den Imperialismus!»

«Das ist nicht dein Ernst.»

Vincent atmete tief durch. «Wir haben am Tag nach dem

Attentat unseren Bericht ans Bundeskriminalamt geschickt und waren von dem Moment an draußen.»

«Ich dachte …»

«Akten gibt es nur in Wiesbaden. Wende dich ans BKA. Sorry, mein Schatz, aber ich kann wirklich nichts für dich tun. Nada, niente.»

Eine Weile herrschte Schweigen. Saskias braune Augen erinnerten ihn an die eines getretenen Hundes. Vincent bereute seinen Wutausbruch. Wie konnte ihn ein dämlicher Anstecker derart reizen?

Seine Freundin räusperte sich. «Möchtest du mich nicht wenigstens deiner Mutter vorstellen?»

Vincent dachte an das letzte Mal, als er Brigitte draußen in Uedesheim besucht hatte. Das Haus war voller Gäste gewesen – ein Auflauf schwarz gekleideter Kulturfuzzis feierte die Auszeichnung, die Brigitte für ihre Porträtfotos von weiblichen Strafgefangenen erhalten hatte. Als Vincent endlich zu ihr durchgedrungen war, hatte sie kaum einen Blick für ihn übrig gehabt und lieber mit dem Töchterchen der Museumskuratorin gespielt.

Schon eine Weile her.

«Bitte, Vinnie.»

Draußen regnete es heftiger. Eine Windbö schlug die Tropfen hart gegen die Scheibe.

«Wenn du wirklich meinst.»

Saskia umarmte ihn und rieb ihre Nase an seinem Hals. «Danke, Herr Veih.»

«Aber versprich dir nicht zu viel, Frau Baltes.»

5

▼

Dienstag, 11. März 2014

Wie immer war Torsten Heise der Erste auf dem Gelände. Morgengrauen, noch fehlten die Farben, die Luft war kühl. Er schloss das Tor zum Betriebshof auf. Der Bewegungsmelder ließ den Scheinwerfer unter der Dachrinne des Bürotrakts angehen. Der Sturm war nach Nordosten abgezogen. Was mochte er angerichtet haben?

Torsten steuerte seinen Bulli auf den gewohnten Stellplatz und zog den Schlüssel ab. Er überquerte die asphaltierte Fläche und öffnete das Tor zur Garage der Chefin, damit sie dafür nicht aussteigen musste – sein täglicher Service als Dankeschön dafür, dass sie bei der Stadtverwaltung ein gutes Wort für ihn eingelegt hatte, als er einmal psychologische Betreuung brauchte.

Er betrat die Unterkunft und knipste das Licht in der Umkleide an. Dort zog er den blauen Kittel über, seinen Schal behielt er um den Hals.

Im Aufenthaltsraum setzte er die Kaffeemaschine in Gang. Wenn er seine Kontrollfahrt hinter sich hatte, würde es hier von Kollegen wimmeln. Siebzehn Arbeiter zählte die Belegschaft. Plus drei Frauen im Büro, die Chefin mitgezählt.

Wieder hinaus an die frische Luft, Torsten atmete tief ein. Er konnte sich keinen schöneren Arbeitsplatz vorstellen. Im Grünen, am Rand der Stadt. Die Einzigen, die zu dieser Stunde lärmten, waren die Singvögel in den Sträuchern und Bäumen.

Er hatte Bekannte, die es nicht verstanden, dass man einen Friedhof lieben konnte. Nein, all die Toten, die hier bestattet waren, machten ihm nichts aus. Nur den Fund eines Selbstmörders brauchte er in den wenigen Jahren, die er noch bis zur Rente hatte, kein zweites Mal.

Torsten dachte an den armen Kerl, der sich im letzten Frühjahr unter einer Buche erhängt hatte. Schon in den Tagen zuvor hatte er auf dem Gelände kampiert, Torsten entdeckte ihn und versorgte ihn mit belegten Brötchen, statt ihn anzuzeigen. Wer weiß, vielleicht würde der Mann noch leben, wenn ich ihn der Polizei übergeben hätte – Vorwürfe dieser Art machte sich Torsten seitdem fast täglich.

Er fuhr das orangefarben lackierte Bokimobil aus seinem Verschlag, stieg ab und überprüfte die Schmierung von Hydraulikkran und Greifer. Lampen und Bremsen, alles okay. Gewaschen hatte er das Fahrzeug erst gestern. Er kletterte wieder auf den Fahrersitz und begann seine Runde.

Weiter oben im Gelände entdeckte er die ersten Sturmschäden. Einige Male musste er anhalten, um abgebrochene Äste auf die Ladefläche zu werfen. Soweit er es überblicken konnte, war nirgendwo ein Baum auf eine Grabstelle gestürzt – es hatte sich bezahlt gemacht, rechtzeitig die drei alten Robinien zu fällen, die im Kern schon ganz morsch gewesen waren.

Torsten erreichte die Kapelle auf der Anhöhe. Er mochte die nüchterne Architektur. Hier wurde der Weg eben. Das Brummen des Dieselmotors verschreckte ein paar Kaninchen. Einmal hatte er sogar Rehe entdeckt, die für einen Moment zwischen den Gräbern verharrten, bevor sie in Deckung huschten.

Er merkte sich einen Baum, dessen halbe Krone umgeknickt war und nur noch von der anderen Hälfte gehalten wurde, sowie ein paar herabgefallene Äste, die kein Hindernis waren, aber ebenfalls im Lauf des Tages beseitigt werden mussten. Als Torsten am Tor zum Rotthäuser Weg vorbeirollte, entdeckte er, dass der Poller neben der Fahrbahn lag. Ein später Besucher war zu faul gewesen, ihn an seinen Platz zurückzusetzen, das kam immer wieder vor. Torsten hielt an und erledigte das.

Er passierte die Buche des Selbstmörders und blickte hin, zwanghaft, wie jeden Morgen – nein, dem Himmel sei Dank, kein schlaffer Körper unter den Ästen. Nicht wieder ein abgedrückter Hals, der in einer Schlinge steckte.

Der Baum war nicht groß, die Zweige neigten sich fast bis auf den Grund herab und bildeten im Sommer ein grünes Versteck. Torsten hatte gehört, dass es großer Willenskraft bedarf und manchmal eine halbe Ewigkeit dauert, wenn man sich an einem Geäst zu Tode stranguliert, das zu niedrig ist für einen Sprung und den erlösenden Genickbruch. Schlimm, so etwas. Wie verzweifelt musste der Mann gewesen sein?

Ab jetzt ging es sanft bergab. Torsten freute sich auf den Kaffee und auf Christian, den Vorarbeiter, mit dem er das gestrige Spiel der Fortuna erörtern würde. Zwei strittige Entscheidungen des Schiedsrichters, das Ergebnis hätte auch anders lauten können.

Was war das? Torsten stoppte sein Fahrzeug und zückte sein Diensthandy, um ein Foto zu machen.

In einer Kurve war die Bepflanzung am Wegrand aufgewühlt, eine hässliche Reifenspur hatte sich durch das Grünzeug gefressen. Wo in wenigen Wochen die Waldsteinien gelb blühen sollten, war ein Streifen Erde bloßgelegt. Ein Fall für die Haftpflichtversicherung des Verursachers, dachte Torsten.

Er ahnte, wer hier von der Fahrbahn abgekommen war. Mitarbeiter von Fremdfirmen richteten oft mehr Schaden als Nutzen an. Es war ein Irrtum zu glauben, man könne durch die Auftragsvergabe an private Handwerker Kosten sparen. Torsten drückte auf den Auslöser und steckte das Handy wieder ein.

Er passierte die Rasengrabstätte, dann das Baumfeld. Hier würde auch er einmal liegen, hatte Torsten für sich beschlossen. Angehörige, die ihm das ausreden würden, besaß er nicht mehr. Seine Asche in einer sich selbst zersetzenden Urne irgendwo zwischen den Wurzeln, sein Name auf einem der Pflastersteine, die einen Pfad zwischen den Birken markierten, sonst nichts – der Gedanke gefiel ihm.

Linker Hand näherten sich die frischen Reihengräber für die Sargbestattung. Das jüngste von ihnen war noch ohne Grabstein oder Kreuz. Eine Gymnasiastin lag seit gestern dort, sie hatte sich umgebracht, wie er gehört hatte. Wie hatte sie es wohl angestellt?

Auf jeden Fall eine tragische Sache, dachte Torsten. Wie immer hatten die Kollegen sämtliche Kränze und Blumengebinde auf der zugeschütteten Grube angerichtet, in diesem Fall ein wahrer Blütenberg. Viel Verwandtschaft, große Anteilnahme – und die Floristen hatten sich mal wieder eine goldene Nase verdient.

Etwas schimmerte dort obenauf. Torsten stoppte das Bokimobil und stieg aus, um sich die Sache anzusehen. Hatte sich jemand einen bösen Scherz erlaubt?

Nach wenigen Schritten wurden ihm die Knie weich. Seine Eingeweide verkrampften sich. Er hielt die Luft an.

Nein. Bitte nicht.

Mit zitternden Fingern rief Torsten die Chefin auf dem Handy an.

«Herr Heise?», kam ihre Stimme aus dem Apparat – offenbar hatte sie seine Nummer auf ihrem Display richtig gedeutet.

Die Worte verweigerten sich ihm. Er kämpfte mit dem Brechreiz.

«Was gibt's, Herr Heise?»

«Das ist keine Puppe», antwortete er.

«Was meinen Sie?»

Torsten krümmte sich, würgte und hustete ausgiebig. Der Magensaft brannte sauer im Rachen. Er wischte sich mit dem Ärmel der Arbeitsjacke über den Mund und nahm das Handy wieder ans Ohr. «Hallo, sind Sie noch dran?»

«Herr Heise, was ist los?»

Hastig beschrieb Torsten, was vor ihm in den Blumen lag.

6

▼

Als Vincent eintraf, war die Spurensicherung bereits bei der Arbeit, das Gelände weiträumig abgesperrt und über dem unmittelbaren Fundort ein Zeltdach errichtet – die Kollegen waren sich nicht sicher, ob es im Lauf des Tages nicht doch wieder regnen würde.

In weißer Schutzkleidung näherte sich Vincent dem Hügel aus Kränzen und Gestecken, um einen Blick auf die Leiche zu werfen.

Sofort fiel ihm die große Zahl an Wunden auf. Es war entsetzlich. Er hatte schon vieles gesehen, aber noch nie ein solches Ausmaß an Misshandlung.

Als ihm klarwurde, dass er den Kriminaltechnikern im Weg stand, machte er rasch wieder Platz, streifte Handschuhe und Overall ab und ließ sich von Anna Winkler berichten, was los war.

Die Tote war etwa zwanzig Jahre alt. Jemand hatte sie hier abgelegt, nachdem die Regenschauer abgeklungen waren, denn ihre Haut war trocken. Die Wunden waren ihr anderswo zugefügt worden – zu wenig Blut, wo sie jetzt lag.

Dass ausgerechnet auf dem Grab von Pia Ziegler ein Mordopfer deponiert worden war, irritierte Vincent zutiefst, und er sah Anna an, dass es ihr ebenso ging.

«Wer soll die Ermittlung leiten?», fragte sie.

«Es ist deine Mordkommission.»

Sie nickte und deutete ein Lächeln an. «Kannst du dich bitte um Verstärkung kümmern?»

«Natürlich.» Vincent griff nach seinem Handy. «Bis dahin werde ich dich unterstützen.»

«Ist klar. Du möchtest am liebsten alles selber machen. Du traust mir nicht.»

«Unsinn. Wer leitet die Spurensicherung?»

«Fabri.»

«Ich hoffe, ihr kommt dieses Mal zurecht.»

Anna legte die Stirn in Falten, als ziehe er ihre Professionalität in Zweifel.

«Hab dich nicht so», sagte er. «Du weißt genau, was ich meine. Was gibt's sonst noch?»

Sie klemmte ihre rote Strähne hinters Ohr. «Die Leiterin des Friedhofs will nicht einsehen, dass dieser Teil ihres Reichs bis auf weiteres für Beerdigungen ausfällt.»

Das Verwaltungsgebäude befand sich am unteren Tor. Vincent war den Weg im Langlauftempo getrabt, und das Gefälle hatte erneut seinem Knie zu schaffen gemacht. Eine Mitarbeiterin führte ihn ins Büro ihrer Vorgesetzten, die ihm mit ausgestreckter Hand entgegentrat und sich als Sonja Grebe vorstellte.

«Sie haben gewonnen», sagte sie. «Sie dürfen so viel Gelände absperren, wie Sie wollen, behauptet mein Chef.»

«Die Polizei gewinnt immer», antwortete Vincent.

Grebe lachte.

«Darf ich fragen, wie Sie Ihr Problem lösen werden?», wollte er wissen.

«Der Mann, den wir heute neben Pia Ziegler legen wollten, bekommt eine Stelle in einem Wahlgrabfeld, die eigentlich für Doppelbelegung vorgesehen ist.»

«Ein Upgrade.»

«Sozusagen. Mein Amtsleiter hat das abgesegnet.»

«Schön, dass wir das klären konnten. Eine Frage habe ich noch.»

«Ja, bitte?»

«Wie kann man eine Leiche auf diesen Friedhof schaffen?»

«Na ja, so ungewöhnlich ist das nicht.»

«Ich meine, nachts, außerplanmäßig.»

«Das hat mich Ihre Kollegin auch schon gefragt. Dabei ist es ganz einfach. Es gibt mehrere Tore, durch zwei davon kann man sogar mit dem Auto fahren.»

«Werden die am Abend nicht geschlossen?»

«Unser Friedhof ist dafür zu weitläufig. Es bestünde die Gefahr, dass wir Besucher einschließen, die nicht auf die Zeit achten. Wir können unmöglich über das Gelände laufen und sämtliche Leute zusammenrufen. Aber ich bin mir fast sicher, dass der Vorfall von heute Nacht dazu führen wird, die Bestimmungen trotzdem zu ändern. Vor einiger Zeit hatten wir hier einen Selbstmord. Danach mussten wir auch für ein paar Wochen abschließen. So lange, bis sich jemand bei der Stadtverwaltung beschwerte, weil er abends nicht rausgekommen war.»

«Sie sagten, man kann sogar mit dem Auto …»

«Ja, vom unteren Tor aus und vom Rotthäuser Weg in der Nähe der oberen Kapelle. Das erlauben wir Behinderten sowie Leuten, die etwas Schweres zu transportieren haben, Erde für die Grabpflege zum Beispiel.»

Das Telefon klingelte. Frau Grebe entschuldigte sich und ging ran.

Vincent erhob sich von seinem Platz, doch die Friedhofschefin gab ihm ein Zeichen, dass er warten solle. Nach einem kurzen Gespräch legte sie auf.

«Das war der Rückruf von Baumpflege Meier. Ich habe nämlich ebenfalls Ermittlungen angestellt.» Sie zwinkerte.

«Und?»

«Herr Heise, der die Leiche entdeckt hat, ist auf eine Reifenspur gestoßen. Jemand ist in einer Kurve vom Asphalt abgekommen. Mein Mitarbeiter dachte, das sei jemand von einer Fremdfirma gewesen. Aber die Einzigen, die in Frage kommen, haben gestern gar nicht in dem oberen Sektor gearbeitet. Also …»

«Verstehe.»

«Ihr Täter scheint es sehr eilig gehabt zu haben.»

Vincent bedankte sich. Beim Hinausgehen rief er Fabri von der Spurensicherung an, damit seine Kollegen sich die Spur zeigen lassen und sie sichern würden. Dann unterrichtete er Anna und besprach mit ihr, dass trotzdem auch der Weg untersucht werden sollte, der außerhalb der Friedhofsumzäunung an der Ostseite verlief. Unweit von Pias Grab gab es dort ein Tor für Fußgänger.

Gerade als er die Mörsenbroicher Wache anrufen wollte, um nachzuhaken, wo die Verstärkung blieb, erkannte Vincent, dass er sich das sparen konnte. Zwei Streifenwagen hielten auf dem Parkplatz vor dem Tor.

Bereits an der Körperfülle erkannte er Stefan Ziegler, der ihm entgegenkam. Der Kollege führte eine Truppe von sieben Uniformierten an.

Vincent begrüßte ihn mit Handschlag.

«Welches Schwein tut meiner Pia so etwas an?», fragte er. «Schändet ihr Grab!»

«Ja, unfassbar, Stefan. Das Opfer ist etwa in Pias Alter. Kann es sein, dass die Tat etwas mit deiner Nichte zu tun hat?»

«Sag mal, Veih, spinnst du?»

Die übrigen Uniformierten verzogen keine Miene, aber Vincent schätzte, dass sie seine Frage ebenfalls für ungebührlich hielten.

«Reg dich ab, Stefan. Es ist mein Job, solche Fragen zu stellen.»

«Stell sie deiner Kundschaft, aber nicht mir!»

Vincent nickte, um Ziegler zu beschwichtigen, und bat ihn, sich mit seinen Leuten bei Anna zu melden.

Ein Blick auf die Uhr. In einer halben Stunde würde die Sitzung der Kriminalkommissariatsleiter beginnen – er konnte sie nicht ausfallen lassen.

Auf der Rückfahrt zur Festung piepste sein Handy. Eine SMS. An der nächsten roten Ampel griff Vincent nach dem Gerät. Die Nachricht war von Saskia.

Denkst du bitte daran, dass wir deine Mutter besuchen wollen?

Du willst das, nicht ich, dachte Vincent.

Ihm fiel ihr Vorwurf ein, gestern am Telefon, er mache sich rar. Am Abend hatte Saskia das Thema nicht noch einmal angesprochen.

Vincent wollte gerade das Handy wegstecken, als der Klingelton zu lärmen begann.

Inspektionsleiter Thann. Du hast mir gerade noch gefehlt, dachte Vincent.

«Sie haben eine Tote auf dem Friedhof?»

Grün, Vincent gab Gas.

«Kollege Veih?»

«Bin bereits zu Ihnen unterwegs, bis gleich!»

Er drückte das rote Symbol, warf das Mobiltelefon auf den Beifahrersitz und verfluchte den Schleicher vor ihm.

7

Bevor Vincent den Besprechungsraum in der Chefetage aufsuchte, warf er in seinem Büro die Espressomaschine an. Er hatte noch drei Minuten.

«Wir bekommen eine Praktikantin», rief Nora aus dem Geschäftszimmer herüber.

«Ich kann jetzt nicht!», antwortete Vincent.

Er wählte die Nummer von Annas Diensthandy. Die Kollegin ging sofort ran.

«Kennt Stefan die Tote?», fragte Vincent.

«Stefan Ziegler?»

«Hast du sie ihm gezeigt?»

«Nein, wieso?»

«Mach das bitte und frag ihn, ob sie eine Bekannte von Pia war.»

«Meinst du?»

«Nur so eine Idee.»

«Ich habe übrigens den Tatort erweitert und auch rund um das obere Tor und entlang der Route, die zum Grab führt, absperren lassen. Wird der Friedhofschefin nicht gefallen.»

«Damit muss sie leben. Wann wird die Leiche obduziert?»

«Die Professorin zickt, angeblich Personalmangel, sie will es erst morgen früh machen.»

«Ich rufe sie an.»

Der Espresso war in die Tasse gelaufen, Vincent pustete ein paarmal und schlürfte die Brühe. Er wählte die Nummer der Rechtsmedizin und erfuhr, dass die Professorin gerade nicht zu sprechen war.

«Soll ich was ausrichten?», fragte die Sekretärin.

«Wann kann ich Frau Michels erreichen?»

«Probieren Sie's in einer Stunde.»

Die Runde der Dienststellenleiter der Kriminalabteilung – mehr als dreißig Leute hatten an dem großen Tisch Platz genommen. Vincent schnappte sich den letzten freien Stuhl.

Kripochef Benedikt Engel führte den Vorsitz. Als der Leichenfund auf dem Gerresheimer Waldfriedhof zur Sprache kam, berichtete Vincent, was er wusste. Viel war das noch nicht.

«Haben Sie Kenntnis, um wen es sich bei der Toten handelt, Kollege Veih?», fragte Inspektionsleiter Thann.

«Sie hatte ihre Papiere nicht dabei.»

Ein paar Lacher, Engel grinste, Thann verzog angewidert den Mund.

«Sollen wir für heute Nachmittag die Medien einladen?», fragte Braun, der Pressesprecher.

«Dafür wissen wir noch zu wenig», antwortete Vincent. «Vielleicht morgen, falls wir bis dahin eine Identifizierung haben.»

«Dann lass uns nachher wegen einer Pressemitteilung mailen. Um die kommen wir nicht herum.»

Vincent nickte.

«Wie erklären Sie sich, dass die junge Frau ausgerechnet auf dem Grab von Pia Ziegler abgelegt worden ist?», fragte der Kripochef.

«Vielleicht Zufall», antwortete Vincent, obwohl er nicht daran glaubte. «Vielleicht hat dem Täter der Berg an frischen Blumen und Kränzen gefallen.»

Vincents Handy vibrierte, eine SMS von Anna.

Stefan kennt sie nicht.

Vincent wandte sich quer über den Tisch an Susanne Hachmeister, die den Leiter des KK12 vertrat. «Lass uns im Anschluss an das hier die Vermisstenfälle durchgehen.»

Hachmeister nickte, ihr knappes Lächeln signalisierte Unterstützung. Eine Nette, dachte Vincent. Sobald weitere Verstärkung nötig sein wird, spreche ich sie an, ob sie sich der Mordkommission anschließt.

«Okay, nächster Fall», sagte Engel und gab das Wort an den Kollegen vom Einbruch, der über eine Serie von Delikten im Stadtteil Niederkassel referierte.

Vincent ging die Leiche nicht aus dem Sinn, über und über von Wunden verunstaltet. Welcher Täter richtet sein Opfer so zu und schleppt es auf den Friedhof?

Ein Besessener, dachte Vincent.

8

▼

Susanne Hachmeister führte ihm auf ihrem Monitor Aufnahmen vermisster Frauen vor, die vom Alter her in Frage kamen. Sie hatte Zugriff auf sämtliche Fälle Nordrhein-Westfalens, aber wer konnte sicher sein, dass die Tote auf Pias Grab nicht vom anderen Ende der Republik oder aus dem Ausland stammte?

Einige Frauen stimmten in Alter, Größe und Figur in etwa überein. Vincent blickte in die jungen Gesichter, eines nach dem anderen, und war ratlos – ihm wurde klar, dass er sich die Züge des Mordopfers nicht gut eingeprägt hatte. Zu grässlich ihr Zustand, zu absurd die Umgebung, zu groß die Hektik der Kollegen.

Er rief Anna an. «Was gibt's Neues?», fragte er.

«Fingerspuren am Poller, Reifenabdrücke auf der verschmutzten Fahrbahn vor dem Tor zum Rotthäuser Weg und zweierlei Schuhspuren. Dem Profil nach ist die eine von Torsten Heise, dem Friedhofsarbeiter. Dann könnte die andere von unserem Täter stammen.»

«Sehr gut. Ich sitze gerade bei Susi Hachmeister, und wir gehen die aktuellen Vermisstensachen durch. Kannst du mir ein Handyfoto vom Gesicht der Toten schicken? Am besten auch an die E-Mail-Adresse der Kollegin Hachmeister, wegen der besseren Darstellung auf ihrem Bildschirm.»

«Dauert ein paar Minuten, bin gerade nicht am Grab.»

Vincent beendete das Gespräch.

Susanne fuhr mit der Hand durch ihre schwarz gefärbte Dauerkrause. «Eigentlich muss ich los», sagte sie. «Ein elfjähriger Ausreißer ist aufgegriffen worden.»

«Gib mir noch fünf Minuten, bitte.»

Er wählte zum zweiten Mal die Nummer des rechtsmedizinischen Instituts der Heinrich-Heine-Universität und verlangte die Leiterin, Professorin Michels.

Dieses Mal hatte er Glück. Michels kam ans Telefon, und nach etwas gutem Zureden sagte sie die Obduktion für den Nachmittag zu.

Susanne klopfte mit den Fingern auf den Tisch. «Ich muss jetzt wirklich gehen, Vincent.»

«Hat der Ausreißer keine Eltern, die ihn abholen können?»

«Doch, mich. Es ist mein eigener missratener Sohn.»

«Elf? Ich war fünfzehn, als ich abgehauen bin.»

«Andere Zeiten, Vincent.»

Er hatte noch immer kein Foto auf seinem Handy. «Schau noch einmal in deine Mails, tu mir den Gefallen.»

Susanne öffnete das Programm und klickte auf Abholen. Die Aufnahme des Mordopfers war eingetroffen – Anna hatte sie zuerst an die Kollegin versandt.

«Puh!», rief Susanne beim Anblick des zerschundenen Gesichts. Sichtlich aufgewühlt holte sie eine dünne Akte aus einer Schublade. «Alina Linke.»

«Bist du dir sicher?»

Sie nickte und zog Fotos aus einer Plastikhülle. Ein lachendes Mädchen an einem Strand, mit einer Freundin, am Esstisch mit der Familie. Alina, die einen kleinen, struppigen Hund knuddelte. Die junge Frau trug eine Brille, das brünette Haar zum Pferdeschwanz zurückgebunden.

Ja, dieselbe, erkannte Vincent. Aber eigentlich eine völlig andere. Fröhlich, erwartungsvoll, das pure Leben.

«Neunzehn Jahre alt. Pflegepraktikantin in der Kinderklinik der Uni Düsseldorf. Wohnte noch bei ihren Eltern, Miriam und Robert Linke. Bittweg, das ist gleich beim Volksgarten.»

«Nette Gegend.»

Susi Hachmeister übergab ihm den Aktendeckel.

Vincent überflog den Inhalt. «Nicht gerade üppig.»

«Wir hatten keinen Anhaltspunkt für ein Verbrechen. Ehrlich gesagt, ich hab nichts anderes getan, als die Sache in die Datei aufzunehmen. Hey, das Mädel war volljährig!»

Er konnte den Blick nicht von der Aufnahme wenden, auf der Alina mit dem Hund spielte. Ein verdammt hübsches Ding.

«Sagt ihr den Eltern Bescheid?», fragte Susanne und nahm ihre Jacke vom Haken an der Tür.

«Klar. Und viel Erfolg mit deinem Ausreißer.»

Der zweite Espresso des Tages, Vincent trug ihn an seinen Schreibtisch und schlug die Akte auf. Jetzt hatte die Tote einen Namen.

Alina Linke, geboren 1995, Abitur im letzten Jahr. Das Praktikum an der Uniklinik hätte dazu dienen sollen, die Wartezeit auf ein Medizinstudium zu überbrücken. Bereits am Dienstag letzter Woche hatte ihre Mutter sie als vermisst gemeldet.

Die Polas-Datei gab unter anderem Auskunft, zu welcher Person eine Kriminalakte vorlag, weil sie einmal erkennungsdienstlich behandelt worden oder Gegenstand einer Ermittlung war. Vincent loggte sich ein und tippte Alinas Namen in die Suchmaske, dann die ihrer Eltern. Gegen keinen der drei lag etwas vor. Mutter und Vater arbeiteten laut Vermisstenanzeige beide am Geschwister-Scholl-Gymnasium, das in der Nähe ihrer Wohnung lag. Sie als Teilzeitkraft in Mensa und Schulbücherei, er als Lehrer.

Vincent rief Anna an und brachte sie auf den neuen Stand.

«Kommst du mit zu den Eltern?», fragte er.

«Nett, dass du fragst.»

«Wer fährt dann für dich zur Obduktion?»

«Das kann Dominik tun.»

Vincent gab sein Okay und legte auf.

Nora rief von nebenan herüber: «Unsere Praktikantin. Wo stecken wir sie hin?»

«Keine Ahnung!»

Das Handy vibrierte. Aus unerklärlichen Gründen war Annas SMS mit dem Bild der toten Alina erst jetzt eingetroffen.

Er las auch noch einmal die Nachricht seiner Freundin vom Morgen: *Denkst du bitte daran, dass wir deine Mutter besuchen wollen?*

Vincent klickte sich durch die Kontaktliste und fand Brigittes Nummer. Ein kurzes Zögern, dann drückte er das Wahlsymbol.

Nach dem dritten Klingeln wurde abgehoben. «Nina Holsten.»

Für einen Moment glaubte Vincent, er habe sich verwählt. Die Stimme seiner Ex hatte er nicht erwartet.

«Nina? Du wohnst immer noch bei Brigitte?» Er spürte ein Kribbeln. Jetzt bloß nicht sentimental werden, Alter. Vorbei ist vorbei.

«Vincent, bist du das?»

Er musste daran denken, wie sie sich kennengelernt hatten. Uni Köln, 1998: Gedränge vor dem Hörsaal, eine große Blonde mit Sommersprossen und hellen Wimpern schüttete ihm versehentlich den Inhalt eines Kaffeebechers über die Schulter. Sie hatten sich beide für Psychologie eingeschrieben. Er nahm damals eine Auszeit vom Polizeidienst, kehrte aber nach dem Vordiplom zurück und fing dann bei der Kripo an.

«Irgendwie hat es sich eingespielt», erklärte Nina. «Deine Mutter hat Platz, und als Künstlerin kann sie das Geld, das ich beisteuere, gut gebrauchen. Ich hab meine Ruhe, es ist ganz nett hier draußen, auch wenn du das vielleicht etwas anders in Erinnerung hast.»

«Arbeitest du nicht mehr im Evangelischen Krankenhaus?»

«Bin zurzeit krankgeschrieben. Hab mir beim Laufen den Fuß verknackst.»

«Seit wann läufst du?»

«Hast du mir doch empfohlen. Weißt du's nicht mehr?»

Schon etwas her, dachte Vincent. Vor rund zehn Monaten hatten sie sich getrennt. Ein Seitensprung Ninas hatte etwas zerrissen, das sie nicht mehr kitten konnten, trotz aller Versuche, Tränen und Entschuldigungen. Aber ihre Stimme löste immer noch etwas in ihm aus, ob er wollte oder nicht.

«Ist Brigitte da?», fragte er rasch.

«Klar, einen Moment.»

Er hörte Schritte, ein Rascheln, der Hörer wurde abgedeckt, dann war die Stimme seiner Mutter in der Leitung. «Warum bist du gestern Abend nicht geblieben? Nina hat mir erzählt, dass sie dich gesehen hat.»

«Keine Zeit, viel Arbeit. Wie läuft dein Buch im Handel?»

«Erzähl mir nicht, dass du deshalb anrufst!»

Vincent holte tief Luft, dann eröffnete er seiner Mutter, worum Saskia ihn gebeten hatte. Ein Gespräch über den Anschlag auf den Treuhandpräsidenten Rolf-Werner Winneken. Recherche für ein Buch zum fünfundzwanzigjährigen Jubiläum der Mordtat. Hintergrundinformationen aus erster Hand.

Er machte sich auf eine harsche Abfuhr gefasst, denn er hatte noch gut im Ohr, wie Brigitte ihn einmal beschimpft hatte, als er sie aus reiner Neugier nach ihrer Vergangenheit befragt hatte: *Hat dich der Staatsschutz geschickt, oder was?*

Doch zu seiner Überraschung willigte sie in ein Treffen ein. Sie wolle für Saskia und ihn Lasagne backen, morgen Abend um acht. Dass seine Mutter kochen konnte, war ihm neu.

«Deine Freundin ist noch recht jung, stimmt's?»

«Aber eine gute Journalistin», antwortete er.

«Das werden wir ja sehen.»

Er legte auf und vernahm ein Räuspern – Vincent wandte sich um. Im Türrahmen lehnte eine Frau. Mitte bis Ende zwanzig, schmale Nase, kleiner Mund und halblanges rötliches Haar, das sie offen trug. Der misstrauische Blick aus blassblauen Augen gefiel ihm.

Das Telefon.

«Moment», sagte Vincent und nahm den Hörer ab.

Es war sein Vorgesetzter. «Sie quatschen mich nicht noch einmal in einer Sitzung blöd an, haben Sie mich verstanden, Kollege Veih?»

«Okay, war's das?»

«Ihr Memo von gestern. Viel zu dünn. Der Präsident wünscht eine ordentliche Evaluation der Arbeit im Mordfall Julian Pollesch.»

«Evaluation?»

«Richtig. Inklusive einer Einzelbewertung der daran beteiligten Mitarbeiter.»

«Das dauert. Wie Sie wissen, haben wir einen Mordfall.»

«Ordentliche Polizeiarbeit ...»

«Der Begriff ist bekannt.» Vincent legte auf.

Er wandte sich der jungen Frau zu. «So, jetzt.»

Sie kam an seinen Tisch und begrüßte Vincent mit Handschlag. «Die Praktikantin.»

«Hab ich mir gedacht.»

«Ahrenfeld, Sofia Ahrenfeld.»

«Vincent Veih.»

«Ich weiß. Mittelname Che.»

Er bemühte sich um ein Lächeln. Die Frau trug Hose und Kostümjacke in Dunkelblau und kam Vincent älter vor als die üblichen Kommissarsanwärter, die während ihres Studiums an der Verwaltungsfachhochschule eine Reihe von Praktika zu absolvieren hatten. Vincent scheute sich daher, die Frau zu duzen, wie es eigentlich üblich war.

«Die letzten drei Wochen auf Streife mitgefahren?», fragte er.

Sie schüttelte ihren Rotschopf. «Jura, zweites Staatsexamen.»

Vincent begriff: Er hatte es mit einer Polizeirätin zur Anstellung zu tun, die bereits eine Gehaltsstufe über ihm stand und auf dem Sprung in den höheren Dienst war.

«Warum gehen Sie nicht direkt zur Polizeihochschule nach Hiltrup?»

«Mich reizt eher die praktische Ermittlungsarbeit, die Kommissarinnenlaufbahn. Ihr Metier, Herr Veih. Bis jetzt war ich allerdings im Leitungsstab des Präsidenten, das war weniger prickelnd.» Sie verzog den Mund. «Die Anwendung des *Gender Mainstreamings* auf den dienstlichen Sprachgebrauch der Polizeibehörden Nordrhein-Westfalens.»

Vincent erinnerte sich. Das rosafarbene Schreiben in seinem Papierkorb. Er musste lachen. «Verstehe. Sie haben das also verbrochen.»

Sofia Ahrenfeld ging nicht darauf ein. «Was kann ich hier tun?»

Er drückte ihr den Abschlussbericht zum Fall Julian Pollesch in die Hand und nahm seine Jacke.

«Und der neue Fall, die Leiche auf dem Gerresheimer Friedhof, kann ich nicht dabei …?»

«Nein, können Sie nicht.»

9
▼

Der Parkplatz der Schule war voll belegt, selbst die Zufahrt für die Feuerwehr war zum Teil zugestellt. Anna bog in die Seitenstraße, in der die Linkes wohnten. Hier fanden sie eine freie Lücke – die Häuser besaßen Tiefgaragen.

«Nicht gerade ein sozialer Brennpunkt», sagte Vincent beim Aussteigen.

«Wer sagt's den Eltern?»

«Du leitest die Mordkommission, schon vergessen?»

«Aber du bist der Psychologe. Wie viele Semester, drei oder vier?»

Sie gingen zurück zum Gymnasium, wurden von einer Horde Schüler fast umgerannt, ließen sich den Weg zum Sekretariat zeigen und fragten dort nach Miriam und Robert Linke. Sie sei in der Bücherei zu finden, hieß es, ihn würde man aus dem Unterricht holen.

Ein heller Raum voller Regale. Miriam Linke tröstete gerade einen kleinen Jungen, der einen Becher mit Kakao verschüttet hatte. Sie schenkte ihm ein paar Münzen, damit er sich einen neuen aus dem Automaten holen konnte. Dann erhob sie sich.

«Was kann ich für Sie tun?»

Vincent zeigte seine Marke und stellte sich und Anna vor.

Frau Linke wurde bleich. «Haben Sie meine Tochter gefunden?»

Plötzlich fühlte sich Vincents Kehle an wie mit Beton ausgegossen. Er nickte.

«Was ist mit Alina?»

«Sie wurde heute früh … Es tut mir leid, Frau Linke. Ihre …»

«Nein!»

Die Tür ging auf, ein Mann kam herein, ein etwas übergewichtiger Endvierziger mit verwuschelter Frisur, Strickpulli und Jeans, ernste Miene.

«Robert, die Kripo», sagte seine Frau. «Alina …»

Mehr bekam sie nicht heraus.

Im Haus der Linkes gab es einen Aufzug, aber sie nahmen die Treppe. Der Mann heulte still, die Frau nahm seine Hand. Der Tod trifft nicht nur die Opfer mit Wucht, dachte Vincent.

Eine Grünpflanze auf dem Absatz. Das aufgeregte Kläffen

eines kleinen Köters, als Frau Linke die Tür aufschloss. Vincent kannte das Tier vom Foto in der Vermisstenakte, Alina hatte es auf dem Arm gehalten.

Sie nahmen im Wohnzimmer Platz. Eine Polstergarnitur, bräunlich melierter Stoff. Ein niedriger Couchtisch mit dunkler Glasplatte, Hochglanzzeitschriften darauf verteilt. Verblühte Narzissen in einer Vase auf der Anrichte.

«Ich rufe einen Notfallseelsorger, der Ihnen beisteht», schlug Vincent vor. «Katholisch oder evangelisch?»

«Nicht nötig», sagte Robert Linke und ließ den Kopf hängen.

«Evangelisch», entgegnete seine Frau und griff wieder nach seiner Hand.

Anna versuchte, die Linkes nach dem Tag auszufragen, an dem ihre Tochter verschwunden war. Miriam Linke schluchzte in ihr Taschentuch, ihr Mann stierte vor sich hin.

London Calling. Vincent ging zum Telefonieren nach nebenan in die Küche. Es war Fabri vom Erkennungsdienst.

«Die Schuhspuren am Tor haben Größe 43 und sind identisch mit denen, die wir im Matsch vor dem Grab gefunden haben.»

«Du meinst also, der Täter hat sie hinterlassen.»

«Wetten?»

«Was ist mit der Fingerspur am Poller?»

«Hey, wie lange ist es her, dass wir sie entdeckt haben? Und trotzdem ist sie bereits gesichert und ins AFIS eingegeben. Sag, dass Fabris Truppe die beste ist!»

«Was sagt die Datei?»

Der kleine Hund schlich herein, wackelte mit dem Stummelschwanz, schnupperte am Fressnapf und trollte sich wieder.

«Leider kein Treffer. Falls die Spuren vom Täter stammen, ist er noch nie erkennungsdienstlich behandelt worden, zumindest nicht in Deutschland.»

«Sonst noch was?»

«Fasern und Schmutz an der Leiche, aber das muss erst noch ins Labor.»

«Danke.»

«Und?»

«Fabris Truppe ist die beste.»

«Sag ich doch.»

Vincent legte auf und bemerkte, dass eine SMS eingegangen war. Absender war Dominik Roth, mit dreißig Lenzen und knapp zwei Jahren Zugehörigkeit der Junior der Dienststelle.

Ruf mich zurück.

Grünes Symbol. Die Verbindung baute sich auf. Beim ersten Klingeln war der Kollege dran.

«Ist die Obduktion schon vorbei?», fragte Vincent.

«Nein, aber vielleicht willst du einen Zwischenstand hören.»

«Her damit.»

«Sieht aus, als sei das Mädchen etwa eine Woche lang festgehalten und gequält worden. Wunden in verschiedenen Stadien der Entzündung beziehungsweise Heilung. Spuren von Fesselung an Hand- und Fußgelenken. Die Haut war durchgescheu ert, als hätte die Kleine verzweifelt versucht, sich zu befreien. Sie war dehydriert, offenbar hat sie in den letzten Tagen nichts mehr zu trinken bekommen. Feste Nahrung wahrscheinlich auch nicht.»

Vincent überzeugte sich davon, dass er die Tür geschlossen hatte. Leise fragte er: «Ist sie verdurstet?»

«Nein, todesursächlich war ein tiefer Schnitt in den Unterleib. Lange Klinge, gezackt. Brotmesser oder so. Dabei ist sie wohl verblutet. Eine Erlösung, meint die Professorin. Die Kleine muss durch die Hölle gegangen sein.»

«Wann können die Eltern kommen, um sie zu identifizieren?»

«Nicht vor morgen. Rechtsmedizin und Bestatter werden Höchstleistung bringen müssen, um das Gesicht halbwegs herzurichten. Die Professorin hat allein an Kopf und Hals siebzehn Brandmale gezählt.»

«Brandmale?»

«Löcher von Zigaretten oder Zigarren, ja. Wann machen wir die Besprechung?»

«Hat Anna das noch nicht festgelegt?»

«Nicht dass ich wüsste.»

«Seid ihr bis sechzehn Uhr mit der Obduktion fertig?»

«Denke schon.»

«Also bis dann. Gib den anderen Bescheid.»

Vincent blieb ein paar Sekunden auf dem Küchenstuhl sitzen und lauschte seiner eigenen Atmung. Am Kühlschrank hingen Ansichtskarten und Fotos. Immer wieder Alina. Warum bin ich nicht weit weg?, dachte er. Auf einer entlegenen Insel. An einem einsamen Strand. Und für eine ganze Weile dort bleiben, das wär's.

Dann wählte er die Nummer der Leitstelle und bat den Kollegen, der sich meldete, die Notfallseelsorge zu verständigen.

Als er ins Wohnzimmer zurückkehrte, hatte sich Miriam Linke etwas gefasst und gab Auskunft. Sie knetete ihr Taschentuch, die Augen waren gerötet. Anna blätterte ihren Notizblock um – Vincent registrierte, dass sie ihn schon fast vollgeschrieben hatte.

Robert Linke stand am Fenster und blickte hinaus, Schweißflecken unter den Achseln, die Wohnung war überheizt.

Vincent ging durch den Kopf, dass die allermeisten Morde, auch die brutalsten, innerhalb der Familie oder im Bekanntenkreis verübt wurden. Selbst in diesem Fall musste er das in Betracht ziehen. In der Wohnung wird es nicht geschehen sein, dachte Vincent. Der Keller des Mehrparteienhauses kam vermutlich ebenfalls nicht in Frage – nicht als Schauplatz einer einwöchigen Tortur.

Anna fasste zusammen: «Alina hatte derzeit keinen Freund und außer den Freundinnen aus ihrer Abiturklasse und dem Handballverein gab es niemanden, mit dem sie sich traf.»

«Sie war nicht der Typ, der herumhing», erklärte der Vater. «Alina war zielstrebig. Sie wollte Ärztin werden, Kinderärztin.»

Miriam Linke hob die Hand wie in der Schule. «Es gibt noch eine Franziska, die mit ihr in der Kinderklinik arbeitet. Ein paarmal hat Alina bei ihr übernachtet.»

Anna schrieb den Namen auf. Vincent fragte: «Kennen Sie eine Pia Ziegler, ein gutes Jahr jünger als Alina? Hat Ihre Tochter jemals den Namen Pia Ziegler erwähnt?»

«Nein, wer soll das sein?»

«Pia wohnte in Gerresheim und ging dort aufs Gymnasium.»

Kopfschütteln.

«Thabo Götz, Julian Pollesch?»

Alinas Mutter blickte ihren Mann an.

«Natürlich haben wir von Thabo Götz gehört», antwortete er. «Das ist doch dieser junge Mann, der für einen Mord eingesperrt wurde, den er vielleicht nie begangen hat. Alina hat die Geschichte sehr berührt, sie ging seit ein paar Monaten zu den Treffen dieser Initiative. Sie müssen wissen, dass sie einen sehr ausgeprägten Sinn für Gerechtigkeit hat.» Robert Linke schluckte, sein Adamsapfel hüpfte. «Hatte.»

«Hat sie Thabo Götz oder Julian Pollesch persönlich gekannt?»

«Nein», sagte das Ehepaar fast synchron.

«Dürfen wir Alinas Zimmer sehen?»

«Was glauben Sie dort zu finden?», fragte der Vater. «Ihren Mörder?»

«Lass sie doch», beschwichtigte seine Frau.

Sie durchsuchten den Raum, der so groß wie das Wohnzimmer war und dessen Fenster ebenfalls auf den Park gingen. Vincent und Anna blätterten durch Bücher, zogen Schubladen auf und stöberten nach geheimen Verstecken, die es nicht gab. Sie gewannen den Eindruck einer ernsthaften jungen Frau, die gern las. Liebesromane, Biographien von Nelson Mandela und Martin Luther King, aber auch populärwissenschaftliche Bücher, einiges davon auf Englisch.

Aus dem Alter, in dem man sich Idole aus Popmusik oder Teenie-Filmen an die Tapete klebte, war sie offenbar herausgewachsen: Das einzige Poster zeigte eine Hand, ein Ohr und Fußsohlen – inklusive unzähliger Akupunkturpunkte.

Anna begutachtete einen Karton voller Lippenstifte und Schminksachen. Dabei fragte sie: «Der Anruf vorhin – dienstlich?»

«Fabri. Er glaubt, dass er Schuhspuren des Täters sichergestellt hat.»

«Warum ruft er nicht mich an?»

Vincent hob seine Hände. «Das musst du mit ihm regeln.»

Von Dominik und der Obduktion berichtete er lieber nicht. Die Tür stand offen, die Eltern hätten mithören können.

Schließlich gab er die Durchsuchung auf. Er griff nach dem Handy und organisierte weitere Verstärkung für die Mordkommission. Sie mussten Alinas Kontaktpersonen befragen, das Umfeld ausleuchten. Die Ermittlung war in eine Phase getreten, in der die Zahl der Spuren explodierte – jede Antwort würde neue Fragen aufwerfen, denen man nachgehen musste.

Zu Anna sagte er: «Ach ja, die Besprechung. Ich habe sie für sechzehn Uhr anberaumt.»

Ohne ihre Antwort abzuwarten, trat er auf den Flur, wo Alinas Mutter wartete. «Haben Sie Alinas Zimmer aufgeräumt?»

«Nein, wieso?»

«Hat Ihre Tochter vielleicht ein Tagebuch geführt?»

Kopfschütteln und ein Schniefen. Sie wühlte in ihren Taschen. Vincent hielt ihr ein einzelnes Tempo hin. Sie griff dankbar zu.

Ein schwarz-weiß karierter Wintermantel hing an einem Garderobenhaken. Auf der Brust der gelbe Freiheit-für-Thabo-Anstecker.

«Alinas Mantel?», fragte Vincent.

Die Mutter nickte.

Vincent tastete ihn ab und fuhr mit der Hand in die Taschen. Etwas knisterte. Der Kassenzettel eines Cafés, den er einsteckte.

Miriam Linke weinte in das Taschentuch. Robert Linke kam aus der Küche. Sie umarmten sich. Vincent konnte sich nicht vorstellen, dass diese Leute ihrer Tochter etwas angetan hatten.

10

▼

Rasch noch einen Espresso. Vincent trank ihn, während er eine Mail des Pressesprechers beantwortete. Dann eilte er zum Besprechungsraum des KK11.

Vor der Tür passte ihn Sofia Ahrenfeld ab, die neue Praktikantin. Sie trug den Abschlussbericht zum Mordfall Pollesch unter dem Arm. Dazu eine weitere Akte.

«Ich habe Ungereimtheiten entdeckt», sagte sie.

«Lassen Sie uns das nach der Sitzung besprechen.»

«Seit wann werden Praktikantinnen bei Ihnen gesiezt?»

Er betrat den Raum und stellte sein Handy stumm. Die Mordkommission hatte Zulauf bekommen, vier erfahrene Fachleute aus verschiedenen Dienststellen der Kripo: Jan Reuter vom OK, Marietta Köhler und Norbert Scholz, die Vincent noch aus seiner Zeit bei der Kriminalwache kannte, sowie Susanne Hachmeister vom KK12 – dass er die Kollegin von der Sitte hatte gewinnen können, freute Vincent besonders.

«Was macht der kleine Ausreißer?», fragte er sie leise.

«Ist bei der Oma. Fünfzig Kilometer von seiner verdammten Kiffer-Clique entfernt. Aber das ist nichts auf Dauer. Vielleicht muss ich ein Sabbatjahr nehmen.»

«Nicht bevor wir diesen Fall geklärt haben.»

Anna hatte einen Stuhl für ihn frei gehalten. Als Vincent sich zu ihr setzte, raunte sie ihm zu: «Das Gericht hat den Wiederaufnahmeantrag von Thabo Götz zugelassen. Gerade kam die Nachricht.»

«Shit. Das ging aber rasch.»

«Sie prüfen ihn jetzt. Die Entscheidung, ob es zu einem neuen Verfahren kommt, ist für Freitag angekündigt.»

Vincent musste an Thann denken, den Giftzwerg. Eine Einzelbewertung der Mitarbeiter – wozu sollte das gut sein?

Felix May, den Anna als Aktenführer eingesetzt hatte, verteilte Material: Bilder vom Fundort der Leiche, einen Lageplan des Grabs, eine Karte des Stadtteils mit allen Wegen, die zum Friedhof führten. Dazu Alinas Lebenslauf sowie eine Liste ihrer wichtigsten Kontakte, soweit sie bis jetzt bekannt waren: Schule, Sportverein, Uniklinik, Verwandtschaft. Nora reichte einen Zettel herum, auf dem sich alle Mitglieder der Mordkommission mit ihren Mobilfunknummern eintragen sollten.

Bevor Anna die Besprechung eröffnete, stellte Vincent die neue Praktikantin vor. «Wir haben einen Neuzugang: Sofia Ahrenfeld, Polizeirätin zur Anstellung. Sie sagt, sie interessiert sich für die praktische Ermittlungsarbeit. Wir haben vereinbart, dass wir uns duzen. Unsere Dienststelle ist nach dem Leitungsstab des Präsidenten Sofias zweite Station. Sie ist übrigens verantwortlich dafür, dass wir jetzt alle als Polizistinnen firmieren.»

Ahrenfeld hob den Finger. «Die Idee stammt nicht von mir.»

Vincent musste grinsen. «Aber die Ausführung auf rosa

Papier.» Er sah, wie Felix May die Augen verdrehte. «Beschwerden der männlichen Kolleginnen wegen plötzlichen Testosteronmangels also bitte an unsere neue Praktikantin.»

Kichern und Feixen, doch sofort kehrte Ruhe ein, als Anna zu erzählen begann, wie die Tote gefunden worden war. Fabri erläuterte die Spurenlage. Als Dominik schließlich von der Obduktion berichtete, wurde die Anspannung im Raum förmlich greifbar.

Das tagelange Martyrium, die Art und Zahl der Verletzungen: Einstiche, Schnitte, großflächige Verbrühungen an Armen und Oberkörper sowie insgesamt vierunddreißig Brandwunden – am ganzen Körper der jungen Frau waren glühende Zigaretten in die Haut gedrückt worden. Durch zusammengebissene Zähne holte Vincent tief Luft gegen die Enge in seiner Brust. Eine kalte Hand fasste nach seinem Herzen und drückte zu. Er wusste, dass die anderen ähnlich fühlten.

Fabri war sich inzwischen sicher, dass der Täter nach drei Uhr morgens über den Rotthäuser Weg gekommen sein musste, um die Leiche auf Pia Zieglers Grab abzuladen. Also aus Richtung Norden entweder von der Bergischen Landstraße kommend, die Düsseldorf mit dem benachbarten Mettmann verband, oder jenseits davon über die Knittkuhler Straße aus Ratingen, das weiter nördlich lag.

Das Sohlenprofil stammte von Sportschuhen der Marke Converse. Fabri konnte etwas über ihre Größe sagen sowie über das Reifenprofil des Tatfahrzeugs, Breite und Hersteller. Und es gab die Fingerspur, wenn auch ohne Treffer in der Datei.

Der Mann verfügt über ein Auto, so viel stand fest.

Vincents Handy vibrierte. Stefan Ziegler.

Jetzt nicht.

«Wollen wir schon mal über mögliche Täter und Motive spekulieren?», fragte Vincent.

«Ein Exfreund», mutmaßte Bruno Wegmann und fuhr sich

über den kahl rasierten Schädel. «Rache für verschmähte Liebe. Da muss eine Menge Hass im Spiel gewesen sein.»

«Die Eltern bestreiten das», antwortete Anna. «Es gab nie einen ernsthaften festen Freund und aktuell gar keinen. Alina hat offenbar ihre Prioritäten anders gesetzt als die meisten Mädchen. Schule, Abi, Studium. Alina war sehr …»

«Fokussiert», half Vincent weiter. «Zumindest stellen die Eltern sie so dar.»

Susanne Hachmeister schüttelte ihre schwarzen Locken. «Sie verklären ihre Tochter. Wer weiß schon wirklich, was sein Kind so treibt.»

«Oder es war der Vater», überlegte Marietta. «Ein Sadist, eine perverse Strafaktion, die aus dem Ruder lief. Womöglich quält er auch seine Frau.»

Anna argumentierte dagegen.

Vincent gab seiner Stellvertreterin insgeheim recht. «Wir sollten alle Möglichkeiten im Kopf behalten», antwortete er. «Aber geht behutsam mit den Eltern um. Sie dürfen auf keinen Fall spüren, dass da irgendein Verdacht bestehen könnte.»

Kollektives Nicken in der Runde.

«Susanne, ich möchte, dass du dabei bist, wenn morgen die Eltern ins Präsidium kommen. Du hast eine gute Antenne für familiäre Probleme.»

Anna verteilte die übrigen Aufgaben für den nächsten Tag. Priorität hatte die Befragung der Kontaktpersonen des Opfers, um Klarheit über mögliche Tatverdächtige zu erlangen und Alinas letzten Tag in Freiheit zu rekonstruieren. Wo hatte der Täter sie angesprochen? War sie ihm freiwillig gefolgt?

Wieder vibrierte Vincents Handy. Er registrierte, dass Stefan Ziegler eine Nachricht auf der Mailbox hinterlassen hatte.

«Kann ich auch mal etwas fragen?» Sofia, die Praktikantin.

Am liebsten hätte Vincent nein gesagt.

«Was ist mit der Verbindung zu Pia Ziegler? Da muss es

doch etwas geben. Zu Ziegler, Pollesch oder zum Wiederaufnahmeantrag von Thabo Götz. Warum sonst hätte der Täter sein Opfer auf diesem Grab deponiert?»

«Das ist Spekulation», widersprach Anna.

«Hat Vincent uns nicht gerade zum Spekulieren aufgerufen?»

Keine Antwort, keine weiteren Wortmeldungen, die Kollegen stürmten aus dem Raum.

Vincent widmete sich wieder seinem Handy, rief die Liste der verpassten Anrufe auf und hörte die Mailbox ab.

Stefan Ziegler klang aufgebracht.

Sag mal, Veih, was geht da ab? Handelt eure Praktikantin in deinem Auftrag, oder hast du den Laden nicht im Griff? Diese Tussi verdreht sämtliche Fakten, ruft meine Leute an und treibt meine Frau in den Nervenzusammenbruch! Wir machen eine schwere Zeit durch und können solchen Mist nicht gebrauchen. Ich erwarte deinen Rückruf!

Ende der Nachricht.

Vincent ließ das Handy sinken. Vor der Tür stand die besagte Tussi und wartete auf ihn, die Akten mit beiden Armen gegen die Brust gedrückt.

Polizeirätin zur Anstellung. Dass diese Frau die Kommissarslaufbahn dem höheren Dienst vorziehen würde, glaubte Vincent nie und nimmer.

«Komm mit», sagte er.

11

▼

Sie gingen in sein Zimmer. Er schloss die Verbindungstür zum Nebenraum, in dem Nora arbeitete, und wies auf einen Stuhl im Besprechungseck. «Lass hören.»

«Der Abschlussbericht ist lückenhaft.»

«Das sind Berichte immer.»

«Ich habe zusätzliche Unterlagen herangezogen und bin auf Widersprüche gestoßen. Angeblich hat ein Beamter namens Konrad Mahler im Vorbeifahren Schüsse gehört, den Toten und die Schwerverletzte gefunden und den Notarzt gerufen. Aber wie kann es bitte schön sein, dass Pia Ziegler auf die Minute genau zur gleichen Zeit ins Krankenhaus eingeliefert wurde, als Mahler laut Protokoll zum Tatort kam?»

«Okay, fehlerhafte Zeitangaben. Kann vorkommen.»

«Wenn der Notarzt schon vor Mahler da gewesen war, wer hat ihn dann verständigt?»

«Wenn.»

«Und als weitere Beamte am Ort der Schießerei eintrafen, war auch Stefan Ziegler schon da, steht zumindest im Vermerk eines der Beamten. Wer hat Ziegler gerufen und warum? Der Mann hatte seinen freien Tag.»

«Er war immerhin Pias Onkel, ihr nächster Verwandter. Ich hätte ihn auch verständigt.»

«Aber nicht zuallererst.»

«Erklär mir, warum Stefan Ziegler plötzlich so wütend auf uns ist.»

Sie verschränkte die Arme. «Ich habe Mahler um Klärung gebeten. Inzwischen arbeitet er in der Wache Bilk, aber er war nicht gerade kooperativ, um es höflich auszudrücken. Dann habe ich versucht, Stefan Ziegler zu erreichen. Er hat zurzeit Frühschicht, und ich dachte, er sei zu Hause.»

«Stattdessen hast du seine Frau an der Strippe gehabt.»

Sofia nickte.

«Und?»

«Frau Ziegler ist, nun ja, etwas ausgerastet.»

«Laut Stefan hat sie einen Nervenzusammenbruch erlitten.»

«Ach was, sie war allenfalls …»

«Hör mal, ihre Nichte war wie eine Tochter für sie! Dass der Fall jetzt wieder hochkocht und Pias Darstellung angezweifelt wird, ist für die Zieglers Salz in ihren Wunden. Pia war das Opfer, nicht die Schurkin. Vergiss das nicht.»

«Aber die Ungereimtheiten …»

«Du bist den ersten Tag in meiner Dienststelle und stellst bereits auf eigene Faust Ermittlungen an. Das tun hier nur gestandene Kommissare und nicht ohne mein Wissen. In wenigen Jahren dirigierst du wahrscheinlich eine ganze Inspektion, aber bis dahin musst du noch lernen. Verstanden?»

«Aber …»

«Kein Aber.»

Nach kurzem Zögern sagte sie: «Entschuldigung.»

«Schon besser.»

Ahrenfeld stand auf und griff nach den Akten.

«Die Sachen bleiben hier.»

«Warum?»

«Weil ich's sage.»

«Und was soll ich dann …»

«Kümmer dich um die Fußballwette.»

«Wie bitte?»

«Im KK11 gibt es zu jeder WM ein Tippspiel. Die Vorrundenbegegnungen stehen fest. Du kannst die Tipps einholen und von jedem Kollegen zehn Euro kassieren.»

Sie legte den Kopf schräg, spitzte den Mund, holte zu einer Geste aus. Dann sagte sie leise: «Von jeder Kollegin.»

«Richtig.»

«Sonst noch was?»

«Das Übliche. Kaffee kochen, Pizza holen. Wir sehen uns morgen.»

Ahrenfeld stiefelte wütend aus dem Büro.

Vincent holte sein Handy hervor, wählte die Anrufliste, den letzten Kontakt, das grüne Verbindungssymbol.

Stefan Ziegler meldete sich sofort.

«Tut mir leid», sagte Vincent. «Unsere Praktikantin wird euch nicht mehr behelligen. Versprochen.»

«Christine ist völlig fertig.»

«Das Gericht hat übrigens den Antrag zugelassen. Ich hab mit dem Staatsanwalt geredet. Es sieht nicht gut aus. Stellt euch darauf ein, dass die Richter womöglich sogar die Wiederaufnahme beschließen.»

«Du meinst, Justitia pisst auf Pias Grab?»

«Nein, Stefan. Das heißt noch nicht, dass Thabo Götz freigesprochen wird. Sie nehmen die neue Zeugin ernst, aber an der Beweislage ändert sich nichts.»

«Und diese Leiche …»

«Sagt dir der Name Linke etwas? Alina Linke?»

«Nein.»

«Die Eltern heißen Miriam und Robert, arbeiten beide am Geschwister Scholl. Alina hat dort ihr Abi gemacht und war seitdem Pflegepraktikantin an der Uni-Kinderklinik.»

«Sagt mir echt nichts.»

«Okay. Ich halte dich auf dem Laufenden.»

«Danke. Und, Vincent …»

«Ja?»

«Sorry, dass ich heute morgen auf dem Friedhof so ungehalten war.»

«Schon gut. Aber ich muss dich noch etwas fragen, Stefan. Und raste jetzt bitte nicht wieder aus.»

«Was gibt's denn?»

«Die Akte von damals lässt einige Fragen offen. Warum erzählst du mir nicht, wie sich der siebte Mai vor zwei Jahren wirklich zugetragen hat?»

Stille in der Leitung.

«Stefan?»

«Mhm.»

«Sag's mir einfach.»

«Meine Güte, Pia war nicht sofort bewusstlos.» Ein Räuspern. «Sie hat es noch geschafft, mich anzurufen. Ich saß gerade beim Friseur, in der Speestraße, gleich um die Ecke, und ich hab sofort den Notarzt ...» Ein Schniefen. «Also, ich war als Erster vor Ort, und dann hab ich die Kollegen meiner Dienstgruppe verständigt. Konni Mahler hatte den kürzesten Weg.»

«Warum steht das nicht so im offiziellen Protokoll?»

«Du weißt doch, wie das ist.»

«Nein», widersprach Vincent.

«Es war mein freier Tag. Ich war als Zivilist unterwegs, ohne Waffe und Uniform. Dass ich am Tatort war, hätte womöglich nur Wirbel verursacht. Konni hat dann aufgeschrieben, dass er im Vorbeifahren die Schüsse gehört und den Notarzt gerufen hätte. Das war ein Fehler, ich weiß. Aber damit es keine blöden Nachfragen gibt, sind wir dabei geblieben. Scheiße, ich war völlig von der Rolle an dem Tag. Pia wäre um ein Haar genauso draufgegangen wie dieser Kerl aus ihrer Schule.»

«Verstehe.»

«Willst du Konni Mahler jetzt einen Strick daraus drehen?»

«Quatsch. Aber gut, dass du endlich damit rausgerückt bist.»

Nachdem Vincent aufgelegt hatte, bemerkte er einen Kaffeefleck auf der Schreibtischplatte. Er zog sein Taschentuch hervor, um ihn wegzuwischen. Dabei fiel ein kleiner Zettel auf den Boden.

Der Kassenbon, den er in Alinas Manteltasche gefunden hatte.

Axolotl, so hieß das Lokal. Tisch Nummer drei, ein Wasser und eine Linsensuppe. Suitbertusstraße, nicht allzu weit von der Uniklinik entfernt.

Der Beleg datierte von Ende Februar – einige Tage vor Alinas Verschwinden.

London Calling. Auf dem Display des Handys eine unbekannte Nummer.

«Veih», meldete sich Vincent.

«Max Dilling. Wie geht's denn so?»

«Max!» Vincent freute sich, die Stimme des älteren Kollegen zu hören. Als er in Düsseldorf angefangen hatte, war Dilling sein unmittelbarer Vorgesetzter in der Oberkasseler Wache am Barbarossaplatz gewesen.

«Erinnerst du dich noch an unsere Leichensache vor dreiundzwanzig Jahren? Da gibt es eine Journalistin, die den Mord an Rolf-Werner Winneken neu aufrollen will.»

«Ich weiß. Meine Freundin.»

«Na, das passt ja! Unser Behördensprecher hat einen Termin mit ihr arrangiert, und es wäre sicher nicht falsch, wenn wir gemeinsam mit ihr reden. Immerhin hast du damals das Bekennerschreiben gefunden.»

«Und das Fernglas und das Handtuch mit den DNA-Spuren.»

«Ganz genau.»

«Wie wär's auf ein Glas Wein an einem der nächsten Abende bei mir?»

«Ich möchte nicht unhöflich erscheinen, aber was über die Pressestelle kommt, ist dienstlich. Und was dienstlich ist, muss ich nicht in die Freizeit legen. Eine prinzipielle Sache, nichts gegen deinen Wein.»

«Verstehe.»

«Also morgen Nachmittag um eins. Hast du Zeit?»

«Eher nicht. Die Leichensache in Gerresheim.»

«Jetzt bringen die Mörder ihre Opfer schon selbst auf den Friedhof, oder was?»

Nachdem sie das Gespräch beendet hatten, wählte Vincent die Handynummer seiner Freundin. Sie ging sofort ran.

«Ich bin am Verhungern», sagte er.

«Gerade hör ich in den Nachrichten, dass es einen Mord gegeben hat. Ist das dein Fall, Vinnie?»

«Rate mal, warum ich noch nicht dazu gekommen bin, etwas zu essen.»

«Und was sagt deine Mutter?»

«Morgen Abend.»

«Ist ja toll!»

«Wetten, dass sie dich nur benutzen will?»

«Das versuchen alle Interviewpartner.»

«Kenne ich auch von meinen Klienten.»

«Die Wahrheit ist ein seltenes Gut. Und wir versuchen, ihr ans Licht zu helfen. Du auf deine Art, ich auf meine.»

«Schön gesagt, du solltest Romanautorin werden.»

«Wo wollen wir essen?»

Am liebsten hätte Vincent das *Axolotl* genannt, um das Lokal, in dem Alina gewesen war, in Augenschein zu nehmen. «Schlag etwas vor, Frau Baltes», sagte er.

12

▼

Vincent fand nur im Halteverbot eine Lücke und hoffte, dass die Angestellten des Ordnungsamts zu dieser Stunde nicht mehr durch das Viertel patrouillierten. Früher hatte ihn der Autoaufkleber der Polizeigewerkschaft vor Bußgeldbescheiden bewahrt, doch die Zeiten waren vorbei.

Das spanische Restaurant, das Saskia empfohlen hatte, lag in einer ruhigen Gasse abseits der «längsten Theke der Welt», wie Werbetexter das Herz der Altstadt einst tituliert hatten. Vorher war hier ein Inder gewesen, davor ein Grieche, so weit sich Vincent erinnerte.

Am frühen Abend war das Lokal fast leer. Vincent hängte

seine Lederjacke an einen Haken und wählte einen Ecktisch, von dem aus er den Eingang im Blick hatte. Ein Kellner brachte die Speisekarte und zündete eine Kerze an.

Saskia betrat das Lokal. Vincent winkte ihr zu.

«Hola, Guapo!», grüßte sie und setzte sich. Sie trug eine schwarze Jacke, die mit roten Rosen bedruckt war, und er fragte sich, ob er sie darin schon einmal gesehen hatte.

Der Kellner brachte zwei Gläser mit Sherry und eine zweite Karte.

«Ich hab einen neuen Witz gehört», sagte Saskia. «Warum kam Jesus nicht auf der Düsseldorfer Königsallee zur Welt?»

«Verrat's mir.»

«Weil dort weder drei Weise noch eine Jungfrau aufzutreiben waren.»

«Hat man dir das in Köln erzählt?»

«Nein, ich war heute im Landeskriminalamt.»

«Und?»

«Sie haben mich ans BKA in Wiesbaden verwiesen.»

«Sag ich doch.»

«Außerdem waren Geheimdienste in die Geschichte verwickelt.»

«Klar. Damals waren alle hinter der Baader-Meinhof-Bande her.»

Saskia schlug die Karte auf und legte sie gleich wieder ab. «Ich hab einen Anschlag auf dich vor.»

«Ich weiß. Morgen um dreizehn Uhr bei Max Dilling.»

«Hey, das habe ich selbst erst vor einer halben Stunde erfahren. Bist du Gedankenleser?»

«Was mich betrifft, wird das wohl nichts mit dem Gespräch. Wie gesagt, ein frischer Mord mit unbekanntem Täter.»

«Delegierst du den nicht an deine Mitarbeiter?»

«Ich kann mich nicht ausklinken, in dem Fall schon gar nicht.»

«Schon gut», sagte Saskia. «Eigentlich wollte ich auf etwas ganz anderes hinaus.»

«Was denn?»

Sie griff nach seiner Hand. «Wir sind jetzt seit zehn Monaten zusammen.»

Die Zeit rast, dachte Vincent. Es war ihm, als wäre es gestern gewesen: die junge Fernsehreporterin, die ihm vor laufender Kamera Details einer Ermittlung entlocken wollte. Was ihm zuerst an Saskia aufgefallen war: ihr unbeschwertes Lachen und die Art, wie sich dabei die Haut auf ihrem Nasenrücken kräuselte.

Ihr traute er es zu, Geheimdienstler und altgediente BKA-Leute zum Ausplaudern brisanter Details zu überreden. Womöglich würde sie sogar seine Mutter knacken.

«Und im Herbst kommt Oskar zur Schule», fügte Saskia hinzu.

«Was hat das eine mit dem anderen zu tun?»

Ihr Finger malte unsichtbare Zeichen auf seinem Handrücken. Dann hob sie ihr Wasserglas, als wolle sie auf etwas anstoßen. «Lass uns zusammenziehen.»

«Wird dir die Miete zu viel?»

«Es geht mir nicht um das Geld. In erster Linie ist es wegen Oskar. In dem Alter braucht ein Junge ein Rollenvorbild. Einen Mann im Haus. Das ist wissenschaftlich erwiesen. Und Oskar mag dich sehr. Ich finde, du könntest mehr Verantwortung übernehmen.»

Vincent wusste nicht, was er antworten sollte. Auch wenn sie sich seit einer Weile trafen und er sich mit ihr wohl fühlte, ging ihm das zu schnell. Aber wie konnte er ihr das beibringen, ohne sie zu verletzen?

«Vielleicht …»

«Ja?»

«Vielleicht bin ich noch nicht so weit, Saskia.»

Etwas zu heftig stellte sie ihr Glas ab. «Hör endlich auf, das Trauma deiner Kindheit als Vorwand zu benutzen!»

«Du redest wie meine Ex.»

«Dann hat sie recht, zumindest damit.»

Er vertiefte sich wieder in die Karte. Für Grundsatzdiskussionen fühlte er sich zu müde. Er beschloss, dass ihm der Sinn nach Hühnchen mit Knoblauch, Salat und *Flan Casero* stand.

«Vinnie?»

«Ja?»

«Ich muss wissen, woran ich mit dir bin.»

«Lass uns zuerst etwas essen.»

Ihr Kopf verschwand hinter der Speisekarte. Schließlich klappte sie das Ding wieder zu. «Da steht nichts, was mich anmacht.»

«Sollen wir woanders …»

«Nein, schon gut. Ich nehm den Tomatensalat.»

Gegen einundzwanzig Uhr schloss Vincent seine Wohnung auf. Er hatte sämtliche Unterlagen zum Tötungsdelikt gegen Julian Pollesch mitgebracht, die er finden konnte. Der Fall ließ ihn nicht los. Er wollte sichergehen, dass er sich zu Recht für die Kollegen verbürgt hatte, die damals daran gearbeitet hatten.

Eigentlich war es verboten, Akten aus dem Archiv der Dienststelle nach Hause mitzunehmen, aber Vincent sah nicht ein, warum er sich die Nacht im schlechtgeheizten Büro um die Ohren schlagen sollte. Er lud die Kiste voller Ordner auf dem Küchentisch ab und setzte Wasser auf, um sich einen Tee zu brühen. Anschließend fuhr er seinen Rechner hoch.

Saskia und er hatten sich ohne viele Worte verabschiedet. Fünfzehn Jahre betrug der Altersunterschied zwischen ihnen, und Vincent fragte sich, ob ihre Freundschaft von Dauer sein konnte. Die Musik, die sie hörte, die Partys, auf die sie gern ging – nicht ganz seine Welt.

Er öffnete den Browser und gab Alinas Namen in das Fenster der Suchmaschine ein. Jede Menge Treffer. *Grausiger Fund auf Gerresheimer Waldfriedhof.* Die weiteren Meldungen klangen ähnlich. Immer wieder lachte ihm vom Bildschirm Alina entgegen, meist in der Aufnahme mit dem süßen Köter – damit hatte Pressesprecher Braun die Medien offenbar versorgt.

Das Abendessen rumorte in Vincents Magen bei der Vorstellung, was die junge Frau in ihren letzten Tagen erlitten hatte.

Er stieß auf die Online-Ausgabe der Boulevardzeitung: *Friedhofsmörder versetzt die Stadt in Angst und Schrecken.* Im Text wurden die Verletzungen erwähnt, von Folter war die Rede. Er fragte sich, wer aus dem Team das ausgeplaudert haben konnte. Die Eltern würden diese Details nun aus der Zeitung erfahren.

Vincent fand nichts, was über die Kenntnisse der Mordkommission hinausging. Er war gespannt auf die Hinweise aus der Bevölkerung. Schließlich kehrte er in die Küche zurück und setzte sich mit Becher und Teekanne an den Tisch.

Ein anderer Fall – ein anderes Mädchen und ein anderer Toter.

Und ein Schritt zurück in die Vergangenheit: Mai 2012.

Vor ihm lagen die Hauptakte sowie Spurenakten, Presseordner, Zwischenberichte, Lichtbildmappen und Tonaufzeichnungen der Vernehmungen. Ein Wust aus Protokollen und Vermerken. Sechzehn Kollegen hatte die Mordkommission umfasst, zahlreiche Beamte der Schutzpolizei waren zusätzlich eingebunden gewesen. Zwar war die Tatwaffe rasch gefunden worden, doch weil Thabo Götz nicht kooperierte und Pia zunächst nicht umfassend vernehmungsfähig war, hatten die Ermittlungen noch etliche Wochen angedauert, bis die Staatsanwaltschaft endlich Anklage erhob. Entsprechend umfangreich war das Material.

Vincent knöpfte sich die Langfassung der Aussage von Pia Ziegler vor, in der sie Thabo Götz beschuldigte, seinen besten

Kumpel erschossen zu haben. Der adoptierte Junge mit afrikanischen Wurzeln war vor der Tat die erste Liebe der Fünfzehnjährigen gewesen. Thabo war damals bereits zwanzig, besaß einen Realschulabschluss und jobbte bei einem Paketdienst. Viel zu alt für Pia, fand Vincent. Vermutlich hatten die Zieglers das auch so gesehen und den Jungen deshalb abgelehnt.

Schon vor der Tat habe sich Thabo danebenbenommen, berichtete das Mädchen. Grundlose Eifersucht, der Junge hätte am liebsten jeden ihrer Schritte überwacht. In ihrer Naivität hielt Pia das für ein Zeichen der Liebe. Weder ihrer Tante noch dem Onkel vertraute sie sich an – sie hatte dem Urteil der Erwachsenen misstraut.

Weil Thabo mit Julian Pollesch gut befreundet war, habe sie gedacht, es ginge in Ordnung, wenn sie Julian um Hilfe beim Lernen bitten würde.

Vincent verglich die Aussage mit den späteren Vernehmungen. Ihm fiel auf, dass sie sich nicht nur im Inhalt glichen, sondern weitgehend auch in der Wortwahl, obwohl die Protokolle von unterschiedlichen Kollegen verfasst worden waren. Vincent fand das merkwürdig. Hatte sich Pia exakt wiederholt? Als hätte sie die Geschichte wie den Liedtext für ein Schulkonzert auswendig gelernt?

Ihm fiel ein früher Aktenvermerk in die Finger, vom zweiten Tag nach der Tat – zu dem Zeitpunkt lag Pia noch im Krankenhaus. Kollege May hatte sie besucht: *Kann sich an nichts erinnern, Filmriss.*

Vincent wusste, dass das Gedächtnis nach einer Amnesie vollständig wiederkehren konnte. Bis zur Befragung im Präsidium vergingen fast zwei Wochen. Bis dahin lagen die Sachbeweise, die auf Thabo Götz als Täter hindeuteten, bereits vor.

Ein Blick auf die Uhr. Es war spät geworden. Nur eine Sache noch, beschloss Vincent und trank den letzten Schluck Tee, der längst kalt geworden war. Der Fund der Tatwaffe interessierte ihn, eine Sig-Sauer Kaliber .22 mit Griffschalen in Camouflagemuster. Kleinkaliber, aber aus der Nähe abgefeuert tödlich.

Vincent entdeckte das Protokoll der Wohnungsdurchsuchung, die am 10. Mai stattgefunden hatte. Offenbar waren die Kollegen ohne Durchsuchungsbeschluss eingedrungen, sie handelten wegen Gefahr im Verzug. Der Verdächtige hätte jederzeit die Waffe verschwinden lassen können, lautete die Begründung.

Das Protokoll hatte wiederum Konrad Mahler verfasst. Vincent fielen die Worte der neuen Praktikantin ein: *Ich habe Mahler um Klärung gebeten, aber der war nicht gerade kooperativ, um es höflich auszudrücken.*

Mahler und sein Vorgesetzter Ziegler. Das Gespann am Tatort, beim ersten Angriff drei Tage zuvor. Stefans Frage von heute Nachmittag: *Willst du Konni Mahler einen Strick daraus drehen?* War Stefan auch in der Wohnung von Thabo Götz zugegen gewesen? Das Protokoll listete seinen Namen nicht auf.

Feierabend. Vincent ordnete den Papierkram zurück in die Kiste, löschte das Licht und ging hinüber ins Schlafzimmer.

Während er sich auszog, versuchte er sich auszumalen, wie es wäre, wenn Saskia bei ihm wohnte und ein Junge von demnächst sechs Jahren durch die Räume tobte. Die Vorstellung beunruhigte ihn. Es wäre nicht mehr sein bisheriges Leben. Einschränkungen, Pflichten. Neue Regeln, die er selbst würde einhalten müssen.

Oskar braucht ein Rollenvorbild.

Vincent fragte sich, an welche Vorbilder er als Erzieher anknüpfen sollte. An eine Mutter, die ihn vernachlässigt hatte? An einen pedantischen Großvater, der in der Nazizeit ein williger Handlanger gewesen war?

Ich finde, du könntest mehr Verantwortung übernehmen.

Nein, ich tauge nicht zum Papa.

Wie bringe ich es Saskia bloß bei?

Vincent fühlte sich zu aufgedreht, um schlafen zu können. Er holte seine Hanteln aus dem Schrank. Zwanzig Kilo in jeder Faust. Damit absolvierte er sein Standardprogramm in mehrfacher Wiederholung, doch die Bilder des Morgens wichen nicht aus seinem Kopf.

Das andere Mädchen auf Pias Grab. *Siebzehn Brandmale allein an Kopf und Hals.* Vincent war sich bewusst, was Alina und Stefan Zieglers Nichte verband, die sich offenbar nie begegnet waren: Die eine hatte durch ihre Aussage jemanden ins Gefängnis gebracht, für dessen Freilassung sich die andere eingesetzt hatte.

Sie ging seit ein paar Monaten zu den Treffen dieser Initiative.

Ich muss die Bürgerrechtler unter die Lupe nehmen, sagte sich Vincent.

Schließlich gehorchten ihm die Muskeln nicht mehr, und die Hanteln schlugen auf den Teppich.

Schweißnass stieg Vincent unter die Dusche. Das Wasser prasselte auf ihn herab.

Er hatte die Stimme von Stefan Ziegler im Ohr.

Pia hat es noch geschafft, mich anzurufen. Ich saß gerade beim Friseur.

Vincent stutzte. Die Schüsse waren an einem Montag gefallen – ein freier Tag für das Friseurhandwerk.

Er fragte sich, was das sollte. Will Stefan mich verarschen?

TEIL ZWEI

Verlorene Spuren

▼

13

▼

Samstag, 6. April 1991

René Hagenberg lag auf der Couch und starrte verzweifelt auf die Glotze. Bilder von Tauchern, die auf dem Grund des Rheins vergeblich nach der Tatwaffe suchten. Fünf Tage waren seit der Ermordung des Spitzenmanagers vergangen, und es war ein zweites, längeres Bekennerschreiben beim Bonner Büro der Nachrichtenagentur AFP eingetroffen.

Der Fernsehbeitrag zitierte daraus: Hasstiraden gegen Rolf-Werner Winneken, der brutal und arrogant die DDR in eine Kolonie Westdeutschlands verwandelt habe. Dann wurden noch einmal die Asservate aus dem Schrebergarten gezeigt, das Fernglas, das erste Schreiben, das blaue Frottéhandtuch.

Mein Gott, das Handtuch, dachte Hagenberg. Und das Flugblatt am Tatort, über dessen Titel er einfach nicht hinwegkam. Sie waren so dreist gewesen, die Zeile aus seinem berühmten Lied zu klauen: *Wer nicht kämpft, der stirbt auf Raten.*

Hagenberg wusste, wer geschossen hatte. Und er wusste, dass die Tat seinem Kumpel Freddie angehängt werden sollte. Der hockte in einem entlegenen Taunus-Kaff, werkelte in seinem Keller-Tonstudio und hatte von nichts eine Ahnung.

Und ich kann ihn nicht einmal warnen, überlegte Hagenberg. Er hätte die Wände hochgehen können. Dass ihm das Koks ausgegangen war, machte die Sache nicht besser.

Nicole kam herein, seine Freundin und Möchtegern-Managerin, schnappte sich die Fernbedienung und schaltete den Fernseher aus.

«Hey, was soll das?», rief er.

Sie zog an ihrer Zigarette und deutete mit der Glut in seine Richtung. «Krieg endlich deinen Arsch hoch. Seit einem halben Jahr hast du nichts mehr zustande gebracht. Das geht nicht so weiter, Mann!»

Dann hau doch ab nach Lanzarote, dachte er. Sie hatten sich schon einmal getrennt. Den letzten Sommer über hatte sich Nicole auf der Insel von irgendwelchen Film- oder Immobilientypen aushalten lassen und war trotzdem nicht klargekommen. Weder finanziell noch mit ihren Gefühlen. Die Herbstwinde hatten sie zurück zu ihm geweht.

«Schalt sofort wieder ein!»

«Winneken, immer nur Winneken. Was geht uns dieser Typ an? Wenn früher einer dieser Bosse umgelegt wurde, hast du noch von klammheimlicher Freude gesprochen.»

«Quatsch keinen Scheiß. Du hast keine Ahnung. Als Schleyer entführt wurde, warst du noch keine vierzehn!»

Der Junge stand in der Tür. Noch im Schlafanzug, obwohl es Mittag war. Und mir wirft Nicole Faulheit vor. Dabei kümmert sie sich nicht einmal um ihr Kind. Dass es auch seines war, bezweifelte Hagenberg von Zeit zu Zeit. Eine Beziehung bürgerlicher Art hatten sie nie geführt.

«Mama und Papa aufhören böse sein», quengelte der Kurze.

Kann mit fünf noch keinen vernünftigen Satz bilden, was für ein Jammer. Schuld war vermutlich das Koks, das Nicole auch während der Schwangerschaft geschnupft hatte. Und nächstes Jahr sollte der Rotzbengel eingeschult werden? Unvorstellbar.

Hagenberg stand auf, nahm seinen Parka vom Haken der Garderobe und machte, dass er fortkam.

Zuerst stattete er seiner Bankfiliale einen Besuch ab. Er brauchte drei Anläufe, bis er die Plastikkarte richtig herum in den Schlitz gesteckt hatte. Magnetstreifen unten rechts. Hagenberg verfluchte die moderne Technik. Der Drucker spuckte den aktuellen Auszug aus – und von einem Moment auf den anderen erschien die Welt in leuchtenderen Farben.

Die erste Rate aus dem Verkauf der Cessna war auf dem Konto eingetroffen. Aus den Miesen weit ins Plus. Zwar hatte Hartmann, der Gauner, wegen angeblich ramponierter Sitze den Preis um ein gutes Viertel heruntergehandelt, doch für die nächsten Wochen würde der Lebensunterhalt gesichert sein.

Noch einmal Magnetstreifen unten rechts – Hagenberg ließ die Maschine fünfhundert D-Mark ausspucken. Fünfmal die gute alte Clara Schumann.

Damit zu Pablo, dem Chilenen. Er beglich seine Schulden und bestellte ein Filetsteak *a la Revolución*. Blutig. Dazu eine Flasche vom besten Roten. Er musste sich die Frage anhören, warum er sich in der letzten Zeit so selten hatte blicken lassen. Ansonsten drehten sich die Gespräche um den ermordeten Treuhandchef. Die Stimmung war auch hier gegen die RAF. Was vor zwanzig Jahren gleichsam aus der Mitte der Bewegung entstanden war, erregte nicht mehr die geringste Sympathie. Womöglich nicht einmal in den besetzten Häusern an der Kiefernstraße, der Hochburg der Autonomen und Antiimperialisten in dieser Stadt.

Und ich habe dazu beigetragen, dachte Hagenberg. Wenn das herauskommt, bin ich vollends erledigt.

Sein letztes Glas ließ er halbvoll stehen. Pablo rang ihm das Versprechen ab, wieder öfter vorbeizuschauen. Ja, mach ich. Garantiert.

Die Welt kann mich mal.

Am späten Abend kehrte Hagenberg nach Hause zurück. Im Flur lagen Schuhe kreuz und quer. Eine Einkaufstüte, die noch nicht ausgeräumt war. Warum konnte Nicole nicht Ordnung halten? Sie hockte im Wohnzimmer, knabberte Salzstangen, der Fernseher lief. Die Luft war völlig verqualmt.

«Ich fass es nicht!», entfuhr es ihm. «Raumschiff Enterprise?»

Nicole wandte den Blick nicht von der Mattscheibe. «Hast du etwas mitgebracht?»

«Was meinst du?»

«Das weißt du ganz genau.»

Du Koks-Schlampe, dachte er. «Ich höre auf damit. Endgültig. Ich suche mir eine richtige Managerin und fange von vorn an. Und irgendwann kaufe ich mir die Cessna zurück.»

Nicole verzog den Mund. «Das glaubst du doch selbst nicht.»

Er begann, die Zeitschriften einzusammeln, die überall umherlagen. Ihre Heftchen, in denen es um Öko-Kosmetik und gesunde Ernährung ging. Seine mit mehr oder weniger künstlerischen Nacktaufnahmen junger Mädchen. Lose Zeitungsseiten, leere Flaschen.

«Ein Freund von dir war da und hat nach dir gefragt.»

«Wer?»

«Er sagt, er hätte noch ein Geschenk für dich.» Nicole schnipste eine Visitenkarte in seine Richtung. Hagenberg hob die kleine Pappe auf.

Moritz Neuendorf – Hagenberg war längst klar, dass dies nicht sein richtiger Name war.

«Er sagt, er war früher mal dein Manager, stimmt das?»

Hagenberg brummte eine Bestätigung. Er musste an die Nacht im Januar denken, als er Moritz auf einem Parkplatz an der A3 das Handtuch übergeben hatte.

Kurz darauf hatte ein Unbekannter die US-Botschaft in Bonn-Bad Godesberg beschossen. Jemand von der RAF, hieß es offiziell. Dabei hatte Moritz noch keines von Freddies Haaren hinterlassen.

Die Geschichte werde ich nie los, dachte Hagenberg. Es rumorte in seinem Bauch. Das viele Fleisch, der Wein. Der Scheißkerl, der sich Moritz nennt und alles über mich weiß. Steck dir dein Geschenk sonst wohin.

Nicole zündete sich einen neuen Glimmstängel am alten an. «Was ist los mit dir?»

«Nichts.» Hagenberg ließ die Zeitschriften fallen. «Noch was zu trinken da?»

Auf der Mattscheibe machte Captain Picard ein sorgenvolles Gesicht. Die Enterprise wurde durchgeschüttelt. Ein Wurmloch war instabil.

Ich würde Moritz am liebsten umbringen, dachte Hagenberg.

Das Brennen in seinem Magen hörte nicht auf.

14

▼

Mittwoch, 12. März 2014

Dominik zog den Schein, die Schranke hob sich, sie fuhren auf den Parkplatz der Unikliniken. Vincent überlegte, wann er zuletzt hier gewesen war. Nina hatte sich beim Volleyballspiel ein schlimmes Veilchen zugezogen und sich in der Augenambulanz untersuchen lassen. Fünf oder sechs Jahre war das her.

«Brauchst du Geld?», fragte Dominik beim Aussteigen.

«Wie kommst du darauf?»

«Weil die neue Praktikantin jetzt schon den Einsatz für die WM-Wette sammelt. Ein Vierteljahr bevor es losgeht.»

«Beschäftigungstherapie.»

«Ach so.» Dominik lachte. «Weißt du, was die Tante überhaupt bei uns will? Wenn die mit ihrer Ausbildung fertig ist, logiert sie doch in der Teppichbodenetage und entwirft Konzepte und Leitlinien.»

«Für uns Kommissarinnen.»

«Genau.»

Vincent hatte seine eigene Theorie: Polizeipräsident Schindhelm hatte die junge Frau ins KK11 gesetzt, um ihn zu überwachen. Aber warum? Wegen des Wiederaufnahmeantrags, der die Polizei in Misskredit bringen würde? Oder lag es an Brigittes Buch? Vielleicht auch nur an der Tatsache, dass er mit einer Journalistin liiert war – dem ängstlichen Bürokraten war alles zuzutrauen.

«Portugal», sagte Dominik.

«Bitte?»

«Könnte der deutschen Elf zu schaffen machen. Ronaldo und Co. Mein Tipp ist Portugal. Oder Holland. Van Gaal ist ein Fuchs als Trainer.»

An der Pforte ließ sich Vincent einen Lageplan geben. Er drehte ihn in den Händen, bis er begriff, wo sie sich befanden.

«Soll ich?», fragte Dominik und wollte ihm den Zettel abnehmen.

«Untersteh dich, Junior.»

«Wie du meinst, Chef.»

«Nenn mich nicht so.»

«Dann nenn du mich nicht Junior.»

Der Komplex der Kinderklinik lag ganz in der Nähe, es ging mehr oder weniger geradeaus. Sie passierten Gebäude aus unterschiedlichen Epochen. Die meisten stammten vom Beginn des zwanzigsten Jahrhunderts, schätzte Vincent. Hohe Decken, Zierbalkone und jede Menge roter Backstein. Ornamente, die nach Jugendstil aussahen.

«Das muss es sein», sagte er und deutete auf den größten der alten Kästen.

Junior goss Kaffee in zwei weiße, dickwandige Krankenhaustassen. Vincent suchte nach Milch und fand kleine Portionsbehälter in einer Schachtel hinter der Schranktür. Man hatte ihnen einen Aufenthaltsraum für die Befragung zugewiesen. Die Pflegedienstleiterin war nicht sehr gesprächig gewesen. Drei Minuten, dann hatte auch schon die Visite gerufen, bei der sie nicht fehlen durfte.

Anschließend zwei Krankenschwestern, beide kräftig, blond gefärbt und ausgestattet mit einem osteuropäischen Akzent sowie dem Charme sibirischer Gulag-Aufseherinnen. Sie äußerten Betroffenheit über Alinas Schicksal, hatten jedoch keinerlei Kenntnis über ihr Privatleben.

Am Montag vergangener Woche hatte die Pflegepraktikantin gearbeitet wie immer. Keine besonderen Vorkommnisse, sie habe den gleichen Eindruck erweckt wie sonst auch.

Es klopfte.

«Ja?» Vincent rührte in seiner Tasse.

Eine junge Frau lugte durch den Türspalt. «Schwester Moni meint, ich soll mich bei Ihnen melden.»

Vincent winkte sie herein und schloss die Tür hinter ihr.

«Franziska Thebalt, Praktikantin in der Krankenpflege», stellte sie sich vor, eine zierliche Person mit dunklem Pferdeschwanz. Silbernes Kettchen um den Hals, der Anhänger war ein Peace-Zeichen. Vincent erinnerte sich an eine Äußerung von Alinas Mutter: *Es gibt noch eine Franziska, die in der Kinderklinik arbeitet. Ein paarmal hat Alina bei ihr übernachtet.*

«Setzen Sie sich. Sie wissen, was mit Ihrer Kollegin passiert ist?»

Franziska vergrub ihr Gesicht in den Händen. Dann blickte sie Vincent an. Ihre Augen schimmerten. «Stimmt es, was in der Zeitung steht? Dass Alina gefoltert wurde?»

«Frau Linke sagt, dass Sie und Alina befreundet waren.»

Sie nickte. «Wissen Sie schon, wer …»

Die Frage, die alle stellten. «Nein.»

«Unter all den Leuten hier war sie die Netteste. Wir haben ab und zu auch privat etwas miteinander unternommen. Meine Güte, ich kann es gar nicht fassen …»

«Alinas Mutter sagte, dass ihre Tochter einige Male bei Ihnen übernachtet hat.»

«Bei mir?» Franziska spielte mit ihrem Kettchen. «Ja, klar. Manchmal gingen wir nach der Ini noch in die Kneipe. Dann wurde es spät, und sie wollte nicht ihre Eltern wecken. Sie hat ja noch zu Hause gewohnt.»

«Ini?», fragte Vincent, obwohl er wusste, was gemeint war.

Ihre Stimme wurde fester. «Ja, die Freiheit-für-Thabo-Initiative. Ist es nicht schlimm, was diese Rassisten mit dem Jungen angestellt haben?» Wieder fasste sie das silberne Friedenszeichen an. «Damit meine ich natürlich nicht Sie.»

«Ist klar», sagte Vincent. Ein vages Lächeln. «Und welche Kneipen waren das?»

«Unterschiedlich.»

«Das *Axolotl*?»

Die junge Frau trat von einem Fuß auf den anderen. «Auch.»

«Und sonst noch?», hakte Dominik nach. «Komm schon, Franziska, lass dir nicht jedes Wort aus der Nase ziehen.»

Die Gespräche mit den restlichen Mitarbeitern der Tagschicht waren noch weniger ergiebig. Alina war eine allseits geschätzte Praktikantin gewesen, fleißig, gewissenhaft und höflich, aber nur zu ihrer Praktikantenkollegin Franziska schien sie ein Verhältnis aufgebaut zu haben, das auch jenseits der Arbeit bestand.

«Wie fandest du Franziska Thebalt?», fragte Vincent auf dem Rückweg zum Auto.

«Süß», antwortete Dominik.

«Ich meinte nicht, ob du mit ihr ins Bett steigen möchtest.»

«Ist klar.»

«Also?»

«Einmal zeigte sie Anzeichen von Nervosität. Als du angesprochen hast, dass Alina mal bei ihr gepennt hat.»

«Und, was schließen wir daraus?»

«Dass du mich jetzt auf die Probe stellst. Hey, Chef, verrat du's mir. Wer von uns beiden hat Psychologie studiert?»

«Vielleicht hat Alina ganz woanders übernachtet, wenn sie nicht nach Hause kam.»

«Und Franziska sollte ihr ein Alibi geben», schlussfolgerte Dominik.

Vincent zuckte mit den Schultern.

«Also könnte es sein, dass die gute Alina doch nicht so ganz das brave Mädchen gewesen ist, das ihre Eltern in ihr sehen.»

Sie hatten den Parkplatz erreicht. Vincent bezahlte am Kassenautomaten und rekapitulierte, was sie in Erfahrung gebracht hatten: Am Montag vergangener Woche war Alina zuletzt zur Arbeit erschienen. Gegen siebzehn Uhr hatte sie sich verabschiedet. Jeden Montagabend traf sich auch die Initiative. Für gewöhnlich ließen Alina und ihre Kollegin in den letzten Monaten kein Treffen aus, doch an dem Tag hatte sich Franziska krankgemeldet – zu viel gefeiert am Wochenende, wie sie behauptete. Alina hatte sich demnach allein auf den Weg gemacht.

Vincent rief Anna an.

«Jemand sollte mit den Leuten von der Freiheit-für-Thabo-Initiative reden.»

«Mit diesen Spinnern, wieso?»

«Alina Linke wollte am Montag zur Sitzung gehen. War sie dort? Und wenn ja, mit wem hat sie das Treffen verlassen?»

«Verstehe. Ich kümmere mich drum.»

Dominik drückte den Funkschlüssel, sie stiegen in den Dienstwagen.

«Setz mich beim *Axolotl* ab», sagte Vincent und schnallte sich an. Die meisten Lokale, die Franziska genannt hatte, lagen in der Nähe der Uni: Szenecafés, Studentenkneipen, billige Schuppen zum Abhängen und Zudröhnen. Dort hatten die beiden Praktikantinnen häufig die Zeit bis zum Treffen der Initiative überbrückt.

«Und die übrigen Adressen klapperst du ab», fügte Vincent hinzu.

«Das sind fünf zu eins. Findest du das gerecht?»

«Nein, aber wo gibt es schon Gerechtigkeit?»

Der Kollege startete den Wagen und schenkte ihm einen Seitenblick. «Ist gut, *Chef.*»

15

▼

Das *Axolotl* am späten Vormittag. Ein Dielenboden, auf dem die Jahrzehnte ihre Patina hinterlassen hatten. Kleine runde Tische und Stühle, die zierlich, aber nicht bequem wirkten – Vincent hatte freie Wahl und entschied sich für einen Fensterplatz in der Ecke.

Eine junge Frau in Jeans und tief ausgeschnittenem T-Shirt schrieb mit einem Kreidestift das Speisenangebot für den Mittag auf eine Tafel und ließ sich Zeit dabei. Endlich hängte sie ihr Werk an einen Haken am Tresen und kam zu ihm geschlendert. Fünf Piercings im linken Ohr, ein Ring im rechten Nasenflügel. Vincent gab einen doppelten Espresso macchiato in Auftrag, stellte sich vor und zeigte seine Kripomarke sowie Alinas Foto.

«War das Bild heute Morgen nicht auch in der Zeitung?», fragte die Angestellte.

«Und?»

«Ob ich sie kenne?»

Vincent nickte auffordernd.

«Nie gesehen.»

«Alina kam in den letzten Monaten öfter hierher. Meistens am frühen Abend.»

«Alina?»

«So hieß sie.»

«Am frühen Abend?»

Vincent fragte sich, ob die Frau ihn mit ihren Rückfragen aufziehen wollte oder ob sie einfältig war oder nur vorsichtig.

«Da müssen Sie die Kollegen fragen, die abends hier arbeiten. Paul oder Miriam oder Meike oder Richie oder Maja. Ich bin die Frühschicht. Um sechzehn Uhr schließt die Kita meiner Tochter, verstehen Sie?»

«Klar.»

«Wollen Sie trotzdem Ihren Espresso?»

«Bitte.»

Vincent sammelte die Zeitungen ein, die auf den breiten Fensterbänken auslagen und blätterte sie nach den Meldungen zum Fall Alina Linke durch. Die Texte kannte er zumeist schon aus dem Internet. Die ersten Mittagsgäste betraten das Lokal.

Erst jetzt wurde ihm bewusst, dass die Wände voller Bilder hingen. Unterschiedliche Formate, Stile und Techniken. Zeichnungen, Aquarelle, Ölschinken, darunter viel Abstraktes, die Rahmen dicht an dicht.

Der Espresso kam. Die Bedienung hatte Vincents Blick bemerkt.

«Die Kunst können Sie kaufen», sagte sie. «Soll ich Ihnen die Liste mit den Preisen bringen?»

«Seh ich aus wie ein Sammler?»

«Sie könnten echt ein Schnäppchen machen. Einige Künstler, die hier ausgestellt haben, sind später groß rausgekommen. Schorsch hat das beste Auge dafür.»

«Schorsch?»

«Ihm gehört der Laden. Schorsch ist Professor an der Akademie. Das Bild ganz unten rechts ist übrigens von mir. Der Rhein als Styx.»

«Hätt ich nicht gedacht, dass sich drüben in Oberkassel der Hades befindet.»

Sie ging weiter, um am Nachbartisch eine Bestellung aufzunehmen.

Das Handy klingelte. Es war Anna.

«Alina war am dritten März nicht bei den Freiheit-für-Thabo-Leuten», sagte sie.

«Sicher?»

«Ich habe Bruno darauf angesetzt. Diese Bürgerrechtler haben so etwas wie eine ehrenamtliche Geschäftsstelle, ein Student erledigt da den Bürokram. Die führen sogar ein Sitzungsprotokoll.»

Vincent bedankte sich.

Er trank seine Tasse leer und stand auf, um die Bilder näher zu betrachten. Der Rhein als Totenfluss, der die Hölle umkreist – eine für Vincent unverständliche Collage aus Stadtplänen und Zeitungsschnipseln, mit Aquarellfarben und dicken Filzstiftlinien bemalt.

Er ließ den Blick schweifen und war froh, so etwas Einfaches wie eine Katze zu erkennen. Zwei weitere Variationen des Motivs hingen weiter oben, der Kopf jeweils bildfüllend, das Maul weit aufgerissen, wilde, wie von Hass erfüllte kleine Bestien. Grober Pinselstrich, die Farbe dick aufgetragen.

Vincent wartete an der Kasse, um zu bezahlen. Die Angestellte kümmerte sich um ein älteres Pärchen mit gefüllten Einkaufstüten, Jacken über die Stuhllehne gehängt, die sich das Speisenangebot vortragen ließen – die Tafel zu weit entfernt für ihre Augen.

Die Kellnerin notierte geduldig die Wünsche der beiden Alten. Sie ist in Saskias Alter, stellte Vincent fest. *Um sechzehn*

Uhr schließt die Kita meiner Tochter, verstehen Sie? Wieder dachte Vincent an die gestrige Unterhaltung mit seiner Freundin: *Ich finde, du könntest mehr Verantwortung übernehmen.*

Er beschloss, Saskia zum Interview mit Max Dilling zu begleiten, wie sie es sich gewünscht hatte. Dann verzeiht sie mir vielleicht, dass ich mir das mit dem Zusammenziehen noch überlege.

Dillings Büro war das kleinste Kabuff auf dem Stockwerk der Obermuftis, das die Mitarbeiter auch die Teppichbodenetage nannten. Der Endfünfziger teilte es mit Personalakten aus der Nazizeit, historischer Fachliteratur sowie Gegenständen, die er nicht in seiner Ausstellung im Keller des Präsidiums untergebracht hatte: Tschakos, Helme, Mützen und alte Abzeichen – seit einigen Jahren war Max im Leitungsstab des Präsidenten für die Geschichte der Behörde zuständig.

«Für Ihr Buchprojekt sind Sie genau mit dem Richtigen liiert, Frau Baltes», sagte Max. «Ihr Freund hat nämlich die Stelle gefunden, von der aus geschossen wurde.»

«Anfängerglück», erwiderte Vincent. «Meine Güte, ich bin mit gezogener Waffe durch die Schrebergärten gelaufen wie im schlechten Film. Das war mindestens zwanzig Minuten nach den Schüssen, aber ich dachte, ich krieg die Täter vielleicht noch.»

«Wie hast du dich gefühlt?», fragte Saskia und biss auf ihren Stift.

«Hab mir fast in die Hose gemacht. Vor Eifer, nicht vor Angst. Bis dahin kannte ich doch nichts als Fußballspiele, Demonstrationen und sterbenslangweiligen Objektschutz!»

Der ältere Kollege strich sich über den Schnauzbart und ergänzte: «Natürlich war sofort klar, dass das BKA die Sache übernehmen würde, als wir vor der Leiche des Treuhandchefs standen. Aber von Wiesbaden nach Düsseldorf sind es auch nachts locker zwei Stunden. Wir wollten die Zeit nicht ungenutzt lassen.»

«Jeder hatte Schiss, Fehler zu machen», sagte Vincent.

«Nur du nicht.»

«Ich bin stolz auf dich», sagte Saskia.

«Dafür gibt's keinen Grund.»

«Doch, das Handtuch mit den Haaren», warf Dilling ein. «Ebenfalls die Entdeckung Ihres Freundes. Stichwort DNA. Zuerst waren die Haare zwar wertlos, wie Sie sicher wissen. Keine Haarwurzeln dran. Aber ein paar Jahre später war die Technik schon viel weiter, und sie konnten postum Alfred Meisterernst zugeordnet werden, diesem Musiker. Master Fred. Erinnert ihr euch noch? *Schieß nicht auf den Präsidenten.* War mal ein Hit.»

Saskia schüttelte den Kopf.

«Anfang der Achtziger», erklärte Vincent. «Neue Deutsche Welle. Da warst du noch gar nicht auf der Welt.»

«Master Fred war der Künstlername von Meisterernst», fuhr Max fort. «Ich erinnere mich noch an seine Fernsehauftritte mit dem Xylophon. Ein ulkiger Typ mit so 'ner kleinen Schmalztolle. Vielleicht kann man das auf Youtube finden. *Schieß nicht auf den Präsidenten* – und dann hat er Jahre später doch geschossen. Soviel ich weiß, hat sich der Kerl dadurch verdächtig gemacht, dass er kurz nach dem Mord abgetaucht ist. Und drei Jahre später haben ihm die Rambos von der GSG9 einen Hinterhalt gelegt. Schade, dass Meisterernst es nicht überlebt hat. Vielleicht hätte er ein paar weitere Baader-Meinhofs verraten.»

«Hätte er nicht», antwortete Vincent und dachte an seine Mutter. «Tut keiner von denen.»

Saskia klopfte mit dem Stift gegen ihr Kinn. «Muss man nicht Präzisionsschütze sein, um von den Schrebergärten aus einen Menschen ins Herz zu treffen? Im Dunkeln und bei Regen?»

Max schüttelte den Kopf. «Das waren keine siebzig Meter. Mit dem Sturmgewehr umzugehen, das lernt jeder bei der Bundeswehr.»

«Freddie war nie beim Bund», wandte Vincent ein. «Ganz früher hatte er lange Haare und Vollbart und hat für den Frieden getrommelt. Ein echter Hippie.»

«Hast du ihn damals gekannt?», wollte Saskia wissen.

Vincent bereute seine Bemerkung bereits, denn er wollte vor Max nicht darüber reden. Plötzlich war er wieder ein siebenjähriger Junge. Ignoriert von den Erwachsenen, die bekifft waren, den Garten beackerten oder in der Scheune musizierten. Gemobbt von allen anderen Kindern, weil er ihren Dialekt nicht sprach.

Nie war er so unglücklich gewesen wie in jenen Monaten, bevor ihn die Großeltern zu sich nach Uedesheim geholt hatten.

Vincents Mutter war mit Freddie befreundet gewesen. Bevor sie in den Untergrund ging, hatte sie ihren Sohn zu dessen Landkommune nach Niederbayern gebracht.

Die Leute waren gegen den Staat, aber Pazifisten. Keiner von ihnen hätte jemals eine Waffe angefasst.

Vincent erinnerte sich, wie erstaunt er gewesen war, als es fast zwanzig Jahre später hieß, dass ausgerechnet Freddie in einer Schießerei mit einem Kommando der GSG9 das Leben verloren hatte.

16

Nachdem Vincent seine Freundin zum Ausgang begleitet hatte, kehrte er auf seine Dienststelle zurück. Im Geschäftszimmer stieß er auf Sofia Ahrenfeld – die Praktikantin saß auf der Kante von Noras Schreibtisch, die beiden aßen Apfelkuchen.

«Wir haben gerade über dich gesprochen», sagte Nora.

«Nur Gutes, ich weiß.»

«Magst du auch ein Stück?»

Vincent griff zu, er war hungrig, nur Tee zum Frühstück. «Kuchen für die Dienststelle? Hab ich deinen Geburtstag übersehen?»

«Nein, einfach so. Die Äpfel waren im Angebot.»

Die Praktikantin hielt Vincent einen Spurenbeutel mit Geldscheinen hin. «Es will noch kaum jemand mitmachen. Es ist viel zu früh dafür.»

«Behalte das Geld. Du verwaltest jetzt die Wette. Bald wird das Fieber jeden packen.»

«In dieser Dienststelle wetten alle», bestätigte Nora.

«Bis zur WM bin ich nicht mehr da.»

Hoffentlich, dachte Vincent.

«Eine Redakteurin vom WDR aus Köln hat angerufen», sagte Nora und schaufelte ein zweites Stück Kuchen auf ihren Teller.

«Was wollte sie?»

«Deine Mutter soll diese Woche in Bettina Böttingers Talkshow auftreten. Der Sender hätte gerne, dass ihr gemeinsam ins Studio kommt.»

«Die Terroristin und ihr Polizistensohn? Nein, danke!»

«Die Redakteurin meint, dass deine Mutter das für eine gute Idee hält.»

«Ich aber nicht.»

Sofia quatschte dazwischen: «Der zweite Vornahme, Che …»

«Ist nicht auf meinem Mist gewachsen, wie du dir denken kannst. Und jetzt an die Arbeit!»

«Welche Arbeit?», fragte Sofia spürbar unzufrieden.

Nebenan klingelte das Telefon. Vincent leerte sein Posteingangsfach und eilte in sein Büro.

Am Apparat war Markus Braun, der Pressesprecher. «Pressekonferenz um fünfzehn Uhr, meint der Staatsanwalt. Passt dir das?»

«Ich finde, Anna Winkler sollte es machen. Sie leitet die Mordkommission.» Vincent wollte keine Zeit mit den Medien verplempern, soweit es sich vermeiden ließ.

«Kann sie das?»

«Den Job als MK-Leiterin?»

«Du weißt genau, was ich meine. Ihr erstes Mal auf dem Podium. Der Kripochef wird nicht begeistert sein.»

«Eine Frau wird dem Erscheinungsbild der Polizei ganz guttun.»

«Wie du meinst.»

Vincent schlug die Mappe mit dem Obduktionsbericht auf. Als er die vielen Fotos von Alinas Verletzungen sah, wurde ihm fast schlecht. Ihm fielen die Briefe seines Großvaters an seine Verlobte ein. Südostpolen zur Zeit des Holocaust, Gerhard Veih auf der Jagd nach Juden, die den Transporten in die Vernichtungslager entflohen waren. Das Schlimmste, was Menschen widerfahren kann, das tun sie sich gegenseitig an, immer wieder.

Er überflog die Zusammenfassung. Die Folter, die das Mädchen erleiden musste, hatte zweifellos eine sexuelle Komponente, denn auch Brustwarzen und Schamlippen waren verbrannt worden.

Der Täter hatte die Leiche gesäubert, bevor er sie auf dem Friedhof abgelegt hatte. Nur geringe Blutanhaftungen. Der Schmutz auf der Haut stammte vom Grab. Fabris Leute hatten eine winzige Spur Fremd-DNA an ihr finden können und Baumwollfasern – vermutlich hatte der Mörder Kontakt mit Alinas Körper, als er sie von seinem Fahrzeug zu Pias Grabstelle trug.

Womit wir bei Ziegler und dem Fall Pollesch wären, dachte Vincent.

Haareszeiten stand auf dem Schild des einzigen Friseurgeschäfts in der Speestraße. Ein altmodisches Glöckchen bimmelte, als Vincent eintrat. Der Figaro, ein beleibter Mann um die fünfzig, kassierte gerade eine Kundin ab. Seine Auszubildende fegte den Boden, auf einem Sofa im Wartebereich blätterte eine ältere Blondine in der *Gala*.

«Ohne Termin müssen Sie leider warten», sagte der Dicke.

Vincent zeigte seine Marke. «Können wir uns in Ruhe unterhalten? Es dauert nur fünf Minuten.»

«Klingt wie die Verspätungsdurchsage bei der Bahn. Aus fünf Minuten wird eine halbe Stunde, und dann ist der Anschluss verpasst.»

Der Friseurmeister half seiner Kundin in den Mantel und trug der Auszubildenden auf, der Blonden die Haare zu waschen. Dann führte er Vincent in einen Nebenraum.

«Was liegt an, Columbo?» Er riss das Fenster auf und zündete sich eine Zigarette an.

Raucher, Baumwollhemd – ich sehe schon überall Alinas Mörder, stellte Vincent fest.

«Arbeiten Sie auch montags?»

«Nein.»

«Wirklich nie?»

Der Mann zögerte.

«Hören Sie, für meinen Fall ist es egal, ob Sie das Finanzamt betrügen.»

«Der Montag ist mir heilig. Ausnahmen mache ich höchst selten und nur für gute Kunden.»

«Kennen Sie Stefan Ziegler?»

«Klar. Ein Kollege von Ihnen. Recht wohlbeleibt. Also, noch mehr als ich. Wohnt hier im Viertel. Den meinen Sie doch, oder? Braucht er etwa ein Alibi?»

«Könnten Sie es ihm geben?»

«Kommt darauf an.»

«Am siebten Mai vor zwei Jahren.»

«Zwei Jahre, kein Problem.» Der Figaro öffnete einen Besenschrank. Ganz oben ein Fach mit großformatigen Terminbüchern. Er zog das für 2012 hervor, hob es ächzend auf den Tisch und begann zu suchen.

«Was hier steht, wird auch versteuert. Hier, Ziegler. Sehen Sie den Eintrag? Herr Ziegler mag es kurz, kein Scheitel. Ich kann mich jetzt nicht speziell erinnern, aber wie ich ihn kenne, haben wir eine Dreiviertelstunde lang über die Fortuna geredet. War das nicht die legendäre Aufstiegssaison?»

Vincent beugte sich über das Buch. Zigarettenrauch wehte in seine Augen. Ziegler, fünfzehn Uhr, es passte.

Vincent nickte. «Die Relegation gegen Hertha BSC.»

«Wahnsinn», sagte der Friseur nur und verstaute die Kladde wieder.

Zum Haus der Zieglers war es nur ein Katzensprung. Vincent spürte ein schlechtes Gewissen, weil er Stefan verdächtigt hatte, gelogen zu haben. Zugleich hatte er aber immer noch ein seltsames Gefühl, was Pollesch, Pia und Thabo Götz betraf. Er beschloss, Hallo zu sagen.

Das Viertel war in den Siebzigern entstanden, ruhig gelegen, kleine Vorgärten mit Buchsbaumhecken und gepflasterten Zufahrten. Vincent fand eine Parklücke.

London Calling. Beim Aussteigen kramte er sein Handy aus der Jackentasche und nahm den Anruf an.

Anna Winkler. «Nett von dir, Vincent.»

«Was denn?»

«Braun sagt, dass ich meinen ersten Auftritt vor der Presse dir zu verdanken hätte.»

«Alles Gute, Anna!»

«Find ich echt klasse, dass du mir das überlässt. Hab nur ziemliches Lampenfieber.»

«Sonst etwas Neues?»

«Ahrenfeld, unsere Praktikantin …»

«Was ist mir ihr?»

«Sie will sich beim Behördenleiter über dich beschweren. Vielleicht solltest du ihr eine sinnvollere Beschäftigung geben.»

«Wir haben alle mal klein angefangen.» Vincent beendete das Gespräch.

Er stand vor einem weiß gestrichenen Bau mit kleinen Fenstern zur Straßenseite. Zieglers Hausnummer. Drei Stufen führten zur Eingangstür, von der Seite eine Rampe – rollstuhlgerecht für Pia.

Vincent drückte den Klingelknopf.

Christine Ziegler öffnete und bat ihn hinein. Schwarzer Pulli, schwarze Hose. Sie wirkte noch zerbrechlicher als am Montag. Gegenüber der Garderobe ging es in den ersten Stock, Vincent registrierte einen Treppenlift.

«Ist Stefan nicht da? Ich dachte, er hätte Frühschicht.»

«Zurzeit ist er lieber mit dem Hund im Wald als zu Hause. Jeder trauert eben auf seine Weise.»

Sie setzten sich an den Esstisch. Ein Teelicht brannte, bunte Tulpen standen in einer Porzellanvase, an der ein Foto lehnte. Pia und ihre Tante – fast hätte Vincent das Mädchen nicht erkannt. Pia hatte enorm zugenommen, seit er ihr damals im Präsidium begegnet war. Zwei Jahre im Rollstuhl, das Trauma, die Depression. Fast so dick wie ihr Onkel, dachte Vincent.

Christine stellte zwei Keramikbecher auf den Tisch und holte aus der Küche eine Kanne mit Kaffee. Vincent wusste nicht recht, ob er Stefans Frau duzen sollte, die etwa in seinem Alter war. Er hatte sie erst auf Pias Beerdigung kennengelernt, und dabei hatten sie kein Wort gewechselt.

«Eigentlich bin ich nur gekommen, um mich für das Verhalten unserer Praktikantin zu entschuldigen.»

«Schon vergessen.»

«Stefan meinte, du hättest einen Nervenzusammenbruch erlitten.»

«Hat er das wirklich gesagt?» Sie wärmte sich die Hände an ihrem Becher. «Er übertreibt.»

«Trotzdem sorry. Ihr habt viel mitmachen müssen.»

«Kennst du den Satz: Alles Vergängliche ist nur ein Gleichnis?»

Vincent schüttelte den Kopf.

«In letzter Zeit kommt mir die Welt so sinnlos vor.»

«Es gibt auch schöne Momente, trotz allem.»

«Für unsere Familie seit zwei Jahren nicht. In diesem Haus ist die Verzweiflung Dauerzustand.»

«Es kommen wieder bessere Zeiten. Du darfst nicht auch noch depressiv werden.»

«Predigt Stefan auch unentwegt.»

Ich sollte mich mit blöden Sprüchen zurückhalten, dachte Vincent. Die Frau des Kollegen begann, mit dem Oberkörper zu schaukeln. Vincent nahm ihre beiden Hände und drückte sie.

«Hey», sagte er leise.

Sie sah ihm ins Gesicht. «Ich habe gelogen.»

«Inwiefern?»

«Es gab einen Abschiedsbrief. Sie hatte ihn auf den Hocker neben die Badewanne gelegt.»

«Kann ich ihn lesen?»

«Nein.»

«Bitte!»

«Ich hab ihn verbrannt. Und sag Stefan kein Wort davon. Er braucht es nicht zu wissen.»

«Warum, Christine?»

«Er hat in dem Brief nicht gut abgeschnitten. Es hätte ihn umgebracht, diese Zeilen zu lesen. Stefan ist in Wirklichkeit derjenige, den die Ereignisse am meisten verändert haben.»

«Stand etwas über den siebten Mai 2012 darin?»

«Fast ausschließlich.»

«Erzähl's mir!»

Christine schüttelte den Kopf. «Geh jetzt, Vincent.»

Sie trug die leeren Becher in die Küche. Heute lasse ich sie noch in Ruhe, beschloss er. Aber beim nächsten Mal muss sie reden.

Sie begleitete ihn zur Haustür. «Thabo war Pias erste Liebe», sagte sie zum Abschied. «Als Pia merkte, dass der Kerl ein Schwein war, da war es zu spät. Manchmal versuchen wir, die Welt zu reparieren, und machen alles nur noch schlimmer. Daran ist Pia zerbrochen. Thabo trägt die Schuld daran, niemand sonst.»

«Du sprichst in Rätseln.»

«Die menschliche Existenz ist ein Rätsel.»

Er berührte ihre Schulter. «Pass auf dich auf, Christine.»

17

▼

Mit dem Motor sprang auch das Radio an. Während er in den Hellweg bog, zappte Vincent durch die Kanäle. Er stieß auf eine Stimme, die er nur allzu gut kannte.

Seine Mutter – offenbar ein Interview anlässlich ihrer Autobiographie.

Warum haben Sie im Prozess nicht versucht nachzuweisen, dass Sie für diesen oder jenen Anklagepunkt ein Alibi haben?

Sobald ich beweisen würde, bei einem Kommando nicht dabei gewesen zu sein, würde das jemand anderen belasten. Die Bundesanwaltschaft nennt das Subtraktionsmethode. Wenn man bestimmte Mitglieder für einen Tatvorwurf ausschließen kann, müssen es die anderen gewesen sein. Deshalb werde ich mich nie zu diesem Komplex äußern. Ich werde niemanden aus der Gruppe belasten, auch nicht indirekt.

Vincent umklammerte das Lenkrad fester. Die Erinnerung nagte an ihm wie ein Tier, das nicht satt wurde. Als Kind hatte er das Leben seiner Mutter über Jahre nur anhand der Nachrichten verfolgen können: Ihr Name im Zusammenhang mit Anschlägen, Brigittes Gesicht auf den Fahndungsfotos. Die Festnahme, ihre Auftritte vor Gericht, die Berichte von Hungerstreiks – Bilder aus der Tagesschau, aus der Sicht von Uedesheim eine ferne Welt.

Dabei hatte er sich gefühlt, als sei er ein Outlaw wie sie. Die Kids in seiner Klasse wussten, wer seine Mutter war. Mit den Großeltern war ein Gespräch unmöglich gewesen. Vincent hatte seine Mutter gehasst – und ihr zugleich die Daumen gedrückt.

Die RAF hat 1998 ihre Selbstauflösung erklärt. Wie stehen Sie dazu?

Die Erklärung war überfällig. Das Konzept der Guerilla hatte sich erledigt. Ob im Knast oder draußen, wir lebten in Isolation. Man nimmt die Gesellschaft nur in gefilterten Ausschnitten wahr. Was nicht ins Weltbild gepasst hat, wurde als Staatsschutzlüge abgetan. Das hat manche Fehleinschätzung möglich gemacht.

Welche Fehler meinen Sie konkret? Schleyer, Herrhausen?

Ich habe Ihnen zu Beginn gesagt, dass ich weder etwas rechtfertigen noch mich distanzieren werde. Ich sage nur: Es ist vorbei.

Nie wieder Avantgarde?

Mein Weg ist heute ein anderer.

Seit Ihrer Freilassung im Jahr 1999 arbeiten Sie als Künstlerin. Darüber sprechen wir nach dem nächsten Musikbeitrag.

Vincent spürte, wie ihn der Gedanke an ein Wiedersehen kribbelig machte.

Erster Stock, der Trakt der Behördenleitung, an der Wand die Porträts früherer Polizeipräsidenten. Vincent war neugierig auf die Pressekonferenz, sie war noch nicht ganz vorüber. Leise zog er die Tür zum großen Besprechungsraum auf und setzte sich in die hinterste Reihe.

Vincent hörte nicht auf den Inhalt von Annas Vortrag. Er beobachtete ihre Körpersprache. Sie räusperte sich und hielt ihre Füße hinter den Stuhlbeinen verschränkt. Sie fühlte sich unwohl, und Vincent schätzte, dass jeder im Saal das spürte. Braun und Kriminaldirektor Engel flankierten sie – der Kripochef überragte sie auch im Sitzen deutlich und spielte unentwegt mit seinem Kugelschreiber.

Vincent atmete auf, als es vorbei war. Engel sprach ein Schlusswort und Braun verteilte ein weiteres Foto von Alina – aktueller als das mit dem Hündchen, das bisher verwendet worden war.

Anna kam auf ihn zu.

«Gut gemacht», sagte Vincent.

«Nein, ich war scheiße.»

«Man widerspricht seinem Kommissariatsleiter nicht.»

«Okay, Chef. Aber das nächste Mal setzt du dich wieder selbst aufs Podium.» Anna blickte auf die Uhr. «Die MK-Besprechung. Wir sind schon fünf Minuten drüber.»

«Ohne uns fangen sie nicht an.»

Sie eilten aus dem Saal, wehrten Interviewwünsche ab. Paternoster, zweiter Stock, den Code in das Kästchen tippen.

Im Flur des KK11 fing Martin Kilian sie ab, der Staatsanwalt. Er berührte Vincents Schulter. «Noch böse wegen meines Votums zum Wiederaufnahmeverfahren?»

«Darüber reden wir ein andermal», antwortete Vincent. «Sind Sie jetzt auch für Alina zuständig?»

Kilian nickte. «Bin gerade die Akte durchgegangen. Mir fehlen die Worte. Verbrennungen dritten Grades, das Gewebe zum Teil bis auf die Knochen zerstört – was war das für ein Monster? Haben Sie schon daran gedacht, ein Team der Operativen Fallanalyse anzufordern? Ich könnte mit dem Landeskriminalamt sprechen.»

Vor der Tür zum Besprechungsraum der Mordkommission blieben sie stehen. Drinnen hatten sich die Kollegen versammelt. Felix May, der Aktenführer, pinnte Zettel an eine Stelltafel. Nora verteilte neues Material. Ein paar Leute standen vor der Kaffeekanne an.

«Sie glauben doch nicht, wir hätten es mit einem Serienkiller zu tun?», fragte Vincent.

«Und Sie?»

«Ich wüsste jedenfalls nicht, was die OFA-Leute im Moment besser machen könnten als wir.»

«Der Blick von draußen kann viel wert sein. Frischer Wind und so.»

«Wenn wir in einer Woche nicht weitergekommen sind, stimme ich Ihnen zu. Lassen Sie uns erst einmal weitere Spuren sammeln. Ohne gesicherte Fakten tappt auch die Operative Fallanalyse nur im Dunkeln.»

«Ihre Entscheidung», sagte Kilian.

«Nein, die Staatsanwaltschaft ist die Herrin des Verfahrens.»

«Machen Sie's, wie Sie meinen. Ich vertrau Ihnen, Herr Veih.»

Während der Sitzung spürte Vincent, wie seine Konzentration nachließ. Mangel an Zucker und Koffein. Mangel an entscheidenden Neuigkeiten.

Alinas Eltern waren befragt worden. Sie konnten nach wie vor keine Erklärung dafür anbieten, wer das Mädchen entführt haben konnte und wo sie eine Woche lang festgehalten worden war. Susanne Hachmeister meinte ebenfalls, dass die Eltern über jeden Verdacht erhaben seien. Dafür war die Liste der

Freunde und Bekannten, die von der Mordkommission abgearbeitet werden musste, weiter angewachsen.

Nach der Sitzung stürzte Sofia auf ihn zu. «Herr Veih, so geht es nicht weiter.»

«Ich dachte, wir duzen uns.»

«Vincent … Che …»

«Schon gut, ich habe etwas für dich.»

Die Praktikantin zog den Mund schief. «Die Wetten für die Fußballeuropameisterschaft von 2016?»

«Ich möchte, dass du die Dateien nach vergleichbaren Fällen durchforstest. Unaufgeklärte Todesfälle mit ähnlichem Verletzungsmuster. Entführungen und Entführungsversuche. Körperverletzungen aus sadistischen Motiven. Alles, was mit Messern, glühenden Zigaretten oder kochendem Wasser zu tun hatte, vor allem, wenn es gegen junge Frauen gerichtet war.»

«Hey, ein echter Auftrag.»

«Aber mach nicht wieder die Pferde scheu. Du beschäftigst dich mit den Recherchen, mehr nicht.»

«Heißt das, du rechnest mit einem Serientäter?»

«Nein, es heißt, dass du dich nützlich machen sollst.»

Am frühen Abend suchte Vincent ein zweites Mal das *Axolotl* auf. Draußen senkte sich die Dämmerung über die Stadt. Der Himmel löste die Wolken auf, nur ein paar zarte Streifen und Federn leuchteten rosafarben. Vincent hatte noch eine gute Stunde, bis er Saskia abholen musste, um mit ihr seine Mutter zu besuchen.

Er bestellte wieder einen Espresso macchiato. «Richie oder Paul?», fragte er den Kellner.

«Richie, wieso?»

Vincent zeigte seine Marke, erklärte, wozu er hier war, und hielt dem jungen Mann Alinas Foto hin.

«Ja, die ist ab und zu hier und hockt eine ganze Stunde bei einem einzigen Glas Wasser.»

«Allein?»

«Meistens ist sie mit einem zweiten Mädchen zusammen. Eine dünne mit dunklerem Haar, Peace-Zeichen am Hals.»

Franziska, dachte Vincent. «Wann haben Sie die Brünette zuletzt gesehen?»

«Schon eine Weile her.»

«Am Montag letzter Woche?»

«Da war ich nicht da. Die ganze Woche nicht. Tut mir leid. Darf ich Ihnen die Speisekarte bringen?»

Vincent wehrte ab. Er ging zum Tresen und sprach die zweite Bedienung an, eine Blonde im ärmellosen Top, Skorpiontattoo auf der Schulter, die gerade Pils zapfte.

Sie erinnerte sich nur dunkel an Alina. Zum fraglichen Abend konnte sie ebenfalls keine Angaben machen.

Vincent wanderte mit dem Schnappschuss von Tisch zu Tisch und erntete nur Kopfschütteln. Hoffentlich hat Dominik in den übrigen Kneipen mehr Erfolg, dachte er.

Ein Mann von Ende zwanzig machte sich an der Wand mit den Kunstwerken zu schaffen. Er hängte die Katzenbilder ab, offenbar um sie auszutauschen.

«Darf ich Ihnen eine Frage stellen?», sprach Vincent ihn an.

Der Kerl knurrte nur.

«Kriminalpolizei. Kennen Sie diese Frau?» Alinas Foto, dicht vor die Nase.

«Nö.»

«Schauen Sie genau hin. Lassen Sie sich Zeit. Waren Sie zufällig am Montag letzter Woche hier und erinnern sich an diese Frau?»

«Wie oft soll ich noch … Warten Sie … Montag letzter Woche? Ja, doch!» Er deutete zu einem Tisch in der Mitte des Raums. «Dort hat sie gesessen und Wasser getrunken.»

«Allein?»

«Ein Typ war bei ihr.» Der Kerl lächelte, ein Schneidezahn war grau verfärbt, vielleicht abgestorben. «Hätte ihr Daddy sein können. Faltiges Gesicht, graue Haare bis zur Schulter. Hat sie angebaggert. Ihr hat's offenbar gefallen.»

«Und dann?»

«Der Alte sah nach Kohle aus. Darum geht's doch letztlich immer, oder?»

Vincent spürte ein Kribbeln. «Haben Sie vielleicht bemerkt, wie Alina aufbrach?»

«Fragen Sie mich nicht nach der Uhrzeit.»

«Allein oder mit dem Grauhaarigen?»

«Mit ihm. Der Typ hat sie abgeschleppt, wenn Sie mich fragen.»

Der Kellner sprach Vincent von der anderen Seite an: «Ihr Espresso macchiato. Hab ihn an Ihren Platz gestellt. Ich sag's nur, damit er nicht kalt wird.»

«Danke.»

«Darf ich gleich kassieren?»

Vincent gab ihm drei Euro. «Stimmt so.»

«Viel Erfolg, Herr Kommissar!»

Vincent blickte sich um, der Kerl mit den Katzengemälden war bereits weg, ohne dass Vincent seine Personalien aufgenommen hatte. Mist, der beste Zeuge bislang. Die erste Täterbeschreibung.

Er wollte ihm nachlaufen, musste an der Tür jedoch warten. Eine Gruppe junger Frauen drängte herein. Als Vincent endlich auf die Straße trat, war von dem Kerl mit den Bildern nichts mehr zu sehen.

Zurück in das Lokal. Er unterbrach das Gespräch des Kellners mit den neu angekommenen Frauen.

«Der Mann Ende zwanzig, der gerade die Katzenbilder mitgenommen hat …»

«Hat er was ausgefressen?»

«Wie heißt er?»

«Keine Ahnung, ich bin noch nicht lange hier, und die Kollegen wechseln ständig. Am besten fragen Sie Schorsch.»

«Den Professor.»

«Schorsch Lebetz, genau.»

Zurück an den Tisch. Vincent trank die Tasse leer. Er kramte sein Handy hervor und wählte Annas Nummer, um sie zu benachrichtigen.

Faltiges Gesicht, graue Haare bis zur Schulter. Hat sie abgeschleppt.

18

▼

Dauerbaustelle auf der Fleher Brücke, seit vielen Monaten war die Autobahnauffahrt verkürzt. Vincent beschleunigte, um einzufädeln.

«Fahr nicht so schnell», beschwerte sich Saskia.

«Willst du ans Steuer?»

«Sei doch nicht gleich sauer.»

Als er sie abgeholt hatte, war Oskar nicht da gewesen. Sie hatte ihn bei der Oma oder beim Vater geparkt, schätzte Vincent. Er fragte nicht danach, denn beim letzten Mal hatte Saskia eingeschnappt reagiert, als werfe er ihr vor, eine Rabenmutter zu sein.

Trotz des Hinweises auf den Grauhaarigen hatte Vincent kein gutes Gefühl. Hätte er nicht weiter an dem Fall arbeiten müssen? Professor Lebetz fragen, den Katzenmaler finden, eine präzisere Beschreibung des möglichen Verdächtigen einholen? Vincents Unruhe hatte noch einen zweiten Grund: Fast jedes Mal, wenn er seine Mutter besucht hatte, war es nicht gut ausgegangen. Und heute kam noch eine Komplikation dazu.

«Übrigens wohnt meine Ex bei Brigitte», sagte er möglichst beiläufig.

«Ach, das verrätst du mir erst jetzt?»

«Wir können umkehren, wenn du willst.»

«Nein, Schwachsinn.» Saskia musterte ihn von der Seite. «Wird sie mit uns essen?»

«Keine Ahnung.»

Er bog auf die B9. Felder, Industrieanlagen. Die Zwanzig-Uhr-Nachrichten im Radio: Nichts zum Tod von Alina Linke.

Aber Thabo Götz war wieder eine Meldung wert: Die Innenministerin kündigte Konsequenzen bei der Polizei an, falls das Gericht die Wiederaufnahme des Mordprozesses anordnen würde – was auch immer die Politikerin damit meinte.

Die geforderte Evaluation kam Vincent in den Sinn. *Inklusive einer Einzelbewertung der daran beteiligten Mitarbeiter.* Erwartete man von ihm, dass er Kollegen seiner Dienststelle ans Messer lieferte? Noch hatte er dafür keinen Strich getan.

Sie erreichten Uedesheim. Nur einen Katzensprung von der Stadt entfernt und doch ein Dorf für sich. Einfamilienhäuser mit Klinkerfassade und Kinderschaukel im Vorgarten. Bewohner, die darauf achteten, wer in ihrer Nachbarschaft parkte und welches Auto er besaß. Leute, die übereinander tratschten. Wehe, du präsentierst dich nicht, wie die anderen es erwarten.

«Hier bist du also aufgewachsen», stellte Saskia fest. «Ist doch hübsch hier.»

«Ich glaub, ich hab dir noch nicht die Geschichte erzählt, als mein Großvater die Kaninchen an der Hauswand erschlug. Für den Osterbraten. Foxi, Billi, Django, Micki, Andi und Susi. Wir hatten sechs Stück. Ich hatte Namen für sie alle.»

Saskia blickte ihn irritiert an.

«Ich sollte lernen, wie das geht. Sind doch nur Tiere, meinte er.»

«Hör auf.»

«Ich bin in Hungerstreik getreten. Das kannte ich aus dem Fernsehen. 1982 war das. Ich hab's nur zwei Tage durchgehalten, wollte nicht sterben wie Sigurd Debus.»

Vincent hielt vor Brigittes Haus. Ihm fiel auf, dass die Gitter an den Fenstern im Erdgeschoss entfernt worden waren. Auch im Garten hatte sich etwas getan: weiß blühende Sträucher, Beete mit Narzissen. Ninas Werk, schätzte Vincent.

Über der Haustür ging ein Licht an, während sie sich näherten. Vincent holte tief Luft. Saskia nickte ihm aufmunternd zu.

Er drückte den Klingelknopf.

Die Lasagne dampfte auf dem Teller, dazu servierte Nina Feldsalat. Vincent wehrte ab, als sie ihm Wein einschenken wollte. Er begnügte sich mit Mineralwasser.

«Eigentlich hatte ich auch René und Cora eingeladen», sagte seine Mutter. «Leider konnten die beiden nicht kommen.»

«René Hagenberg?», fragte Vincent erstaunt.

«Ja, klar. Weißt du noch, unsere Hamburger Zeit? Als René für ein paar Monate in unserer WG gewohnt hat?» Sie stimmte ein Lied an.

Was euch Angst macht, tut uns gut …

«Du konntest den Text auswendig, Vincent.»

Er erinnerte sich schwach. Sehr lange her.

«Sie sind tatsächlich mit René Hagenberg befreundet, Frau Veih?», fragte Saskia, die es offenbar nicht fassen konnte. Vincent fand es peinlich, wie seine Freundin wegen der Berühmtheit aus dem Häuschen war.

«Wir waren in den Sechzigern bei den Falken in Neuss aktiv. Und wir litten beide unter unseren Nazi-Vätern, das schweißt zusammen. Einmal hat René mich sogar versteckt, als ich gesucht wurde. Jetzt kann ich's ja verraten, denn es ist verjährt. Hat falsche Pässe besorgt und Wohnungen angemietet für mich und Jens-Volker.»

«Jens-Volker Ristau, der bei Ihrer Festnahme ums Leben kam?»

Vincent zerteilte die Lasagne auf seinem Teller, damit sie auskühlen konnte. «Hagenberg hat euch offenbar nicht gut genug versteckt.»

«Halt den Mund, Vincent. Am liebsten hätten deine Kollegen mich auch erschossen.» Sie wandte sich wieder Saskia zu. «René ist den Schritt in die Illegalität nicht mitgegangen, aber er hat auf seine Art gekämpft. Ein echter Freund, über all die Jahre, einer von ganz wenigen. Mag jemand gemahlene Chili? Ich finde, es kann nicht scharf genug sein!»

Vincent nahm eine Portion der dampfenden Nudelmasse auf die Gabel und pustete. Er war froh, dass Hagenberg nicht mit am Tisch saß. Der Liedermacher hatte die Freiheit-für-Thabo-Initiative mitbegründet und war ihr prominentes Aushängeschild.

Brigitte sagte: «Findest du es nicht typisch, dass der Staat es dir nicht erlaubt, mit mir gemeinsam in der Talkshow aufzutreten?»

«Das war nicht der Staat.»

«Wer sonst?»

«Meine Entscheidung ganz allein.»

«Ach ja?»

«Meine Kindheit gehört nicht ins Fernsehen. Meine Gefühle erst recht nicht. Außerdem brauchst du mich nicht, um dein Buch zu vermarkten.»

«Vincent lehnt alles ab, was ich mache», sagte seine Mutter zu Saskia. «Meine Autobiographie, meine Fotoarbeiten. Ihm passt es nicht, wenn jemand einen anderen Lebensentwurf verfolgt als er. Das hat er von seinem Großvater geerbt.»

«Hör auf, Brigitte», warf Vincent ein.

Er sah Nina an, die stumm ihren Salat vertilgte. Sie hatte den Disput zwischen ihm und seiner Mutter schon oft erlebt.

Brigitte ließ nicht locker. «Wie hieß es damals? Ordnung führt zu allen Tugenden.»

Saskia lachte: «Mir wollte er neulich beibringen, wie ich das Geschirr in meine Spülmaschine sortieren soll.»

«Es reicht», sagte Vincent leise.

«Oh, das hätte ich jetzt nicht sagen dürfen!»

«Wohnt ihr eigentlich zusammen?», fragte Brigitte.

«Nein, noch nicht.»

«Ist vielleicht auch besser so», ergänzte Vincent.

Saskia lief rot an.

Vincent hatte aufgegessen, die anderen auch. Er sammelte Teller und Besteck ein und trug die Sachen in die Küche, wo er sie abstellte. Nach Saskias Bemerkung verzichtete er darauf, sie in den Geschirrspüler einzuräumen.

Nina folgte ihm mit der Salatschüssel und der fast leeren Auflaufform. «Na, wie geht's?»

«Wir haben gerade einen Mord mit unbekanntem Täter. Viel Arbeit, kennst du ja. Aber sonst gut, danke.»

«Und wie läuft es mit dem jungen Ding?»

«Hör auf, Nina. Du hast mich verlassen, nicht ich dich!»

«Ich hoffe für die Kleine, dass du nicht bloß an diesem typisch männlichen Midlife-Crisis-Frischfleisch-Ding leidest.»

«Und was ist mit dir und Jens Künzel? Das typisch weibliche Versorgungs-Ding? Was verdient so ein Anwalt?»

«Du solltest mich besser kennen.»

«Du mich auch, Nina.»

Er hielt ihrem Blick stand. Gut, dass wir kein Paar mehr sind, dachte er. Wenn schon nach einer Minute die Fetzen fliegen.

«Entschuldige», sagte sie.

Vincent nickte. Sie berührte seinen Arm. Er machte, dass er zurückkam.

Brigitte hatte Wein nachgeschenkt, jetzt war auch sein Glas voll. Sie und Saskia waren bei dem Thema angelangt, wegen dem sie zusammengekommen waren: Ostermontag 1991, die Villa und der Schrebergarten am Kaiser-Friedrich-Ring – der Mord an Rolf-Werner Winneken.

Vincent fiel die Überschrift des RAF-Bekennerschreibens ein: *Wer nicht kämpft, der stirbt auf Raten.* War das nicht auch ein Lied von René Hagenberg gewesen?

«Gab es die dritte Generation überhaupt?», wollte Saskia wissen.

«Du spielst auf diese Verschwörungstheorie an», stellte Brigitte fest.

«Das RAF-Phantom ist vor allem in der Linken breit diskutiert worden. Und irgendwie klingt es plausibel, weil bis heute die meisten Taten nicht aufgeklärt sind.»

«In den Zusammenhängen, die ich kenne, spielte diese Theorie nie eine Rolle.»

«Ach, wirklich?»

«Natürlich gab es die RAF nicht bloß in den Knästen. Die Herrhausen-Aktion war die Antwort darauf, dass unser letzter großer Hungerstreik im Frühjahr 1989 erfolglos geblieben war.»

«Heißt das …»

«Weil es keine Zusammenlegung der Gefangenen gab, musste der Bankier sterben. Eine kraftvolle Demonstration, so war es damals beschlossen worden. Aber wir haben mitbekommen, dass sich die Linke abgewandt hat. Wir hatten die Lage falsch eingeschätzt. Deshalb haben wir danach die Strategie geändert. In Weiterstadt ging es gegen die Unterdrückung durch

Strafjustiz und Knast. Dabei sind auch keine Menschen mehr zu Schaden gekommen.»

«Und wie passt Winneken in dieses Konzept?»

«Winneken? Das waren wir nicht.»

Für Sekunden war es still im Raum.

«Keiner, den wir kannten», fügte Brigitte hinzu. «Die Winneken-Aktion hat uns selbst überrascht.»

«Warum haben Sie sich nicht davon distanziert?»

«Damit hätten wir Schwäche gezeigt. Eine zweite RAF – wir hatten Angst, unsere letzten Unterstützer zu verlieren.»

Nina kam aus der Küche zurück. Sie stellte ein Tablett ab. Vier Schüsseln mit roter Grütze und Sahne, doch keiner griff zu.

«Also doch das Phantom?», fragte Saskia.

«Alfred Meisterernst, der gute alte Freddie, der als angeblicher Täter aus dem Hut gezaubert wurde, hat zu keinem Zeitpunkt unserer Guerilla angehört. Wenn er tatsächlich Winneken erschossen haben sollte, dann nicht als abgestimmte Aktion. Ich hätte davon gewusst. Mehr kann ich dazu nicht sagen.»

«Was heißt ‹wir›?», fragte Vincent.

«Bitte?»

«Du sagtest: Das waren wir nicht. Wir haben die Strategie geändert. Mit anderen Worten: Du warst immer noch involviert.»

«Schaut euch meinen Sohn an. Will mir aus jeder Äußerung einen Strick drehen.»

Nina wandte sich Vincent zu. «Wenn sie von ‹wir› spricht, dann nur deshalb, weil ihr gesamter Lebensweg über zwanzig Jahre lang mit dieser Gruppe verknüpft war.»

«Sie hat gerade den Mord an Herrhausen gerechtfertigt!»

Brigitte wurde laut. «Willst du mich als Anstifterin ans Messer liefern? Was hat man dir dafür versprochen? Geld, Karriere, einen Orden?»

Nina berührte ihren Arm. «Er versucht doch nur, dich zu verstehen.»

«Mein eigener Sohn will mich zurück in den Knast bringen! Der will nicht verstehen, sondern exekutieren. Das hat der Apparat aus ihm gemacht. Und wenn ich ihm sage, dass es bei seinem Großvater genauso war, regt er sich wieder auf.»

Vincent stand auf. «Saskia, wir gehen besser.»

An der Tür wandte sich seine Freundin erneut an Brigitte. Vermutlich hoffte sie, die ehemalige Terroristin noch ein weiteres Mal interviewen zu können. Vincent fand, dass seine Mutter schon erstaunlich viel preisgegeben hatte, auch wenn sie in Sachen Winneken die Verantwortung der RAF leugnete, warum auch immer.

Er registrierte, dass sie Saskia auswich. Als halte sie die junge Journalistin ebenfalls für eine Gehilfin des Staatsapparats, der sie einst erbarmungslos verfolgt hatte – und es in ihrer Vorstellung noch immer tat.

Vincent schlüpfte in seine Jacke. Nina stand bei ihm und reichte ihm seinen Schal.

«Jens und ich …», begann sie leise.

«Verschon mich damit.»

Sie sah ihm in die Augen. «Da ist nichts, Vincent.»

«Ach ja?»

«Es gab nur das eine Mal. Das ist die Wahrheit.»

Sie blickte ihn an, als warte sie auf ein Zeichen.

Saskia schaute herüber. Sie hatte sich von Brigitte verabschiedet.

Er folgte seiner Freundin nach draußen. Wortlos stiegen sie ins Auto.

Hinter dem Ortsausgang herrschte Dunkelheit. Vincent knipste das Fernlicht an und gab Gas. Er fragte sich, warum er mit Mitte vierzig noch immer so dünnhäutig auf seine

Mutter reagierte. Und warum Nina ihn noch immer nicht kaltließ.

«Zufrieden?», fragte er nach einer Weile.

«Was hat sie gesagt?»

«Meine Mutter?»

«Nein, deine Ex. Du weißt genau, was ich meine.»

«Was soll sie gesagt haben?»

Vincent beschleunigte auf der langgestreckten Kurve, die auf die Autobahn führte. Drei Spuren, fast leer. Die Brücke spannte sich weit über den Fluss. Die Lichter der Stadt – es tat gut, ihnen entgegenzufahren.

«Sie sieht gut aus», sagte Saskia. «Für ihr Alter.»

«Brigitte?»

«Idiot.»

Er zuckte mit den Schultern. «Sie läuft.»

«Meinst du, ich sollte das auch tun?»

«Ich meine gar nichts.»

Ihre Hand auf seinem Bein. «Lass uns nicht streiten, Vinnie. Bleibst du heute bei Oskar und mir?»

«Ich muss noch arbeiten.»

«Klar, wie immer.» Sie nahm die Hand wieder weg.

«Da ist ein beschissener Mörder unterwegs, verstehst du das nicht?»

Keine Antwort.

Er schlug auf das Lenkrad. «Du könntest danke dafür sagen, dass ich dich mit meiner Mutter bekannt gemacht habe und mich von ihr habe anscheißen lassen, als sei der Sohn das Arschloch und nicht die Terror-Mama.»

Saskia knabberte an einem Fingernagel.

Er schaltete das Radio ein. Etwas Klassisches: schluchzende Geigen, drohende Hörner, polternde Pauken – immer noch besser als die Stille zwischen seiner Freundin und ihm.

19

▼

Zu Hause zog er sich um, Laufklamotten. Er verzichtete darauf, sich die Bleimanschetten um die Waden zu schnallen. Auch die Weste mit den Gewichten ließ er im Schrank liegen – bloß nicht dem Knie einen weiteren Vorwand zur Rebellion geben.

Hinter den Rheinterrassen stieß Vincent auf das Ufer und änderte die Richtung. Links der schwarze Strom, Lichtreflexe und das Tuckern eines Frachters, rechts der stille Park. Unter der Theodor-Heuss-Brücke hinweg und immer weiter. Keine Ohrstöpsel, keine Musik, nur der freie Fluss seiner Gedanken.

Sie kreisten um Alina. Wer war sie wirklich?

Hat sie angebaggert. Ihr hat's offenbar gefallen. Der Typ hat sie abgeschleppt, wenn Sie mich fragen.

Auf Höhe des Nordparks, als sein Atem schwerer ging, machte Vincent kehrt. Das rechte Knie spürte er erst, als er am Ende verschwitzt und mit müden Beinen die Treppe zu seiner Wohnung hochstieg. Knapp zehn Kilometer war er gelaufen, schätzte er. Kein Blick auf die Uhr – er würde sich nur über die schlechte Zeit ärgern.

Das Telefon tönte. Vincent ging ran.

Es war Dominik Roth. «Stör ich?»

«Was gibt's?»

«Krach mit Hanna. Kann ich heute Nacht vielleicht …»

«Klar, wenn dir die Couch ausreicht.»

«Danke.»

«Aber spekulier nicht auf einen geduldigen Zuhörer. Ich hab noch Papierkram zu erledigen.»

«Ist klar, Chef.»

«Bis gleich, Junior.»

Nach dem Duschen cremte Vincent sein Knie ein, dann

schlüpfte er in den Bademantel. Er klappte für Dominik das Schlafsofa auf und streifte einen Bettbezug über eine Wolldecke.

Schließlich trug er wieder die Kiste mit den Pollesch-Unterlagen in die Küche und stellte den Inhalt auf den Tisch: Ordner zum Tatort, zu den Vernehmungen, zu Asservaten und deren Untersuchung, Protokolle der technischen Überwachung des Verdächtigen.

Der andere Fall, das andere Mädchen.

Alinas Mörder hatte den Zusammenhang bewusst hergestellt, dessen war sich Vincent sicher. Pia und Alina – zwei entgegengesetzte Pole in einem tödlichen Spiel.

Es war eine handschriftliche Notiz am Rand einer Spurenakte, die Vincent mit einem Schlag wachrüttelte: *Spurenleger Thabo Götz gemäß Vergleichsprobe (Trinkglas, am 10.5. asserviert von PHK Ziegler).*

In der betreffenden Akte ging es um die Tatwaffe. Beigefügt war ein Print von Thabos Spur am Pistolengriff sowie ein Satz Fingerabdrücke, den man dem Jungen am zwölften Mai abgenommen hatte, als er nach seiner Festnahme erkennungsdienstlich behandelt worden war. Das Gutachten des Daktyloskopen, das auch im Gerichtsverfahren vorgelegt worden war, belegte die Übereinstimmung der Spur mit den Abdrücken. Über einige Seiten ging die Beschreibung, wie der Fachmann zu seinem Urteil gelangt war.

Die Vergleichsprobe vom zehnten Mai, die in der Notiz erwähnt war, fehlte jedoch. Keine Dokumentation einer Spur, die von einem Glas stammte – als sei sie erst gar nicht gesichert worden.

Was Vincent noch mehr irritierte als die offenkundige Schlamperei, war die Erwähnung Zieglers in der Randnotiz. Hatte er an der Wohnungsdurchsuchung bei Götz teilgenommen, ohne dass Konni Mahler das schriftlich festgehalten hatte? Zum zweiten Mal ein falsches Protokoll?

Schon wieder Stefan.

Mit einem Mal fühlte sich Vincent, als balanciere er auf schwankenden Brettern. Er glaubte, jeder Zeile in diesen Akten misstrauen zu müssen, selbst der Arbeit des Gutachters. Wenn die Entlastungszeugin, auf die sich der Wiederaufnahmeantrag berief, die Wahrheit sprach, steckte der gesamte Aktenberg voller Lügen.

Vincent fiel eine Bemerkung von Christine Ziegler ein: *Manchmal versuchen wir, die Welt zu reparieren, und machen alles nur noch schlimmer.*

Er legte die Fingerprints auf dem Bogen des Erkennungsdienstes neben die Abbildung der Spur vom Pistolengriff. Er versuchte sich daran zu erinnern, was er auf der Fachhochschule über Daktyloskopie gelernt hatte.

Bei der Spur handelte es sich angeblich um die Fingerbeere des rechten Daumens. Das Grundmuster stimmte überein: ein Zwillingswirbel.

Dem Gutachter hatte Software zur Verfügung gestanden, um das Bild digital zu bearbeiten, Kontraste zu verstärken, Störbilder zu entfernen. Vincent musste darauf verzichten.

In einer Schublade fand er Transparentpapier, das er über die Bilder legte. Darauf markierte er die sogenannten Minutien – sämtliche Abzweigungen, Augen oder losen Enden der Linien. Die Punkte ergaben Muster, die an Sternzeichen erinnerten, nur weitaus komplexer.

Vincent wusste: Die Abdrücke ein und desselben Fingers sind niemals vollkommen identisch, denn bei jeder Berührung trifft ein anderer Teil der Kuppe auf die Fläche, ändern sich Winkel und Druck – Haut ist dehnbar, und entsprechend verschieben sich die Linien. Die Kriminaltechnik hatte einen vollständigen Abdruck genommen. Auf der Griffschale der Sig-

Sauer hatte der Daumen jedoch nur ein Fragment hinterlassen. Es kam darauf an, eine genügende Anzahl übereinstimmender Minutien zu finden.

Die Türklingel schellte. Dominik stand draußen, sichtlich zerknirscht, eine Sporttasche über der Schulter. Vincent ließ ihn herein. In einer Schublade fand er Ninas Schlüsselbund, den er dem Kollegen zuwarf.

«Der Runde ist für die Wohnung, der Eckige für die Haustür. Dein Bett ist gemacht. Wenn du Hunger hast, bedien dich aus dem Kühlschrank. Und jetzt entschuldige mich, ich hab noch zu tun.»

Zurück an die Arbeit. Vincent zählte: zehn, elf, zwölf … siebzehn Punkte – und die Abstände und Winkel, in denen sie zueinander standen, stimmten. Fünf Minutien mehr, als die Gerichte für beweiskräftig hielten. Ein klarer Treffer.

Er hatte dem Daktyloskopen unrecht getan. Der Mann hatte nicht gepfuscht.

Dominik war hereingekommen. «Sieht nach Erkennungsdienst aus. Willst du umsatteln?»

«Ich evaluiere die Ermittlungen im Fall Julian Pollesch.»

«Du evaluierst.»

«Richtig.»

«Aha. Verstehe. Und die Ermittlungsakte? Hast du das mit der Behördenleitung geklärt, dass du die ganzen Ordner nach Hause nehmen darfst?»

Vincent wies in Richtung Wohnzimmer. «Ich hoffe, du kommst mit der Couch zurecht. Ein Handtuch findest du im Bad. Gute Nacht, Dominik.»

«Weißt du, was Hanna zu mir …»

«Zu spät für die psychologische Sprechstunde. Vergiss nicht, Dominik, morgen müssen wir früh raus.»

«Okay, Chef.» Der Kollege verzog sich.

In einem letzten Anlauf durchsuchte Vincent noch einmal

das gesamte Material nach der Vergleichsprobe von dem Trinkglas, angeblich asserviert am zehnten Mai, denn vielleicht war sie lediglich am falschen Ort abgeheftet worden.

Er fand sogar noch eine zweite Erwähnung – offenbar hatte sich der Staatsanwalt auf diese Spur gestützt, als er den Haftbefehl gegen Thabo Götz beantragt hatte.

Aber eine Dokumentation der Probe fehlte.

Nebenan schnarchte Dominik. Ein Blick auf die Uhr, der Zeiger sprang bereits in die zweite Stunde des neuen Tags.

Vincent ging zu Bett und war bei Alina.

Sag mir, Kind, wer dich so zugerichtet hat.

TEIL DREI

Auf dem Prüfstand

▼

20

▼

Sonntag, 14. April 1991

Sein erstes Konzert seit Monaten. Und der Applaus wollte auch nach der dritten Zugabe nicht aufhören. René Hagenberg verbeugte sich vor rund einhundertfünfzig Zuhörern in dem alternativen Jugendzentrum. Für seine Verhältnisse ein kleiner Saal.

Er lächelte beim Gedanken an seine Anfänge in den Sechzigern, als er mit seiner Skiffle-Band in den verqualmten Kneipen von Neuss gespielt hatte. Das Jahr in Paris hatte ihm dann den Weg gewiesen, indem er die Lieder der französischen Revolution kennengelernt und George Brassens persönlich erlebt hatte.

Nach der Rückkehr das fulminante Debüt bei den Essener Songtagen. Sein künstlerischer Durchbruch – längst Legende.

Hagenberg erinnerte sich noch gut an damals. Während sein Auftritt angekündigt wurde, bemerkte er, dass an seiner Gitarre eine Saite gerissen war. Keine Zeit, sie auszuwechseln. Freddie hatte ihm kurzerhand seine Klampfe in die Hand gedrückt und ihn auf die Bühne geschoben. Du packst es, hatte Freddie gesagt. Wer, wenn nicht du.

Er und Freddie. Auf Festivals waren sie sich regelmäßig über den Weg gelaufen. Einmal hatten sie sich sogar ein gemeinsames Programm erarbeitet und wollten als Duo auf Tour gehen. Doch dann lernte Freddie eine Frau aus Niederbayern kennen, überließ ihm sämtliche Songs und verzog sich für Jahre in die Hippiekommune seiner Flamme.

Hagenberg hob die Gitarre vom Ständer und nahm noch einmal auf dem Hocker vor dem Mikro Platz. Wie oft war er im Lauf seiner Karriere schon totgesagt und weg vom Fenster gewesen! In den frühen Siebzigern, als er sich nicht von Ulrike, Andreas und Gudrun distanzieren wollte. Das war in seiner Hamburger Zeit mit Brigitte, Jens-Volker und den anderen. Häuserkampf, Rote Hilfe, Solidarität mit den inhaftierten Genossen. Mit einem Mal hatten ihn sämtliche Radiostationen boykottiert. Die bürgerlichen Medien versuchten, ihn totzuschweigen. Nicht einmal mehr Schmähkritiken wurden über ihn noch veröffentlicht.

Auf dem Tiefpunkt hatte er Moritz Neuendorf kennengelernt. Erst dessen Kontakte sorgten dafür, dass seine Songs wieder gespielt wurden. Moritz wurde sein Manager. Ein echter Freund, dachte er damals – wie man sich irren konnte!

Ende der Siebziger hatte er sich von ihm getrennt. In einer ersten Phase tiefer Depression, die Hagenberg am liebsten verdrängt hätte. Dann war er plötzlich der Star der Friedensbewegung gewesen. Hagenberg fand es erstaunlich, dass man mit Protestsongs wohlhabend werden konnte. Doch inzwischen zählte er schon fast zum alten Eisen. Es war still um ihn geworden, die Zeiten hatten sich geändert. Die wiedervereinte Nation, wie besoffen von sich selbst, das Kohl-Regime wiedergewählt – wer vor dem absehbaren Katzenjammer warnte, galt als Spielverderber. Daran musste es liegen.

Aber du kannst dich wieder aufrappeln, sagte sich Hagenberg. Neue Projekte, ihm schwebte auch schon etwas vor: klassische Dichtkunst, Vertonungen deutscher Liebeslyrik. Und wenn es sein musste, konnte er auch Filmmusik oder Jingles für die Werbung. Berührungsängste hatte er nicht mehr.

Hagenberg spürte, wie ihn der Applaus wachsen ließ. Ich

hab's noch drauf, dachte er in diesem Moment. Die Leute da unten könnten meine Kinder sein. Und trotzdem fahren sie auf mich ab.

Er stimmte ein letztes Mal die Saiten, setzte den Kapodaster an den dritten Bund und begann das Vorspiel. Vier Takte, acht, zwölf …

Im Saal wurde es ruhig. Und plötzlich erkannte Hagenberg, dass er im Begriff war, ein ganz besonderes Lied anzustimmen. Er kämpfte gegen ein inneres Zittern an, wieder musste er an Moritz Neuendorf und Freddie Meisterernst denken. Selbst beim Debüt in Essen war er nicht so nervös gewesen. Er gab sich einen Ruck und begann zu singen.

Wer nicht kämpft, der stirbt auf Raten.

Er sah das Entsetzen in den Gesichtern und brach ab. Völlige Stille, nicht einmal ein Husten. Das Attentat saß allen in den Knochen. Hagenberg entschloss sich zur Flucht nach vorn. Noch einmal den alten Kämpfer rauskehren.

«Ja, liebe Freunde, ich habe lange überlegt, ob ich dieses Lied jemals wieder singen kann. Vor zwei Wochen wurde in dieser Stadt, drüben, wo die reichen Herren wohnen, Rolf-Werner Winneken ermordet, wie ihr alle wisst. Er hat dafür gesorgt, dass sich die Konzerne an den Überbleibseln der DDR bereichern können, und Hunderttausende in die Arbeitslosigkeit gejagt. Aber …» Kunstpause, sein Blick wanderte durch den Saal. «Unsere Waffe ist das Wort, liebe Freunde. Wir leisten nicht mit Gewalt Widerstand. Nur auf Überzeugung können wir eine freie Welt errichten!»

Er griff wieder in die Saiten.

Wer nicht kämpft, der stirbt auf Raten.

Obwohl die Leute jetzt applaudierten, stoppte Hagenberg seinen Vortrag erneut. Mit einer Handbewegung brachte er das Publikum zum Verstummen.

Ich hab euch im Griff, dachte er. Ich will euch toben sehen.

«Ein Wort noch, meine Freunde. Viele meiner engsten Genossen haben das Lied missverstanden und den bewaffneten Kampf gewählt, haben dafür mit dem Leben bezahlt oder mit ihrer Freiheit. Brigitte Veih, meine gute Freundin, sitzt noch heute im Knast. Ihr kennt die Haftbedingungen. Brigitte, dir widme ich dieses Konzert!»

Etliche Leute klatschten oder reckten die Faust in die Luft.

«Dass die Mörder vom Ostermontag meine Liedzeile benutzt haben, ist purer Zynismus. Das waren keine Genossen. Glaubt mir, da läuft ein übles Spiel, um einen Keil in unsere Mitte zu treiben und die Linke in diesem größer gewordenen Land an den Rand zu stellen. Das lassen wir uns nicht gefallen! Unsere Lieder, die Lieder des Widerstands, werden nie verstummen!»

Der dritte Anlauf. Entschlossen, mit Nachdruck.

Wer nicht kämpft …

Die Rage, in die sich Hagenberg während seiner Ansprache geredet hatte, trug ihn durch den Song. Auch wenn er längst nicht mehr an den Text glaubte, hatte er das Gefühl, niemals zuvor so gut gewesen zu sein.

Am Ende traten ihm die Tränen in die Augen. Er war gerührt von sich selbst. Ein junges Ding warf ihm einen Zettel zu. Er fing ihn auf, verbeugte sich und zog sich endlich in die Garderobe zurück. Dort entfaltete er die Notiz. Mädchenschrift: *Cora*. Ein Herz und eine Telefonnummer. Einfach süß.

Er hörte den Jubel, das Klatschen und Getrampel. Sein Comeback war nur eine Sache der Zeit, dessen war sich Hagenberg sicher.

Er schloss die Wohnungstür auf. Nicht einmal Nicoles Stiefel, über die er stolperte, konnten sein Hochgefühl verderben. «Sie sind ausgeflippt!», rief er.

«Gratuliere», antwortete eine Männerstimme aus dem Wohnzimmer.

Hagenberg erstarrte in der Tür. Neben seiner Freundin saß der Kerl, der seit fünfzehn Jahren wie eine Klette an ihm hing.

«Moritz wollte dich überraschen», sagte Nicole.

«Raus hier!», rief Hagenberg. «Verschwinde aus meiner Wohnung!»

In Nicoles Gesicht trat Verwunderung. Die Zigarette in ihren Fingern begann zu zittern.

Moritz breitete die Arme auf der Rückenlehne des Sofas aus. «Warum so feindselig, René? Man schlägt doch nicht die Hand, die einen aus der Grube ziehen will.» Aus einem Beutel schüttete Moritz kleine weiße Tütchen auf den Couchtisch. «Schau, mein Gastgeschenk.»

«Wenn du nicht verschwindest, rufe ich die Polizei.» Hagenberg nahm den Hörer von der Gabel. «Ich zähle bis drei.»

«Welche Ironie. René Hagenberg persönlich alarmiert die Staatsmacht. Käme aber bei deinen Fans nicht gut an, oder?» Er griff unter den Tisch und holte ein Paket hervor, einen langen Gegenstand, der in dunkle Folie gewickelt war. Ein Gewehr, dachte Hagenberg. Womöglich *das* Gewehr.

Ich soll es bei Freddie deponieren. Die Haare im Handtuch taugen nicht als Beweis, der Plan mit dem Sündenbock ist nicht aufgegangen. Zum Glück.

«Eins …»

Nicole schnappte sich ein Tütchen. «Wollt ihr euch nicht vertragen?»

Hagenbergs Knöchel wurden weiß. «Zwei …»

«Bitte, René, das sind mindestens fünfzig Gramm!»

«Nicole, halt's Maul!»

Moritz zwinkerte. «Ich kenne ein paar Redakteure, die nur auf einen Wink warten, um dich wieder in den Olymp zu schreiben, René.»

«Drei!»

Hagenberg begann, die Tasten zu drücken, doch dann ließ er den Hörer auf die Gabel sinken. Moritz hatte die Hülle vom Gewehr genommen und den Lauf auf ihn gerichtet.

Mit der anderen Hand knöpfte er seine Hose auf und winkte Nicole heran. Sie heulte, aber sie tat, was das Scheusal wollte.

Seine Finger verkrampften sich in ihrem Haar. Nicoles Kopf ruckte rauf und runter, ihre Wimperntusche lief als dunkle Schmiere über das Gesicht. Sie sieht aus wie das Drogenwrack, das sie längst ist, dachte Hagenberg.

«Schlucken», sagte Moritz nach einer gefühlten Ewigkeit.

Nicole gehorchte.

«Zeig.»

Sie streckte die Zunge heraus.

«Brav, meine Süße.» Er tätschelte ihre Wange. «Jetzt musst du nur noch deinen Freund von unserer Zusammenarbeit überzeugen.»

In seinem Rücken vernahm Hagenberg ein Geräusch. Der Junge stand in der Tür, womöglich schon die ganze Zeit. Im Schlafanzug und barfuß, mit offenem Mund starrte er seine Mutter an.

«Na, Kleiner, das lernt man nicht in der Schule», sagte Moritz. «Ficken oder gefickt werden. So läuft es in der Welt. Merk dir das.»

«Lass den Jungen in Ruhe», erwiderte Hagenberg.

«Und du bist jetzt mal ganz still, René. Die gleichen Redakteure könnten nämlich auch darüber schreiben, was du 1979 gemacht hast.» Moritz lächelte Nicole zu, die ein Tütchen aufgerissen hatte und dabei war, sich eine Prise in die Nase zu reiben. «Eigentlich ist dein Freund nämlich einer von den Guten.»

Er schloss den Reißverschluss seiner Hose, zog die Folie wieder über das Gewehr und legte ein Kärtchen auf den Tisch. Nur eine Nummer stand darauf.

«Sag deinem Freund Freddie Meisterernst, dass er untertauchen soll. Für ein paar Monate von der Bildfläche verschwinden. Ist für ihn besser so. Er steht nämlich im Fokus der Polizei und aller möglichen Dienste. Haben wir uns verstanden?»

Endlich knallte die Wohnungstür – der Scheißkerl war verschwunden.

21

▼

Donnerstag, 13. März 2014

Vincent hatte den Wecker auf sechs Uhr dreißig gestellt, um vor seinem Übernachtungsgast ins Bad zu kommen. Nach dem Duschen schlang er sich ein Handtuch um und ging in die Küche, um Wasser für den Tee aufzusetzen.

Während der Kocher rauschte, schnitt Vincent einen halben Apfel klein, gab Weintrauben, Joghurt und seine Körnermischung dazu. Dominik kam herein, wünschte einen guten Morgen und gähnte.

«Auch ein Müsli?», fragte Vincent.

«Gibt's nichts anderes?»

«Wenn du etwas einkaufst.»

«Okay, hab verstanden.»

Vincent bemerkte, dass der Kollege ihn anstarrte. «Zweifelst du an deiner sexuellen Orientierung, oder was ist los?»

«Gehst du in ein Studio?»

«Nein. Ich arbeite zu Hause mit Hanteln.»

«Jeden Tag?»

«Nur wenn ich mich über meine Mitarbeiter ärgere und mich abreagieren muss.»

«Ich wusste gar nicht, dass wir *so* schlimm sind.»

Als Vincent längst fertig war, hatte Dominik noch immer das Bad belegt.

«Bis nachher», rief Vincent ihm zu und nahm die Lederjacke vom Garderobenhaken.

Er klingelte, es summte, und er drückte die Tür zum Wachraum im Erdgeschoss auf. Ein junger Kollege in Uniform tippte etwas, vor sich drei Monitore, die er im Blick hatte. Er stand auf, als Vincent grüßte, und kam an den Tresen.

«Wo finde ich Konrad Mahler?»

«Steht vor Ihnen.»

«Wir können uns duzen. Ich arbeite zwei Stockwerke höher, Vincent Veih, KK11. Noch nicht lange in der Wache Bilk?»

Konni Mahler war beim Wechsel der Dienststelle befördert worden. Zwei Sterne auf den Schultern, Polizeioberkommissar. Möglicherweise hatte sich sein Verhältnis zu Stefan Ziegler in den letzten zwei Jahren getrübt – Vincent hatte Mahler nicht bei Pias Beerdigung gesehen.

«Was kann ich für dich tun?», fragte der Kollege.

«Du hast sicher davon gehört, dass Thabo Götz die Wiederaufnahme seines Prozesses beantragt hat. In dem Rahmen kommt unsere damalige Arbeit auf den Prüfstand.»

«Als hättet ihr nichts Besseres zu tun.»

«Du sagst es.»

Der Kollege wechselte Stand- und Spielbein – ein vages Anzeichen von Unsicherheit.

«Und?», fragte er.

«Du hast damals die Wohnung von Thabo Götz durchsucht.»

Mahler zupfte an seiner Nase. «Ja, ich habe die Tatwaffe gefunden.»

«Du oder Stefan Ziegler?»

Ein Räuspern. «Wie kommst du darauf?»

«Warum hast du Stefan nicht im Durchsuchungsbericht vermerkt?»

Der Mann stützte sich auf den Tresen. «Ermittelst du gegen mich, oder was?»

«Ich muss wissen, woran ich mit Stefan bin. Warum taucht sein Name nicht auf?»

Mahler verschränkte die Arme. «Weil er's so wollte. Er war mein Chef.»

«Stefan hat das angeordnet?»

«Damit keiner behaupten kann, er hätte dem Schwarzen die Waffe untergeschoben.»

«Und?»

«Was, und?»

«Hat er?»

Eine ausholende Geste mit beiden Armen. «Bist du verrückt, Veih?»

«Danke, Konni, das war alles, was ich von dir wissen wollte.» Vincent wandte sich zum Gehen.

«Warte, Veih, was soll denn das? Die Waffe war doch nicht der einzige Beweis! Fingerspuren, Pulverschmauch am Jackenärmel, die DNA am Tatort – das Gericht hat damals den absolut Richtigen verknackt, da gibt's nichts zu rütteln!»

Morgenbesprechung, als Letzte erschien Sofia Ahrenfeld. Bevor sie sich setzte, schob sie Vincent einen Schnellhefter mit Plastikdeckel hin. «Schau dir das nachher mal an.»

Er erinnerte sich an den Auftrag, den er ihr erteilt hatte. Ähnliche Fälle – Alinas Mörder als möglicher Mehrfachtäter. Verstohlen bog er den oberen Deckel hoch. Sah nach einem Entführungsfall aus. Die Akte hatte aber nur wenige Seiten.

Anna leitete die Besprechung, die verschiedenen Teams trugen vor: Tatortgruppe, Hinweisaufnahme, Ermittler. Zahlreiche Anrufe waren über die Hotline eingegangen, die eigens eingerichtet und deren Nummer über die Medien verbreitet worden war. Die Kollegen hatten die Spinner und Wichtigtuer aussortiert und verteilten untereinander die Hinweise, denen man nachgehen musste.

Dominik Roth berichtete von seiner gestrigen Kneipentour. Er hatte Leute getroffen, die sich an Alina erinnerten, aber keine Zeugen für Montag letzter Woche. Vincent knüpfte an. Die Beschreibung, die er im *Axolotl* erhalten hatte, war seiner Meinung nach mit Abstand die heißeste Spur: *faltiges Gesicht, graue Haare bis zur Schulter.*

Danach holte Vincent seine Post aus dem Geschäftszimmer, sichtete den Packen und befand, dass nichts davon sofort beantwortet werden musste. Er knöpfte sich stattdessen die Akte vor, die Sofia ihm gegeben hatte.

Zuoberst lag die Anzeige eines Entführungsversuchs, der sich vor einem guten Jahr zugetragen hatte, in einer Februarnacht gegen dreiundzwanzig Uhr. Das Opfer war eine Daniela Jungwirth, damals vierundzwanzig Jahre alt, Bankangestellte und wohnhaft im Düsseldorfer Stadtteil Pempelfort.

Jemand, so gab sie an, habe ihr vor der Haustür einen Lappen ins Gesicht gedrückt, der einen süßlichen Gestank verströmte, und sie in ein Auto geschoben. Sie berichtete von Schwindel und Benommenheit – Vincent tippte auf Äther, vielleicht war die Dosis zu gering für einen Knockout gewesen.

Als der Täter an einem Büdchen hielt und das Auto verließ, gelang der Frau die Flucht. Sie verkroch sich in einem Hausflur, kotzte sich die Seele aus dem Leib und schaffte es irgendwie nach Hause. Am nächsten Morgen erwachte sie mit Kopfschmerzen, brennenden Bronchien und dem Gefühl, einen Albtraum überstanden zu haben.

Jungwirth schilderte ihren Peiniger als normal groß, das Auto als dunkel – Angaben ohne Wert für die Ermittler, viel zu vage und allgemein. Die Frau erinnerte sich nicht einmal mehr an die genaue Stelle, an der sie dem Kidnapper entwichen war.

Auf den ersten Blick konnte Vincent keinen Bezug zum Fall Alina Linke erkennen. Keinen Hinweis auf Verbrennungen durch Zigaretten oder Verletzungen mit einem Messer.

Doch es gab noch ein zweites Protokoll – jemand aus der zuständigen Fachdienststelle, dem KK12, hatte die Sache auf den Tisch bekommen und Jungwirth ein paar Wochen später noch einmal befragt. Ein kalter Schauer kroch über Vincents Rückgrat, als er las, wo die junge Frau gewesen war, bevor sie beim Versuch, ihre Haustür aufzuschließen, abgefangen wurde.

Bei einem Treffen der Freiheit-für-Thabo-Initiative.

Vincent schlug im Telefonbuch nach und rief die Bankfiliale an, die in der Akte zur versuchten Entführung als Arbeitsplatz von Daniela Jungwirth angegeben war. Er erfuhr, dass im Rahmen einer Firmenfusion Personal entlassen worden war und sie zu den Betroffenen gehörte.

Er versuchte, die Frau zu Hause zu erreichen – erfolglos. Vincent schrieb Jungwirths Adresse auf einen Zettel, den er einsteckte.

Dann wählte er die Nummer von Max Dilling.

«Na, Vincent», meldete sich der ältere Kollege. «Was machen die Recherchen deiner Freundin?»

«Ich hab ’ne Frage.»

«Schieß los.»

«Sofia Ahrenfeld. Die war doch bei euch im Leitungsstab.»

«Unsere Feministin. Das heißt, eigentlich konnte sie nichts für diesen Gender-Kram. Den hat Schindhelm ihr aufgedrückt, weil er an seinem Ruf als fortschrittlicher Behördenleiter bastelt.»

«Ausgerechnet Schindhelm.»

«Was willst du wissen, Vincent?»

«Was hältst du von ihr?»

«Sofia? Fähiges Mädel. Jura, zweites Staatsexamen. Steckt uns irgendwann alle in die Tasche.»

«Sie ist nämlich jetzt bei uns.»

«Tatsächlich? Der Präsident wollte sie doch nach Münster zur Hochschule schicken!»

«Also hat er sie nicht auf mich angesetzt?»

«Ach was. Ahrenfeld hat ihren eigenen Dickschädel.»

«Das stimmt allerdings.»

«Vertragt euch, Vincent. Das Mädel ist in Ordnung. Sag Sofia einen schönen Gruß vom alten Max.»

22

▼

Ein Kollege begleitete Vincent. Er schloss die Tür auf und knipste das Licht an. Die Asservatenkammer war mit Schränken, Tischen und Regalen vollgestellt. Der Kollege brauchte eine Weile, bis er fand, was Vincent suchte.

Er hielt Vincent ein Formular zur Unterschrift hin. «Hat das etwas mit dem Wiederaufnahmeverfahren zu tun, von dem in der Zeitung zu lesen ist?»

«Möglich.»

«Wenn damals nicht alles mit rechten Dingen zugegangen ist, wird uns die Scheiße um die Ohren fliegen, oder wie siehst du das?»

«Ich würde nicht dagegen wetten.»

Vincent quittierte den Erhalt des Trinkglases aus der Wohnung von Thabo Götz. Fast wunderte er sich, dass es das Ding noch gab.

Nächste Station: die Kriminaltechnik im dritten Stock. Der

Daktyloskop hatte sein Kabuff am Ende des Flurs. Er legte die Zeitung und ein belegtes Brötchen beiseite, als Vincent sein Reich betrat.

«Morgen, Kundschaft.»

«Tach, Veih.» Der Mann war Mitte fünfzig und besaß schütteres blondes Haar. Vincent hatte seinen Namen vergessen, was ihm peinlich war, denn er hatte ihn schon häufig an Tatorten getroffen. «Sag bloß nicht, dass du's eilig hast», sagte der Daktyloskop.

«Nur eine Fingerspur.»

«Jeder, der zu mir kommt, hat nur 'ne Fingerspur.»

Sie gingen hinüber ins Labor. Kittel, Mundschutz, Einweghandschuhe. Der Mann öffnete den Beutel, entnahm das Beweismittel und drehte es vorsichtig in seinen Händen. Das Glas war zu großen Teilen mit einer weißen Schicht bedeckt. «Cyanacrylat, Sekundenkleber. Die Spur ist bereits gesichert worden.»

«Leider verloren gegangen», erklärte Vincent. «In der Akte ist davon nichts dokumentiert.»

Stirnrunzeln, Kopfschütteln. «Versteh ich nicht.»

«Ist aber so.»

Bei genauem Hinsehen waren an einer Stelle Papillarleisten zu erkennen. Verdampfter Sekundenkleber hatte sich an einer Fingerspur festgesetzt. Nur ein Fragment, aber immerhin nicht verwischt.

Der Kollege bearbeitete das Glas mit einem Pinsel und schwarzem Pulver, fast zärtlich. Dann klebte er eine Folie auf die Oberfläche, rieb sie fest, zog sie ab und drückte sie auf eine dünne weiße Pappe. Damit ging er zum Scanner.

«Voilà.»

Vincent zog ein Blatt aus der Spurenakte des Pollesch-Falls. Das Bild der Fingerbeere, die an der Tatwaffe gesichert worden war. «Wenn du schon dabei bist …»

«Du hast gesagt, nur *eine* Fingerspur.»

«Komm schon, damit du in Übung bleibst. Ich brauch den Vergleich.»

«Nur weil du's bist, Veih.»

Am Ausgang entledigten sie sich des Mundschutzes und der Handschuhe. Sie hängten die Kittel an die Haken und gingen ins Dienstzimmer zurück. Der Daktyloskop nahm vor seinem Rechner Platz, tippte etwas und drehte den Monitor, damit auch Vincent einen Blick darauf werfen konnte. Dann begann er, die beiden Aufnahmen zu bearbeiten.

«Leider haben wir nur Photoshop und nicht die feine Software-Ausstattung der Leute von CSI.»

Aus verschmierten Linien war nun eine klare Zeichnung geworden. In Windeseile, die Vincent bewunderte, markierte der Kollege die Minutien mit Mausklicks. Rote Kreuzchen auf dem Monitor. Weitere Klicks, bis zwei Gruppen von Kreuzchen nebeneinanderstanden.

Die Miene des Kollegen erstarrte.

«Was ist?», fragte Vincent.

Der Daktyloskop bewegte die Maus, die rechte Kreuzchenwolke schob sich über die linke.

Vollkommen identisch, wo allenfalls ähnliche Abstände mit mehr oder weniger großer Übereinstimmung zu erwarten gewesen wären.

«Perfekt», sagte Vincent.

Der Kollege nickte.

«Zu perfekt, nicht wahr?» Vincent wedelte mit dem untersuchten Glas, das wieder in der Tüte steckte. «Ich kann dir verraten, dass die Spur mal dazu gedient hat, einen Haftbefehl in einer Mordsache zu begründen.»

«Thabo Götz?»

«Erraten.»

«Verfluchte Kacke.»

«Das kannst du laut sagen. Wer hat damals die Spuren begutachtet?»

«Der Name sollte in deiner Akte stehen.»

Vincent blätterte. «Hans Joachim Milbrandt. Kenn ich den Kollegen?»

«Hajo ist seit diesem Jahr im Ruhestand. War lange krank, hat privat viel mitgemacht.»

«Wie kriegt man Thabos Spur vom Glas auf die Waffe? Wie hat Milbrandt das angestellt?»

«Vergiss es, Veih.»

«Der Chaos Computer Club hat einmal nachgewiesen, wie man einen Fingerabdruckscanner überlisten kann. Unmöglich ist das nicht. Du druckst zum Beispiel das Bild einer Spur negativ auf Folie, die Farbe ergibt ein Relief wie die Kapillarleisten, du streichst Silikon darauf, lässt es trocknen, ziehst die Schicht ab und hast so etwas wie eine zweite Haut. Damit kannst du auch Spuren fälschen. Du fasst mit der Silikonhaut an deine Stirn, hast genügend Talg darauf, und schon kannst du zum Beispiel auf einer Waffe exakt die Spur hinterlassen, die du von einem Trinkglas abfotografiert hast. Hab ich recht?»

«Was unterstellst du unserem Kollegen?»

«Sag mir nur, ob das so funktioniert.»

«Wir wissen alle, dass der eifersüchtige Schwarze geschossen hat, ob nun bei dieser einen Spur geschummelt wurde oder nicht.»

«Oder war es vielleicht so: Ziegler hat Hajo Milbrandt überredet, die Spur vom Glas als von der Waffe stammend auszugeben. Ganz einfach, ohne große Manipulation. Als es um den Haftbefehl ging, hat keiner richtig hingesehen. Für das gerichtliche Gutachten hatte man die Abdrücke der erkennungsdienstlichen Behandlung zum Vergleich, und keinem ist etwas aufgefallen.»

«Du meinst, auf der Waffe war gar nichts?»

«Euer Hajo wird schon eine Ausrede dafür finden. Zum Beispiel, die gesicherte Spur sei verschlampt worden. Und die Reste an der Waffe versehentlich verwischt. Wollen wir wetten?»

«Mensch, Veih, du willst den armen Hajo doch nicht in den Knast bringen, oder?»

23

Nora saß im Geschäftszimmer und tippte. Sie entfernte die Ohrstöpsel des Diktiergeräts, als Vincent sie ansprach.

«Kein Kuchen heute?»

«Lies dir mal meine Jobbeschreibung durch. Außerdem bin ich auf Diät.»

«Seit wann das denn?»

«Keine blöden Scherze über meine Figur!»

«Wo ist unsere Praktikantin?»

Nora deutete auf die Verbindungstür und setzte die Ohrstöpsel wieder ein.

Vincent betrat sein Büro. Sofia hatte seinen Schreibtisch in Beschlag genommen.

«Das geht ja schnell mit der Karriere», sagte Vincent.

«Sorry.» Die Praktikantin siedelte mit ihren Sachen an den Tisch im Besprechungseck um. Dort arbeitete sie weiter, als sei es ihr gutes Recht, sich bei ihm einzunisten.

Vincent rief noch einmal bei Daniela Jungwirth an, dem Entführungsopfer vom Februar letzten Jahres – wieder nur der Anrufbeantworter. Diesmal hinterließ Vincent seine Mobilfunknummer und die Bitte um Rückruf.

«Der gleiche Täter?», fragte Sofia.

«Das weiß ich noch nicht.»

«Ansonsten finde ich keine Hinweise auf Verbrechen mit der gleichen Handschrift. Soll ich die Suche auf andere Bundesländer ausdehnen?»

«Mach erst einmal Mittagspause. Und danach soll dir die Kollegin Winkler sagen, was du für sie tun kannst.»

«Verstehe», sagte Sofia und räumte ihre Sachen zusammen. «Du bist lieber allein.»

«Schönen Gruß übrigens von Max Dilling. Er meint, du wärst in Ordnung. Allmählich habe ich auch fast den Eindruck.»

«Geht mir mit dir genauso. Allmählich. Fast.»

«Ganz schön frech für eine Praktikantin.»

Nachdem sie gegangen war, rieb Vincent sein Gesicht mit beiden Händen.

Du willst den armen Hajo doch nicht in den Knast bringen, oder?

Der Staatsanwalt entscheidet das, sagte sich Vincent. Und falls es zu einem Ermittlungsverfahren kommt, ist der Kollege selbst schuld daran.

Der Tag hatte trüb und kühl begonnen, doch inzwischen waren die Wolken aufgerissen, und die Märzsonne gab einen Vorgeschmack auf den Frühling. Vincent wählte die Schnellstraße in Richtung Benrath.

Hajo Milbrandt wohnte in Himmelgeist, einem Dorf am diesseitigen Ufer des Rheins, das zu Düsseldorf gehörte. Vincent wollte den pensionierten Kriminaltechniker überrumpeln, bevor ihn jemand warnte.

Die Ausfahrt. Vincent durchquerte ein Waldstück, rechts das eingezäunte Areal des Wasserwerks, dann Felder. Das schimmernde Band des Flusses, bald verdeckten Villen den Blick. Vincent fuhr durch ein Neubaugebiet, in dritter Reihe entstanden hier schicke Häuschen, vermutlich kaum bezahlbar. Er folgte der Anleitung des Navis durch den Ortskern und schließlich in eine abgelegene Straße, in der die Fassaden noch wirkten wie vor Jahrzehnten.

Es war ein Eckgebäude mit grobem Putz. Die Rollläden im Erdgeschoss waren geschlossen, die Fliesen auf den Stufen zur Haustür gebrochen. Vincent drückte die Klinke und betrat einen muffigen Flur.

Zwei Wohnungstüren, an der linken stand auf einem kleinen Schild Milbrandts Name. Vincent presste den Daumen gegen den Klingelschalter. Er zählte bis fünf, dann ließ er es erneut klingeln.

Eine Nachbarin stieg die Treppe herunter, hellgrüner Hausanzug, eine müde Katze im Arm. Die Frau machte sich am Briefkasten zu schaffen, das Scheppern der Metallklappe hallte durch den Flur.

«Suchen Sie Hajo?», fragte sie, als sie zurückkam.

«Ist vermutlich eine schlechte Zeit.»

«Bei Hajo gibt's nur schlechte Zeiten, fürchte ich.»

«Wissen Sie vielleicht, wann ich ihn antreffen könnte?»

«Versuchen Sie's mal im *Palermo*. Der Wirt ist sein Schwager. An besonders miesen Tagen frühstückt Hajo dort.»

Das Lokal war ein Schlauch, die Fensterfront zu schmal, um den gesamten Raum zu erhellen. Milbrandt saß in der schummrigsten Ecke. Ein Pils war offenbar sein ganzes Frühstück.

Vincent erinnerte sich jetzt wieder, dass er mit dem Kollegen ein paarmal zu tun gehabt hatte. Fabri hatte ihn als den fähigsten Fingerspurexperten gepriesen.

«Verpiss dich, Veih», sagte Milbrandt.

«Du weißt Bescheid?»

«Ich hab 'n Handy, was meinst du denn?»

Vincent setzte sich an den Tisch. «Du kannst mir sicher eine schlüssige Erklärung liefern.»

Ein großer Kerl mit Elvistolle baute sich neben ihm auf. Der Kellner oder Wirt.

«Einen Espresso bitte», sagte Vincent.

Der Typ mit der Tolle ignorierte die Bestellung. «Ey, Hajo, belästigt dich der Kerl?»

«Lass gut sein, Franco.»

«Mein Schwager will hier seine Ruhe, verstanden, ey?»

«Schon gut, Franco», wiederholte Milbrandt. «Schieb ab.»

Der Wirt gehorchte.

Der frühpensionierte Kriminaltechniker wandte sich wieder Vincent zu. «Was für ein überkorrekter Korinthenkacker muss man sein, um den Scheiß von damals wieder auszugraben?»

Vincent schwieg.

«Du willst eine Erklärung, Veih? Gut, die geb ich dir: Mitgefühl.»

«Mitgefühl?»

«Versetz dich doch mal in Zieglers Lage. Seine Nichte, sein einziges Kind, von einem Tunichtgut zum Krüppel geschossen. Und dann findet Ziegler die Waffe, aber das Arschloch hat sie sauber gemacht.»

«Das darf kein Grund sein, um eine Fingerspur zu fälschen.»

«Ich sag nur: Mitgefühl.»

«Hör auf mit dem Scheiß.»

«Auch wenn du das vielleicht nicht kapierst, aber es gibt noch Kollegen, die in der Not zusammenstehen.»

«In der Not?»

«Womöglich hätte den Richtern Pias Aussage nicht genügt. Der Verteidiger hätte sie als Lügnerin hingestellt. Das Mädchen wäre daran zerbrochen, ist das so schwer zu begreifen? Ich hab nur meine verdammte Kollegenpflicht getan!»

Der Wirt kam von hinten und stellte eine kleine Tasse auf den Tisch. «Prego.»

«Und die Schmauchspuren auf Thabos Jacke – habt ihr die auch manipuliert?»

«Ich glaube, du hörst mir nicht zu. Der Schwarze hat Pollesch erschossen. Dabei sind die Schmauchspuren entstanden. Pia hat den Schützen klar erkannt. Das Einzige, was fehlte, waren die Schmutzfinger des Täters auf der Waffe.»

«Glaubst du.»

«Weil es so war.»

«Weil Ziegler es dir so erzählt hat.»

«Schwachsinn.»

Vincent nippte am Espresso. Cremig und stark, auf Italiener war Verlass, selbst wenn sie auf Elvis machten. Vincent leerte die Tasse, suchte eine Zweieuromünze in seinem Portemonnaie und legte sie auf den Tisch.

Hajo starrte in sein Bierglas. «Wenn nicht einmal mehr die Kollegen zusammenhalten, was gilt dann noch in dieser Welt?»

«Halt dich zur Verfügung, Milbrandt.»

«Du mich auch, Veih.»

24

Vincent schloss sein Auto auf. Die Sonne hatte es aufgeheizt, er warf die Jacke auf den Beifahrersitz.

Das Handy. Eine Nummer, die er nicht kannte.

«Veih.»

«Sie haben versucht, mich anzurufen?» Die Stimme einer jungen Frau.

«Wer sind Sie?»

«Mein Name ist Daniela Jungwirth.»

«Richtig, Frau Jungwirth.» Vincent startete den Wagen und fuhr los, mit einer Hand lenkend. «Sind Sie zu Hause?»

Zwanzig Minuten später klingelte Vincent am Eingang eines Altbaus im Stadtteil Pempelfort, nur wenige Straßen von seiner Wohnung entfernt. Es summte, er drückte die schwere Tür auf und trabte die Treppen nach oben. Auf den letzten Stufen stach es durch sein Knie, heftiger als zuvor.

Daniela Jungwirth erwartete ihn im dritten Stock, über der Jeans trug sie ein bunt besticktes Etwas, halb Hemd, halb Kleid. Er stellte sich vor und zeigte die Marke.

Sie winkte ihn hinein. Holzdielen, hohe Decken.

«Nett haben Sie's hier», sagte er.

«Verwandt mit Brigitte Veih?»

«Sie kennen meine Mutter?»

«Stimmt, sie hat erwähnt, dass ihr Sohn bei der Polizei ist. Welche Kapriolen das Leben manchmal spielt. Ich kenne Brigitte durch die Initiative.»

«Sind Sie dort aktiv?»

«Ich war es. In der Anfangsphase.»

Die Küche war hell, die Einrichtung sah nach Ikea aus. Die Verkehrsdurchsage im Radio, Jungwirth schaltete das Gerät aus. Sie servierte Kaffee.

«Man kann behaupten, ich habe die Ini gemeinsam mit René Hagenberg gegründet. In den ersten Monaten war hier sozusagen die Geschäftsstelle. Zucker?»

«Nein, danke. Etwas Milch, wenn Sie haben.»

«Ich hätte nicht gedacht, dass die Polizei noch etwas wegen der Entführung unternimmt. Ehrlich gesagt, ich hatte schon angenommen, mir würde keiner glauben und hinter meinem Rücken lachen die Beamten über mich.»

«Kannten Sie Alina Linke?»

«Die Frau, die auf so brutale Weise ermordet wurde? Ich glaube, nein.»

«Sie hat auch bei der Initiative mitgemacht.»

«Was hat das mit meiner Entführung zu tun?»

«Das versuche ich herauszubekommen.»

«Ich muss oft daran denken, was passiert wäre, wenn ich nicht hätte fliehen können.»

Vincent zeigte ihr ein Foto von Alina.

«Nein, nie gesehen. Zu meiner Zeit war sie noch nicht in der Ini. Nach dem Vorfall bin ich aber auch nicht mehr hingegangen. Sobald es dunkel wird, bleibe ich lieber zu Hause. Mein Leben hat sich ziemlich verändert.» Sie fasste sich an den Hals. «Ist schwer zu verstehen, ich weiß. Mir ist ja kaum etwas passiert.»

«Sie haben gut reagiert.»

«Die Betäubung war nicht stark genug. Ich habe die Luft angehalten, als ich das Zeug gerochen habe. Vielleicht habe ich deshalb nicht viel davon eingeatmet.»

«Erzählen Sie mir mehr von der Initiative.»

«Weil das die Verbindung zwischen mir und Alina Linke ist?»

«Ja.»

«Wurde sie denn ebenfalls betäubt und entführt?»

«Spuren eines Betäubungsmittels konnten nicht mehr nachgewiesen werden. Es lag eine Woche zwischen ihrer Entführung und dem Todeszeitpunkt. In der Zeit hat ihr Körper das Zeug vermutlich abgebaut, falls etwas verwendet wurde.»

«Eine Woche? Was hat der Entführer in der Zeit mit ihr …»

«Das wollen Sie lieber nicht wissen, Frau Jungwirth.»

Die ehemalige Bankangestellte brach in Tränen aus. Sie entschuldigte sich, aber es wurde schlimmer, sie schluchzte und verbarg das Gesicht in den Händen. Ihre Schultern bebten.

Vincent spürte den Impuls, sie zu trösten. Er berührte ihren Arm, doch sie stieß ihn wütend weg und rannte aus der Küche. Eine Tür knallte. Irgendwo lief Wasser. Vincent wartete.

Der Kaffee war dünn und schmeckte abgestanden. Vincent schaute sich um. Ansichtskarten an der Kühlschranktür, von bunten Magneten gehalten. Darunter auch ein Foto: Hagenberg und seine Band. Jeder Musiker hielt sein Instrument in der Hand, als wolle er seine Funktion demonstrieren. Der Schlagzeuger, ein Typ mit auffälliger Lockenpracht, wedelte mit seinen Trommelstöcken.

Vincent spähte aus dem Fenster. Ein enger Hinterhof, ein großer, blattloser Baum.

Jungwirth kam zurück. «Entschuldigung. Bin völlig durch den Wind. Mein Freund hat gerade Schluss gemacht.»

«Tut mir leid.»

«Er hat die Geduld verloren. Wir dachten, mit der Zeit wird alles wieder gut. Aber ich bin ein Nervenbündel, als wäre die Entführung erst gestern passiert.»

«Mal daran gedacht, professionelle Hilfe in Anspruch zu nehmen?»

«Phillip meinte auch, ich sollte in die Klapse gehen.»

Vincent antwortete nicht. Er spürte, dass die Frau auf Distanz zu ihm gegangen war. Was hatte ihr seine Mutter über ihren Polizistensohn erzählt?

Jungwirth goss Kaffee nach, setzte sich aber nicht zu ihm, sondern lehnte sich gegen den Herd. «Die Initiative, wo soll ich anfangen? Das erste Treffen fand in Renés und Coras Wohnung statt. Die Eltern von Thabo Götz waren dabei, Ihre Mutter und Phillip. Er ist Schlagzeuger und hat damals in der Band gespielt, mit der René auf Tour ging.»

Der Typ mit den Locken, dachte Vincent. «Ein kleiner Kreis.»

«Der rasch größer wurde. Wir haben viel bewegt.»

«Ich hab mich oft gefragt, woher Sie die Gewissheit haben, dass Ihre Sicht auf den Fall die einzig wahre sei.»

«Sie hätten das damals erleben sollen. Am ersten Abend stellte René uns Yaldiyan vor und diesen Typ, der anonym bleiben wollte. Was die erzählten, hat uns regelrecht aufgewühlt.»

«Yaldiyan, wer ist das?»

«Die Frau, die mit Thabo zusammen war, während Julian Pollesch ermordet wurde. Sie konnte nicht vor Gericht aussagen, denn sie war illegal im Land. Einer aus der Ini hat sie später geheiratet, damit sie Deutsche werden konnte. Und jetzt klappt es endlich, dass der Prozess neu aufgerollt wird.»

«Und der Typ, der anonym bleiben wollte?»

«Er hat den Mord mitbekommen. Er war in der Wohnung des Schülers.»

«Der Typ war dabei, als …?»

«Ja, genau.»

«Und warum hat er nicht im Prozess ausgesagt?»

«Weil er untertauchen musste. Der Mörder von Julian Pollesch war auch hinter ihm her. Weil er zu viel wusste. Und was am gruseligsten ist: Der Mörder war ein Polizeibeamter!»

«Das ist doch Unsinn! Haben Sie das etwa geglaubt?»

Jungwirth verschränkte die Arme. «Warum sind Sie so neugierig auf die Initiative, Herr Kommissar?»

«Das habe ich Ihnen doch erklärt.»

«Ich hätte Ihnen das alles gar nicht verraten dürfen, und wenn Sie tausendmal Brigittes Sohn sind!»

«Bitte beruhigen Sie sich doch.»

«Ich soll mich beruhigen? Der Mörder war ein Polizist, und jetzt schneien Sie herein!»

«Frau Jungwirth …»

«Wissen Sie, wie das auf mich wirkt? Als suchten Sie immer noch den Zeugen, um ihn noch schnell aus dem Weg zu räumen, bevor Thabo seinen zweiten Prozess bekommt!»

«Das ist doch verrückt.»

«Ich weiß, ich bin ein Fall für die Klapse. Aber ich habe schon viel zu viel gesagt. Ich möchte, dass Sie jetzt gehen.» Die ehemalige Bankangestellte wies zitternd zur Tür. «Verschwinden Sie!»

25

▼

Auf dem Rückweg ärgerte sich Vincent über sich selbst. Wozu habe ich Psychologie studiert? Wo ist meine jahrelange Erfahrung geblieben? Die Frau war offensichtlich extrem labil. Hätte ich sie doch behutsamer angefasst!

Im Autoradio ging es um Thabo Götz und die Initiative, die sich für ihn einsetzte.

Wir wussten von Anfang an, dass Thabo ein unschuldiges Opfer mangelhafter polizeilicher Ermittlungen war, denn wir kannten sein Alibi. Weil wir Yaldiyan zum damaligen Zeitpunkt nicht in der Öffentlichkeit präsentieren konnten, brauchten wir einen langen Atem. Wir haben uns zunächst aufs Spendensammeln konzentriert, denn die Kosten eines Wiederaufnahmeverfahrens sind enorm.

Die Stimme kam Vincent bekannt vor.

Wie kommentieren Sie den Selbstmord der Zeugin, die Thabo Götz belastet hat?

Gute Frage, dachte Vincent.

Das Mädchen tut mir unendlich leid. Sie ist damals schwer verletzt worden, womöglich hat ihr die Erinnerung einen üblen Streich gespielt. Ihre Aussage war nachweislich falsch. Wahrscheinlich ist ihr das bewusst geworden. Ich kann berichten, dass die Nachricht von ihrem Tod auch Thabo sehr erschüttert hat.

Wer hat Thabos Freund, den Schüler Julian Pollesch, erschossen, wenn es nicht Thabo war?

Hätte die Polizei nicht voreingenommen ermittelt, gäbe es längst eine Antwort darauf. Dessen bin ich mir sicher.

Vincent wusste jetzt, wem die Stimme gehörte. Doch warum erwähnte der berühmte Liedermacher nicht den ominösen Zeugen und die Version vom Polizeibeamten als Mörder von Pollesch?

Welche Konsequenzen fordern Sie?

Die Innenministerin Nordrhein-Westfalens sprach selbst davon, bei der Polizei ausmisten zu wollen. Ich hoffe, sie lässt ihrer Ankündigung Taten folgen.

Vincent fuhr in den Rheinufertunnel. Auf beiden Spuren hielten sich die Fahrer strikt an die Höchstgeschwindigkeit. Gleich würde der Empfang abbrechen.

Wie groß war Ihr persönlicher Einsatz, Herr Hagenberg?

Ich will das nicht herausstreichen. Aber ich freue mich, dass ich nun endlich wieder Zeit habe, an meinen neuen Songs zu arbeiten. Ich werde übrigens ein Duett mit Thabo aufnehmen, sobald der Junge seine Freiheit wiederhat.

Bekanntlich war Ihr Vater einst Gestapo-Offizier und nach 1945 Mitbegründer verschiedener rechtsradikaler Vereine. Ist Wiedergutmachung der Antrieb Ihres Engagements?

Ich finde, dass sich jeder gegen Rassismus wenden sollte, egal in welcher Familie er aufgewachsen ist.

Morgen entscheidet das Landgericht …

Aus den Lautsprechern drang nur noch ein Rauschen. Vincent schaltete das Radio aus. Die Selbstgerechtigkeit des Liedermachers brachte ihn auf. Vincent waren Leute suspekt, die alle naslang zum Protest gegen Unrecht und Ausbeutung aufriefen, selbst aber Reichtümer anhäuften und von Politikern und Boulevardmedien der Republik hofiert wurden.

Vielleicht bin ich nur neidisch, dachte Vincent. Ich werde es nie zu Fernsehprominenz und einem Privatflugzeug bringen. Kein Bundesverdienstkreuz, keine Audienz bei der Kanzlerin. Vom linken Revoluzzer zum Liebling der Nation – eine erstaunliche Karriere.

Dagegen bin ich nur ein Beamter im gehobenen Dienst, der seine Arbeit macht, so gut wie möglich. Der es zumindest versucht.

26

▼

Zurück in der Festung. Vincent eilte in sein Büro. Auf seinem Schreibtisch fand er eine Notiz.

Hab in der Kunstakademie nachgefragt. Professor Georg Lebetz erst ab Montag wieder dort. Hab mir seine Privatnummer geben lassen. Nur den Anrufbeantworter erreicht. Hab deine Nummer hinterlassen. Gruß, Bruno.

Vincent griff nach dem Telefon und rief Freimuth Auersberg an, den Anwalt von Thabo Götz.

«Was will die Kripo von mir?», fragte Auersberg. Er klang, als sei er in Eile, vermutlich berechneten Anwälte seiner Güteklasse ihr Honorar nach Minuten.

«Ich möchte mit Yaldiyan sprechen.»

«Sie meinen Frau Zach.»

«Meinetwegen. Yaldiyan Zach, Ihre neue Alibizeugin.»

«Und warum?»

«Ich leite seit kurzem das elfte Kommissariat der Düsseldorfer Kripo, es waren im Wesentlichen meine Leute, die damals im Fall Thabo Götz ermittelt haben, und mein Vorgesetzter hat mich aufgefordert, die damalige Arbeit zu evaluieren. Deshalb würde ich mir gern selbst ein Bild von Ihrer Zeugin machen.»

«Ein ungewöhnliches Anliegen.»

«Finden Sie?»

«Außerdem bereiten wir uns gerade auf die Aussage vor dem Landgericht vor. Eigentlich sind Frau Zach und ich bereits auf dem Sprung in die Werdener Straße.»

«Vielleicht später?»

«Veih ist Ihr Name, Vincent Veih? Dann waren Sie vorhin bei Frau Jungwirth?»

«Sie wissen davon?»

«Ich wurde beauftragt, Frau Jungwirth anwaltlich zu vertreten.»

«Betrifft das mich?»

«Sie haben versucht, sie als Aktivistin der Freiheit-für-Thabo-Initiative unter Druck zu setzen.»

«Unter Druck?»

«Tun Sie das nicht noch einmal, Herr Veih.»

«Wann kann ich …»

Auersberg hatte aufgelegt.

Vincents nächster Anruf galt Franziska, der Kollegin von Alina Linke an der Uniklinik. Keiner anderen Person hatte Alina zuletzt so nahegestanden. Und Franziska hatte ihnen längst nicht alles erzählt.

«Thebalt», meldete sie sich.

«Vincent Veih, Kripo Düsseldorf. Wir haben uns gestern …»

«Ich erinnere mich.»

«Können wir uns noch einmal unterhalten?»

«Ich hab doch schon alles …»

«Nein, haben Sie nicht, ich weiß das. Aber kein Problem, Frau Thebalt. Ich gebe Ihnen eine zweite Chance.»

Franziska schwieg.

«Wann passt es Ihnen?», fragte Vincent.

«Heute noch?»

«Je eher wir den Mörder Ihrer Freundin schnappen, desto besser, oder sind Sie anderer Meinung?»

«Um siebzehn Uhr hab ich Feierabend.»

«Das klingt doch prima. Also gegen halb sechs im Präsidium. Melden Sie sich auf der Wache, ich hole Sie dann ab.»

Eine Mail war eingegangen. Inspektionsleiter Thann. Was wollte der Giftzwerg schon wieder? Vincent las den Text.

Kollege Veih, der Behördenleiter fragt nach der Beurteilung Ihrer Mitarbeiter. Wie weit sind Sie?

Vincent rief Anna Winkler zu sich. Die Kollegin erschien gemeinsam mit Sofia Ahrenfeld. Die Frauen setzten sich ins Besprechungseck. Vincent ging zum Aktenschrank, auf dem seine Kaffeemaschine stand.

«Espresso?»

«Kapseln belasten die Umwelt», sagte Anna.

«Aluminium führt zu Demenz», ergänzte Sofia.

Vincent drückte den Knopf. Mit leisem Brummen floss die duftende Brühe in die Tasse. Unterdessen erzählte er den Frauen von Daniela Jungwirths Entführung und von dem angeblichen Zeugen, der beim Gründungstreffen der Thabo-Initiative einen unbekannten Polizeibeamten des Mordes an Julian Pollesch beschuldigt hatte.

«Das nimmst du doch nicht ernst?», erwiderte Anna.

«Es ist eine Spur.»

Annas Stirn legte sich in Falten.

«Sorry, Anna, aber es war von Anfang an ein Fehler, Stefan Ziegler in die Arbeit einzubeziehen. Seine Nichte war Opfer und Hauptzeugin. Habt ihr nicht mitbekommen, dass Ziegler viel zu eifrig war? Dass ausgerechnet er die wichtigsten Spuren entdeckt hat?»

«Mensch, wir waren froh, dass Stefan so fleißig war! Du kannst dir nicht vorstellen, unter welchem Druck wir standen. Das war keine Schießerei unter Türstehern oder Bikern. Das waren ganz normale, bürgerliche Kids. Ein Mord in der Mitte der Gesellschaft. Die Medien standen uns Tag für Tag auf den Füßen. Stefan und die Jungs aus seiner Wache – sie waren eine willkommene Verstärkung. Dein Misstrauen in Ehren, aber es geht um Kollegen, vergiss das nicht!»

«Stefan Ziegler hat Mist gebaut.» Vincent erzählte von der Daumenspur.

Für einen Moment war es still im Zimmer. Dann schlug Anna vor: «Und wenn wir das einfach vergessen? Ich meine, der Daumen auf der Tatwaffe war doch nur ein Teil der Beweisführung gegen Götz.»

«Ist das dein Ernst?», fragte Sofia.

Vincent wandte sich an die Praktikantin. «Lässt du uns bitte mal allein?»

Sichtlich verunsichert verließ Sofia das Büro.

Er musterte Anna wortlos.

«Mensch, Vincent.» Sie strich die rote Strähne hinter ihr Ohr.

«Was ist los, Anna?»

«Wir haben alle von dem Gerücht gehört, dass in dieser Behörde kein Stein auf dem anderen bleiben wird, falls Götz freikommt. Dass die neue Landesregierung ein Zeichen setzen will und es unsere Dienststelle am heftigsten treffen wird.»

«Da weißt du mehr als ich.»

«Es heißt, dass du an einem Plan arbeitest, wer von uns strafversetzt wird und wer bleiben darf.»

«Anna, wie stehst du zu Stefan Ziegler?»

«Wie gesagt …»

«Ehrlich, bitte.»

«Okay, wir haben damals ein paarmal ein Bier miteinander getrunken. Er hielt nicht viel von Thilo Becker, der die Ermittlungen geleitet hat. Ich gebe zu, das hat mir gefallen. Und natürlich seine zupackende Art. Setzt du mich deshalb auf die schwarze Liste?»

«Vergiss die Gerüchte, Anna. Hier wird niemand strafversetzt.»

«Wenn du das sagst.» Sie schien ihm kein Wort zu glauben.

Was hat der Dicke mir in puncto Menschenführung voraus, fragte sich Vincent, als er wieder allein war. Wie schaffte es Stefan Ziegler, Kollegen so für sich einzunehmen, dass sie sogar Berichte und Beweise fälschten?

Wozu war dieser Mann noch in der Lage?

Vincent griff zum Hörer.

Nach dem dritten Klingeln hatte er Christine in der Leitung.

«Stefan ist nicht da», sagte sie.

«Ich will mit dir reden.»

«Da gibt's nichts weiter zu bereden.»

«Doch, Christine. Verrat mir, warum Pia sich umgebracht hat.»

Stille.

«Stefan und ein Kollege der Kriminaltechnik haben die Tatwaffe mit einer Spur präpariert. Ursprünglich gab es da gar keinen Fingerabdruck von Thabo ... Christine, bist du noch dran?»

«Worauf willst du hinaus?»

«Es sieht so aus, als hätte dein Mann die Tatwaffe Thabo untergeschoben.»

«Ein schlimmer Vorwurf.»

«Ich wünschte mir, dass es nicht so wäre.»

«Hast du Kinder, Vincent?»

Er ignorierte die Frage. «Christine, du solltest zu uns kommen und aussagen.»

«Ich bin müde, ich kann das nicht.»

«Das Schweigen macht dich kaputt, Christine, das spür ich doch. Sprich mit uns.»

«Das macht Pia nicht lebendig. Haben wir dir das nicht gestern schon durchgekaut?»

«Wenn du nicht ins Präsidium kommen möchtest, fahren wir zu dir.»

«Ich kenne meine Rechte, Vincent. Und ich will nicht, dass Thabo freikommt. Weißt du was? Er soll im Gefängnis vermodern!»

«Wenn er aber unschuldig ist?»

Ein kurzes, bitteres Lachen. «Das ist er nicht. Darauf kannst du Gift nehmen. Vor zwei Jahren waren wir eine glückliche Familie. Ohne den Scheißkerl wären wir es immer noch.»

Aufgelegt.

Vincent hielt den Hörer noch eine Weile ratlos in der Hand.

Er ging nach nebenan, holte seine Post aus dem Eingangsfach und blätterte die Presseschau durch – sie war deutlich dicker als sonst, die Meldungen über Alina Linke und Thabo Götz hielten sich vom Umfang her in etwa die Waage.

Sein Telefon klingelte, er lief zurück.

Thann war dran – der Giftzwerg hatte ihm gerade noch gefehlt.

«Hier brennt die Hütte. Und alles nur wegen Ihrer absurden Aktion, Kollege Veih.»

«Was meinen Sie?»

«Tun Sie nicht so unschuldig. Kommen Sie sofort in mein Büro!»

27

▼

Vincent betrat das Vorzimmer, die Sekretärin winkte ihn nach nebenan durch. Der Inspektionsleiter erhob sich hinter seinem Schreibtisch, höchstens eins siebzig, Schorf und Nester von Bartstoppeln am Hals. Kein Händedruck. Er machte sein Zitronengesicht.

«Was fällt Ihnen ein, eine Zeugin zu belästigen?»

«Bitte?»

«Dem Polizeipräsidenten ist zu Ohren gekommen, dass Sie versucht haben, eine Frau unter Druck zu setzen, von der Sie wussten, dass sie seelisch angeschlagen ist.»

«Kommt das von Auersberg?»

«Und Sie haben Frau Jungwirth angefasst.»

«Am Arm. Um sie zu trösten.»

«Keine sexuelle Absicht?»

Vincent versuchte, ruhig zu bleiben. «Natürlich nicht. Falls das jemand behauptet, erstatte ich Anzeige wegen übler Nachrede.»

«Jetzt lassen wir die Kirche mal im Dorf. Seien Sie froh, dass Frau Jungwirth auf eine förmliche Beschwerde verzichtet. Aber Sie sollten in Zukunft mehr Fingerspitzengefühl walten lassen, zumal bei Auersbergs Mandantschaft. Wussten Sie nicht, dass der Polizeipräsident mit dem Anwalt befreundet ist? Ihre Frauen engagieren sich im gleichen Charity-Verein. Eine kleine Bemerkung in diesen Kreisen kann da große Folgen haben.»

«Das ist ein Witz, oder?»

«Ein Witz?» Thann blickte Vincent in die Augen. «Etwa wie neulich? Sie zu mir, so: Die Leiche hatte ihre Papiere nicht dabei! Haha, was haben wir gelacht. Aber jetzt ist Ihnen der Spott vergangen!» Er beugte sich vor. «Der Faden, Kollege Veih, an dem das Damoklesschwert über Ihnen schwebt, ist so dünn.» Er presste Daumen und Zeigefinger seiner rechten Hand gegeneinander. «Sind Sie katholisch?»

«Bitte?»

«Stiften Sie in Sankt Lambertus eine Kerze dafür, dass das Landgericht den Wiederaufnahmeantrag abblitzen lässt. Andernfalls werden die schmerzhaften Konsequenzen zuallererst Sie treffen!»

«War's das?»

Thann kratzte sich am Hals. «Hat es sich wenigstens gelohnt?»

«Was meinen Sie?»

«Daniela Jungwirth. War die Dame wenigstens hübsch?»

Während der Nachmittagsbesprechung hatte Vincent nicht den Eindruck, dass die Gerüchte, von denen Anna gesprochen hatte, die Kollegen belasteten. Die Mordkommission lief wie eine gutgeölte Maschine, keiner musste Dampf ablassen, alle zogen an einem Strang. Vincent beschloss, Thanns Drohungen zu ignorieren.

Aus den Befragungen in Alinas Freundeskreis hatten sich neue Theorien ergeben. Offenbar hatte sich das Mädchen Feinde gemacht.

Zum einen gab es einen jugendlichen Rechtsextremisten, der nach Schmierereien und Hitlergrüßen Alinas Schule verlassen musste. Das Mädchen hatte den Jungen beim Direktor angezeigt und in der Schülerzeitung namentlich angegriffen.

Zum anderen hatte es im Handballverein einen angeblichen Fall von Mobbing gegeben, ein Mädchen war aus der ersten Mannschaft geflogen. Sie nahm es Alina übel, dass sie sich nicht für ihren Verbleib eingesetzt hatte. Gerüchteweise hatte sie sogar einen Drohbrief verschickt.

Rache als mögliches Motiv, doch beide Ereignisse lagen nach Vincents Einschätzung zu weit zurück, jeweils über ein Jahr.

Nach der Sitzung nahm er Dominik beiseite. «Was hast du heute noch vor?»

«Einkaufen. Wir müssen nicht jeden Tag Müsli futtern.»

«Vorher hilfst du mir bei einer Zeugenbefragung.»

«Warum ich?»

«Komm schon, es wird dir gefallen. Du hast die Frau selbst als süß bezeichnet.»

«Meinst du Franziska Thebalt aus der Kinderklinik? Stimmt, ein süßer Vogel, aber …»

«Kein Aber.»

«Warum hast du sie hierherbestellt?»

«Weil wir wissen müssen, wo Alina Linke wirklich übernachtet hat, wenn sie ihren Eltern weismachte, bei Franziska zu sein.»

«Die arme Alina …» Dominik fuhr sich mit beiden Händen durch die Locken. «An diese Obduktion werde ich mich mein Leben lang erinnern, fürchte ich.»

«Mir geht der Fall auch an die Nieren.»

Vincent blickte zur Stelltafel, wo die Fotos von Alina festgepinnt waren. Das Mädchen mit dem Hund im Arm. Im Familienkreis. Im Sporttrikot über einen Strand laufend. Mit und ohne ihre Brille. Dieses unbeschwerte Lachen.

So hübsch, so sympathisch.

«Soll ich dir meine Theorie verraten?», fragte Dominik.

«Bitte.»

«Da gibt's keinen Zusammenhang. Nicht mit der Freundin im Sportverein, nicht mit dem Nazi an der Schule, nicht mit irgendwelchen Bürgerrechtlern, die sich jeden Montag treffen, um die Polizei anzuprangern. Kein Zusammenhang mit gar nichts. Alina war ein Zufallsopfer.»

«Und der Täter heißt Hannibal Lecter?»

«Ich mein das ernst, Vincent. Ja, ein Psychopath hat sie sich geschnappt. Einzig und allein deshalb, weil er's wollte und konnte. Solche Typen gibt es wirklich, und zwar nicht zu knapp. Peter Kürten, Fritz Haarmann, Honka, Bartsch, Kroll – keiner von denen hatte seine Opfer gekannt.»

«Hey, du bist ja ein richtiger Experte.»

«Das ist nicht lustig.»

«Aber diese Männer hatten etwas gemeinsam. Sie wurden geschnappt und verurteilt.»

«Nach wie vielen Morden? Womöglich bleibt Alina nicht das einzige Opfer.»

Vincent schaute auf die Uhr. «Jetzt machen wir uns erst einmal einen Plan, wie wir den süßen Vogel zum Zwitschern bringen, wenn er gleich auf der Matte steht. Der Einkauf kann bis morgen warten. Mein Frühstücksmüsli ist lecker genug.»

«Sagst du.»

«Sagt dein Chef.»

28
▼

Franziska Thebalt beendete den Dienst um einiges früher als sonst. Ihr Termin bei der Polizei machte sie nervös. Sie trat durch die Glastür ins Treppenhaus und drückte den Knopf. Während sie auf den Aufzug wartete, fragte sie sich, ob sie René Bescheid geben sollte.

Die Polizei war streng genommen der Feind. Konnte sie offen mit Leuten reden, die einen jungen Farbigen in den Knast gebracht hatten, für einen Mord, den er nie und nimmer begangen hatte? Womöglich würden sie den Fall Alina auf ähnliche Art lösen – die Tat jemandem anhängen, der in den Kram passte. Jemandem aus der Initiative.

Der Glockenton, die Tür glitt auf. Franziska betrat die Kabine und wählte das Erdgeschoss. Im letzten Moment zwängte sich ein Typ herein. Es war der Vater des dreijährigen Leon, dem wegen einer Fehlbildung der Bronchien ein Tracheostoma gelegt worden war. Zurzeit der pflegeintensivste Patient, und Franziska bewunderte es, wie rührend sich der Vater kümmerte. Aber fast täglich musste sie einen plumpen Annäherungsversuch des Mannes abwehren.

Sie drehte ihm den Rücken zu und heftete ihren Blick auf die Digitalanzeige unter der Decke. Ein süßlicher Geruch umwehte sie, vermutlich sein Rasierwasser. Ihr Griff schloss sich fester um den Gurt ihrer Umhängetasche. Wehe, du fasst mich an.

«Na?», hörte sie den Mann fragen. «Schon Feierabend?»

Im ersten Stock hielt der Aufzug. Eine Schwester schob ein leeres Bett in die Kabine. Franziska war erleichtert. Nicht mehr allein mit dem Typen.

Erdgeschoss.

Sie half der Schwester, das Bett hinauszubugsieren, und wartete, bis Leons Vater am Ausgang war. Erst dann machte sie sich ebenfalls auf den Weg.

Als sie ins Freie trat, hatte der Mann einigen Vorsprung. Er schaute sich um, ihre Blicke trafen sich. Der Mann blieb stehen, als wolle er auf sie warten. Franziska wählte einen Umweg und bog an der Kapelle in Richtung HNO-Klinik ab.

Leons Vater geriet außer Sicht, Franziska beruhigte sich. Dunkle Wolken waren aufgezogen, vorzeitige Dämmerung, als würde es gleich wieder stürmen wie neulich.

Sie musste an die beiden Beamten denken, die sie gestern Vormittag ausgefragt hatten. Eigentlich waren sie ganz okay gewesen. Franziska beschloss, dass sie nichts vor ihnen verbergen würde. An das Versprechen, das sie ihrer Freundin gegeben hatte, fühlte sie sich nicht mehr gebunden.

Was waren sie aufgeregt gewesen, an ihrem ersten Abend mit René! Sie und Alina als Schulmädchen verkleidet – ein komisches Gefühl, im kurzen karierten Rock mit Kniestrümpfen und Zöpfchen. Zu zweit saßen sie auf der Mauer am Rheinufer, warteten auf den berühmten Liedermacher und überspielten ihre Nervosität mit albernen Scherzen.

Mit zehnminütiger Verspätung war René aufgetaucht. «Wart ihr folgsam?»

Franziska blickte sich verstohlen um und lupfte ihren Rock etwas an. Alina tat es ihr nach. Kein Höschen, glatt rasiert. Sie kicherten vor Verlegenheit, als wären sie bekifft.

«Ihr seid echt klasse, ihr gefallt mir.»

René nahm sie mit in sein Haus.

Cora war nicht da. Es gab Champagner und Häppchen mit Lachs und Kaviar. Irgendwann trugen sie nur noch Rock und Strümpfe, und René sang schweinische Verse. Er hielt sich an die Abmachung und fasste sie nicht an. Sie rauchten Gras und amüsierten sich und vergaßen, dass sie nur des Geldes wegen mitgegangen waren.

Alles ganz harmlos, sagte sich Franziska. Oder hatten Alina die Abende mit dem alten Mann mehr bedeutet?

Franziska hörte Schritte, sie verließ den Weg und duckte sich hinter einen Strauch. Wohin sollte sie sich wenden? Am besten, sie verweilte für einen Moment in ihrem Versteck.

Da war wieder der süßliche Geruch.

Widerlich. Ganz nah.

«Franzi?»

Sie blickte sich um. Ein Lappen drückte sich gegen Mund und Nase. Sie wollte sich wehren, doch ihr wurde sofort schwindlig. Starke Arme hielten sie. Franziska sah alles nur noch verschwommen. Sie versuchte, sich auf einen Gedanken zu konzentrieren, doch ihr Kopf war völlig leer. Sich einfach fallen lassen, das wär's.

«Nicht, Franzi. Bleib auf den Beinen. Du schaffst es.»

Sie gehorchte. Keine Ahnung, woher der Kerl ihren Namen kannte und wohin er sie führte. Er fing sie, als sie strauchelte, sein Griff war fest. Endlich erreichten sie ein Auto, und sie konnte sich hineinsetzen.

Die Tür wurde zugeschlagen.

Sie versuchte, die Augen offen zu halten und sich zu orientieren, doch da war wieder der Lappen. Der Geruch nach künstlicher Süße.

Ihr war, als schwebte sie.

29

▼

Im *Axolotl* war es voll, der Lärmpegel hoch. Angestellte, die noch nicht nach Hause wollten, tranken ihr erstes Bier. Eine Damenrunde plauderte beim verspäteten Kaffee, unter dem Tisch lag ein Pekinese. Studenten diskutierten.

Es ärgerte Vincent, dass Franziska Thebalt sie versetzt hatte. Über eine halbe Stunde lang hatten er und Dominik auf die Pflegepraktikantin gewartet, auch telefonisch hatte er sie nicht erreichen können. Hatte sie Angst davor, ihr Geheimnis auszuplaudern?

Vincent bestellte ein Mineralwasser, wie es Alina manchmal getan hatte, und trank es in kleinen Schlucken. Anstelle der expressiven Katzenbilder hingen drei abstrakte Gemälde an der Wand, Kringel und Flecken in Naturfarben: Grellrot, Dunkelbraun und schmutzige Gelbtöne. Vincent erhob sich von seinem Platz und trat näher. Der Strich war wild. Er konnte die dick aufgetragenen Farben noch riechen.

Ein neuer Kellner, Vincent stellte sich ihm in den Weg und präsentierte Alinas Foto. Nein, am letzten Montag hatte er das Mädchen nicht gesehen.

«Werden die Bilder häufig ausgetauscht?», fragte Vincent und deutete auf die Wand.

Der Kellner wurde unruhig. Zwei Tassen mit Tee dampften auf seinem Tablett. «Das überlässt Schorsch den Künstlern.»

«Und wie heißt der Kollege, der das hier gemacht hat?» Vincent deutete auf die frischen Malereien.

«Da müssen Sie Schorsch fragen. Professor Lebetz, Kunstakademie. Ich kann Ihnen die Preisliste bringen, falls …»

«Nein danke.»

«Wie finden Sie das hier?» Er wies auf das Bild eines Pinguins, bunt und comicartig, offenbar sein Werk.

«Nett. Sie wissen also nicht, wie Ihr Kollege heißt? Zuvor hatte er hier Katzenbilder aufgehängt.»

«Ach so, dann handelt es sich um Paul.»

«Hat er auch einen Nachnamen?»

«Den weiß ich nicht, tut mir leid.»

Vincent setzte sich zu dem Rest Wasser in seinem Glas. Er

glaubte, das Geschäftsmodell des Akademieprofessors begriffen zu haben: Studenten oder Absolventen seiner Klasse hofften, über eine Ausstellung ihrer Werke entdeckt zu werden, und waren im Gegenzug bereit, sich als Mini-Jobber ausbeuten zu lassen und das Vermögen von Georg Lebetz zu mehren.

Er rief Bruno an: «Hat sich der Kunstprofessor bei dir gemeldet?»

«Fehlanzeige.»

«Ich weiß jetzt, dass der Zeuge, der den Grauhaarigen beschrieben hat, Paul mit Vornamen heißt, aber ich fürchte, ohne Professor Lebetz kommen wir in dieser Richtung nicht weiter.»

«Montag, hieß es in der Akademie.»

«Ich weiß. Hab nur so ein Gefühl, dass wir rascher vorankommen sollten.»

Es war dunkel geworden. Vincent fuhr nach Hause. Die leidige Suche nach einer freien Parklücke – sein Standardplätzchen im absoluten Halteverbot war an diesem Abend belegt. Er musste mehrfach um die Blöcke kurven, bis er etwas fand.

Als er vor seiner Haustür in der Tasche nach dem Schlüssel fingerte, vernahm er Schritte in seinem Rücken. Plötzlich ein Stoß, er prallte gegen die Mauer. Der raue Putz zerschrammte die rechte Hand, mit der er sich abstützen wollte. Bevor er kapierte, was los war, traf ein Faustschlag seine Stirn.

Vincent taumelte zur Seite. Er bemerkte eine massige Gestalt, Sturmhaube auf dem Kopf. Den zweiten Hieb konnte er abwehren, er schlug zurück, mit ganzer Kraft gegen die Nase des Angreifers, damit es weh tat. Zwei weitere Typen eilten herbei, ebenfalls dunkle Hauben mit Sehschlitzen, der eine von ihnen schwang einen Baseballschläger. Vincent duckte sich weg, der Hieb streifte den Brustkorb, der Schmerz ließ ihn in die Knie gehen. Der Kerl holte ein zweites Mal aus.

Plötzlich klirrte etwas, die Keule schepperte zu Boden, der Angreifer schrie kurz auf. Vincent rappelte sich hoch, bereit, sich zu wehren, doch alle drei Kerle rannten davon.

Rufe aus dem gegenüberliegenden Haus: «Sollen wir die Polizei rufen?»

«Nicht nötig, wir sind die Polizei.» Das war Dominik.

Erst jetzt nahm Vincent wahr, wie sein Herz vor Aufregung raste.

Der Kollege begutachtete den Inhalt seiner Einkaufstüte. «Mist, die Weinflaschen sind zu Bruch gegangen.»

«Wer braucht schon Alkohol?»

«Scheiße, wer war das?»

Vincent schloss die Tür auf. Schritt für Schritt schleppte er sich die Treppe hoch. Der Schmerz schnürte seinen Brustkorb ein. Oben angekommen, machte er sich frei und rieb die linke Seite mit der Salbe ein, die er sonst für sein Knie benutzte. Dominik brachte ihm einen Beutel mit Eiswürfeln, um die Stirn zu kühlen.

Der Junior verzog das Gesicht. «Tut's weh?»

«Nur wenn ich atme.»

30 ▼

Ein flüchtiger Kuss zur Begrüßung. Saskia nahm Vincent die Lederjacke ab und hängte sie auf einen Bügel. Oskar schlief längst. Sie schlichen ins Wohnzimmer, der Fernseher lief. Die Talkshow, in der seine Mutter zu Gast war, hatte bereits begonnen. Vincent nahm vorsichtig Platz.

«Was ist los?», fragte Saskia.

«Bin gegen einen Baseballschläger gelaufen.»

«Du musst das röntgen lassen!»

«Die Lunge ist nicht verletzt, und die Rippen heilen von selbst.»

Saskia schüttelte den Kopf und verschwand in der Küche. Vincent regelte den Ton lauter.

Bettina Böttinger stellte gerade die Exterroristin vor: «Sie porträtiert Strafgefangene und Obdachlose, um die Gesellschaft mit ihren Außenseitern zu konfrontieren. Über ihr außergewöhnliches Leben spreche ich mit Brigitte Veih. Herzlich willkommen!»

«Ich würde Sie gern fotografieren.»

«Müsste ich dafür nicht erst ein Jahr lang auf der Straße leben?»

Die beiden Frauen lachten, als würden sie sich seit ewigen Zeiten kennen.

Saskia stellte ihm einen Teller Gemüsesuppe auf den Tisch. «Schon gesehen? René Hagenberg ist als Talk-Gast für dich eingesprungen.»

«Hagenberg? Damit er wieder öffentlich über die Polizei herziehen kann?»

«Beschwer dich nicht, Vinnie. Du warst die erste Wahl. Könntest jetzt statt Hagenberg im Studio sitzen.»

Vincent begann zu löffeln. «Isst du nichts?»

«Hab schon.»

In seinen Ohren klang das wie ein Vorwurf, weil er sich verspätet hatte. Als sei der Überfall seine Schuld.

Auf dem Bildschirm sprach die Moderatorin mit zwei Sportlern, einer lesbischen Fußballerin und einem Exprofi, der sich im letzten Jahr als schwul geoutet hatte. Das Studiopublikum klatschte. Die Totale wurde dazwischengeschnitten. Die Kamera bewegte sich um die Runde und fing Vincents Mutter ein.

«Morgen früh muss ich nach Wiesbaden», sagte Saskia. «Sie haben mir die Adresse eines Ermittlers gegeben, der damals an leitender Stelle tätig war und inzwischen pensioniert ist. Außerdem treffe ich jemanden, der mal beim Bundesnachrichtendienst war.»

«Wieso das denn?»

«Wie du gesagt hast, die RAF war von Beginn an unter Beobachtung der Geheimdienste. Überall V-Leute, womöglich sogar im harten Kern.»

«Du meinst wohl den Verfassungsschutz. Der BND ist der Auslandsgeheimdienst.»

«Ich weiß, wovon ich rede. Wenn ich Bundesnachrichtendienst sage, meine ich auch Bundesnachrichtendienst. Ich bin nicht blöd.»

«Das würde ich nie behaupten.»

«Drück mir die Daumen. Am Abend bin ich wieder zurück. Kann spät werden.»

«Soll ich mich um Oskar kümmern?»

«Hey, zum ersten Mal fragst du mich das! Entwickelst du dich in eine positive Richtung, oder wusstest du, dass ich nein sagen würde?»

«Du hast also schon jemanden, der den Kleinen zu sich nimmt?»

«Natürlich.»

Sag das doch gleich, dachte Vincent. Er schob den leeren Teller von sich. Wieder war auf dem Bildschirm Brigittes Schopf zu erkennen, sie lachte über irgendeine Bemerkung. Sie wirkte locker und gut gelaunt, als sei der Umgang mit den Medien ihr tägliches Metier.

Saskia rückte näher und fuhr Vincent durchs Haar. «Ich würde mir echt wünschen, dass wir zusammenziehen. Wir könnten auch noch ein Geschwisterchen für Oskar kriegen.»

«Man soll vorsichtig sein mit dem Wünschen.»

«Ach, Vinnie.»

«Kann nämlich sein, dass es nicht in Erfüllung geht.»

«Das hab ich schon zu oft erlebt.»

Bettina Böttinger widmete sich wieder seiner Mutter. Für Vincents Begriffe zeigte die WDR-Frau ein erstaunliches Verständnis für Brigittes Verirrungen, als sei linker Terrorismus nur eine etwas kuriose Variante sozialen Engagements. Sie warb förmlich für die Autobiographie und hielt das Buch in die Kamera. *Frei und ohne Furcht.*

Schließlich begrüßte sie den letzten Gast des Abends. Befragt, mit welchem seiner diversen Sportwagen er nach Köln zum Studio gekommen sei, beklagte sich der Liedermacher, dass der Jaguar E-Type, den er sich 1970 nach seinem ersten Plattenerfolg angeschafft hatte, die meiste Zeit in der Werkstatt verbringe. Deshalb hatte er seinen Porsche benutzen müssen – als sei ein 911er eine Spießerkutsche, die jedermann fuhr.

«Der Mann ist niemals sechsundsechzig Jahre alt», bemerkte Saskia.

«Doch, ist er.»

«Dafür sieht er aber verdammt gut aus.»

Hagenberg berichtete, wie es gewesen war, als Sohn eines bekannten Nazis aufzuwachsen. Wie mächtig das Netzwerk ehemaliger Angehöriger von Gestapo, Sicherheitsdienst und Waffen-SS bis weit nach dem Krieg war, das sein Vater geknüpft hatte. Seilschaften, die verurteilte Kriegsverbrecher nach kurzer Haft in Behörden und Ministerien unterbrachten.

Dann schilderte er, wie er gemeinsam mit den Eltern von Thabo Götz die Initiative zu dessen Befreiung aus der Taufe gehoben hatte. Was für ein Skandal es sei, dass heutzutage nur derjenige sein Recht bekomme, der sich die besten Anwälte leisten könne. Wie dankbar er allen Unterstützern sei, selbst wenn sie nur zwei Euro für den Sticker bezahlt hätten. Dass er Thabos Talent als Sänger erkannt habe und mit ihm auf Tour gehen werde, sobald der junge Mann endlich draußen sei.

«Haben Sie nicht Angst, dass er Ihnen die Groupies ausspannt?», fragte die Moderatorin.

Geschmeichelt schüttelte Hagenberg seine lange Künstlermähne.

Vincent hielt den Atem an.

Warum ist mir das nicht schon längst aufgefallen?

Faltiges Gesicht, graue Haare bis zur Schulter.

«Was hast du, Vincent?», fragte Saskia.

«Diesen Kerl findest du attraktiv?»

Sie drückte ihm einen Kuss auf die Wange. «Du weißt doch, dass ich auf ältere Semester stehe!»

Vincent versuchte, sich den Wortlaut der Zeugenaussage in Erinnerung zu rufen. *Hätte ihr Daddy sein können. Hat sie angebaggert. Ihr hat's offenbar gefallen. Der Kerl sah nach Kohle aus. Darum geht's doch letztlich immer, oder?*

Er hielt die Luft an.

René Hagenberg.

Hat sie abgeschleppt, wenn Sie mich fragen.

TEIL VIER

Ich werde nicht schreien

▼

31

▼

Freitag, 9. Februar 1994

Auf der Suche nach seiner Gitarre kam Hagenberg an dem Jungen vorbei. Er hockte in der Diele und spitzte mit einem Küchenmesser einen Stock an. Späne flogen, das Messer war scharf, und Hagenberg fragte sich, ob es die richtige Beschäftigung für einen Achtjährigen war. Besser, als ständig mit dem Gameboy zu spielen, entschied er. Und wozu soll ich das Kind mit Vorschriften traktieren, wenn ich es so selten bei mir habe?

In drei Tagen würde Nicole mit ihrem Neuen aus den Flitterwochen zurückkehren und den Jungen wieder abholen. Seine Ex war in der Drogentherapie einem wohlhabenden Kerl begegnet. Reicher Erbe, wie es hieß. Zwei Abhängige hatten sich gefunden. Wenigstens konnte sich der Typ den Stoff leisten. Sie hieß nun Krapp – Hagenberg gönnte seiner Ex das neue Glück.

Er war froh, dass er Cora getroffen hatte.

Hagenberg fand sein Instrument im Durchgang zum ehemaligen Stall, der nun als Studio diente. Er war mit Cora aufs Land gezogen. Gesunde Luft und gesunde Lebensmittel, direkt vom Nachbarn. Die Scheune bot Platz für die Oldtimer. Zum Jaguar hatte sich Hagenberg einen Ford Mustang angeschafft, wie ihn Steve McQueen in *Bullitt* gefahren hatte. Die berühmte Verfolgungsjagd durch San Francisco – manchmal stellte Hagenberg sie auf den Straßen rings um Kempen nach. Nur Cora haderte noch mit dem Dorfleben.

Sie war Mitte zwanzig, dem Alter nach könnte sie seine Tochter sein. Ihre niedliche Stupsnase und die großen Augen ließen sie sogar noch jünger wirken. Aber wer sie unterschätzte, war schief gewickelt. Als Managerin war sie auf Draht. Cora nahm keine Drogen, höchstens mal ein Gläschen Schampus. Das einzige, woran sich Hagenberg nicht gewöhnen konnte, war ihr fränkischer Dialekt. Daran musste sie noch arbeiten.

Er war endlich über die Geschichte mit Winneken hinweggekommen und hatte ein neues Projekt begonnen. Songs aus alten Gedichten. Das zweite Album dieser Reihe war noch erfolgreicher als das erste, Sozialkritik von Erich Mühsam, Kurt Tucholsky und anderen – seit einem Jahr konstant in den Top Twenty. Der Rubel rollte wieder.

Hagenberg betrat das Studio, richtete ein Mikro ein und nahm auf dem Hocker Platz. Er begann, sich warm zu spielen. Wie von selbst fanden seine Finger einen Lauf, eine eingängige Abfolge von Akkorden, auf der er die Ballade aufbauen könnte, deren erste Strophen er am Vortag getextet hatte. Es ging um verlorene Freundschaft und um den Versuch, sie zurückzugewinnen – gänzlich unpolitisch, warum nicht?

Stimmen tönten vom Durchgang her und brachten ihn aus dem Konzept, es waren sein Sohn und ein Besucher, ausgerechnet jetzt. Dann wurde die Tür aufgerissen, und der Mann betrat das Studio.

Moritz.

Hagenberg machte keine Anstalten, zur Begrüßung aufzustehen. «Was willst du hier?»

«Deine Gastfreundschaft ist immer wieder ein Erlebnis.»

«Wir haben nichts mehr miteinander zu tun. Mach dich vom Acker!»

«Maximilian lässt grüßen. Er hat mir prophezeit, dass du mich so empfangen könntest.»

Moritz schlenderte durch das Studio, mit gespielter Kennermiene die schallschluckende Verkleidung an Wänden und Decke taxierend, die Aufnahmetechnik, das Mobiliar. Vor dem großen Ölgemälde blieb er stehen, eine Nymphe, die aus einem Fluss stieg, nackt und blutjung, Coras Antlitz.

«Hübsch hast du's hier draußen. Deine neue Freundin nicht da?»

Zum Glück nicht, dachte Hagenberg.

Breitbeinig ließ sich Moritz im Sessel nieder. «Wir brauchen dich. Du kannst dir denken, worum es geht.»

«Zu Freddie hab ich keinen Kontakt mehr, seit er untergetaucht ist.»

«Uns ist bekannt, dass du dich am achtzehnten März mit seiner Freundin getroffen hast.»

Hagenberg schwieg. Eigentlich konnte er nicht glauben, dass jemand in der Regierung wusste, was Moritz und seine Leute getan hatten. Vielleicht gab es noch einen zweiten Bundesnachrichtendienst. Einen Geheimdienst innerhalb des Geheimdienstes.

«Die Chefin meint, wir könnten dir einen Kontakt zum Ministerpräsidenten von Niedersachsen vermitteln. Der Mann umgibt sich gern mit Künstlern.»

«So ein Schwachsinn, was soll das?»

«Er mag deine Lieder, die mit den deutschen Dichtern, ehrlich! Und man sagt, dass er es als Politiker noch bis ganz nach oben schaffen wird. Denk mal nach, René. Wer zum Hofstaat von so einem gehört, dem erschließt sich eine völlig neue Ebene der öffentlichen Wahrnehmung. *Bild* und *Bunte* statt immer nur die *taz*. Die Chefin meint, da ließe sich echt was machen.»

«Sag deiner Chefin, sie kann mich mal!»

«Hey, was haben wir alles für dich arrangiert, weißt du noch? Was hältst du vom Bundesverdienstkreuz? Vielleicht nicht jetzt, aber in fünf Jahren, wenn der Kerl erst mal Kanzler ist.»

«Brauch ich nicht.»

«Wirst sehen, du schaffst es noch in die großen Fernsehshows. Wetten, dass …?»

«Bei Gottschalk auf dem Sofa? Da wird einem doch übel.»

«Tu nicht so elitär, René. Das passt nicht zu dir. Glaubst du, deine neue Freundin bringt dich beruflich weiter?» Er deutete auf das große Bild und grinste. «Sie ist sicher nicht schlecht als Model oder so, vielleicht auch ganz passabel, wenn es ums Verwalten deiner Termine geht, aber das war's doch schon, wenn du ehrlich bist.»

«Warum habt ihr es immer noch auf Freddie abgesehen?»

«Zerbrich dir darüber nicht den Kopf. Denk lieber an Thomas Gottschalk.»

«Scher dich zum Teufel!»

«Beruhig dich, René.»

«Verschwinde jetzt!»

«Dein letztes Wort?»

«Und lass dich nie wieder blicken! Nie wieder!»

Moritz seufzte. «Und ich hatte gehofft, ich könnte dir das hier ersparen.»

Er ging hinter das Mischpult, fummelte an einem Rekorder und legte eine Kassette ein.

«Weißt du, wie die Chefin das nennt?», rief Moritz herüber.

«Ihr widert mich an, du und deine Firma!»

«Sie hört sich das ständig an. Ich glaub fast, es macht sie heiß. Sie nennt es ‹sein Gewimmer von '79›.»

Die Lautsprecher knackten, es rauschte, dann setzte die Aufzeichnung einer Unterhaltung ein. Hagenberg wusste sofort, worum es sich handelte.

Er fühlte Scham und Wut zugleich.

Und ich muss nichts über die Kleine in der Zeitung lesen?

Nein, René. Wir vergessen die Geschichte ganz einfach.

Bis heute war es Hagenberg ein Rätsel, wie die Schnüffler vom Bundesnachrichtendienst auf Renate gekommen waren.

Eine Mitschülerin seiner kleinen Schwester. Wie leicht er sie nach ein paar Gläschen *Mampe halb und halb* herumgekriegt hatte! An dem Abend am Strand war er tatsächlich in das Mädchen verliebt gewesen, allein schon der Gleichklang ihrer Namen, René und Renate …

Erst nach seiner Ankunft in Paris hatte er mitbekommen, wie es ihr danach ergangen war. Er konnte sich noch gut an den empörten Anruf seiner Schwester erinnern. Mona, die immer zum Nazi-Vater gehalten hatte. Seine verkommene Familie mit ihren geheimen Reichtümern in Argentinien. Wie froh war er gewesen, fern von alldem in Frankreich die Freiheit zu erfahren, Musik und Revolution!

Renates Eltern sind schuld. Die haben ihr mit ihrer verstockten Sexualmoral die Hölle heißgemacht!

Ist klar, René, wie konntest du auch wissen, dass die Kleine erst vierzehn war.

Hagenberg hatte mehr als genug. Er rannte hinüber und drückte den Agenten gegen die Wand. Mit der anderen Hand versuchte er, die Kassette anzuhalten. Sein Arm war zu kurz.

Er ließ den Agenten los und schlug mit der Faust auf den Rekorder, bis die Aufnahme verstummte.

Moritz streckte die Hände vor. «Nur die Ruhe, alter Barde. Du weißt ja, wie das Gespräch weitergeht. Die Aufnahme kannst du behalten. Digitale Kopien sind heutzutage einfach herzustellen.»

«In Erpressung seid ihr Meister.»

«Nennen wir es ein Angebot. Du musst lediglich deinen Freund Freddie …»

Nie wieder, dachte Hagenberg und warf sich auf sein Gegenüber. Sie gingen zu Boden und wälzten sich auf dem Teppich. Doch wider Erwarten musste Hagenberg erkennen, dass Moritz stärker war. Der Agent gewann die Oberhand und nahm Hagenberg in den Schwitzkasten.

«Spiel hier nicht den Helden», zischte Moritz, dicht an seinem Ohr. «Die Rolle steht dir nicht.»

Hagenberg bäumte sich auf und trat um sich ins Leere. Er keuchte, ihm wurde heiß, aber alle Anstrengung nutzte nichts.

Plötzlich ein Kinderschrei: «Lass mein' Papa in Ruh!»

Im gleichen Moment brach Moritz auf ihm zusammen, hielt sich das Gesicht und brüllte wie ein Wahnsinniger. Hagenberg wälzte ihn von sich herab und erkannte, was geschehen war: Der Holzspieß, den sein Sohn geschnitzt hatte, steckte im Auge des Agenten.

Hagenberg nutzte die Situation und trat auf Moritz ein, wieder und wieder, mit aller Kraft. Es tat gut, seinem Zorn freien Lauf zu lassen. Der Kerl zu seinen Füßen ruderte mit den Armen, als könne er die Tritte abwehren. Sein wildes Brüllen wurde leiser, wurde zum Husten, Röcheln, Blubbern. Blutiger Schaum trat ihm aus dem Mund.

«Papa, hör auf!»

Doch Hagenberg dachte nicht daran. Erst als die Rippen knackten und Moritz nicht einmal mehr zuckte, hielt Hagenberg inne und trat einen Schritt zurück.

«Ich lass mich nicht von dir erpressen! Nie wieder, hörst du?»

Moritz antwortete nicht. Das Stück Holz lag neben ihm auf dem verdreckten Teppich, und es wirkte, als starre der Kerl mit einem Auge darauf. Das andere, zerstörte, hatte aufgehört zu bluten.

Der Mann war tot.

Hagenberg spürte, wie ihm schlecht wurde. Er rannte zur Toilette, riss den Deckel hoch und übergab sich. Der Junge war ihm gefolgt und sah zu.

«Was hast du gemacht?», schrie Hagenberg und schüttelte ihn. «Du verdammter Idiot!»

Er stieß den Achtjährigen zur Seite, lief zurück ins Studio

und versuchte, einen klaren Gedanken zu fassen. Am Ende eines langen Kabels entdeckte er das Telefon und drückte die Nummer in die Tasten, die ihm der andere Agent einmal genannt hatte.

In seinem Kopf war nur ein Gedanke: Bloß keine Polizei, bloß keine miesen Schlagzeilen. Nicht jetzt, da er endlich wieder sein Publikum gefunden hatte. Im Gegenzug war er zu allem bereit.

«Ja?» Eine Männerstimme am anderen Ende der Leitung.

«Maximilian?»

«Was ist los?»

«Hier ist René. Du musst mir helfen. Moritz …»

«Habt ihr Streit?»

Hagenberg wusste nicht, was er antworten sollte.

«Soll ich schlichten?»

«Da gibt es nichts mehr zu schlichten. Moritz ist … Er rührt sich nicht mehr, ich glaub …»

«Ach du Scheiße.»

«Ich weiß nicht, was ich jetzt …»

«Willst du, dass ich komme und aufräume?»

«Bitte.»

«Bevor ich meinen Arsch in Bewegung setze, muss ich von dir wissen, wo wir Alfred Meisterernst finden.»

Hagenberg würgte, erneut stieg Säure hoch. Er spie die Adresse aus und schlug den Hörer auf die Gabel.

Er hasste sich, den Staat, die ganze Welt.

Sein Sohn glotzte ihn immer noch an. Von seiner zerbissenen Unterlippe hing ein Faden aus Spucke und Blut. Völlig verängstigt wich er zurück, als sich sein Vater ihm näherte.

«Du Monster!» Hagenberg ohrfeigte ihn. «Du elende Missgeburt!»

32

▼

Freitag, 14. März 2014

«Es genügt», protestierte Vincent.

«Halt still», befahl Saskia.

Mit Cremes und Puder betupfte sie die Beule über seinem rechten Auge.

Er hatte die Nacht bei Saskia verbracht, die neben ihm wie ein Stein geschlafen hatte. Er dagegen hatte kaum ein Auge zugetan und sich hin und her gewälzt, aber keine Position gefunden, in der sein Brustkorb nicht schmerzte. Jetzt ging es ihm besser, vielleicht weil die Tabletten wirkten, die sie ihm gegeben hatte.

«Ich weiß übrigens, wie ich mein Buch beginnen werde. Nämlich mit dir. Wie findest du das?»

«Mit mir?»

«Du sollst stillhalten, hab ich gesagt! Ja, mit dir, wie du die Sachen in dem Schrebergarten findest. Ich denke, das zieht die Leser sofort in die Geschichte rein. Gute Sachbücher leben von eingestreuten Reportageelementen.»

Endlich war sie fertig mit ihrer Behandlung. Gemeinsam gingen sie aus dem Haus. Saskia trug ihre Laptoptasche. Ein Abschiedskuss auf die Wange.

«Kann sein, dass ich noch öfter nach Wiesbaden muss», sagte sie. «Schön zu wissen, dass ich auch dich wegen Oskar fragen kann. Er mag dich.»

«Ich weiß. Fahr vorsichtig. Und viel Erfolg bei deinen Recherchen!»

Im Präsidium steuerte Vincent als Erstes die Toilette an und begutachtete sich im Spiegel. Statt violett war die Beule jetzt braun, die gesamte Stirn war mit Make-up bedeckt. Es wirkte wie eine Maske und kam ihm albern vor.

Kurzerhand wusch sich Vincent die Schminke wieder aus dem Gesicht.

Danach suchte er Bruno Wegmann in seinem Büro auf.

«Morgen, Champion», grüßte Vincent.

«Hey, was ist mit dir los? Du siehst aus wie ich in meinen besten Zeiten. Landesmeister 2002. Guck hier, die Narben!» Er strich über seine Augenbrauen.

Bruno war in jüngeren Jahren Amateurboxer gewesen. Vor allem seine Nase zeugte davon, breit und schief. Vincent musste daran denken, dass sein gestriger Angreifer ebenfalls etwas abbekommen hatte.

«Hat Anna mit dir über die Thabo-Götz-Initiative gesprochen?»

«Ja, ich bin aber noch nicht weit gekommen.»

«Die Mitglieder der ersten Stunde waren der Liedermacher René Hagenberg, sein damaliger Schlagzeuger, Phillip mit Vornamen, dessen Freundin Daniela Jungwirth und meine Mutter, die mit Hagenberg gut befreundet ist. Ach ja, und die Eltern von Thabo Götz. Sprich mit dem Studenten in der Geschäftsstelle, vielleicht kann er dir Einblick in die frühen Protokolle geben.»

«Da soll es tatsächlich einen Tatzeugen gegeben haben?»

«Sie haben ihn nie der Öffentlichkeit präsentiert, angeblich um ihn zu schützen.»

«Glaubst du den Scheiß? Ein Kollege als Mörder von Jan Pollesch?»

Vincent zuckte mit den Schultern. «Drei Vermummte haben mir sozusagen einen Denkanstoß gegeben.»

Als er das Geschäftszimmer betrat, goss Nora gerade ihr Bäumchen. «Autsch» war der Kommentar, als sie sein Gesicht sah.

«Halb so schlimm.»

«Kriminaldirektor Thann erwartet dich in seinem Büro.»

«So früh schon?»

«Wahre Liebe, nehme ich an.»

Vincent trug seine Post in sein Büro. Wenn er flach atmete, ging es.

London Calling. Dominik.

«Wo finde ich Milch?»

«Nimm Joghurt fürs Müsli.»

«Mist. Die Eier, die ich gestern Abend gekauft habe, sind auch zerbrochen.»

«Pass das nächste Mal besser auf.»

«Mensch, ich hab dir das Leben gerettet!»

«Wurde auch Zeit, dass du dich nützlich machst», sagte Vincent und lachte.

Er rief seine Mails ab. Einiges davon musste er sofort beantworten, es ging nicht, dass er alles vor sich herschob. Nach einer halben Stunde machte er sich auf den Weg. Warum konnte der Inspektionsleiter ihn nicht einfach in Ruhe lassen?

«Was ist Ihnen denn passiert?», fragte Thann zur Begrüßung.

«Es scheint nicht jedem zu gefallen, dass wir die Ermittlungen gegen Thabo Götz auf den Prüfstand stellen.»

«Wollen Sie andeuten, ein Kollege hätte …?»

«Sie waren zu dritt. Erkannt habe ich sie nicht.»

Vincent war sich sicher, dass der Dicke, der ihn zuerst angegriffen hatte, Stefan Ziegler war. Seine Nase dürfte gelitten haben. Dass es sich bei den Komplizen um Konni Mahler von der Bilker Wache und um den pensionierten Spurenkundler Hajo Milbrandt handelte, glaubte Vincent nicht. Eher hatte Stefan zwei Kollegen aus seiner Dienstgruppe mitgebracht, die ihm treu ergeben waren. Aber das war Spekulation.

Er nahm sich vor, jetzt erst recht gegen Ziegler zu ermitteln.

Zugleich war er froh, dem Kerl nicht täglich über den Weg zu laufen. Er arbeitete im Präsidium, Ziegler in der Wache Mörsenbroich, rund acht Kilometer entfernt im Nordosten der Stadt.

Thann fegte Schuppen von den Schultern seiner Anzugjacke. «Apropos Prüfstand …»

«Ich habe Ihnen doch gesagt, dass ich noch Zeit für die Evaluierung brauche.»

«Die Behörde ist in Zugzwang. Ich weiß aus sicherer Quelle, dass das Landgericht in wenigen Stunden verkünden wird, dass das Verfahren gegen Thabo Götz neu aufgerollt wird.»

«Tatsächlich?»

«Sind Sie sich immer noch sicher, dass Ihre Dienststelle keinen Fehler begangen hat?»

«Bei den Ermittlungen gegen den ‹Negerbengel›?»

«Keine rassistischen Ausdrücke, bitte!»

«Ich habe *Sie* zitiert. O-Ton Polizeioberrat Thann, vor ein paar Tagen, als sich alle in dieser Behörde noch fest im Sattel fühlten.»

Die Hand des Inspektionsleiters fuhr an den Krawattenknoten. Er spitzte die Lippen – ganz saure Zitrone. «Was wollen Sie damit sagen, Kollege Veih?»

«Dass Sie zu Recht nervös sind.»

«Das Große-Töne-Spucken wird Ihnen noch vergehen! Halten Sie sich für unverwundbar? Ich sage nur: Isaac Newton. Die Scheiße fällt von oben nach unten, nicht umgekehrt, Kollege Veih. Und unten stehen Sie und nicht ich.»

«Was für eine Welt.»

«Sie halten die Welt für unfair?»

«Ich rede von Ihrer Welt, Herr Thann.»

33

▼

Vor der Morgenbesprechung des KK11 setzten sie sich im kleinen Kreis zusammen: Anna Winkler, Staatsanwalt Kilian und Vincent.

«Wie siehst du denn aus?», fragte Anna

«Das blühende Leben, ich weiß.»

«Zumindest deine Stirn ist in voller Blüte.»

«Können wir es kurz machen?», bat Kilian.

«Wie wollen wir mit René Hagenberg verfahren?», fragte Vincent.

«Hagenberg? Ich bitte Sie! Kein Richter unterschreibt mir einen Durchsuchungsbeschluss, falls Sie so etwas meinen. Was haben wir denn in der Hand? Das Alter und die grauen Haare – das trifft auf Tausende von Menschen zu, allein in dieser Stadt.» Wie zum Beweis strich sich Kilian mit den Fingern durch seine Frisur.

«Wenigstens eine Telekommunikationsüberwachung!»

«Illusorisch.»

«Gibt es keinen Richter, der Ihnen einen Gefallen schuldet?», fragte Anna.

«Frau Winkler, Sie stellen sich das zu einfach vor.»

«Die Sache ist politisch geworden», warf Vincent ein. «Thabo Götz bekommt seine Wiederaufnahme. Die Initiative ist im Aufwind. Und damit Hagenberg, die Lichtgestalt aller aufrechten Bürger dieser Politik. Da bräuchte es Courage, um gegen ihn vorzugehen.»

Kilian seufzte und hob seine Hände zur Unschuldsgeste. «Finden Sie Ihren verdammten Augenzeugen. Wenn er bestätigt, dass es Hagenberg war, sieht die Sache anders aus.»

«Ich nehm Sie beim Wort.»

Kilian strich seine Unterlagen zusammen.

Händeschütteln, dann war der Mann fort.

«Zeig dem Zeugen auch ein Foto vom Staatsanwalt», sagte Anna. «Langes graues Haar.»

«Du glaubst also auch nicht, dass er vielleicht Hagenberg beschrieben hat?»

«Keine Ahnung.» Anna zuckte mit den Schultern. «Nach drei Tagen klammert man sich an jeden Strohhalm, oder?»

Die Räume des polizeiärztlichen Dienstes lagen im Westflügel des Erdgeschosses, vis-à-vis der Kriminalwache. Vincent meldete sich im Geschäftszimmer an und setzte sich zu den Wartenden – zwei männliche Kollegen, die auf die Beine der Arzthelferin starrten, sobald sie hereinkam und etwas im Aktenschrank suchte. Die Frau trug Ohrstöpsel und kaute Kaugummi im Takt der Musik, die sie hörte. Vincent ertappte sich dabei, dass er ebenfalls hinsah, als sie sich nach der untersten Schublade bückte und ihr kurzer Kittel noch höher rutschte. Ein wenig später öffnete sich das Verbindungsfenster und die Helferin bat Vincent ins Sprechzimmer.

Der Polizeiarzt war ein gemütlicher Brillenträger kurz vor dem Pensionsalter. Vincent war sich noch nicht sicher, ob er Stefan anzeigen würde, aber er wollte sich die Möglichkeit offenhalten. Deshalb präsentierte er dem Mediziner das Hämatom auf der Stirn sowie die Schürfwunde an der rechten Hand und schilderte, was vorgefallen war. Dazu machte er seinen Oberkörper frei. An der rechten Seite war deutlich der Abdruck des Baseballschlägers zu erkennen – tief blauviolett.

Die Helferin glotzte Vincent an und kaute langsamer. Der Arzt fotografierte die Spuren der Schlägerei, gab ihm Pillen und versprach, sich mit dem Attest zu beeilen.

«Soll ich Sie krankschreiben?», fragte er.

Vincent schüttelte den Kopf. «Keine Zeit für so etwas.»

Auf dem Weg in sein Büro rief Vincent bei Professor Georg Lebetz zu Hause an und hinterließ eine Nachricht auf dem Anrufbeantworter, wie es gestern schon Bruno getan hatte.

Er holte frisches Wasser und füllte seine Espressomaschine. Bei jedem Schmerz, der seine linke Seite durchfuhr, verfluchte er Stefan Ziegler und seine Kumpane.

Sein Telefon. Eine unbekannte Nummer auf dem Display. Vincent ging ran.

Eine Frauenstimme. «Kanzlei Dr. Auersberg, ich verbinde.»

Vincent war versucht, den Hörer hinzuknallen. Dann hörte er den älteren Herrn, aufgeräumt, fast fröhlich: «Ich grüße Sie, Herr Veih, und bevor Sie jetzt auflegen, möchte ich Ihnen versichern, dass meine Mandantin, Frau Jungwirth, Ihr gestriges Gespräch im Licht des neuen Tages erheblich entspannter beurteilt.»

Weil die Vorwürfe frei erfunden waren, dachte Vincent. Und weil das Landgericht auch ohne weitere Attacken gegen die Polizei dem Antrag auf ein Wiederaufnahmeverfahren zustimmte. Was wollte der Anwalt noch von ihm?

«Damit wäre alles zwischen uns ausgeräumt, nicht wahr?», fragte Auersberg.

«Sie mich auch.»

«Ich verstehe Ihren Unmut, Herr Veih. Deshalb mache ich Ihnen ein Friedensangebot. Ich habe nämlich etwas, das Sie sich unbedingt ansehen sollten. Dafür müssten Sie allerdings in meine Kanzlei kommen.»

«Wozu soll das gut sein?»

«Es betrifft Thabo Götz und Pia Ziegler. Sagten Sie nicht, Sie wollten Ihre damalige Arbeit evaluieren?»

Vincent überlegte nur kurz, dann willigte er ein, den Anwalt aufzusuchen.

Annas Worte von eben: *Man klammert sich an jeden Strohhalm.*

Umleitung, Stau – die Innenstadt eine einzige Baustelle, und das schon seit Jahren. Aus zwei Spuren wurde eine, im Schritttempo umfuhr Vincent Bretterzäune und Bagger, halbfertige U-Bahnhöfe und Zufahrten für einen Tunnel, der den Verkehr in Zukunft unter den Hofgarten legen würde. Hunderte von Millionen Euro verbuddelten Stadt und Land – Bauunternehmer müsste man sein, dachte Vincent.

Allmählich lernte er das Lenkrad zu bewegen, ohne den Teufel zu wecken, der in seinen Rippen wohnte.

Elf Uhr, die Nachrichten im Autoradio: Das Gericht habe die Wiederaufnahme des Prozesses beschlossen, die zweite Chance für Thabo Götz sei jetzt offiziell.

Zur Mordsache Alina Linke: Hunderte von Menschen – Schüler, Angehörige des Lehrkörpers, Nachbarn – hätten sich in Kondolenzbücher eingetragen, die im Geschwister-Scholl-Gymnasium auslagen. Die Aula gleiche einer Pilgerstätte, Teelichter, Kinderzeichnungen und Blumen markierten dort eine Art Altar.

Unterdessen tappe die Polizei im Dunkeln, behauptete der Sprecher.

London Calling. Dominik.

«Hast du sie?», fragte Vincent und meinte Franziska, die Pflegepraktikantin.

«In der Klinik ist sie nicht aufgetaucht. Gestern war alles wie immer, heißt es. Ich bin jetzt mit Bruno in ihrer Wohnung. Du weißt ja, er schafft das ohne Schlüsseldienst.»

«Und?», fragte Vincent.

«Schwer zu sagen, aber ich tippe darauf, dass sie eine ganze Weile nicht mehr hier war. Das schmutzige Frühstücksgeschirr stammt eher von gestern als von heute, und das Telefon verzeichnet Anrufe in Abwesenheit von gestern Abend und heute früh.»

«Sprecht mit den Eltern, mit Freunden und Bekannten. Hört euch um. Sie kann ja nicht weg sein, oder?»

Die Frau taucht wieder auf, versuchte Vincent sich einzureden. Hat die Nacht bei einem Kerl verbracht und verschlafen. So etwas kommt vor.

An die Alternative wollte Vincent lieber gar nicht erst denken.

34

▼

Auersbergs Kanzlei residierte im ersten Stock eines großbürgerlichen Hauses an der Kaiserstraße. Weinroter Teppich auf den Holzstufen, von polierten Messingstangen gehalten. Spiegel in barocken Rahmen an den Wänden des Treppenabsatzes. Vincent musste beim Hochsteigen Pausen einlegen, denn sobald er nur etwas tiefer einatmete, meldeten sich seine Schmerzen wieder, trotz der Tabletten.

Eine zweiflüglige Tür, Vincent klingelte und trat beim Summton ein. In der Diele Stuck und moderne Designerlampen. Die Empfangsdame gab Auersberg Bescheid.

Der bundesweit bekannte Strafverteidiger holte Vincent ab. Er grüßte freundlich, als habe es nie einen Disput zwischen ihnen gegeben. Mittelgroß, schütteres Haar, ein weißes Hemd, die Ärmel hochgekrempelt. Dazu Hosenträger und Krawatte, beides braun und grün kariert – nichts von der Ausstrahlung eines schmierigen Scharlatans, den Vincent erwartet hatte.

Das Büro war schlicht eingerichtet. Regale und Schränke in Weiß, Unmengen von Aktenordnern und Fachbüchern, zwei Monitore auf dem Schreibtisch. Freischwinger aus Stahlrohr und schwarzem Leder sowie ein Beistelltisch mit Glasplatte im Besprechungseck.

Vincent war sich bewusst, dass Auersberg mit allen Wassern gewaschen war. Du steckst jetzt in der Höhle des Löwen.

«Zwei Dinge», begann der Anwalt, nachdem sie Platz genommen hatten. «Sie wollen mit Yaldiyan Zach sprechen. Sich ein Bild von dem Alibi verschaffen, mit dem sie meinen Mandanten entlastet.»

«Aus erster Hand, richtig.»

«Okay, gebongt.» In der Hand hielt er eine silberne Scheibe in einer transparenten Hülle. «Die Aufzeichnung des Interviews dauert etwa fünfzig Minuten. Was die Frau zu erzählen hat, wird all Ihre Zweifel ausräumen. Eine erstklassige Zeugin.»

«Das ist sie, kein Zweifel. Immerhin hatte die Dame lang genug Zeit, um Schauspielunterricht zu nehmen. Und vermutlich haben Sie ihr die besten Drehbuchautoren besorgt, die aufzutreiben waren.»

Auersberg schüttelte den Kopf. «Bei manchen Leuten wird Argwohn zur Berufskrankheit.»

«Mich wundert es jedenfalls nicht, dass Sie die Wiederaufnahme erreicht haben. Aber im Prozess werden Sie sich an den Sachbeweisen die Zähne ausbeißen, das verspreche ich Ihnen.»

«Sind Sie sich da wirklich sicher?»

Vincent hütete sich, diesem Mann gegenüber seine Skepsis zuzugeben. Wenn Ziegler die Spur des Daumens gefälscht hatte, dann war ihm auch zuzutrauen, dass er die Sig-Sauer in Thabos Wohnung geschmuggelt hatte. Bliebe noch die Schmauchspur am Ärmel von Thabos Jacke sowie die Aussage von Pia.

Der Anwalt reichte ihm die DVD. «Ich habe Ihnen eine Kopie gebrannt, vielleicht schauen Sie trotzdem mal rein.»

«Und Nummer zwei? Thabo und Pia – was sollte ich unbedingt wissen?»

Auersberg schlug die Beine übereinander und strich seine Krawatte glatt. «Ja, richtig. Der zweite Film ist sehr delikater Natur. Und wirft meiner Meinung nach ein neues Bild auf die Belastungszeugin.»

«Machen Sie's nicht so spannend.»

Auersberg ging zu seinem Schreibtisch, nahm den Laptop

und kehrte mit dem Gerät zurück. Das Laufwerk surrte. Eine Videodatei. Auersberg klickte auf Play.

Sie betrachteten einen Porno.

Ein junges Mädchen blies einem schlanken, gutgebauten Farbigen den Schwanz. Offensichtlich aus der Sicht des Mannes gefilmt, die Kamera war vor allem auf das stark geschminkte Gesicht des Mädchens gerichtet.

Pia Ziegler, kein Zweifel – damals noch schlank und nicht an den Rollstuhl gefesselt.

«Von Thabo Götz mit dem Handy gefilmt?», fragte Vincent.

«Yep.»

Ein leichter Zoom in die Totale, zu Vincents Überraschung war noch ein Junge im Bild, der das Mädchen zugleich von hinten nahm. Er grimassierte, streckte die Zunge heraus, spielte Verzückung, lachte.

Vincent kannte das Gesicht aus der Fallakte: Julian Pollesch, das Mordopfer.

Das Mädchen musste würgen, hustete, verschmierte Schminke.

Die Aufnahme brach ab, sie hatte höchstens eine Minute gedauert.

«Na, Herr Veih, sieht das aus, als sei mein Mandant auf seinen besten Freund Julian eifersüchtig? So sehr, dass er einen Mordanschlag gegen ihn planen würde?»

«Das eine schließt das andere nicht aus.»

«Ach, kommen Sie!»

«Diese Bilder beweisen nur, dass sich zwei junge Kerle an einem Kind vergangen haben.»

«Pia Ziegler war zu diesem Zeitpunkt fünfzehn Jahre alt. Kurz vor ihrem sechzehnten Geburtstag. Das Gesetz macht da längst keine Verbote mehr.»

«Vorausgesetzt, alles geschieht im gegenseitigen Einvernehmen.»

«Es gibt keinen triftigen Anhaltspunkt, dass dem nicht so gewesen wäre. Ich sehe keine Zwangslage nach 182 StGB. Pia Ziegler und Thabo Götz waren zu diesem Zeitpunkt ein Paar. Was sie getrieben haben, war ihre Privatsache.»

«Ich wette, dass es davon noch weiteres Zeug gibt. Die eine Minute war doch nicht der ganze Akt! Der Rest wurde weggeschnitten, weil er ein weniger freundliches Bild auf Ihren Schützling werfen könnte, stimmt's?»

«Sie begeben sich ins Reich der Spekulation.»

«Ich komme wieder, aber dann mit einem Durchsuchungsbeschluss!»

«Lassen Sie das, Herr Veih. Sie wissen genau, dass Sie keinen Beschluss bekommen werden. 160a StPO schützt das hohe rechtstaatliche Gut der anwaltlichen Verschwiegenheit.» Auersberg klappte den Laptop zu. «Sie werden dafür Verständnis haben, dass ich Ihnen den kleinen Schundfilm nicht aushändigen kann. Mein Mandant möchte vermeiden, dass dermaßen private Bilder an die Öffentlichkeit gelangen.»

Vincent fiel ein, was Christine Ziegler gesagt hatte: *Vor zwei Jahren waren wir eine glückliche Familie. Ohne den Scheißkerl wären wir es immer noch.*

Der Strafverteidiger erhob sich – Ende der Audienz. «Jedenfalls wissen Sie nun, dass das angebliche Mordmotiv einer rasenden Eifersucht meines Mandanten gegen Julian Pollesch keinen Bestand hat. Wie gesagt, wir wollen diese Aufnahmen lieber nicht öffentlich machen, aber für den Notfall behalten wir uns vor, sie doch als Beweismittel dem Gericht vorzulegen.»

Während Auersberg ihn zum Ausgang geleitete, fragte Vincent: «Wie hoch ist eigentlich Ihr Stundensatz?»

Der Anwalt lächelte nur und hielt die Tür auf.

«Ich nehme an, dass man dafür ganz schön viele Freiheit-für-Thabo-Anstecker verkaufen muss.»

«Mag sein, aber ich bin jeden Cent davon wert.»

35

▼

Die Tür schwang auf. Der Typ kam herein. Franziska blinzelte in das Neonlicht an der Decke. Ihre Füße ragten in die Luft. Sie war an einen Stuhl gefesselt, und der war umgekippt, als sie testen wollte, wie groß ihre Bewegungsfreiheit war.

Der Typ richtete sie auf.

«Ich hab Durst», sagte sie.

«Sonst noch was?»

«Mach die Scheiß-Fesseln los. Ich find das nicht witzig!»

Er hatte eine Tüte dabei, aus der er eine Schere holte. Doch der Kerl zerschnitt nicht die Kabelbinder, sondern ihre Kleidung. Pullover, Hemd, BH. Als er ganz nah war, spuckte sie ihm ins Gesicht.

Er drohte ihr mit der Schere, die Spitze dicht vor ihren Augen. Sie wandte den Kopf zur Seite und hielt vor Angst die Luft an.

Der Raum war klein und spärlich möbliert. Ein Metallregal an der Wand, leer. Fleckige Matratzenteile auf dem Boden. Ein Eimer, ein Holztisch.

Der Typ machte weiter, bis ihre Klamotten in Fetzen auf dem Boden lagen.

Er pikste ihre Brüste mit der Scherenspitze, ritzte die Haut entlang. Dabei schaute er ihr in die Augen, als kontrolliere er ihre Reaktion.

Es geht ihm darum, deine Angst zu spüren, dachte Franziska. Er will, dass du bettelst, weil ihn das aufgeilt. Tu ihm nicht den Gefallen. Bleib stark, sagte sie sich.

Lass ihn nicht gewinnen.

Der Kerl packte Sachen auf den Tisch: Zigaretten, Feuerzeug, ein Aufnahmegerät, das wie ein dickes Mikro auf drei Beinen stand. Er fummelte daran herum. Eine Leuchtdiode blinkte.

Das Feuerzeug schnipste. Franziska roch Zigarettenqualm.

Der Kerl hustete und kam mit dem Glimmstängel näher. Die glühende Spitze zielte auf sie.

«Ich werde nicht schreien», behauptete Franziska.

«Doch», sagte das Schwein. «Das tun alle.»

36

▼

Zurück in der Festung, Vincent betrat sein Büro. Die Praktikantin saß schon wieder hinter dem Schreibtisch und tippte etwas.

«Oh», entfuhr es ihr. «Ich muss nur noch …»

«Nicht an meinem Rechner. Los, weg hier!»

«Wie komme ich zu einem PC?»

«Frag Nora.» Vincent blickte auf den Bildschirm. «Was ist das überhaupt?»

«Mein erstes Protokoll. Die Befragung eines Verdächtigen. Der junge Nazi, der von Alinas Schule flog.» Sie speicherte, was sie bis jetzt geschrieben hatte, und stand von Vincents Bürostuhl auf.

«Hast du ihn allein befragt?»

«Zusammen mit dem Kollegen Norbert Scholz, gestern Nachmittag.»

«Habt ihr den Jungen über seine Rechte belehrt?»

Sie fasste sich an den Kragen ihrer Bluse und knabberte an ihrer Unterlippe.

«Also nein. Dann habt ihr ihn nicht als Verdächtigen befragt, sondern als Zeugen. Aber keine Bange. Norbert weiß, was er tut. Was hat euch der Nazi erzählt?»

«Nazi stimmt nicht mehr ganz. Der Junge hat sich von der rechten Szene gelöst, nachdem er sein schwules Coming-out hatte. Behauptet er zumindest.»

«Aha.»

«Aber er ist noch ziemlich sauer auf Alina, das war zu spüren.»

«Er war's nicht. Ein schwuler Täter würde keine Frauen foltern, sondern Männer.»

«Das hat Kollege Scholz auch behauptet.»

«Siehst du.»

«In Genderfragen sollte man aber …»

«Schon gut.» Vincent gab ihr die DVD, die er von Auersberg erhalten hatte – das Interview mit der Frau, die Thabo Götz das Alibi gab. «Schau dir das an, sobald du einen eigenen Computer hast, und sag mir, was du davon hältst. Der schwule Nazi hat Zeit.»

Sofia nickte und verschwand nach nebenan.

Vincent wählte Dominiks Handynummer. «Was Neues von Franziska?»

«Immer noch wie vom Erdboden verschluckt. Hat sich bei niemandem abgemeldet.»

«Ich schicke euch Verstärkung. Wir brauchen Zeugen, die sie zuletzt gesehen haben. Wohin ging sie gestern nach dem Dienst in der Klinik? Mit wem? Fangt auf dem Unigelände an.»

«Weißt du noch, was ich dir zum Thema Serientäter und Zufallsopfer gesagt habe?»

«Bullshit. Die Frauen verschwinden im Umkreis von Hagenbergs Initiative. Das kann kein Zufall sein.»

«Du hast ja immer recht.»

«Höre ich da Ironie heraus, Junior?»

«Aber nein, Chef.»

Nora und die Praktikantin unterbrachen ihren Kaffeeplausch, als Vincent in das Geschäftszimmer kam.

«Schön, dass ich dich hier treffe, Sofia. Auch die DVD mit der angeblichen Entlastungszeugin hat Zeit. Du hast mich neulich gefragt, ob du die Suche nach ähnlichen Fällen auf andere Bundesländer ausdehnen sollst. Ich fürchte, jetzt ist es so weit. Entführungen, Sexualdelikte, versuchter oder vollendeter Mord – gleiche Handschrift, junges Opfer, weiblich, Misshandlungen mit Zigaretten und so weiter. Kennst du die Viclas-Datei?»

«Hab mal davon gehört.»

«Versuch dich da einzuarbeiten.»

«Also doch ein Serientäter?»

«Du kannst vorerst meinen Rechner benutzen, Sofia. Ich bin in der nächsten Stunde unterwegs.»

«Danke.»

«Aber keine Pornos aus dem Netz laden.»

«Bitte?»

«Auch keine mit Trans-Gender-Thematik!»

Auf dem Weg nach Uedesheim wählte Vincent die Privatnummer von Stefan Ziegler und war gespannt, wer abnehmen würde. Er tippte auf Christine und behielt recht.

«Nein, ich werde nicht über Pias Brief reden», erklärte sie, bevor er das Thema überhaupt zur Sprache bringen konnte. «Ich ärgere mich maßlos, dass ich geplappert habe, und ich möchte, dass du mich nie wieder anrufst!»

«Hast du gestern Abend Stefans Nase verarztet?»

«Woher weißt du davon?»

«Wie geht es ihm?»

«Um ehrlich zu sein, er sieht aus wie Roman Polanski in Chinatown.»

«Keine Ahnung, welche Erklärung er dir aufgetischt hat. Aber Chinatown geht auf mein Konto.»

«Bitte?»

«Stefan hat mir mit zwei seiner Kumpels aufgelauert. Weil mir jemand zu Hilfe kam, hab ich's überlebt.»

«Oh, mein Gott!»

«Bevor ich ihn anzeige, muss ich die Wahrheit wissen.»

«Was meinst du, was er mit *mir* macht, wenn ich mit dir rede?»

«Hört sich nicht nach einer guten Basis für eine Beziehung an.»

«Schon lange nicht mehr.»

«Verlass diesen Mann und rede. Und sag nicht wieder, dass Pia davon nicht lebendig wird.»

«Stimmt aber. Ich leg jetzt auf, Vincent.»

«Es gibt ein Video.»

Christine schwieg und blieb in der Leitung.

Sie weiß Bescheid, dachte Vincent.

«Ich hätte kein gutes Gefühl», sagte er, «wenn diese Aufnahme vor Gericht gezeigt wird. Selbst wenn die Öffentlichkeit ausgeschlossen wird, würden die Medien Wind davon kriegen.»

«Das darf auf keinen Fall geschehen!»

«Mach eine Aussage, Christine. Du solltest Stefan nicht schützen. Denk drüber nach. Du hast meine Nummer, ich bin jederzeit zu erreichen.»

Keine Antwort.

«Hörst du mich, hast du mich verstanden, Christine?»

Jetzt hatte sie aufgelegt.

37

▼

Vincent drückte den Klingelknopf und wartete. Drinnen Schritte, Brigittes Gesicht im Fensterchen der Haustür, dann öffnete sie.

Etwas theatralisch trat sie einen Schritt zurück und breitete die Arme aus. «Was für ein Tag, mein Sohn besucht mich!»

Vincent drohte mit dem Zeigefinger. «Sobald du mich mit deinem Vater vergleichst, bin ich wieder weg.»

«Komm schon rein.»

Vincent folgte ihr in die Küche. «Ist Nina da?»

«Bist du ihretwegen gekommen?»

«Nein, ich will mit dir reden.»

Sie tischte ihm Brot, Butter und Kräuterquark auf, den sie selbst zubereitet hatte. «Das war schon als kleiner Junge deine Lieblingsspeise.»

«Behauptest du jedes Mal.»

Sie setzte sich zu ihm. «Hast du gestern Fernsehen geguckt?»

«Du warst wirklich gut. Bettina Böttinger ist voll auf deine Baader-Meinhof-Nostalgie abgefahren.»

«Muss ja schrecklich für dich gewesen sein.»

«Bist du gemeinsam mit René Hagenberg nach Köln gefahren, in seinem Porsche?»

«Ja, warum fragst du?»

«Zu welcher Uhrzeit seid ihr losgefahren?» Franziska Thebalts Dienst hatte nachmittags um fünf geendet, wie sich Vincent erinnerte.

«Wird das ein Verhör?»

«Brigitte.»

«Ich wusste es!»

«Du willst mir also nicht sagen, wann er dich abgeholt hat?»

«Ich glaube nicht, dass das den Staat etwas angeht.»

«Lass uns nicht schon wieder streiten.» Vincent schmierte sich eine zweite Schnitte und sagte: «Unter anderem ist es mein Job herauszufinden, ob sich die Polizei im Mordfall Pollesch falsch verhalten hat.»

«Ach ja?»

«Deshalb möchte ich dir noch eine Frage stellen.»

«Da bin ich aber gespannt.»

«Diese Initiative, die sich für Thabo Götz einsetzt. Du machst doch dabei mit, oder?»

«Ist das verboten?»

«Da soll in der ersten Sitzung ein Mann erzählt haben, dass er gesehen hat, wie Julian Pollesch erschossen wurde.»

«Ich weiß nicht, wen du meinst.» Seine Mutter verschränkte die Arme, erwiderte seinen Blick, sah aber nach einer halben Sekunde zur Seite.

Warum lügst du mich an, Mama?

Sie stand auf und räumte das gebrauchte Geschirr weg. «Ist ja typisch, dass du dich auf die Ini eingeschossen hast. Ihr Bullen könnt es nicht ertragen, wenn sich Widerstand gegen die faschistoiden Tendenzen in diesem Land regt. Thabo hat sich in euren Augen schon allein dadurch schuldig gemacht, dass er mit der weißen Nichte eines Polizisten ins Bett ging. Es hat sich nichts geändert seit 1945.»

«Kriegt euch ein, ihr zwei Kampfhähne.» Ninas Stimme.

Seine Ex stand in der Tür. Wie lange hatte sie die Unterhaltung bereits belauscht?

«Er hat angefangen», behauptete Brigitte.

«Hast du mir nicht neulich erst gebeichtet, wie gern du dich mit deinem Sohn versöhnen würdest? Dann fang mal damit an!» Nina trat näher. Vincent spürte ihre Hand auf seiner Schulter. «Vincent ermittelt in einem Mordfall. Da geht es nicht um Politik.»

«Ach was, alles ist politisch!»

Brigitte rauschte davon. Die Küchentür fiel ins Schloss. Vincent vermutete, dass seine Mutter umgehend den Liedermacher anrufen würde. Die Clique hielt zusammen wie Pech und Schwefel.

Sein Handy vibrierte – er hatte es auf stumm geschaltet. Saskias Foto auf dem Display. Vincent ignorierte den Anruf. Wozu gab es die Mailbox?

«Möchtest du einen Espresso? In diesem Haus gibt es jetzt auch so eine Maschine.»

«Gern.»

Nina bereitete den Kaffee zu, gab einen Schuss Milch hinein, wie er es liebte, und setzte sich zu ihm.

«Hat Brigitte das tatsächlich gesagt?», fragte er. «Dass sie sich versöhnen will?»

«Sagen wir mal, sie hat es zaghaft durchblicken lassen.»

«Gib mir einen Rat als Psychologin.»

«Kinderpsychologin.»

«Mit deiner Menschenkenntnis durchschaust du auch die älteren Semester.»

Nina holte tief Luft. «Es gehören wie so oft zwei dazu.»

«Kein Rezept?»

«Akzeptiert euch, wie ihr seid.»

«Hat sie dir mal verraten, wer mein Vater ist?»

Sie schüttelte den Kopf.

«Schade.»

Sie griff nach seiner Hand und drückte sie kurz. «Das mit der Menschenkenntnis hast du nicht ernst gemeint.»

«Wieso nicht?»

«Mit dir hab ich einen großen Fehler gemacht.»

«Vor fünfzehn Jahren oder als du ausgezogen bist?»

Nina schwieg. Sie blickten sich kurz in die Augen.

Vincent war sich nicht sicher, was sie wollte. Er fragte sich, was *er* wollte.

Bevor er die Rückfahrt antrat, aktivierte Vincent den Klingelton des Handys. Er hoffte, dass Christine Ziegler es sich noch einmal überlegte, und wollte auf keinen Fall ihren Anruf verpassen.

Nina ging ihm nicht aus dem Kopf. Er musste an ihren ersten gemeinsamen Urlaub denken. Lissabon und Algarve, damals studierten sie noch. Ihm fiel Ninas Kinderwunsch ein, gegen den er sich stets gesträubt hatte – sie hätten nur eine weitere Unglücksgeneration Veih hervorgebracht, da war er sich ziemlich sicher.

Der Song der *Clash* riss ihn aus seinen Gedanken. Das Symbol für das Annehmen des Gesprächs traf er blind. Es war Saskia.

«Hörst du deine Mailbox nicht ab?», fragte sie.

Vincent hatte seine Freundin völlig vergessen.

«Du glaubst nicht, was ich in Erfahrung gebracht habe. Wahnsinn, mir schwirrt noch völlig der Kopf. Der BND hatte einen Spitzel, der beste Kontakte zur RAF hatte, womöglich sogar zur Führungsebene!»

«Tatsächlich der Bundesnachrichtendienst? Warum hat man dann nicht den Anschlag auf Winneken verhindert?»

«Weil der nicht aufs Konto der RAF ging. Deine Mutter hat recht!»

«Vorsicht, Saskia.»

«Wieso?»

«Du machst dich unglaubwürdig, falls du mit verrückten Verschwörungstheorien kommst. Niemand wird dein Buch drucken wollen. Egal, mit wie vielen Reportageelementen du es aufpeppst.»

«Wusstest du, dass Sebastian Seidel bei der Befreiung der Lufthansa-Maschine in Mogadischu mit auf dem Rollfeld war, als operativer BND-Agent?»

«Seidel? Hilf mir bitte auf die Sprünge, Saskia.»

«Der angebliche Geschäftsmann, der in den Neunzigern in die Leuna-Affäre verwickelt war und auch verurteilt worden ist. Da ging es um ein Geflecht von Stiftungen in Liechtenstein, Nummernkonten in der Schweiz, Briefkastenfirmen in Panama. Und um prallgefüllte Geldkoffer, die an hochrangige Entscheidungsträger in Deutschland verteilt wurden. Leider ist das damals nicht weiter verfolgt worden, und Seidel bekam nur zwei Jahre wegen Steuerbetrugs. Über die Adressaten des Schwarzgeldes hat er nie ein Wort verloren.»

«Leuna? War das nicht erst nach dem Mord an Winneken?»

«Zur Affäre wurde Leuna erst danach, das stimmt. Aber eingefädelt wurde der Deal schon früher. Winneken soll sich dagegen gesträubt haben. Fakt ist offenbar, dass der BND seine Telefone abgehört hat. Das zeigt, dass allerhöchste Stellen dem Präsidenten der Treuhandanstalt nicht über den Weg getraut haben.»

«Wenn das stimmt …»

«Wird mein Buch eine Bombe!»

«Du brauchst Belege.»

«Ist klar, Vinnie, das geht nicht von heute auf morgen! Mein Informant ist sehr, sehr vorsichtig.»

«Woher weiß der solche Sachen?»

«Mensch, Vinnie, darüber rede ich doch nicht am Telefon. Jedenfalls braucht meine Filmsammlung mehr Platz, wenn es so weitergeht.»

Noch ein Fall von Paranoia, dachte Vincent. Er folgte den blauen Schildern auf die Autobahn, scherte hinüber auf die linke Spur und beschleunigte.

«Ich muss jetzt Schluss machen», sagte Saskia. «Hab noch Termine hier in Wiesbaden. Sehen wir uns heute Abend, sobald ich zurück bin?»

Vincent freute sich über die Begeisterung, mit der Saskia ihrem Job nachging, aber in seinen Augen war der Katzenjammer programmiert. Die meisten Informanten, die lautstark Sensationen versprachen, entpuppten sich erfahrungsgemäß als Schaumschläger.

Meine Filmsammlung braucht mehr Platz – Saskia hatte darauf angespielt, wo sie ihr Material zur Winneken-Geschichte aufbewahrte. Nicht etwa bei den übrigen Unterlagen im

Schreibtisch oder im Aktenschrank, sondern im Kasten unter dem Fernseher, der ansonsten ihre DVDs enthielt. Ein echtes Versteck sieht anders aus, dachte Vincent. Wer Saskias Wohnung gründlich auf den Kopf stellte, würde unweigerlich auf die Notizen hinter den DVD-Stapeln stoßen.

Eine langgestreckte Kurve, dann die Fleher Brücke. Schafe grasten am Ufer. Zwei Lastkähne kamen flussaufwärts nur langsam voran. Vierzehn Uhr, Vincent schaltete das Radio ein, die Nachrichten.

Ein malaysisches Flugzeug war beim Flug nach Peking verschollen, dann der Fall Alina Linke: Die Mordkommission werte derzeit siebenundachtzig Spuren aus – Vincent war sich sicher, dass sich Pressesprecher Braun die Zahl aus den Fingern gesogen hatte, um zu überspielen, dass eine entscheidende Fährte bislang noch fehlte.

Wieder klingelte das Handy.

Vincent glitt beim Hervorholen das kleine Gerät aus den Fingern, es landete zwischen den Pedalen zu seinen Füßen. Erst im Stau vor dem Südring fand Vincent die Gelegenheit, sich danach zu bücken. Er warf einen Blick auf die Anrufliste.

Die Privatnummer von Stefan Ziegler stand an oberster Stelle.

Vincent rief zurück.

Gleich nach dem ersten Klingeln hob Christine ab.

«Wann soll ich im Präsidium sein?», fragte sie.

«Schön, dass du's dir überlegt hast.»

«Nur unter der Bedingung, dass niemand diese Filme zu sehen kriegt!»

38

▼

Sein Büro war verwaist, als Vincent zurückkam. Er fuhr den Rechner hoch und begann seine E-Mails zu lesen.

«Wo warst du?», rief Nora aus dem Geschäftszimmer herüber.

«Späte Mittagspause.»

«Der Inspektionsleiter hat nach dir gefragt.»

«War sonst noch was?»

«Ein Professor hat angerufen.»

«Georg Lebetz?»

«Ja, genau. Er sagt, offiziell arbeitet er erst Montag wieder, aber da er morgen Mittag etwas in der Kunstakademie zu erledigen hat, kannst du ihn dort erreichen.»

«Endlich.»

Vincent wählte Dominiks Handynummer.

«Wo steckst du?», fragte er, nachdem sein neuer Mitbewohner sich gemeldet hatte.

«So gut wie im Präsidium. Moment …» Undefinierbare Geräusche, das Ticken eines Blinkers, dann hatte Vincent die Stimme von Bruno Wegmann am Ohr: «Stör unseren Junior nicht beim Einparken, Chef. Wir sind in drei Minuten bei dir!»

Es klopfte, Bruno und Dominik traten ein und schnappten sich jeder einen Stuhl. Dominik fuhr sich mit den Fingern durch sein Kraushaar und blickte seinen Partner an, unsicher, wer beginnen solle.

«Habt ihr etwas gefunden?», fragte Vincent.

«Haben wir», antwortete Dominik. «Einen Zeugen für Franziskas Verschwinden.»

«Könnte auch der Täter sein», ergänzte Bruno. «Komischer Kerl, echt.»

«Natürlich fehlt uns die psychologische Expertise.»

«Ach was, der Kerl tickt nicht richtig.»

«Vielleicht erzählt ihr von Anfang an», schlug Vincent vor.

«Wir haben alle in der Kinderklinik befragt. Und da erinnert sich also der Vater des kleinen Leon, dass er Franziska gesehen hätte.»

«Armer Kerl. Man hat ihm ein Plastikrohr in die Kehle gepflanzt.»

«Dem Vater?», fragte Vincent.

«Nein, dem Jungen.»

Bruno schnaufte, als strenge ihn das Sitzen an. «Er, also der Vater, will die Pflegepraktikantin gesehen haben, wie sie nach Feierabend in ein Auto gestiegen ist. Aber er hat sich im Lauf der Aussage in Widersprüche verheddert. Mal will er vor Franziska das Klinikgebäude verlassen haben, dann ist er ihr aber gefolgt. Er behauptet, er hätte auf dem Parkplatz beim Eingang Nord geparkt, doch das Einsteigen will er an der Witzelstraße beobachtet haben.»

«Wir haben nachgehakt, und er hat nur noch gestottert.»

«Er hat gespürt, dass er sich unglaubwürdig macht und schließlich einen Typen erfunden, einen unbekannten Dritten mit längerem grauem Haar, zu dem Franziska in den Wagen gestiegen sein soll.»

«Graues Haar? Ein älterer Herr? Wieso glaubst du, er habe ihn erfunden?»

Dominik wandte sich an Bruno: «Ich hab dir doch gesagt, dass Vincent neulich eine ähnliche Beschreibung erhalten hat. In Zusammenhang mit Alina Linke.»

«Hat der Vater des kleinen Leon auch einen Namen?»

«Daniel Morawski», antwortete Bruno. «Also, Morawski fährt mit Franziska im Aufzug runter, verlässt das Gebäude vor ihr und geht in die Richtung, wo er seine Karre geparkt hat. Doch auf einmal ist er in die entgegengesetzte Richtung unterwegs. Angeblich weil er sich sorgt. Franziska hätte sich wie eine Betrunkene bewegt. Der Grauhaarige hätte sie gestützt und in sein Auto geschoben.»

«Äther oder K.-o.-Tropfen», spekulierte Vincent. «Fahrzeugtyp, Farbe, Kennzeichen?»

Bruno schüttelte den Kopf. «Ich fürchte, Morawski hatte nur Augen für das Mädchen.»

«Wenn du mich fragst», mischte sich Dominik ein, «ist der Grauhaarige nur eine Projektion. Der Typ beschreibt quasi sein eigenes Vorgehen.»

«Projektion?», wiederholte Vincent.

Bruno sagte zu Dominik: «Ich hab dir doch erklärt, du sollst vorsichtig sein mit solchem Psychoslang. Der Chef hat das mal studiert.»

«Also euch gefällt der Zeuge nicht?»

Die Kollegen zuckten beide mit den Schultern.

«Bruno, du checkst, wo Morawski wohnt und ob es dort die Möglichkeit gibt, ein Entführungsopfer zu verstecken. Wenn es geht, observierst du den Mann, bis er sich schlafen legt. Falls er uns dann noch verdächtig erscheint, soll ihn ab morgen ein Team des Mobilen Einsatzkommandos überwachen.»

«Okay.»

«Aber sei vorsichtig, er darf dich auf keinen Fall bemerken!»

«Und ich?», fragte Dominik.

«Du leistest mir Gesellschaft bei einer Vernehmung. Kann sein, dass wir heute für Big News sorgen werden.»

Bruno räusperte sich. «Der Zeuge, den wir aufgetrieben haben – sind wir nicht gut?»

«Worauf willst du hinaus?»

«Dass wir vielleicht um eine Strafversetzung herumkommen.»

«Es wird keine Strafversetzungen geben.»

«Bist du dir sicher, dass du das entscheiden wirst?»

Das Telefon schrillte. Vincent hob den Hörer ab. «Veih, KK11.»

Der Pförtner. «Eine Christine Ziegler behauptet, mit dir verabredet zu sein.»

39

▼

Vincent öffnete die Glastür an der Pforte und bat Christine ins Foyer. «Gut, dass du gekommen bist.»

Sie ist mehr als dünn, dachte er. Die Wangenknochen standen vor, im Ausschnitt ihrer Bluse zeichneten sich die Schlüsselbeine ab. Mit weißen Knöcheln umklammerte Christine den Riemen ihrer Handtasche.

«Deine Stirn …», erkundigte sie sich besorgt. «War das Stefan?»

«Komm, wir nehmen den Paternoster.»

Beim Aussteigen im zweiten Stock drückte wieder der Schmerz auf Vincents Brustkorb. Christine war das nicht entgangen, sie schüttelte fassungslos den Kopf.

Vor der Bürotür warnte Vincent sie vor: «Wir werden zu dritt sein. Ich habe einen Kollegen gebeten, das Protokoll zu schreiben.»

«In Ordnung.»

Sie traten ein. «Darf ich dir Kriminaloberkommissar Dominik Roth vorstellen? Er ist mir gestern Abend zu Hilfe gekommen. Wer weiß, wie es sonst ausgegangen wäre.»

Christine setzte sich an den Besprechungstisch, wo Dominik bereits seinen Laptop aufgebaut hatte. Mit beiden Händen hielt sie ihre Tasche auf dem Schoß fest.

«Dominik ist erst seit einem Jahr in der Dienststelle. Mit den Ermittlungen zum Fall Pollesch hatte er nichts zu tun.»

«Alle reden immer vom Fall Pollesch. Dabei hat es ebenso unsere Pia getroffen.»

«Ich weiß, Christine. Kaffee? Wasser?»

«Nein, danke.»

Er kramte das digitale Aufnahmegerät aus der Schublade und legte es auf den Tisch. «Was dagegen, wenn ich aufzeichne?»

Sie schüttelte den Kopf und blickte auf ihre verschränkten Finger.

«Zuerst möchte ich dich darauf hinweisen, dass du uns nichts sagen musst, was dich oder deinen Ehemann belastet.»

«Klar.»

«Erzähl mir, was du über den siebten Mai 2012 weißt.»

Sie zögerte. «Ich fürchte …» Sie legte das Gesicht in ihre Hände. «Nein, ich kann das nicht!»

«Bitte, Christine, wofür bist du hergekommen?»

Zögernd blickte sie auf. «Was für ein Video hast du gesehen?»

«Es war ein Dreier. Pia, Thabo und Julian.»

«Und wie bist du an die Aufnahme gekommen?»

«Thabos Anwalt hat sie mir gezeigt. Er meinte, dass er es vor Gericht als Indiz dafür verwenden könnte, dass sein Mandant nicht auf Julian Pollesch eifersüchtig war.»

«Thabo hat Pia nicht geliebt. Er hat sie nur ausgenutzt. Es gibt mehrere von diesen Filmen. Vielleicht hat Pia zuerst aus Naivität mitgemacht. Ich glaube, sie war Thabo hörig. Die Hormone, der erste Kerl, der ihr Komplimente machte. Dann …» Sie schüttelte heftig den Kopf. «Kann ich doch ein Glas Wasser haben?»

Dominik ging hinaus. Christine durchwühlte ihre Tasche und förderte eine Arzneipackung zutage. Ihre Finger zitterten.

Vincent kontrollierte den Rekorder. Dann sagte er: «Ich nehme an, Thabo und Julian haben das erste Video benutzt, um Pia zu weiteren Aufnahmen zu nötigen.»

Christine nickte. «Stefan hat zerstört, was er finden konnte, aber du weißt ja, dass man solche Aufnahmen auch von Handy zu Handy verschicken kann. Wir wissen also nicht, ob davon noch etwas kursiert. Als es hieß, dass der Prozess gegen Thabo neu aufgerollt werden könnte, war Pia voller Panik …»

Die Tür ging auf, Dominik kehrte mit einem Glas und einer Flasche Mineralwasser zurück. Er schenkte ihr ein. Christine bedankte sich und spülte zwei Pillen mit einem großen Schluck hinunter.

«Wie seid ihr auf die Videos gekommen?», wollte Vincent wissen. «Hat Pia sich euch anvertraut?»

«Nein. Uns fiel nur auf, dass sie sich völlig verändert hatte. Sie traf sich nicht mehr mit ihren Freundinnen, und mit uns sprach sie kein Wort mehr. Ihr Lachen …»

Christine unterbrach sich, presste die Hand gegen die Lippen, schüttelte wieder den Kopf.

«Ihr Lachen war völlig verschwunden. Zuerst dachte ich, es sei Stefans Schuld, weil er ihr den Umgang mit Thabo verboten hatte. Dann bekam ich einen Anruf von der Schule, dass Pia schon mehrfach den Unterricht geschwänzt hätte.»

«Und dann?»

«Stefan hat sie observiert, und wenn er keine Zeit hatte, sprang einer seiner Freunde ein. So haben wir erfahren, dass sie sich in der Wohnung von Julian heimlich mit Thabo traf. Von wegen Nachhilfe.» Hastig leerte sie das Glas.

Vincent schenkte ihr nach. «Ich kann dir auch einen Espresso machen.»

«Nein, danke.»

«Was hat sich dann am siebten Mai zugetragen?»

Christine blickte ihm in die Augen. «Du musst verstehen, wie fertig wir gewesen sind. Mitzuerleben, wie Pias Leben den Bach runterging, und keine Erklärung dafür zu haben. Jeder Versuch, das Mädchen anzusprechen, ist im Streit geendet. Unsere Nerven …»

Christine begann zu weinen. Dankbar nahm sie das Papiertaschentuch an, das Vincent ihr reichte. Er ließ ihr Zeit.

Schließlich sagte sie: «Stefan ist recht … impulsiv.»

«Das haben wir gemerkt», sagte Dominik.

«Dominik», wies Vincent ihn zurecht.

«Keine Ahnung, ob mein Mann mitbekommen hat, was genau vor sich ging. Jedenfalls ist er in die Wohnung eingedrungen und … Ja, Stefan hat auf Julian Pollesch geschossen.»

Vincent spürte eine plötzliche Leere.

«Ich weiß das nicht von ihm.» Christine umklammerte das Glas mit beiden Händen, als müsse sie sich festhalten. «Er hat mir die gleiche Geschichte aufgetischt wie euch. Das mit den Filmaufnahmen hab ich erst später …» Sie schnäuzte sich. «Pia hat mir nach und nach reinen Wein eingeschenkt. Wie sie verhindern wollte, dass er Julian erschießt, und sich dabei selbst eine Kugel eingefangen hat. Wie Stefan ihr zuerst eingebläut hat, sie solle sich auf einen Filmriss herausreden. Wie er mit ihr später die Aussage gepaukt hat, die Thabo hinter Gitter bringen sollte. Pias ganzes Leben kreiste ab dem Zeitpunkt nur noch um diese Lüge.»

«Warum bist du nicht früher zu uns gekommen?»

«Weil ich es gut fand, dass Thabo Götz in den Knast kam. Und natürlich war mir klar, was es für Stefan bedeutet, wenn ich auspacke.»

«Woher hatte Stefan die Pistole, mit der er Julian erschossen hat?»

«Das weiß ich nicht.»

«Und die Schmauchspuren am Ärmel von Thabos Jacke?»

«Thabo hatte die Jacke Pia geschenkt. Als sie frisch in ihn verliebt war, lief sie ständig nur in diesem Ding umher. Stefan hat die Jacke in ihrem Schrank gefunden.»

«Ist in den Wald gefahren, hat sie übergestreift und die Tatwaffe abgefeuert.»

Christine nickte. «Wahrscheinlich.»

«Wie wird sich Stefan verhalten, wenn wir ihn festnehmen?»

«Ich glaube nicht, dass er sich wehrt, aber sicher bin ich mir nicht.»

«Weißt du schon, wo du heute Nacht bleiben kannst?»

«Bei meinen Eltern.» Ihre Augen schimmerten erneut. «Stefan hat keine Ahnung, dass Pia mir alles erzählt hat. Vielleicht ahnt er es, aber zwischen ihm und mir hat immer nur die offizielle Version gegolten. Deshalb habe ich Pias Abschiedsbrief vernichtet. Ich dumme Pute habe bis zuletzt gehofft, der Schrecken könnte zu Ende gehen und unsere Ehe … ach, ich weiß nicht.»

Vincent reichte ihr ein zweites Taschentuch. «Du hast alles richtig gemacht.»

Sie weinte hemmungslos.

Nachdem sie sich etwas beruhigt hatte, sagte Vincent: «Kein Wort zu Stefan, dass du bei uns warst, okay? Ruf ihn nicht an.»

Christine nickte.

«Und morgen beginnst du ein neues Leben. Du bist noch jung.»

«Sagtest du, du kannst mir einen Espresso machen?»

40

▼

Vincent holte Staatsanwalt Kilian aus dem Besprechungsraum, in dem inzwischen die Nachmittagssitzung der Mordkommission begonnen hatte. Sie kamen überein, auch einen Ermittlungsrichter hinzuzuziehen – für den Fall, dass Christine ihren Schritt irgendwann bereute, sollte sie die Aussage nicht einfach zurücknehmen können. Zudem bat Vincent Inspektionsleiter

Thann und Kripochef Engel in sein Büro. Sie sollten aus erster Hand von Zieglers Schuld erfahren.

Vincent war froh, dass Christine ihre Aussage nach einer Pause umstandslos in größerer Runde wiederholte. Sie wirkte sogar gefasster als zuvor. Schließlich waren alle Fragen beantwortet, und Dominik konnte das Protokoll ausdrucken.

Christine unterschrieb hastig. «War's das?»

Vincent brachte sie nach unten. Im Paternoster fiel ihm noch etwas ein. «Letzte Frage: Als Stefan in die Wohnung eindrang, war da Pia mit Julian alleine?»

«Nein. Da war noch ein Junge, der abhauen konnte.»

Der Zeuge – es gab ihn also tatsächlich.

«Hat Pia seinen Namen genannt oder ihn näher beschrieben?»

Christine schüttelte den Kopf. «Ich hab sie nie danach gefragt. Pia meinte, sie sei froh, dass er Stefan entkommen ist, denn der Typ hätte sie nicht angefasst, sondern nur die Kamera gehalten. Ein Spanner, den Julian zugucken ließ.»

«Ein Junge, sagst du, also in Pias oder Julians Alter?»

«Ehrlich gesagt bin ich mir da gar nicht sicher. Vielleicht habe ich mir das nur so zusammengereimt, und der Typ ist in Wirklichkeit schon älter.»

Erdgeschoss, Vincent sprang als Erster aus der Kabine, half ihr beim Aussteigen und versuchte, keine Miene zu verziehen, als der Schmerz durch seinen Oberkörper zog. Wortlos durchquerten sie das Foyer.

Er hielt ihr die Ausgangstür auf. «Wirklich, du hast alles richtig gemacht.»

«Meinst du?»

«Pass auf dich auf, Christine.»

Sie ging zur Straßenbahnhaltestelle, ohne sich noch einmal umzusehen.

Vincent beratschlagte sich anschließend mit Staatsanwalt Kilian und MK-Leiterin Anna Winkler. Dominik Roth und Pressesprecher Braun nahmen ebenfalls daran teil. Sie kamen überein, wegen Franziska Thebalt an die Medien zu gehen und die Pflegepraktikantin offiziell als mutmaßliches Entführungsopfer zu deklarieren. Die Uhr tickte, sie mussten alles versuchen. Vincent war erleichtert, dass Kilian das auch so sah.

Braun verließ das Büro, um Franziskas Foto per Mail an die Redaktionen zu schicken. Er war guter Dinge, dass es bereits die *Aktuelle Stunde* des WDR um neunzehn Uhr ausstrahlen würde. Die Kollegen der Bilker Wache würden während der Nacht die eingehenden Anrufe möglicher Zeugen sammeln.

«Wieder ein Mann mit längeren grauen Haaren», wiederholte Vincent.

«So einen sehe ich jeden Morgen beim Rasieren», antwortete Kilian. «Und hat sich Morawski nicht selbst verdächtig gemacht?»

«Koscher ist der Kerl nicht», sagte Dominik.

Vincent rief Bruno Wegmann an, der sich an Morawskis Fersen geklemmt hatte, und schaltete das Gespräch auf den Lautsprecher, damit Kilian und die Kollegen mithören konnten.

«Mir ist so langweilig», sagte Bruno, «dass mich sogar ein Anruf von dir freut, Chef.»

«Was hast du über Morawski in Erfahrung bringen können?»

«Der Mann lebt allein in einem Einfamilienhaus in Gräfrath. Der Name seiner Frau steht zwar noch am Klingelschild, aber sie ist seit gut einem Jahr in Krefeld gemeldet. Er arbeitet als Außendienstmitarbeiter für eine Solinger Schraubenfirma, verbringt derzeit aber fast jeden Tag am Krankenbett seines Sohnes. Ein mustergültiger Vater … Moment, gerade verlässt er das Haus. Was meinst du, Vincent, soll ich ihm folgen? Ich könnte aber auch rasch sein Haus checken, ob er Franziska irgendwo gefangen hält.»

«Das hab ich jetzt nicht gehört, Bruno.»

«Gefahr im Verzug!»

Vincent registrierte, wie Kilian mit dem Kopf schüttelte.

«Der Staatsanwalt hat rechtliche Bedenken.»

«Schade.»

Vincent drückte den Knopf am Telefonapparat. «Die Mithörfunktion ist nun ausgeschaltet, Bruno. Wolltest du mir noch etwas Privates mitteilen?»

«Ich mach es rucki, zucki, ohne Schaden an den Schlössern. Selbst wenn der Kerl nur Zigaretten holt, bin ich drin und wieder draußen, bevor er zurück ist. Wir müssen doch verdammt noch mal wissen, ob das Mädel in dem Haus steckt!»

«Okay, wir sprechen uns später.»

Vincent legte auf. Kilian blickte misstrauisch, sagte aber nichts.

«Was ist jetzt mit Hagenberg?», wollte Vincent wissen.

«Was soll mit ihm sein?», fragte der Staatsanwalt zurück. «Keiner Ihrer Zeugen hat den Namen des Liedermachers genannt. Dem einen trauen Sie selbst nicht übern Weg, beim anderen haben Sie es versäumt, die Personalien aufzunehmen. Mir sind die Hände gebunden.»

«Franziska ist seit mehr als vierundzwanzig Stunden abgängig», erwiderte Anna. «Wer weiß, was ihr Entführer in diesem Moment …»

«Schon gut», unterbrach der Staatsanwalt. «Die mögliche Brisanz ist mir bewusst. Und ich sehe ein, dass Hagenberg und die Initiative ein Nenner sein können, der Daniela Jungblut, Alina Linke und Franziska Thebalt verbindet. Aber ich warne vor Teufels Küche! Morgen geht das Protokoll der Vernehmung von Frau Ziegler ans Gericht, und noch am gleichen Tag könnte Thabo Götz bereits auf freien Fuß gesetzt werden. Überlegen Sie mal, was das bedeutet! Die Ermittlungsbehörden sind die Bösen, die Bürgerrechtler um Hagenberg die strahlenden Engel. Sobald wir denen auf die Pelle rücken, wird es heißen, wir seien nur auf Revanche aus.»

«Aber …»

«Kein Aber, Herr Veih. Seit heute Nachmittag steht für uns fest, dass ein Polizeibeamter den Schüler Julian Pollesch auf dem Gewissen hat. Da muss man kein Prophet sein, um zu wissen, was uns bevorsteht. Die Ermittlungen gegen Hauptkommissar Ziegler werden sich noch eine Weile hinziehen, und die Presse wird den Skandal tagtäglich in allen Details genüsslich ausschlachten. Wir werden buchstäblich alle gegen uns haben: Medien, Politik, die eigenen Vorgesetzten, die gesamte Bevölkerung. Wir werden uns verdammt warm anziehen müssen!»

Vincent ging hinüber zu Felix May, der gerade neue Berichte in einem weiteren Ordner abheftete. Noch mehr Intrigen in Alinas Handballverein, außerdem Streit in der Nachbarschaft, weil Alinas Clique im letzten Sommer zu laut im Garten gefeiert hätte. Zeitverschwendung, all dem nachzugehen, fand Vincent. Er hätte sich gewünscht, Anna würde die Prioritäten klarer setzen, und überlegte, ob er die Mordkommission doch besser selbst führen sollte.

London Calling.

Saskia fragte: «Wo steckst du gerade?»

«In der Festung.»

«Jetzt noch?»

«Ich hab den Mörder nicht bestellt, der uns hier auf Trab hält.»

«Bin gerade zurückgekommen. Schade, ich dachte, wir sehen uns. Mir schwirrt noch völlig der Kopf.»

«Gib mir eine Stunde, dann bin ich für heute fertig.»

«Nein, ich kenn dich, Vincent. Da werden zwei oder drei daraus, oder du meldest dich gar nicht mehr.»

«Doch, versprochen, bis gleich.»

Ein zweiter Anrufer klopfte an. Vincent verabschiedete sich von Saskia, drückte sie weg und hatte Bruno am Ohr.

«Das war vielleicht knapp, Vincent!»

«Morawski?»

«Puh!»

«Erzähl.»

«Bin gerade noch rechtzeitig durch die Gartentür entwischt. Ich glaube, der Kerl war tatsächlich nur Zigaretten holen.»

«Ist er Raucher?»

«Noch dazu einer, der anscheinend nicht lüftet. Die Bude stinkt wie ein Aschenbecher, aber sie ist sauber, vom Keller bis unters Dach. Morawski hält Franziska nicht gefangen.»

«Sicher nicht?»

«Zumindest nicht in seinem Haus.»

Wieder drängelte sich Vincent mit den Fotos durch das *Axolotl.* Er gab die Hoffnung nicht auf, einen weiteren Zeugen zu finden. Es war laut, die Luft stickig. Hagenberg, von dem er ebenfalls ein Bild dabeihatte, wurde von jedem identifiziert, doch in diesem Lokal hatte ihn noch niemand gesehen. Alina und Franziska wurden von einigen Leuten erkannt. An einem Tisch erntete Vincent blöde Bemerkungen, er ignorierte sie. Zum Tag, an dem Alina verschwand, konnte keiner etwas sagen.

Das Handy vibrierte. Vincent las die eingegangene Kurznachricht, abgeschickt von einem Anschluss im Präsidium:

Stefan Ziegler ohne Gegenwehr festgenommen. Adomeit, SEK.

Vincent spürte nicht den Hauch eines Triumphgefühls.

Mit seinem Smartphone fotografierte er die Gemälde des Zeugen, den er vorgestern getroffen hatte. Er fragte sich, woran ihn die Motive erinnerten. Kreise auf gelblichem Grund, Brauntöne, grelles Rot.

Die Bedienungen von heute kannten ebenfalls nur den Vornamen des Künstlers. Vincent war klar, dass er ohne dessen Aussage nichts gegen Hagenberg in der Hand hatte. Immerhin würde er morgen den Professor treffen.

41

▼

Vincent saß auf seinem Bett und las. Er hatte sich einen Leitfaden zur kriminalistischen Fallanalyse vorgeknöpft.

Ankerpunkte können sein: Wohnung des Täters, Wohnung der Eltern oder sonstigen nahen Verwandten, Arbeitsstelle u. ä.

Schritte auf dem Flur, kurz darauf die Klospülung. Dominik konnte also auch nicht schlafen.

Das Telefon. Saskia.

«Falls du auf dem Weg zu mir bist: Du brauchst nicht mehr zu kommen, ich muss noch einmal los.»

Er hatte ganz vergessen, dass er mit seiner Freundin verabredet war. Wie konnte ihm das passieren?

«Was heißt das?», fragte er.

«Wiesbaden.»

«So spät am Abend?»

«Mein Informant will mir die Belege geben.»

«Kannst du das nicht auf morgen schieben?»

«Die Belege! Verstehst du nicht, was das bedeutet? Schlafen könnte ich jetzt sowieso nicht.»

«Und Oskar?»

«Übernachtet noch einmal bei meiner Mutter. Den muss ich erst morgen abholen. Oder willst du mir schon wieder vorwerfen, ich sei eine Rabenmutter?»

«Fahr vorsichtig, Saskia.»

Vincent nahm das Buch wieder zur Hand. Es fiel ihm schwer, sich auf den Text zu konzentrieren.

… dass für die geographische Einschätzung der Ankerpunkte des Täters der Ort des Zusammentreffens zwischen Täter und Opfer (Kontaktort) ungleich bedeutsamer ist als der Leichenfundort.

Er schlug den Stadtplan auf. Wenn er den dürftigen Zeugenaussagen folgen konnte, war der Kontaktort im einen Fall das *Axolotl*, im anderen das Gelände der Unikliniken. Die Punkte lagen nur einen knappen Kilometer auseinander. Vincent nahm immer noch an, dass auch die ehemalige Bankangestellte mit seinem Fall zu tun hatte. Sie war vor ihrer Haustür in Pempelfort betäubt worden, rund drei Kilometer weiter nördlich.

Alle drei Frauen hatten an den Treffen der Initiative teilgenommen – zu unterschiedlichen Zeitpunkten. Bislang kannte Vincent nur einen Mann, der über die gesamte Zeitspanne Mitglied der Gruppe war.

Faltiges Gesicht, graue Haare bis zur Schulter.

Der Liedermacher gehörte zur Topprominenz der Republik. Und wenn man Thabo Götz morgen freiließ, würde Hagenbergs Beliebtheit als Streiter für das Gute ins Uferlose wachsen – da hatte Kilian völlig recht.

Sofia rief an. «Bist du noch auf?»

«Wie du hörst.»

Sie berichtete, dass die VICLAS-Datei keinen Fall aufgezeigt habe, der mit dem Mord an Alina Linke vergleichbar sei, zumindest nicht aus den letzten zwei Jahren. Falls morgen nichts anderes anliege, könne sie die Suche weiter in die Vergangenheit ausdehnen. Vincent bedankte sich.

Um Mitternacht wählte er die Nummer des Präsidiums. Ein Kollege der Wache Bilk meldete sich.

«Gab es Anrufe, seitdem Franziska Thebalts Foto im Fernsehen war?»

«Jede Menge. Alle in die gleiche Richtung. Du kennst das ja.»

«Was meinst du damit?»

«Die Welt wird immer schlechter, die Gesetze sind zu lasch, und die Ausländer bringen das Verbrechen nach Deutschland.»

«Keiner, der Franziska gesehen hat?»

«Einige. Letzte Woche, letzten Monat. Aber niemand hat beobachtet, wie sie gestern die Kinderklinik verließ.»

«Und danach?»

«Nichts, gar nichts.»

Vincent legte auf und rechnete nach – vor einunddreißig Stunden war Franziska Thebalt verschwunden, das dunkelhaarige Mädchen mit dem Peace-Anhänger. Er konnte nur hoffen, dass sie noch lebte.

Mit diesem Gedanken ging er zu Bett. Er wälzte sich hin und her und fand keinen Schlaf.

Das Telefon.

Vincent rechnete mit dem Schlimmsten, sprang aus dem Bett und griff nach dem Apparat.

Es war Saskia aus ihrem Auto. «Bist du noch wach?»

«Wonach klingt es denn?»

«Wollte nur noch mal deine Stimme hören. Sorry, falls ich dich geweckt habe.»

«Ich hab noch nicht wirklich geschlafen.»

«Ein verrückter Tag. Mein Informant hat gerade noch einmal den Treffpunkt verlegt. Er meint, dass sein Telefon abgehört wird. Als wir vorhin telefoniert haben, war mir auch so, als wär da ein Knacken in der Leitung gewesen. Ich komm selber schon auf komische Gedanken.»

«Pass auf dich auf.»

«Sei mir nicht böse, dass es mit unserer Verabredung nicht geklappt hat. Ich wär jetzt lieber mit dir zusammen.»

«Geht mir auch so.»

«Aber ehrlich, Vincent. Du hattest mich schon wieder vergessen. Neben deinen toten und entführten Frauen ist kaum ein Platz für mich, stimmt doch, oder?»

Vincent wusste, dass er ihr widersprechen sollte.

«Fahr vorsichtig», sagte er noch einmal.

42

▼

Die Neonröhren brannten unentwegt. Franziska schlug die Augen auf, war geblendet und schloss sie wieder. Immer noch dieser Brummschädel. Vorsichtiges Blinzeln.

Sie lag auf den verdreckten Matratzen, vollkommen nackt. Eine muffige Wolldecke bedeckte sie. Eine Hand war an das Regal gebunden, die andere war frei. Sie wunderte sich, dass sie geschlafen hatte, so unbequem und hell. War sie noch einmal betäubt worden? Wie spät mochte es sein?

Franziska schrie nach Hilfe.

Sie lauschte.

Nichts geschah.

Das Rauschen in den eigenen Ohren war alles, was sie hörte. Wo mochte sie sein? Weiß getünchte Wände. Altes Linoleum auf dem Boden, rissig und verdreckt. Der Blecheimer neben ihr stank. Franziska konnte sich nicht erinnern, ihn benutzt zu haben.

Ihre Füße waren gefesselt, wieder Kabelbinder aus Plastik, sie schnitten schmerzhaft in die Gelenke. Trotzdem hatte sie etwas Bewegungsspielraum. Sie versuchte, sich aufzusetzen. Dabei schoben sich die Matratzenstücke auseinander, und ihr Hintern versank in der Ritze.

Die Decke war verrutscht. Franziska starrte auf die frischen Wunden, die der Dreckskerl ihr in die Haut gebrannt hatte.

Der Schmerz war fürchterlich gewesen.

Sie schob sich weiter zurück und lehnte sich gegen das Regal. Neben ihr in der Ritze lag eine Brille, deren schwarzes Gestell Franziska sofort erkannte.

Die Ray-Ban ihrer toten Freundin Alina.

Franziska übergab sich in den Eimer.

Die Flecken auf dem Matratzenbezug – war das etwa Blut?

Sie begann zu zittern. Ihre Zähne schlugen gegeneinander. Sie wusste jetzt, was sie erwartete.

TEIL FÜNF

Der Grauhaarige

▼

43

▼

Samstag, 28. Oktober 1967

Mona schniefte und wischte sich die Augen trocken. Eine Träne war auf die Zeilen gefallen, die ihre beste Freundin geschrieben hatte, gleich neben die Tränen, die Renate dort aufgemalt hatte. Vorsichtig tupfte Mona mit dem Taschentuch, konnte aber nicht verhindern, dass an der Stelle die Tinte verwischte.

Von ihrem Krankenbett aus bat Renate sie um Verzeihung und schilderte ihre Verzweiflung. Ihre Eltern hatten sie vorzeitig aus der Klinik geholt und unter Hausarrest gestellt, Renate durfte nicht einmal Besuch empfangen. Nach den Herbstferien würde sie in ein Internat im Allgäu wechseln – in ihrer bisherigen Welt hatte sich die Schande in Windeseile herumgesprochen. Aber besonders verletzt habe sie Monas Weigerung, mit ihr zu telefonieren.

Selber schuld, dachte Mona.

Sie riss den Brief in Fetzen.

Wieder musste sie heulen. Warum war der Beatles-Song auf ihrem Plattenspieler auch gerade so melancholisch?

Picks up the rice in a church where a wedding has been …

Noch im Sommer hatten sie sich ewige Freundschaft geschworen. Es waren die schönsten Ferien ihres Lebens gewesen, bis ihr sechs Jahre älterer Bruder mit seinem Freund aufgekreuzt war. Sie hatten im Wasser getollt, am Strand ein Feuer entfacht und zu Renés Gitarre die neuesten Hits gesungen: *Penny Lane, Ruby Tuesday, I'm a Believer ...*

Auf einmal waren René und Renate verschwunden. Was hatte sie sich mit Renés Kumpel gelangweilt! Der Typ rauchte Peer Export und erzählte ihr von einem Science-Fiction-Roman, an dem er angeblich schrieb. Zum Glück hatte er nicht versucht, sie zu küssen. Am nächsten Tag reisten die beiden Jungen wieder ab.

Noch in der Nacht war Renate zu ihr ins Bett gekrochen und hatte gebeichtet, dass sie und René «es getan» hätten. In den Dünen, wie eklig. Mona hatte sich zur Wand gedreht und kein Wort mehr mit Renate gewechselt.

Zu Hause gingen sie sich aus dem Weg, und Mona hatte keine Ahnung, wie es Renate ging. Nach wenigen Wochen wurde der Skandal zum Stadtgespräch.

Für Monas Mutter ein Anlass, sie für ein ernstes Gespräch beiseitezunehmen, ein peinliches Herumgedruckse zum Thema Schwangerschaft. Dabei erfuhr Mona, dass Renates Gebärmutter wegen einer schweren Infektion entfernt worden war – die Folge einer Abtreibung bei einer illegalen Engelmacherin.

René weilte längst in Paris.

Father McKenzie, wiping the dirt from his hands as he walks from the grave ...

Mona sprang auf, hob den Tonarm zur Seite und riss die Scheibe, die René ihr zum vierzehnten Geburtstag geschenkt hatte, vom Plattenteller. Sie schlug die LP über dem Knie entzwei und trampelte auf den Bruchstücken herum. Dabei stellte sie sich vor, es sei ihr Bruder, den sie trat.

Im nächsten Moment bereute Mona, dass sie Renates Brief zerstört hatte. Sie setzte die Schnipsel wieder zusammen und klebte sie mit Uhu auf ein Blatt aus ihrem Schreibblock. Als sie fertig war, berührte sie Renates Unterschrift mit ihren Lippen, faltete den Brief und legte ihn in die Schachtel, in der sie die anderen aufbewahrte.

Sie beschloss, ihrer Freundin zu antworten. Wir werden uns spätestens zu Weihnachten sehen. Oder, besser noch, ich begleite dich ins Allgäu. Wir versöhnen uns, und alles wird wieder wie zuvor.

Aber wollte sie das wirklich?

Oft hatten sie über Jungen gesprochen und festgestellt, dass sie einen unterschiedlichen Geschmack hatten. Aber nie hätte sich Mona vorstellen können, dass ihre Freundschaft wegen eines Jungen leiden könnte. Und dann auch noch wegen ihres bescheuerten Bruders.

Mama rief zum Mittagsmahl. Das Telefon klingelte. Papa ging ran. Auf dem Weg zum Esszimmer fiel Mona seine bestürzte Miene auf.

Als er sich zu ihnen setzte, vermeldete er: «Die kleine Zieball hat sich das Leben genommen.»

Monas Herzschlag stolperte.

«Ist vielleicht besser so», ergänzte Ernst Hagenberg.

«Also hör mal», wies Mama ihn zurecht.

«Frau Zieball meinte, René sollte das erfahren.»

«Warum müssen wir ihn damit belasten?»

«Ruf ihn an!»

«Ich mach das», mischte sich Mona ein.

Nach dem Essen trug sie das Telefon aus dem Flur in ihr Zimmer. Die Schnur war lang genug. «Fass dich kurz», rief Mama ihr zu. «Auslandsgespräche sind teuer!»

René hatte ihr die Nummer aufgeschrieben. Mit nervösen Fingern drehte sie die Wählscheibe und lauschte dem Rattern im Hörer.

Jemand meldete sich am anderen Ende, fünfhundert Kilometer entfernt in einem anderen Land. «Oui?»

«Bist du das, René?»

«Schwesterherz!»

«Bleib, wo du bist. Für immer. Lass dich nie wieder bei uns blicken!»

«Was ist los, Monalein?»

«Ich mach dich fertig, das schwör ich bei allem, was mir heilig ist.»

«Aber was ist denn passiert?»

«Renate ist tot. Und schuld daran bist nur du, verfluchter Mörder! Ich hasse dich!»

44
▼

Samstag, 15. März 2014

«Guten Morgen», sagte das Schwein.

«Ich hab Durst», antwortete Franziska und erschrak wegen des Klangs ihrer Stimme. So dünn und matt. Von ihrem Mut war nichts geblieben.

«Hab nichts dabei.»

«Dann besorg etwas!»

Er riss ihr die Decke weg und begann, Fotos von ihr zu machen. Als hätte er nicht schon beim letzten Mal geknipst wie ein Besessener. Oder filmte er jetzt? Mit der freien Hand versuchte sie, sich zu bedecken.

«Hast du die Salbe mitgebracht?»

«Wie sagt man, Franzi?» Das grinsende Gesicht halb verdeckt vom filmenden Handy.

«Bitte.»

«Na geht doch.»

«Perverses Schwein!»

«Das sagt die Richtige. Schläft mit einem Opa, der fast

fünfzig Jahre älter ist. Fragt sich, wer von uns beiden pervers ist.»

Franziska beschloss, dass es keinen Zweck hatte, mit ihrem Peiniger zu diskutieren. Sie hatte nie mit Hagenberg geschlafen – bei Alina war sie sich dessen nicht so sicher.

Aber woher wusste der Kerl, dass sie den Liedermacher besucht hatten?

«René Hagenberg ist ein Mörder», sagte der Kerl.

«Und was hat das mit mir zu tun?»

Er warf ihr eine rot-weiße Schachtel zu.

«Da hast du deine Salbe. Krieg ich neun Euro dafür.»

«Spinnst du?»

Er lachte. «Hab mir das Geld schon aus deiner Tasche genommen.»

Franziska hielt die Tube in der gefesselten Linken und tupfte die rostbraune Salbe mit der anderen Hand auf die Wunden. Es würden Narben bleiben. Aber falls die Stellen nicht eiterten, würden sie rascher heilen und hinterher nicht gar so stark auffallen, hoffte sie und beschloss, die Salbe als Zeichen dafür zu nehmen, dass der Kerl nicht vorhatte, sie zu töten.

Dass sie fast still geblieben war, als die Glut ihre Haut und das Fleisch darunter versengte, hatte ihn sichtlich verunsichert. Möglicherweise würde er die Lust daran verlieren, sie zu foltern. Darauf setzte sie.

Franziska hatte sich vorgenommen, nicht verrückt zu werden wie Alina. Das Arschloch hatte ihr seine Aufnahmen vorgespielt. Sie hätte nie gedacht, dass ein Mensch zu solchen Lauten fähig war.

Wo befand sich dieser Raum, dass kein Nachbar das mitbekommen hatte?

Wieder holte der Typ aus seiner Tasche ein Zigarettenpäckchen und fummelte einen Stängel heraus. «Wie nennt man eigentlich die Geräte, mit denen man die Lautstärke misst?»

«Keine Ahnung», sagte Franziska.

«Was meinst du, wo man so etwas kaufen kann?»

In jedem Elektronikshop, du Idiot. Wollte der Scheißkerl die Qual seiner Opfer auch noch messen? Und dann fragte er ausgerechnet sie?

«Von mir hörst du keinen Ton», sagte Franziska und kniff die Lippen zusammen.

«Das werden wir ja sehen.»

Er musterte ihren Körper, als suche er eine besonders empfindliche Stelle. Dann paffte er noch einmal an dem Glimmstängel.

Franziska schloss die Augen.

45

▼

Sie überquerten die Straße und fielen in einen gemütlichen Trab. Vincent hatte Dominik Laufklamotten geliehen, sie hatten etwa die gleiche Größe. Es war kaum ein Auto unterwegs, Samstagmorgen, und sie mussten erst in zwei Stunden in der Festung sein – die Besprechung der Mordkommission war für zehn Uhr angesetzt.

Doch rasch musste Vincent einsehen, dass er seine Rippenprellung unterschätzt hatte. Auch heute schmerzte jeder Atemzug. Er gab auf.

Sie schlenderten zur Rheinuferpromenade. Möwen kreischten über dem Wasser. Es roch nach Diesel und dem fernen Meer.

«Ich hab nachgedacht», sagte Dominik.

«Sieh einer an.»

«Im Ernst, Vincent. Der Dienst bei der Kripo. Die Art, wie du die Leute forderst. Ich hab den Eindruck, die Arbeit frisst einen auf und für unsere Liebsten bleiben nur noch die abgenagten Knochen.»

«Für deine privaten Probleme kann ich nichts.»

Der junge Kollege schwieg.

«Möchtest du zurück zu den Betrügern?»

«Nein, es ist nur …»

«Raus mit der Sprache.»

«Der Inspektionsleiter würde dich lieber heute als morgen abschießen, und einigen Kollegen wär das ganz recht.»

«Erzähl mir was Neues. Im Moment stehen wir alle unter Beschuss, und wenn ich die Zügel schleifenlasse, wird es nicht besser. Wem es zu viel wird, der soll sich etwas anderes suchen.»

Dominik senkte den Blick.

«Damit meine ich nicht dich, Junior. Du weißt, dass ich große Stücke auf dich halte.»

«Echt jetzt?»

«Lass uns umkehren. Du freust dich sicher schon auf mein Müsli.»

Dominik lachte, trabte los und verschwand.

Vincent versuchte noch einmal mitzuhalten, doch dann ließ er es sein. Er dachte über die Bemerkung des Kollegen nach. Was konnte er dafür, dass sich die Arbeit häufte? Oder hatte er sich grundlos auf Hagenberg und seine Initiative fixiert und blähte die Ermittlungen damit nur unnötig auf? Stand die versuchte Entführung der damaligen Bankangestellten Daniela Jungwirth gar nicht mit dem Mord an Alina in Zusammenhang? Und was war mit Franziska Thebalt?

Vincent malte sich aus, dass die junge Frau ihr Praktikum schwänzte und mit einem Freund, von dem die Eltern keine Ahnung hatten, über ein verlängertes Wochenende nach Paris oder Berlin gefahren war. Womöglich stand sie am Montag wieder auf der Matte, fröhlich und unversehrt.

London Calling – auch beim Laufen trug er sein Handy stets bei sich. Er fummelte es aus der engen Tasche an seiner Hüfte.

Es war Nina. Ihre Stimme zu hören war eine wohltuende Ablenkung.

«Ich wüsste, wie du das Verhältnis zu deiner Mutter verbessern könntest», sagte sie. «Komm doch einfach mal wieder zum Essen zu uns. Ich glaube, das würde ihr gefallen.»

Ihm fiel auf, dass sie nur von ihm, nicht auch von Saskia sprach.

«Und dir?»

«Wie meinst du das?»

«Mit deinem Ex an einem Tisch zu sitzen …»

«Vielleicht hast du recht.» Ein kurzes Schweigen, als suchte sie nach den richtigen Worten. «Ich hab's nun mal vermasselt und muss akzeptieren, dass du eine andere hast. Und ich würde mir schon wünschen, irgendwann auch wieder einen Partner zu haben.»

Er bog in seine Straße ein. Ein paar Häuser weiter machte Dominik neben der Tür Dehnübungen.

«Bei dir stehen die Interessenten sicher Schlange.»

«Manchmal überlege ich, was wäre, wenn. Eigentlich war es doch schön mit uns.»

«Ja, war es. Und du hast recht wegen Brigitte. Ich ruf dich an, sobald ich etwas Luft habe, und dann machen wir mit ihr etwas aus, okay?»

Das rote Symbol auf dem Display, das Handy zurück in die Tasche. Ihm war bewusst, dass auch er Saskia nicht erwähnt hatte.

Vincent schloss die Tür auf und zog die *Morgenpost* aus dem Briefkasten. Fast die gesamte zweite Seite behandelte den Fall Alina Linke. Auch ein Foto ihrer vermissten Freundin Franziska war abgedruckt. Ein Kommentar bewertete die Wiederaufnahme des Prozesses gegen Thabo Götz.

Blamage für die Düsseldorfer Kripo.

Die wahre Bombe, wusste Vincent, würde erst im Lauf des Tages platzen.

In seiner Wohnung angekommen, bemerkte er das blinkende Telefon – eine Nachricht auf dem Anrufbeantworter.

Kripochef Benedikt Engel verlangte nach ihm.

Vincent fuhr zum Präsidium. In den nächsten Stunden wurde er in Sachen Stefan Ziegler eingespannt. Krisensitzungen mit seinen Vorgesetzten und der Staatsanwaltschaft, ein Meeting mit dem Behördensprecher – Vorbereitung auf die Pressekonferenz, die für den Nachmittag anberaumt war.

Der große Knall war programmiert, ein Gau für die Behörde. Entsprechend war die Stimmung auf dem Tiefpunkt.

Zwischendurch schaffte es Vincent, an einer Sitzung mit Staatsanwalt Kilian, Anna Winkler und einigen Kollegen der Mordkommission teilzunehmen. Es gab Neuigkeiten, die ein neues Licht auf Daniel Morawski warfen, den Vater, der gesehen haben wollte, wie Franziska mit einem Grauhaarigen in ein Auto gestiegen war. Morawski war Pächter einer Kleingartenparzelle.

«Am Stoffeler Kirchweg», erklärte Anna. «Das ist im Süden des Volksgartens, gleich gegenüber vom Areal der Unikliniken, wo Franziska verschwand.»

Vincent wandte sich an Kilian. «Durchsuchungsbeschluss?»

«Und wie soll ich dem Richter den Antrag begründen?»

«Ich könnte mich dort mal umsehen», schlug Bruno vor.

«Sie steigen nirgendwo ein!», rief Kilian.

Bruno zwinkerte Vincent zu: Ich mach es diskret.

Vincent hob die Augenbrauen: Aber lass dich bloß nicht erwischen.

Sein Handy vibrierte, eine SMS. Der Behördenchef persönlich bat ihn zu einer Besprechung.

Fast der gesamte Leitungsstab versammelte sich um halb zwölf im Büro des Präsidenten. Schindhelm war die Furcht um seinen Posten anzusehen. Der Mann war blass und schwitzte, er keuchte, als sei er dem Herzinfarkt nahe. Keiner konnte abschätzen, welche Konsequenzen die Politik ziehen würde. Die Bewertung der KK11-Mitarbeiter, gestern noch so dringlich angemahnt, war längst kein Thema mehr.

Die Ermittlungen gegen Ziegler und seine Helfer wurden dem KK21 übertragen, das für Beamtendelikte zuständig war. Die dortigen Kollegen galten als unvoreingenommen, während ein Mitmischen von Vincents Dienststelle, die den Fall vor zwei Jahren verbockt hatte, der Öffentlichkeit vermutlich nicht zu vermitteln gewesen wäre, so die Begründung.

Schindhelm behandelte Vincent wie einen Aussätzigen, nicht einmal ein Blickkontakt, als er ihn ansprach – am liebsten hätte Vincent ihn gepackt und geschüttelt: Hey, Alter, ich habe die Schweinerei aufgedeckt, nicht verursacht!

Sein Handy vibrierte schon wieder. Als die Gelegenheit günstig war, las er die eingegangene Nachricht. Bruno Wegmann hatte sie verfasst.

Keine Spur von Franziska im Schrebergarten. Vielleicht war Morawskis Aussage doch keine Projektion?

Der Grauhaarige ging Vincent nicht mehr aus dem Sinn. *Hätte ihr Daddy sein können. Hat sie angebaggert. Ihr hat's offenbar gefallen.*

Gegen Mittag konnte sich Vincent endlich davonstehlen.

Die Kunstakademie, ein schlossartiger Bau aus dem achtzehnten Jahrhundert, befand sich am nördlichen Rand der Altstadt. Vincent irrte durch hohe, endlos lange Gänge, bis er endlich jemanden traf, der ihm den Weg zum Atelier von Schorsch Lebetz weisen konnte. Es blieb Vincent nicht erspart, Treppen zu steigen, und er fluchte, weil ihm dämmerte, dass es

Wochen dauern würde, bis die Rippenprellung ausgestanden war.

Endlich fand er den Namen des Professors an einer Tür. Vincent klopfte und trat ein. Georg Lebetz war von kleiner Statur, der Händedruck übermäßig fest. Ein orangefarbener Anzug mit Weste, buschige Augenbrauen, in einem Ohr ein dicker Ring, an den Fingern noch mehr Gold und edle Steine.

Vincent zeigte ihm die Fotos von Alina und Franziska. Es stellte sich heraus, dass Lebetz nur selten sein eigenes Lokal aufsuchte. Nach seinen Worten führten die Angestellten das *Axolotl* weitgehend in eigener Regie.

«Ich benötige den Namen und die Anschrift eines jungen Mannes, der dort für Sie arbeitet. Leider scheinen ihn seine Kolleginnen und Kollegen nicht weiter zu kennen. Er heißt Paul und hatte bis vor kurzem drei Bilder ausgestellt, die Katzen darstellen. Ich hoffe, Sie können mir weiterhelfen.»

«Katzen? Dann meinen Sie Paul Seifert.»

«Ende zwanzig, etwa eins fünfundsiebzig groß und schlank. Ein Schneidezahn oben dunkel verfärbt.»

«Ja, das ist Paul. Er arbeitet nur unregelmäßig im Café. Als Einziger, der dort ausstellen darf, hat er nie hier studiert. Ihm fehlt die Hochschulreife. Bei hervorragender künstlerischer Begabung ist sie zwar nicht nötig, aber die Kommission hat bislang jede seiner Bewerbungen abgeschmettert. Dabei ist der junge Mann höchst talentiert. Sie haben im Café einige seiner Katzen gesehen. Ist Ihnen der Pinselduktus aufgefallen? Die Sinnlichkeit, die Leidenschaft? Kunst darf alles, solange man sie mit Leidenschaft betreibt. Kunst darf sogar Katzen.»

«Wo finde ich Herrn Seifert?»

«Gehen Sie einer streunenden Katze nach, und sie führt Sie zu ihm. Er liebt diese Tiere, und eigentlich malt er keine Katzen, sondern die Essenz der Katze. Aber es hilft nichts, meine Kollegen wollen das nicht wahrhaben. Ich habe Paul gesagt, er muss sein Konzept überdenken, sich selbst als Künstler neu definieren, bevor er sich noch einmal bewirbt. Hin zum Detail, zur Form, zum reinen Spiel mit dem Farbmaterial, bis alles nur noch Malerei ist. Oder ganz weg von der Malerei, hin zu audiovisuellen Medien, mit denen er wohl auch experimentiert. Reflektiere deinen Gegenstand in Richtung Abstraktion, hab ich gesagt. Transzendiere die Katze, aber bleib deiner Leidenschaft treu!» Lebetz unterstrich seine Rede mit weiten Gesten. Er lauschte dem Nachhall der Worte und schien zufrieden zu sein.

«Seine aktuellen Bilder sind abstrakt», sagte Vincent.

«Keine Viecher mehr?»

«Nein.»

«Aber immer noch Leidenschaft?»

«Das kann ich nicht beurteilen.»

Lebetz spreizte die beringten Finger – ich liege stets richtig, wenn es um Kunst geht, schien die Geste zu bedeuten. Fast hätte Vincent ihm die Bilder auf seinem Handy gezeigt, doch er wollte keinen weiteren Vortrag riskieren.

«Seine Adresse, bitte.»

«Da müsste ich suchen.»

«Tun Sie das, Herr Professor.»

Lebetz durchwühlte mehrere Schubladen, fluchte ein wenig, überlegte laut, ob er die Unterlagen vielleicht zu Hause habe, und fand schließlich einen silbernen Flachmann mit Scotch. Er genehmigte sich einen Schluck, verwundert, dass Vincent nicht mit ihm trinken wollte.

Dann rief er seinen Steuerberater an, der für ihn offenbar auch am Wochenende zu erreichen war. Nach einigem Palaver kritzelte der Professor etwas auf einen Zettel, den er Vincent reichte.

Eine Telefonnummer konnte Lebetz ihm nicht geben, aber zumindest die Adresse. *Paul Seifert, Krahestraße 17.* Endlich hatte Vincent seinen Zeugen.

Als er das Akademiegebäude verließ, klingelte sein Smartphone. Die Nummer auf dem Display sagte ihm nichts.

«Veih, Kripo Düsseldorf.»

«Hallo, Vincent.»

Diese Stimme – Vincent kannte sie aus dem Fernsehen, dem Radio.

«Herr Hagenberg?»

«Deine Mutter meint, du hättest nach mir gefragt. Wann wir am Donnerstag nach Köln zum WDR gefahren seien.»

«Das ist richtig.»

«Die Erfahrungen mit deiner Behörde geben zwar Anlass zur Vorsicht. Aber warum soll ich dem Sohn meiner besten Freundin nicht behilflich sein?»

Dass Hagenberg ihn duzte, irritierte Vincent, aber er verbat es sich nicht. Wenn Brigitte nicht log, hatte er als kleines Kind Hagenbergs Lieder nachgeträllert und den Mann sogar persönlich gekannt.

«Ich freue mich, dass Sie sich melden», sagte Vincent.

«Wenn du möchtest, können wir uns jetzt gleich im Studio treffen», antwortete René Hagenberg. «Dann lernen wir uns endlich einmal richtig kennen.»

«Geben Sie mir eine halbe Stunde», antwortete Vincent.

46

Er brauchte keine zehn Minuten in die Krahestraße, wo der Zeuge lebte, der Hagenberg identifizieren konnte, wie Vincent hoffte.

Die Nummer siebzehn war ein schlichtes Wohngebäude, das nach dem Krieg in einer Bombenlücke zwischen Altbauten hochgezogen worden war. Der hellblaue Anstrich war frisch.

Vincent studierte die Klingelschilder. Kein Paul Seifert. Vincent drückte die unterste Klingel.

Ein Summen, er trat ein.

«Tach.»

Ein Mann stand eine halbe Treppe höher in einer geöffneten Wohnungstür. Sein Hemd war aufgeknöpft und ließ einen Bierbauch im Unterhemd sehen.

Vincent zeigte seine Marke. «Kripo Düsseldorf, wohnt in diesem Haus ein Paul Seifert?»

«Wer soll das sein?»

«Ende zwanzig, Künstler.»

«Im zweiten Stock gab's mal 'ne Wohngemeinschaft von Künstlern, aber das war, bevor man im letzten Jahr das Gebäude saniert hat. Ein paar Häuser weiter leben noch mehr Künstler. Zumindest behaupten sie, welche zu sein. Vielleicht fragen Sie dort mal ...»

«Am besten wende ich mich an Ihren Vermieter, der müsste es doch wissen.»

«Nickel. Bernd Nickel. Lebt in Frankfurt. Adresse?»

«Gern.»

«Moment. Gisela!», rief der Mann in die Wohnung hinein, dann verschwand er.

Nach einer Weile kam er zurück. Das Hemd hatte er zugeknöpft. Er gab Vincent einen Zettel mit der Telefonnummer des Vermieters. «Darf ich fragen, um was es geht?»

«Nein», antwortete Vincent. «Aber danke.»

Auf dem Weg zu seinem Auto rief er Dominik an.

«Hast du einen Moment Zeit, um für mich etwas zu recherchieren?»

«Klar.»

«Ich will dich aber nicht überfordern, Junior. Stichwort abgenagter Knochen.»

«Schon gut, Chef.»

«Paul Seifert. So heißt unser Zeuge, der Hagenberg beschrieben hat.»

«Seifert», wiederholte der Kollege, und Vincent hörte im Hintergrund das Klappern einer Tastatur. Offenbar loggte sich Dominik bereits in die Datei des Einwohnermeldeamts ein.

«Falls du ihn nicht findest, wende dich an einen Bernd Nickel in Frankfurt am Main.» Er las dessen Telefonnummer vor. «Das war Seiferts Vermieter bis vor einem Jahr.»

«Ein Vermieter aus Frankfurt?»

«Selbst wenn der Mann nichts über unseren Zeugen weiß, müsste er zumindest über Seiferts Kontodaten verfügen.»

Vincent stieg in seinen Wagen. Schade. Er hätte gern mit Seifert gesprochen, bevor er sich mit Hagenberg traf.

Das Studio lag auf der anderen Rheinseite in einem Gewerbegebiet, das zum Stadtteil Heerdt gehörte. Während Vincent den Fluss überquerte, schaltete er das Radio ein, die Vierzehnuhrnachrichten.

Die Haftentlassung von Thabo Götz werde noch für diesen Tag erwartet, hieß es. Ein neuer Verdächtiger im Mordfall Julian Pollesch sei ermittelt worden, es habe bereits eine Festnahme gegeben. Weitere Informationen gebe die Polizei am Nachmittag auf einer Pressekonferenz.

An der ersten roten Ampel nach der Brücke wählte Vincent die Nummer des Behördensprechers. Das Freizeichen. Hinter ihm ein Hupen – die Ampel war auf Grün gesprungen. Vincent fuhr los, während Markus Braun sich meldete.

«Hier Vincent. Was ist da los? Woher wissen die von der Festnahme im Fall Pollesch?»

«Nicht von mir. Undichte Stelle, schätze ich mal. Die Online-Ausgabe vom *Blitz* meldet sogar schon, dass einer unserer Leute der Mörder ist. Es wird spekuliert, dass wir die ganze Zeit die Wahrheit wussten und erst jetzt damit herausrücken.

Schindhelm ist ins Ministerium zitiert worden. Wer weiß, ob er am Ende des Tages noch unser Behördenleiter sein wird.»

«Wollen wir wetten?»

«Auf jeden Fall wird sich Schindhelm nicht den Medien stellen. Kripochef Engel soll die Pressekonferenz leiten. Und der besteht darauf, dass du mit ihm auf dem Podium sitzt.»

«Wann?», fragte Vincent.

«Sechzehn Uhr.»

«Unter einer Bedingung.»

«Und die wäre?»

«Keine Lügen.»

Schweigen.

«Keine Lügen, hörst du?»

«Hey, die Behörde ist der Wahrheit verpflichtet.»

«Ja, schon klar.»

«Mach dich auf einen Hexenkessel gefasst», sagte Braun.

Vincent erreichte die Straße, die Hagenberg genannt hatte, eine Sackgasse, die am Rheinufer endete. Lagerhallen, Bürogebäude, Brachflächen voller Schutt und rostiger Maschinen. Vincent hielt am Straßenrand und stieg aus.

Eine graue Fassade ohne Fenster. Eine Stahltür mit der Hausnummer und darüber ein Schild mit Neonbuchstaben: *Klang-Klang-Studio.*

Vincent klingelte, es summte, er drückte die schwere Tür auf.

Ein leeres Foyer, dunkler Teppichboden, schwarz gestrichene Wände. Licht am Ende eines Ganges, Vincent ging darauf zu. Er hörte Rockmusik, Anklänge an Blues, einen markanten Gitarrenriff, der sich mehrfach wiederholte. An einem Getränkeautomaten stand ein Pärchen. Der Mann war in Vincents Alter, die Frau höchstens zwanzig, blondes Haar bis zur Taille.

«Ich bin mit Herrn Hagenberg verabredet.»

«Moment», sagte die Frau und verschwand.

Der Mann musterte Vincent eine Weile, dann schüttelte er eine Zigarette aus einer Packung, steckte sie sich zwischen die Lippen und schlich mit seinem Kaffeebecher zum Ausgang.

Die Musik verstummte. Eine Tür öffnete sich, und René Hagenberg kam mit ausgebreiteten Armen auf Vincent zu. *Faltiges Gesicht, graue Haare bis zur Schulter.*

«Willkommen im musikalischen Hotspot dieser Stadt!»

«Klang-Klang», bemerkte Vincent. «Witziger Name.»

«Ich hoffe, du musstest nicht lange warten. Ich darf doch Du sagen? Immerhin war ich dabei, als du deine ersten Schritte getan hast. Meine Güte, wie die Zeit vergeht!»

«Waren Sie das gerade an der E-Gitarre?»

«Hat's dir gefallen?»

Vincent fiel eine Formulierung des Kunstprofessors Lebetz ein. «In der Kunst geht es um Leidenschaft.»

«Ich sehe, dass du mich verstehst. Irgendwann probiert sich jeder auch mal elektrisch aus. Dylan, Young …»

«… und Hagenberg.»

Der Liedermacher formte mit den Fingern seiner rechten Hand eine Pistole und zielte auf Vincent. «Fragt sich nur: Wie wird das Publikum reagieren?»

«Bislang hat es jede Ihrer Wendungen nachvollzogen.»

«Nur wer sich ändert, bleibt sich treu.»

«Klingt nach einem Liedtitel.»

«Erraten! Das neue Album und die erste Singleauskopplung werden so heißen. Aber jetzt verrate mir etwas: Wie bist ausgerechnet du Polizist geworden? Lag's an deinem Opa?»

Zwei Typen schlenderten vorbei, auch sie wollten die Pause nutzen, um draußen zu rauchen. Die Blonde kam zurück. «Cora fragt, wann wir weitermachen.»

«Es dauert nicht lang», antwortete Vincent. «Ich muss nur ein Alibi überprüfen.»

«Wem soll ich eines geben?», wollte Hagenberg wissen.

«Sich selbst.»

Der Liedermacher lachte. «Ein Bulle mit Humor! Was hältst du von einem kleinen Spaziergang, Vincent?»

Sie erreichten die Rheinwiesen, Hagenberg ließ sich im Gras nieder, als sei es bereits Sommer. Vincent tat es ihm nach und blickte auf die Uhr. Noch fast neunzig Minuten bis zur Pressekonferenz.

Hagenberg schwadronierte über Bob Dylans legendären Auftritt mit der Butterfield Blues Band beim Newport Folk Festival von 1965 – als wäre er dabei gewesen. Wie Pete Seeger damit gedroht hatte, das Kabel von Dylans Elektrogitarre mit einer Axt zu durchtrennen. Wie das Publikum Dylan zuerst ausbuhte, dann aber feierte.

Vincent fragte sich, ob Hagenberg sich ernsthaft mit dem Weltstar verglich.

«Erzählen Sie mir von vorgestern Abend», forderte er ihn auf.

«Weißt du, dass du viel mit Brigitte gemeinsam hast? Immer auf den Punkt! Umschweife sind nicht dein Ding. Find ich toll!»

«Sie fuhren gemeinsam zu dieser Talkshow nach Köln, stimmt's?»

Hagenberg nickte. «Brigitte hält große Stücke auf dich.»

«Das ist mir neu.»

«Sie meint, dass du zwar ein Bulle bist, aber wenigstens kein Bulle-Bulle.»

«Wenn sie das sagt.»

«Du willst also wissen, wo ich am Donnerstag war?»

«Beginnen wir mit siebzehn Uhr.»

«Da habe ich in Uedesheim geklingelt, um Brigitte abzuholen. Von dort aus sind wir direkt nach Köln gefahren. Ich hatte für achtzehn Uhr im Le Moisonnier einen Tisch reserviert. Wir waren sogar zehn Minuten zu früh dort.»

«Ist da um die Zeit schon geöffnet?»

«Für mich schon. Du kannst nachfragen.»

«Was ist mit der Nacht von Montag auf Dienstag zwischen drei und sechs Uhr morgens?»

«Dazu fragst du am besten Cora.»

«Das werde ich tun.»

«Klingt fast, als würdest du mich tatsächlich verdächtigen, Vincent. Was soll ich denn angestellt haben?»

47

▼

Die Sonne ließ Hagenbergs graue Mähne leuchten. Vincent musste zugeben, dass sich der Kerl in der Tat gut gehalten hatte. Das beharrliche Duzen irritierte ihn. Ein schrecklicher Gedanke setzte sich in Vincents Kopf fest. Brigitte und Hagenberg – Freunde aus der Jugendzeit. Der Mann war seiner Mutter und ihrem kleinen Sohn sogar nach Hamburg gefolgt.

Ist dieser selbstgefällige Angeber womöglich mein Vater?

Hagenberg stand auf und klopfte sich den Schmutz von der Hose. «Der Mord an Alina?»

«Man hat Sie beschrieben.»

«Man will mir etwas anhängen.»

«Zwei Zeugen, unabhängig voneinander.»

«Hat jemand meinen Namen genannt?»

«Sie kannten Alina Linke.»

«Ja.»

«Und Franziska Thebalt.»

«Was ist mit ihr?»

«Sie wurde wahrscheinlich entführt. Haben Sie heute nicht die Zeitung gelesen?»

«Nein. Wenn ich im Studio arbeite, fehlt mir dazu die Muße.»

«Wie war Ihr Verhältnis zu den beiden Frauen?»

«Verhältnis? Hör mal, mein Junge, nur weil die Mädels gern mit mir flirten …»

Vincent entschloss sich zu einem Schuss ins Blaue. «Alina war einige Male über Nacht bei Ihnen.»

«Woher …»

«Woher ich das weiß?»

Hagenberg kickte ein Stück Schwemmholz beiseite.

«Was ist in diesen Nächten vorgefallen?»

«Ein bisschen Party, das war alles.»

«Gibt es in der Freiheit-für-Thabo-Initiative jemanden, der Ihnen ähnlich sieht? Langes graues Haar?»

«Ich entführe keine Frauen. Die kommen gerne zu mir. Bin ich nach Thabo nun der nächste Sündenbock für ungeklärte Verbrechen?»

«Wie gesagt, zwei Zeugen, unabhängig voneinander. Eine Erklärung dafür?»

«Vielleicht sollte ich besser meinen Anwalt hinzuziehen, bevor ich weiter mit dir rede.»

Vincent zuckte mit den Schultern. «Tun Sie das.»

«Möglicherweise irrt sich Brigitte in dir.»

«Sie meinen, ich bin doch ein Bulle-Bulle?»

«Verbittert, weil unsere Initiative deiner Behörde auf die Füße steigt.»

«Nein, das nicht. Aber wütend, weil drei Frauen aus Ihrer Initiative einem Verbrechen zum Opfer fielen.»

«Wer ist die dritte?»

«Daniela Jungwirth, versuchte Entführung. Erinnern Sie sich an Frau Jungwirth?»

«Natürlich.»

«Hatten Sie mit ihr auch ein bisschen Party?»

Hagenberg blickte auf die Uhr. «Ich glaube, ich muss jetzt wieder.»

Er eilte zum Studio zurück, ohne sich noch einmal umzusehen. Die Tür schlug hinter ihm ins Schloss, der Wind trug den Knall herüber.

Vincent umrundete das Studiogebäude und gelangte auf einen Parkplatz. Tatsächlich stand dort ein Porsche, ein weißes Carrera-S-Cabrio, das rote Verdeck geschlossen. Das Kennzeichen lautete *D RH 911* – RH wie René Hagenberg, natürlich.

Daneben ein orangefarbener BMW-Roadster. Beim Blick auf dessen Nummernschild stutzte Vincent. *CO RA 123.* Hatte Hagenbergs Freundin ihr Auto eigens in Coburg angemeldet?

«Was hast du? Es läuft doch alles bestens!»

Eine leise Frauenstimme – im ersten Stock stand ein Fenster offen. Vincent trat bis an die Wand zurück, um nicht gesehen zu werden. Über ihm zog jemand hastig an einer Zigarette, Vincent hörte es und konnte den Qualm riechen.

«Sie will mich vernichten, ich weiß es.»

«Beruhig dich, René. Sie ist weit weg.»

«Cora, mit Verlaub, du hast keine Ahnung. Du weißt nicht, wozu sie in der Lage …»

Auf der Straße dröhnte und klapperte ein Lastzug vorbei. Für Sekunden übertönte er alles, dann hörte Vincent, wie über ihm ein Handy dudelte.

Cora ging ran, keine zwei Meter von ihm entfernt. Sie redete lauter, in süßlichem Tonfall, als gelte es einem Kind: «Gratuliere, mein Lieber, endlich! Na klar, Simone kommt dich abholen!» Dann wieder ganz nüchtern: «Er ist frei.»

«Ich fahr hin.»

«Nichts da, René. Was meinst du, was die Musiker kosten? Ihr müsst noch am Refrain arbeiten. Und weißt du was? Den Fototermin für die Presse organisiere ich hier draußen. Alle werden kommen und dich feiern. Eine hübsche Werbung für das neue Album.» Ein Moment der Stille, dann wieder Cora:

«René, ich weiß wirklich nicht, was du hast. Tu mir bitte den Gefallen und reiß dich zusammen!»

Ein Zigarettenstummel fiel vor Vincents Füßen auf den Boden. Lippenstift am Filter. Das Fenster wurde geschlossen.

Vincent verharrte noch einen Moment in der Stille. Nur das Brummen eines Schiffsdiesels drang leise vom Fluss herüber.

48

▼

Während der Rückfahrt zur Festung dachte Vincent über sein Gespräch mit Paul Seifert nach. Hatte er mit dem Grauhaarigen wirklich Hagenberg gemeint? Der Liedermacher war aus allen Medien bekannt – hätte Seifert nicht seinen Namen genannt, wenn er ihn mit Alina in der Künstlerkneipe gesehen hätte?

Hagenberg, Alina und Franziska. *Ein bisschen Party.* Wetten, dass das auch auf Daniela Jungwirth zutraf, die junge Freundin seines ehemaligen Schlagzeugers? Wer, wenn nicht Hagenberg, sollte den Frauen etwas antun? Der Schlagzeuger? Cora?

War der Täter entgegen allen bisherigen Annahmen eine Frau?

Sie will mich vernichten. Du weißt nicht, wozu sie in der Lage …

Die Schranke hob sich, Vincent fuhr auf den Parkplatz des Präsidiums, der sonst am Samstag fast leer war. Jetzt fand er zwischen den Übertragungswagen von Fernsehen und Hörfunk nur schwer eine Lücke. Noch zehn Minuten bis zur großen Medienschlacht.

Er eilte in das Gebäude. Weil der Paternoster an Wochenenden ausgeschaltet blieb, musste Vincent die Treppe benutzen. Seine Rippen. Er lief den Flur des KK11 entlang und riss die Tür zu Dominiks Büro auf.

«Hast du unseren Künstler aufgetrieben?», fragte er atemlos.

«Fehlanzeige», antwortete der junge Kollege. «Ein Paul Seifert ist nicht in dieser Stadt gemeldet. Es gibt keinen Eintrag bei INPOL und auch keine Akte bei uns.»

«Was sagt der Vermieter?»

«Den kannst du vergessen, der hatte nur die Telefonnummer des damaligen Hauptmieters, eines gewissen Michael …» Dominik blätterte seinen Block um, «… Küfer. Den wiederum habe ich erreicht, aber er hat ebenfalls keinen Schimmer, wo wir Seifert finden könnten. Seifert hat Ende vorletzten Jahres für einige Wochen in der Krahestraße gepennt, weil ein Mitbewohner verreist war und in dieser Zeit seine Bude Seifert überlassen hat. Den Tipp, im *Axolotl* zu arbeiten und auszustellen, hat Seifert dann übrigens von Küfer bekommen, da schließt sich sozusagen der Kreis.»

«Es muss doch jemand wissen, wo sich der Kerl aufhält!»

Dominik hob resigniert die Hände.

«Ruf diesen Küfer noch einmal an», sagte Vincent. «Wir brauchen den Mitbewohner, der verreist war. Man überlässt sein Zimmer nicht einem Menschen, den man gar nicht kennt, oder?»

Der große Besprechungsraum im ersten Stock. Die Tische waren entfernt worden, die engen Stuhlreihen bis auf den letzten Platz besetzt, die Luft zum Schneiden. Wer zu spät gekommen war, drängelte sich entlang der Rückwand. Kameras, Mikrophone, Blitzlichtgewitter.

Die Erklärung, die der Leitende Kriminaldirektor Benedikt Engel verlas, war knapp, aber sie entsprach der Wahrheit – das Eingeständnis einer Blamage, die kaum schlimmer hätte sein können.

Unter dem Tisch schrieb Vincent eine SMS an Bruno.

Wo steckst du?

Schon nach wenigen Sekunden vibrierte das Handy, und Vincent las die Antwort.

Bei Phillip Kießling.

Wer ist das?

Schlagzeuger von Hagenberg. Exfreund von Jungwirth. Gründungsmitglied der Initiative.

Hat er lange graue Haare?

Dieses Mal brauchte Bruno etwas länger, warum auch immer.

Glatze.

Engel war mit seiner Erklärung fertig. Pressesprecher Braun konnte das Chaos im Saal nicht bändigen. Die Journalisten riefen ihre Fragen durcheinander, unterbrachen die Antworten durch Schmähungen und spöttisches Gelächter, verlangten lautstark personelle Konsequenzen. Vincent kam sich vor wie auf einem Tribunal. Sollten die Medien nicht neutral bleiben?

Als vierter Beamter saß Kriminalrat Gebhart auf dem Podium, Leiter der Kriminalinspektion 2, dem unter anderem das Kommissariat für Beamtendelikte unterstand. In seinen Händen lagen die Ermittlungen gegen Stefan Ziegler und seine Helfer nunmehr. Weil die Arbeit noch am Anfang stand, konnte Gebhart keine konkreten Antworten geben, was unter den Medienleuten den Eindruck verstärkte, die Polizei wolle vertuschen statt aufklären.

Engel kontrollierte nun ebenfalls das Display seines Smartphones unter dem Tisch und murmelte hinter vorgehaltener Hand: «Thabo Götz ist gerade aus der Haft entlassen worden.»

Eine Frau, die Vincent aus früheren Fällen kannte, stand auf, nannte ihren Namen und dass sie für die *Morgenpost* hier sei. «Warum haben Sie zwei Jahre gebraucht, um uns diese neue Version über den Tod des Schülers Julian Pollesch aufzutischen?», rief sie.

«Herr Veih», sagte Braun. «Wollen Sie …»

Vincent blickte Engel an, denn nach seinem Empfinden war

das eine Frage an den Kripochef, doch der war immer noch mit seinem Handy beschäftigt.

Vincent zog sein Mikro näher zu sich heran. «Als ich im letzten Jahr die Leitung des Kriminalkommissariats elf übernahm, war der Fall bereits abgeschlossen und Thabo Götz für den Mord verurteilt. Erst durch den Wiederaufnahmeantrag haben wir von der Aussage einer Entlastungszeugin erfahren. Am Montag begann ich zu prüfen, ob bei den damaligen Ermittlungen alles mit rechten Dingen zugegangen ist. Bis heute sind fünf Tage vergangen. Und wenn man bedenkt, dass am Dienstag noch die Tote vom Gerresheimer Friedhof dazukam, waren wir wirklich nicht langsam.»

«Unter den Unterstützern von Thabo Götz war die Entlastungszeugin aber schon länger bekannt.»

«Aber Sie haben auch erst vor ein paar Tagen erstmals darüber berichtet, stimmt's?»

Es war ruhig geworden.

«Bis zum Montag gab es allerhöchstens Gerüchte», ergänzte Vincent. «Und die reichen nicht aus, um gegen bislang unbescholtene Mitbürger zu ermitteln, ob das nun Kollegen sind oder nicht.»

Sein Handy vibrierte. Weil nicht sofort eine Nachfrage kam, schaute er nach. Bruno Wegmann hatte ihm erneut geschrieben.

Kießling bestätigt, dass Hagenberg beim Gründungstreffen der Initiative einen Zeugen des Mordes an Pollesch präsentiert hat.

Der Spanner, dachte Vincent, von dem auch Christine Ziegler berichtet hatte: *Pia meinte, sie sei froh, dass er Stefan entkommen ist, denn der Typ hätte sie nicht angefasst, sondern nur die Kamera gehalten.*

Vincent wollte das Handy wegstecken, als die nächste Nachricht ankam.

PS: Der Zeuge heißt Paul Seifert.

Vincent starrte auf das Display.

Paul Seifert.

Der Kellner und Möchtegernkünstler, den er im *Axolotl* getroffen hatte, war also identisch mit dem Kerl, der Pia zwei Jahre zuvor beim Sex mit Pollesch gefilmt hatte. Jedenfalls verstand Vincent Brunos Nachricht so.

Ein Phantom. Gejagt von Pias Onkel. In der Szene um Professor Lebetz wiederaufgetaucht. Vor knapp zwei Wochen zufälliger Beobachter der Begegnung Alinas mit dem ominösen Grauhaarigen. Und nun schier unauffindbar.

Polizeisprecher Braun stupste Vincent an.

Im Saal herrschte erwartungsvolle Stille. Vincent wurde klar, dass jemand aus den Reihen vor ihm eine Frage an ihn gerichtet hatte. Er blickte in erwartungsvolle Gesichter.

«Alles Weitere beantworten Ihnen die höherrangigen Kollegen», sagte Vincent. «Ich habe noch in einem ungeklärten Mordfall zu ermitteln und bitte Sie, mich zu entschuldigen.»

Er griff nach seinen Unterlagen. Kripochef Engel stand auf, um ihn zurückzuhalten. Vincent schüttelte ihn ab und eilte zum Ausgang. Hinter ihm brach Tumult aus. Drei, vier Reporter liefen ihm auf den Flur hinterher. Vincent machte ihnen klar, dass sie von ihm nichts erwarten konnten.

Die Treppe, das nächste Stockwerk. Vincent hielt sich die Brust. Endlich sein Büro. Er setzte sich und fuhr den Rechner hoch. Ihm war etwas eingefallen, das Brunos Nachricht widersprach.

Das Foto in Daniela Jungwirths Küche. Hagenberg und seine Musiker. Der Mann mit den Trommelstöcken hatte lange Locken gehabt, keine Glatze.

Vincent öffnete den Browser und rief die Suchmaschine auf. Rasch fand er Fotos von Phillip Kießling. Der Drummer hatte in den letzten Jahren zur Stammbesetzung der Band von René Hagenberg gehört, aber auch in anderen Gruppen gespielt.

Auf jedem Bild trug er langes Haar. Mal rötlich gelockt, mal glatt und braun bis weit über die Schulter.

Vincent rief Bruno auf dem Handy an.

«Bist du noch bei Phillip Kießling?»

«Ja, er wird mir vielleicht Schlagzeugunterricht geben.»

«Nicht heute. Bring ihn ins Präsidium, sofort.»

49

▼

Vincent betrat Annas Büro. Sofia Ahrenfeld saß bei ihr, Laptop auf dem Schoß.

«Verratet mir eines, Mädels», bat Vincent. «Wie konnte der Tatzeuge wissen, dass Ziegler ein Polizeibeamter ist?»

Seine Stellvertreterin verschränkte die Arme: «Man klopft an, bevor man das Zimmer einer Kollegin betritt!»

«Ziegler hatte dienstfrei. Er war in Zivil. Hat er sich ausgewiesen, bevor er auf Julian Pollesch gefeuert hat? Wohl kaum!»

«Und man wartet ab, bis man ein ‹Herein› hört, oder etwa nicht?»

Vincent ließ sich auf ihrer Tischkante nieder. «Lasst uns mal gemeinsam darüber nachdenken. Der Mann an der Handykamera war Zeuge, als Ziegler die Wohnung von Pollesch stürmte. Ziegler hätte ihn in seiner Wut ebenfalls umgelegt, aber der Typ konnte abhauen. Die Schüsse waren eine Sache von wenigen Sekunden, dann musste sich Ziegler sofort um seine Nichte kümmern, die eine Kugel abbekommen hatte. Wie konnte also der Kameramann wissen, welchem Beruf Ziegler nachgeht?»

Sofia zuckte mit den Schultern. «Bevor Ziegler schoss, hat er sich als Pias Onkel zu erkennen gegeben.»

«So läuft das vielleicht im Fernsehen, aber nicht in der Wirklichkeit. Außerdem hätte der Kameramann das den Leuten der

Initiative so erzählt. Nein, es ging alles so schnell, ich glaube nicht, dass Ziegler viele Worte verloren hat, als er Pollesch erschoss.»

«Okay, dann hat sich der Kameramann versteckt und konnte mithören, wie Ziegler den Notarzt und die Kollegen gerufen hat.»

«Versteckt?» Anna schüttelte den Kopf. «Dazu ist das Apartment zu klein. Unmöglich.»

«Ich stelle mir das folgendermaßen vor», sagte Vincent. «Ziegler hat von Pia, als sie wieder bei Bewusstsein war, den Namen des Kameramanns erfahren und sich bei der Suche nach ihm als Polizist ausgewiesen, um an Informationen zu gelangen. Und das hat Paul Seifert dann mitbekommen.»

«Paul Seifert?»

«Ja, der Kameramann ist identisch mit dem Typen, der mir den Grauhaarigen beschrieben hat. Er hat nach seiner Flucht vor Ziegler vorübergehend in einer Künstler-WG Unterschlupf gefunden. Ab und zu kreuzt er im *Axolotl* auf und kellnert dort. Er malt Bilder, die er in dem Lokal ausstellt.»

Vincent zog sein Smartphone hervor und klickte durch das Menü, bis er die Malereien auf dem Display entdeckte, die er fotografiert hatte. Er zeigte sie den beiden Frauen.

«Woran denkt ihr, wenn ihr das seht?»

«Moderne Kunst ist nicht so mein Ding», erwiderte Anna.

Sofia zog eine Grimasse.

Vincent steckte das Handy wieder ein. «Ziegler hat Seifert zwar nicht geschnappt, aber ich wette, er weiß zumindest, in welcher Richtung man suchen muss. Deshalb möchte ich, dass du, Anna, Stefan Ziegler danach befragst.»

«Sollten wir das nicht dem KK21 überlassen? Die sind jetzt für ihn zuständig.»

«Aber nicht für Alina und Franziska. Paul Seifert ist nach wie vor unser wichtigster Zeuge.»

«Ich fürchte, Ziegler wird nicht reden.»

«Mit dir eher als mit mir.»

London Calling. Dominik.

«Das Nobelrestaurant in Köln bestätigt Hagenbergs Alibi», berichtete der Junior. «Er und deine Frau Mama waren am Donnerstag um kurz vor achtzehn Uhr da und blieben bis etwa halb acht.»

«Dann ist Hagenberg aus dem Schneider, was Franziska anbelangt.»

«Na ja, nicht ganz.»

«Wieso?»

«Ich hab mir noch mal die Aussage von Morawski angesehen, dem Vater des kleinen Leon.»

«Und?»

«Demnach hat Franziska die Kinderklinik schon um halb fünf verlassen. Wenn das stimmt, hat sie eine halbe Stunde früher Feierabend gemacht, als sie dir angekündigt hatte.»

«Warum kommen wir erst jetzt darauf?»

«Wenn das deine Art ist, ein Lob auszudrücken, dann nehme ich es dankbar an, Chef.»

Vincent beendete das Telefonat. Er registrierte Annas neugierige Miene und setzte sie und Sofia davon in Kenntnis, was er gerade erfahren hatte.

Anna schüttelte sich die lange Strähne aus dem Gesicht. «Dreißig Minuten, um Franziska aufzulauern, sie zu betäuben und dann rasch nach Uedesheim zu fahren.»

«Verdammt knapp, aber es geht. Hagenberg fährt Porsche. Kleiner Kofferraum, aber das Mädchen ist zierlich, und das weiß er.»

«Ganz schön kaltblütig, mit einer Gefangenen im Auto nach Köln zu fahren und an einer Talkshow teilzunehmen, traust du ihm das zu?»

Ich trau ihm noch viel mehr zu, dachte Vincent.

In seinem Büro fuhr er den Rechner hoch und las seine E-Mails. Der Pressesprecher übermittelte Interviewwünsche. Nein, danke, keine Zeit.

Sein Handy klingelte schon wieder. Christine Ziegler.

«Gerade kam es im Radio. Stefan sitzt jetzt richtig in der Tinte, stimmt's?»

«Hat er sich selbst eingebrockt.»

«Du warst in dem Beitrag zu hören. Kompliment, Vincent, das war sicher nicht einfach.»

«Ich wünsch dir viel Glück, Christine.»

«Ich dir auch.»

Er legte auf.

Es klopfte, Bruno Wegmann streckte seinen Kopf durch den Türspalt. «Kießling ist da.»

«Der Schlagzeuger?»

«Richtig.»

«Hab ich das richtig verstanden, du willst bei ihm Unterricht nehmen?»

«Warum nicht? Seit ich die Boxhandschuhe an den Nagel gehängt hab, denk ich, dass ich vielleicht etwas mit Musik …»

«Verstehe. Du brauchst was zum Draufhauen.»

Bruno lachte, dann führte er Kießling herein.

Hagenbergs ehemaliges Bandmitglied war ein dünner Kerl mit spitzer Nase und auffallend eng stehenden Augen, schwarze Lederjeans, schwarzer Pulli. Nicht mehr ganz jung, Anfang fünfzig, schätzte Vincent. Kießlings Glatze war spiegelblank, nicht einmal ein Schatten nachwachsender Haarstoppeln.

Bruno nahm hinter dem Schreibtisch Platz, um das Protokoll in den Rechner zu tippen, Vincent bat den Zeugen an den Besprechungstisch.

«Es ist also wahr, dass ein Polizeibeamter Julian Pollesch erschossen hat?», fragte Kießling.

«Richtig», antwortete Vincent, «leider.»

«Aber warum musste Pollesch sterben?»

«Das kann ich Ihnen nicht sagen. Ein laufendes Ermittlungsverfahren. Jedenfalls haben wir den mutmaßlichen Täter festgenommen, und Thabo Götz ist vor einer guten Stunde auf freien Fuß gesetzt worden.»

«Endlich.»

«Sie können sich vorstellen, wie wichtig uns die Aussage des Zeugen ist, den Sie damals kennengelernt haben.»

Kießling zuckte mit den Schultern. «Ich hab Ihrem Kollegen schon gesagt, dass ich Ihnen nicht sagen kann, wo sich Paul aufhält.»

«Sie müssen Seifert nicht vor uns beschützen», erwiderte Bruno. «Der durchgeknallte Kollege, der ihn vor zwei Jahren gesucht hat, sitzt in Polizeigewahrsam. Mein Chef hat ihn überführt. Schauen Sie sich den Bluterguss auf seiner Stirn an. Wir riskieren sogar unsere Gesundheit, um die Bösen zu kriegen.»

«Ich glaub's Ihnen ja. Aber ich hab trotzdem keine Ahnung. Seit über einem Jahr bin ich Paul nicht mehr begegnet.»

«Das war November, Dezember 2012?», fragte Vincent.

«So ungefähr. Die Initiative wurde im Spätherbst gegründet, als der Prozess gegen Thabo begann. René Hagenberg hat uns Paul vorgestellt, danach kam der junge Mann noch ein paarmal als stummer Teilnehmer zu den Treffen, irgendwann um Weihnachten herum ist er dann weggeblieben.»

«So ganz habe ich noch nicht begriffen, warum die Initiative nie mit Pauls Aussage an die Öffentlichkeit gegangen ist.»

«Die Polizei war angeblich bei seiner Mutter gewesen und hatte dort alles auf den Kopf gestellt. Paul war verrückt vor Angst, und René meinte, wir sollten das respektieren.»

«Beschreiben Sie mir Paul Seifert.»

«Ende zwanzig, dunkles Haar, schlank, vielleicht einen halben Kopf kleiner als Sie. Ein stiller Typ, nervös, aber das war ja kein Wunder, nach allem, was er erlebt hat.»

«Ein Vorderzahn dunkel verfärbt, wie abgestorben?»

«Ja, genau.»

Vincent nickte Bruno zu. «Der Kellner aus der Künstlerkneipe.» Er wandte sich an Phillip Kießling. «Gehen Sie heute noch zu den Treffen der Initiative?»

«Schon lange nicht mehr.»

«Darf ich fragen, warum?»

«Daniela, meine damalige Freundin, hatte ein übles Erlebnis und ist danach nicht mehr gern aus dem Haus gegangen. Seitdem …»

Vincent nickte. «Mit ihr habe ich bereits gesprochen.»

«Manchmal wünscht man sich, man könnte die Zeit zurückdrehen und ein paar Dinge anders machen.»

«Das kenne ich gut.»

«Hoffentlich hat es Sie nicht so blöd erwischt wie mich.»

«Ihre Freundin hat Sie mit Hagenberg betrogen, stimmt's?»

Kießling nickte. «René hat sie hinter meinem Rücken angebaggert. Mein bester Kumpel!»

«Klingt, als wären Sie immer noch sauer auf ihn.»

«Der Kerl ist unglaublich! Geht auf die siebzig zu, könnte fast Danielas Opa sein! Als ich noch mit ihm auf Tour gegangen bin, hab ich's miterlebt, wie er die Mädels angemacht hat. Aber dass er sogar meine Freundin …»

«Auf allen Fotos, die ich von Ihnen gesehen habe, tragen Sie lange Haare.»

Der Schlagzeuger kratzte sich am Hinterkopf. «Ich hatte immer eine Matte. Gehörte quasi zu meinem Image. Als ich dann vor fünf Jahren diese Stoffwechselkrankheit bekam und mir sämtliche Haare ausgingen, wäre ich mir komisch vorgekommen, so ganz oben ohne auf die Bühne zu gehen. Deshalb trage ich auf der Bühne Perücke.»

«Verstehe.» Erst jetzt fiel Vincent auf, dass Kießling weder Augenbrauen noch Wimpern besaß. Ein völlig nacktes Gesicht.

Das Telefon klingelte. Es war Anna.

«Ziegler müsste gleich hier sein», sagte sie. «Die Technik steht. Du kannst zusehen, Vincent. Hausleitung, Kanal eins.»

Er bedankte sich und legte auf.

«Eine Frage habe ich noch», sagte er zu Kießling.

«Bitte.»

«Ihre Perückensammlung. Ist da auch ein Teil mit grauen Haaren darunter?»

Der Schlagzeuger verzog das Gesicht. «Grau, wieso? Damit würde ich ja noch älter wirken, als ich ohnehin schon bin!»

Vincent nickte und gab ihm sein Kärtchen. «Falls Ihnen noch etwas zu Paul Seifert einfällt.»

Der Mann las den Aufdruck. «Veih? In der Initiative gab es eine Brigitte Veih.»

«Meine Mutter.»

«Taffe Frau. Unglaublich, was sie mitgemacht hat. Und Sie sind ausgerechnet Polizist geworden?»

«Versteht niemand, ich weiß.»

«Ich habe ihre Autobiographie gelesen. Hammer, echt.»

Der Drucker surrte, Phillip Kießling studierte seine Aussage, dann setzte er seine Unterschrift darunter. Bruno brachte den Mann nach draußen, während Vincent den Fernseher einschaltete.

Die Nachrichten – Bilder aus der heutigen Pressekonferenz sowie von Thabo Götz in Hagenbergs Tonstudio. Großer Jubel und eine erste Probe des gemeinsamen Songs. Vincent zappte weiter.

Kanal eins: Annas Büro, ihr Schreibtisch von hinten, davor ein leerer Stuhl. Das Bild wirkte matschig, nicht gut ausgeleuchtet.

London Calling. Vincent nahm das Gespräch an, den Blick hielt er weiterhin auf den Bildschirm gerichtet.

«Hier ist Susanne. Hörst du deine Mailbox nicht ab?»

Es dauerte einen Moment, dann begriff Vincent: Die Stimme gehörte Susanne Baltes, Saskias Mutter. «Sorry, ich …»

«Ist Saskia bei dir?»

«Ich bin im Präsidium, bei der Arbeit. Wie kommst du darauf, dass …»

«Schon den ganzen Nachmittag versuche ich, Saskia zu erreichen. Sie weiß genau, dass ich heute Abend nach Warschau fliegen muss. Wir hatten ausgemacht, dass sie Oskar rechtzeitig abholt. Um vierzehn Uhr wollte sie da sein. Jetzt ist es …»

Vincent schaute aufs Handgelenk. «Zehn vor sechs.»

«In knapp zwei Stunden geht mein Flieger, ich muss los!»

Saskias Mutter war Fachanwältin für europäisches Vertragsrecht und hatte häufig im Ausland zu tun – die Hälfte ihrer Zeit verbrachte sie in Osteuropa.

«Versuch's mal auf ihrem Handy», riet Vincent.

«Witzbold. Da hab ich's zuerst probiert. Festnetz, mobil – ich hab Saskia auf allen Geräten die Mailbox zugequatscht. Keine Ahnung, was in meine Tochter gefahren ist. Sonst ist sie zuverlässig, zumindest wenn es um Oskarchen geht.»

«Okay, ich werde mich um den Kleinen kümmern.»

«Beeil dich. Spätestens um halb sieben muss ich ins Taxi steigen.»

Vincent hörte Schritte und Stimmen auf dem Gang, dann sah er auf dem Bildschirm, wie Stefan Ziegler in den Raum geführt und auf den Stuhl gesetzt wurde. Seine Nase war dunkel angelaufen, ein Pflaster klebte quer darüber.

«Bis gleich», sprach Vincent ins Handy und drückte Saskias Mutter weg.

Zieglers Hände waren vor der mächtigen Wampe gefesselt. Der Kerl hob sie und zeigte der Kamera beide Mittelfinger.

50

▼

«Wie fühlst du dich, Anna?», fragte Ziegler.

«Beschissen.»

«Kann ich mir denken. Unter Veih zu arbeiten …»

«Nein, wegen dir, Stefan. Ich verstehe nicht, wie es zu all dem kommen konnte. Was hast du nur angestellt?»

«Das sagst du jetzt, weil dein Chef zuhört.»

«Nein, weil ich eine Polizistin bin, die sich dem Recht verpflichtet fühlt.»

«Blablabla. Ihr Spießer seid froh, dass ihr jemanden zum schwarzen Schaf erklären könnt, weil dann der Rest der Herde umso weißer strahlt.»

«Wir zwei gehören nicht zur gleichen Herde.»

«Ach nein?»

«Ich renne nicht durch die Gegend und übe Selbstjustiz.»

«Du warst nicht an meiner Stelle. Du hast nicht erlebt, was ich erlebt habe. Du willst dich auch gar nicht in meine Lage versetzen. Ihr macht es euch alle so einfach. Du, dein Chef, die ganze Behörde. Ich bin euer Sündenbock und damit basta.»

Vincent verstand nicht, warum Anna dem Kerl seine Litanei gestattete. Mit dem musst du anders umspringen.

«Lass uns dieses Thema für einen Moment ausklammern», bat sie. «Wir brauchen deine Hilfe.»

«Du glaubst doch nicht im Ernst, dass ich ohne Anwalt auch nur einen Mucks mache!»

«Denk an das Mädchen, das auf Pias Grab gefunden wurde. Denk daran, wie ihre Leiche zugerichtet war. Um Alina wird genauso getrauert wie um Pia. Auch sie hat Familie und Freunde. Du kannst uns helfen, Alinas Mörder zu finden.»

«Ich wüsste nicht, wie.»

«Es gibt einen Zeugen. Leider wissen wir nicht, wo er sich aufhält.»

«Was hab ich damit zu tun?»

«Du weißt, wo der Typ stecken könnte. Du hast ihn schon einmal gesucht.»

«Ich?»

«Er war dabei, als du den Schüler erschossen hast.»

Ein kurzer Moment des Schweigens.

«Meinst du das Arschloch, das gefilmt hat?»

«Ganz genau.»

«Lasst ihr mich frei, wenn ich euch den Kerl liefere?»

«Natürlich nicht.»

«Warum soll ich euch dann helfen?»

«Weil du dir einen Rest von Anstand bewahrt hast?»

«Anstand?» Wieder blickte Ziegler in die Kameralinse. «Veih, was fällt dir eigentlich zum Thema Anstand ein? Du erbärmlicher Wicht traust dich nicht einmal rüber zu mir, schiebst lieber deine Kollegin vor, weil du so feige bist!»

Vincent sprang von seinem Stuhl auf. Mit drei Schritten war er auf dem Flur. Er riss die Tür zu Annas Büro auf. Sein Brustkorb rebellierte. Scheiß drauf.

Er ging zur Kamera und fand den Knopf, um die Aufnahme anzuhalten.

Die Kollegin versuchte, sich ihm in den Weg zu stellen. Der Dicke hob die gefesselten Hände, um sein Gesicht zu schützen.

Wird dir nichts helfen, dachte Vincent.

Starke Arme umschlossen ihn wie ein Schraubstock. Wäre er nicht verletzt gewesen, hätte er sie abgeschüttelt. «Mach dich nicht unglücklich», brummte Brunos Stimme dicht an seinem Ohr.

«Schließt mir die Handschellen auf!», verlangte Ziegler. «Ein ehrlicher Kampf! Oder traust du dich nicht, Veih, du Feigling?»

«Du hältst dein Maul», erwiderte Bruno und führte Vincent zurück ins Chefbüro.

Bruno nahm die Fernbedienung, schaltete den Bildschirm aus und setzte sich. «Stell dir vor, Vincent, mehr als vierzig Seiferts im Telefonbuch, und noch mehr davon haben ihren Wohnsitz in dieser Stadt gemeldet. Aber kein einziger Paul darunter. Hörst du mir zu?»

«So weit war Dominik auch schon.»

«Ich hab sämtliche Frauen im entsprechenden Alter angerufen, weil Kießling meinte, Ziegler und seine Leute hätten die Wohnung der Mutter auf den Kopf gestellt. Das Schöne am Samstag ist, dass man die Leute um diese Uhrzeit zu Hause erreicht, zumindest die Älteren. Aber keine Frau Seifert hat einen Sohn namens Paul.»

Vincent schaltete den Monitor wieder ein. Offenbar war die Vernehmung bereits beendet. Uniformierte schoben Ziegler hinaus. Anna beugte sich zur Kamera, ihr Gesicht ganz groß, fast farblos und unscharf.

«Chef», war ihre Stimme zu hören, die rote Strähne baumelte vor ihrem rechten Auge. «Du hast es vermasselt!»

Vincent trat ans Fenster. Draußen war es dunkel geworden. Nur die Kondensstreifen über der Stadt bekamen noch Sonnenlicht ab. Er drückte die Stirn gegen das kalte Glas.

«Was meinst du, Bruno, lag's an mir?»

«Cool war die Aktion jedenfalls nicht.»

Es klopfte an der Tür. Sofia trat ein.

«Du bist noch hier?», staunte Vincent.

«Zeig mir noch einmal die Bilder, die Seifert gemalt hat.»

Vincent holte sein Smartphone hervor und hielt es ihr hin.

Bruno sah ihr ebenfalls über die Schulter. «Das soll Kunst sein?», brummte er. «So 'n Zeug hab ich im Kindergarten fabriziert.»

Sofia wischte mit dem Finger über das Display und wechselte zwischen den drei Aufnahmen hin und her. «Wie alt sind diese Malereien?»

«Seifert hat sie vorgestern aufgehängt, und die Farbe roch noch ganz frisch.»

Die Praktikantin wandte den Blick nicht vom Display.

«Warum fragst du?», wollte Vincent wissen.

«Ich habe die ganze Zeit nachgedacht, woran mich die Bilder erinnern. Und dann ist es mir eingefallen: an die Leiche vom Friedhof. Alina Linke. An die Wunden auf den Obduktionsfotos.»

Vincent nahm ihr das Handy ab und besah sich noch einmal die Aufnahmen. Flecken in Rot und dunklem Braun, wie Brandmale auf entzündeter Haut. Darum waren Vincent die Bilder von Anfang an unheimlich gewesen. Er schickte sie an Professorin Michels, die Leiterin des rechtsmedizinischen Instituts.

Plötzlich fiel ihm Oskar ein.

Er schaute auf die Uhr. Mist, schon halb sieben. Vincent rief bei Saskia an. Er versuchte es unter beiden Nummern, Festnetz und Handy. Es klingelte jedes Mal ins Leere. Er griff nach seiner Jacke.

«Ist was?», fragte Bruno.

«Privat. Muss sein. Bin gleich wieder da.»

Vincent machte sich auf den Weg.

Susanne Baltes wohnte auf der anderen Rheinseite im Stadtteil Lörick. Als Vincent vor einer roten Ampel halten musste, wählte er die Nummer von Bastian, dem leiblichen Vater von Oskar, in der Hoffnung, den Jungen bei ihm parken zu können. Doch auch Bastian ging nicht ran.

Mit fünfzehn Minuten Verspätung traf Vincent bei Saskias Mutter ein. Oskar hockte auf dem Treppenabsatz vor Susannes

Wohnungstür und las ein Buch, neben ihm lag der Batman-Rucksack mit seinen Sachen.

«Ist deine Oma schon weg?»

Der Junge nickte.

Vincent zog das Handy aus der Tasche und rief noch einmal bei Saskia an. Nichts.

«Hat Mama mich vergessen?», fragte Oskar.

«Sicher nicht.»

«Wo ist sie denn?»

«Wenn ich das wüsste.»

«Bei Papa?»

Dafür gab es keinen Grund. Ihren Ex traf sie allenfalls, um ihm gelegentlich den gemeinsamen Sohn zu bringen. Vincent gab noch einmal Bastians Nummer ein. Er ließ es schier ewig klingeln. Endlich meldete sich Oskars Vater.

«Hast du es schon einmal probiert?», fragte er. «Konnte gerade nicht rangehen. Das Bayern-Spiel in der Sportschau.»

«Verstehe.»

«Ist es wegen Oskar?»

«Kann ich ihn zu dir bringen?»

«Was ist mit Saskia?»

«Verschwunden.»

«Was soll das heißen?»

«Keine Ahnung.»

Für einen Atemzug war Stille im Äther, dann ein großer Seufzer. «Okay, wann kommt ihr vorbei?»

Eine Sekunde der Orientierungslosigkeit, bis Vincent einfiel, wo er geparkt hatte. Er entriegelte sein Auto mit dem Funkschlüssel, warf Oskars Rucksack auf die Rückbank und hielt dem Jungen die Beifahrertür auf. Oskar stampfte mit dem Fuß aufs Pflaster. «Jetzt könnte Mama aber echt mal anrufen!»

«Schnall dich an», sagte Vincent, als er den Motor startete.

«Ich muss mal!»

«Wir fahren zu deinem Papa. So lange hältst du's noch aus.»

«Und du? Was machst du dann?»

«Arbeiten.» Keine Zeit, dich zu bespaßen, Kleiner.

Oskar kniff die Beine zusammen. «Kann ich dir nicht helfen? Ich will doch auch mal Kripo werden. Da kann ich schon was lernen!»

Vincent musste lachen. «Ein andermal.»

Während sie den Fluss überquerten, sagte Oskar: «Mama trifft wichtige Leute für ihr Buch. Schon die ganze Woche.»

Vincent fragte sich, was Saskia so lange in Wiesbaden trieb und warum sie sich nicht meldete. Hatte das Projekt so sehr von ihr Besitz ergriffen, dass sie ihren Sohn vergaß? Ihm fiel seine eigene Mutter ein, deren Fanatismus über allem anderen gestanden hatte.

«Mama sagt, das Buch wird das Land schütteln. Gibt es dann ein Erdbeben?»

«Hoffen wir, dass sie übertreibt», antwortete Vincent.

Bastian wollte ihn auf ein Bier in seine Wohnung bitten, Vincent lehnte dankend ab, überließ ihm Oskar und machte sich vom Acker.

Auf der Rückfahrt meldete sich das Handy. Michels, die Chefin der Rechtsmedizin.

«Danke, dass Sie zurückrufen, Frau Professorin.»

«Sie haben mir Fotos geschickt.»

«Es handelt sich um Aufnahmen von Ölgemälden, die in einem Düsseldorfer Café zum Verkauf ausgestellt werden. Ich hätte gern Ihre Meinung dazu.»

«Ehrlich gesagt dachte ich gar nicht an Malerei.»

«Sondern?»

«An Fotos von Verletzungen.»

Wieder spürte Vincent die kalte Hand, die nach seinem Herzen griff. «Von Brandmalen? Als seien Zigaretten auf der Haut ausgedrückt worden?»

«Ganz richtig. Frische Wunden, ältere Wunden, drei verschiedene Stadien. Blasen, Schorf und Eiter. Die Frauenleiche, die ich vor ein paar Tagen auf dem Tisch hatte, war über und über damit bedeckt.»

Vincent bedankte sich noch einmal.

Paul Seifert also, dachte er.

Der junge Mann hatte nach einer Vorlage gemalt: Alina Linke, seinem Opfer, das er selbst so zugerichtet hatte. Mit einem Mal glaubte Vincent, den Täter bis ins Innerste zu kennen. Triebverzehrende Endhandlung, so lautete der Fachbegriff.

Paul quälte, um zu malen. Er tötete im Namen seiner Kunst.

51

▼

Gegen halb acht war Vincent zurück in der Festung. Er verfluchte Saskias Verschwinden, das ihn fast eine Stunde gekostet hatte.

Zweiter Stock, das Büro von Felix, dem Aktenführer. Vincent klopfte und trat ein. Dominik war bei ihm. Der Fernseher lief, die Nachrichten im WDR.

«Gibt's was Neues?», fragte Vincent.

Felix nahm die Fernbedienung und schaltete den Ton aus. Dominik sagte: «Ich hab den Typen ausfindig gemacht, der Paul Seifert Ende 2012 sein Zimmer in der Wohngemeinschaft Krahestraße überlassen hat. Wo Seifert danach hinzog, weiß er angeblich nicht.»

«Auch so ein Möchtegernkünstler?»

«Ja, er und Paul Seifert kannten sich von Lanzarote. Seifert hat offenbar länger dort gelebt. Ich habe den Zeugen für morgen ins Präsidium bestellt.»

«Sehr gut.»

«Schon wieder ein Lob aus deinem Mund?»

«Bild dir nichts darauf ein, Junior», warf Felix ein. «Ist ihm sicher bloß so rausgerutscht.»

«Hab ich euch schon die Bilder gezeigt, die Seifert im *Axolotl* ausstellt?»

«Mit Kunst hab ich eher wenig am Hut», antwortete Felix.

«Ist klar.» Vincent zeigte den beiden trotzdem die Aufnahmen. «Sofia ist aufgefallen, dass das aussieht wie die Verletzungen, die Alina Linke dutzendfach am Körper hatte, und Professorin Michels hat mir das gerade bestätigt.»

«Verdammt, jetzt seh ich's auch», sagte Dominik.

Felix rieb sich das Kinn. «Der Maler, der Kameramann …»

«Richtig. Wir suchen Paul Seifert ab jetzt nicht mehr als Zeugen, sondern als möglichen Täter.»

«Er hat sein Opfer auf Pias Grab gelegt, weil Pias Onkel ihn damals in Todesangst versetzt hat.»

«Das ist vermutlich der Grund, warum er diesen Ort gewählt hat.»

«Und als du ihn in der Kneipe getroffen hast, hat er den Verdacht auf Hagenberg gelenkt, weil er auf irgendeine Art auf den Mann fixiert ist.»

«Die entführten Frauen hatten eine erotische Beziehung zu Hagenberg.»

«Du meinst, er hat sie aus diesem Grund ausgesucht?»

Dominik blickte seine Kollegen triumphierend an. «Hab ich nicht schon immer gesagt, dass der Täter 'ne schwere Macke hat?»

Der Fernseher zeigte das Präsidium, eine Außenaufnahme, Bilder der heutigen Pressekonferenz. Felix schaltete den Ton wieder ein. Schweigend verfolgten sie den Filmbeitrag.

Felix war der Erste, der Worte fand. «Ziegler, mein Gott. So etwas hätte ich nicht von ihm erwartet.»

«Dafür kriegt er hoffentlich lebenslänglich», meinte Dominik.

«Kommt darauf an», erwiderte Vincent.

«Wieso?»

«Entscheidend wird sein, wie der Richter es auslegt, dass Ziegler eine Waffe dabeihatte. Hat er sie mitgenommen, um sie zu benutzen? Dann wäre die Tat heimtückisch, also Mord. Hatte er sie aber nur zufällig dabei, dann wäre es möglicherweise Totschlag in einem minderschweren Fall, denn die Misshandlung einer Angehörigen könnte dazu geführt haben, dass er sich spontan zur Tat hat hinreißen lassen.»

«Hast du etwa auch Jura studiert?»

«Im zweiten Fall beläuft sich die Strafe auf ein Jahr Minimum.»

«Bloß ein Jahr? Das darf nicht wahr sein!»

«Aber du bringst mich auf eine Idee», sagte Vincent und tippte Kilians Nummer in sein Handy.

Der Staatsanwalt meldete sich.

«Schön, dass ich Sie so spät noch erreiche!»

«Schön? Finden Sie? Ich wäre lieber zu Hause, das können Sie mir glauben. Was gibt's denn, Herr Veih?»

«Wir haben heute Nachmittag vergeblich versucht, von Stefan Ziegler den Aufenthaltsort von Paul Seifert zu erfahren.» Vincent erklärte dem Staatsanwalt, warum er Seifert inzwischen für den Mörder von Alina Linke hielt.

«Dann sollten Sie Ziegler noch einmal vernehmen», sagte Kilian. «Am besten sofort.»

«Es würde enorm helfen, wenn Sie ihm einen Deal anbieten könnten.»

«Ich deale nicht. Außerdem habe ich heute schon genügend Überstunden geleistet.»

«Gut, nennen wir es nicht Deal, sondern eine vage Andeutung, die in Ziegler die Hoffnung weckt, er könne mit Totschlag in einem minderschweren Fall davonkommen. Ich wüsste nicht, wie wir sonst schnellstmöglich an Seifert herankommen könnten.»

«Mir ist nicht wohl bei der Sache.»

«Denken Sie an Franziska Thebalt.»

52

Ihre Kopfschmerzen fühlten sich an wie der schlimmste Kater ihres Lebens. Dazu Krämpfe im Magen, die Lippen waren rau und rissig geworden. Franziska fragte sich, wie lange man überleben konnte, ohne auch nur einen Schluck zu trinken.

Sie versuchte den Dreckskerl zu ignorieren, der wieder nichts gegen ihren Durst mitgebracht hatte. Den kranken Kerl mit dem komischen Zahn, der sich damit brüstete, ein leidenschaftlicher Künstler zu sein.

Ein Sadist ersten Ranges und simpel im Gemüt wie ein Kind.

«Ich verdurste», krächzte sie – das Sprechen fiel ihr schwer.

Er filmte, wie sie jammerte.

Franziska musste sich übergeben. Sie krümmte sich auf der Matratze und würgte etwas Magensaft hervor, der in ihrem Mund brannte.

«Wie heißt du», fragte sie.

«Paul.»

«Paul, warum machst du das?»

«Kunst darf alles.»

Müde schloss Franziska die Augen.

53

▼

«Ich möchte dabei sein», sagte Dominik und folgte Vincent ins Chefbüro.

«Wie war das noch mit dem abgenagten Knochen?»

«Ach komm, Vincent, sei nicht nachtragend.»

«Nein, im Ernst. Du könntest zu deiner Freundin fahren, vielleicht nimmt sie dich wieder auf.»

«Soll ich sie nicht lieber noch etwas schmoren lassen, bis sie Sehnsucht kriegt?»

Vincent verkabelte sein Handy mit dem PC. «Okay, dann hol uns den Dicken aus dem Gewahrsam.»

Junior ging, Staatsanwalt Kilian kam herein.

«Himmel, was für ein Wochenende!» Ächzend nahm er auf einem Besucherstuhl Platz. «Also verdächtigen wir jetzt Paul Seifert. Kameramann und Maler, ein vielseitiger Künstler!»

Vincent lud die Bilder auf seinen Computer und zeigte sie dem Staatsanwalt. Er ärgerte sich darüber, dass er nicht früher erkannt hatte, was Seiferts Gemälde darstellten.

«Also ich würde mir das nicht ins Wohnzimmer hängen», kommentierte Kilian.

Die Tür ging auf. Dominik war zurück, in seinem Schlepptau zwei Uniformierte mit Stefan Ziegler.

«Du schon wieder», sagte der Gefangene, als er Vincent erblickte. «Wie gesagt, für ein Tänzchen müsstet ihr mir die Handschellen abnehmen.»

«Setz dich.»

Der Dicke zog sich den letzten freien Stuhl heran. «Bist ja ganz schön scharf auf meine Gesellschaft.»

Vincent wies auf Kilian. «Staatsanwalt Kilian kennst du ja schon. Er überlegt gerade, wie die Anklage gegen dich lauten könnte. Es gibt da nämlich verschiedene Möglichkeiten.»

Zieglers Miene klarte sich auf. «Sie bieten mir einen Deal an, Herr Staatsanwalt?»

«Erst einmal will ich hören, was Sie zu bieten haben», sagte Kilian.

«Ihr wollt von mir also noch immer den Scheißkerl mit der Kamera. Den verdammten Perversen.»

«Tut es dir leid, dass du ihn nicht getötet hast?», fragte Vincent.

«Ich bin kein Mörder.»

«Ach nein?»

«Ich wollte nur Pia schützen.»

«Indem du um dich ballerst.»

«Von dir, Veih, brauch ich mir wirklich nichts erklären zu lassen. Hast du Kinder? Nein? Und warum nicht? Leuten wie dir ist es einfach nur zu lästig, für jemanden zu sorgen, stimmt's?»

«Können wir zum Thema kommen?», fragte Kilian.

Zieglers Blick fixierte Vincent, kalte Augen hinter geröteten Wangen. «Was weißt du schon von Verantwortung! Einer wie du verfolgt doch nur die Seifenstrategie. Wegflutschen, sobald's eng wird.»

«Sind Sie jetzt fertig?», drängte Kilian.

«Was ist mit dem Deal?»

«Was ist mit Paul Seifert?»

Ziegler zuckte mit den Schultern. «Keine Ahnung, wo Seifert sich aufhält, Herr Staatsanwalt. Alles, was ich Ihnen nennen kann, ist die Adresse seiner Mutter. Weiter bin ich damals nicht gekommen.»

Es war kalt geworden, der Wind hatte aufgefrischt. Vincent warf Dominik die Schlüssel zu.

«Du fährst.»

«Dein Privatwagen?»

«Tu, was dein Chef sagt. Ich lotse dich.»

Sie stiegen ein. Dominik justierte die Spiegel. Beim Anlassen gab er zu viel Gas. Am Ende des Jürgensplatzes nahm er die Ausfahrt, die der Polizei vorbehalten war, und fädelte sich in die Spur ein, die in den Rheinufertunnel führte.

Vincent erinnerte sich an einen Satz von Phillip Kießling, dem Schlagzeuger: *Die Bullen waren angeblich bei seiner Mutter gewesen und hatten alles auf den Kopf gestellt.*

Nicole Krapp, wohnhaft in der Pallenbergstraße im Norden der Stadt.

Krapp, nicht Seifert – was erklärte, warum Bruno sie nicht gefunden hatte.

Laut Ziegler hatte Paul Seifert vor zwei Jahren bei der Mama logiert. Beim ersten Besuch hatten Ziegler und seine Freunde sie auf die harmlose Tour gefragt, danach das Haus observiert. Beim zweiten Mal durchkämmten sie alles gründlich, doch der Sohn war bereits auf und davon.

Vincent war froh, dass er einen Fahrer hatte. So konnte er seine Rippen schonen und auf dem Display seines Smartphones nachsehen, ob die Onlinemedien etwas Neues zu vermelden hatten. Es ging stadtauswärts nach Norden, Danziger Straße, Kennedydamm.

«Totschlag in einem minderschweren Fall, ich fass es nicht», sagte Dominik. «Und bis es zum Urteil kommt, hat der Fettsack das Jahr bereits in der U-Haft abgesessen. Er kommt frei und terrorisiert seine Frau und dich und mich und alle, von denen er meint, sie seien schuld an seinem Schicksal.»

«Falls der Richter so urteilt.»

«Die Welt ist ungerecht.»

«Die Welt, über die du dich beklagst, das sind wir selbst, mein Lieber.»

«Philosophie? Wie viele Semester? Was hast du noch alles studiert?»

Vincent lachte.

«Sag mir, was ich mit Hanna machen soll.»

«Ruf sie an, sag ihr, dass du sie liebst, und bitte sie um Verzeihung.»

«Obwohl sie mit dem Streit angefangen hat?»

Vincent musste an seine Beziehungen zu Frauen denken. An Scheu vor Konflikten und vor Verantwortung. Er fragte sich, ob Stefan Ziegler auf gewisse Weise nicht sogar recht hatte.

Er rief Bastian an. Dem kleinen Oskar ging es gut, er schlief bereits.

Aber Saskia hatte sich noch immer nicht gemeldet.

Die Pallenbergstraße lag im Stadtteil Lohausen, Einfamilienhäuser mit großen Gärten. Trotz der Gaslaternen konnten sie keine Hausnummern an den Fassaden erkennen, doch das Navi empfahl ihnen anzuhalten.

Beim Aussteigen donnerte eine Maschine im Landeanflug über sie hinweg – nur wenige hundert Meter entfernt begann das Gelände des drittgrößten Flughafens der Republik.

An Vincents Schlüsselbund hing eine Miniaturtaschenlampe, Knopfbatterie mit Leuchtdiode. In ihrem Schein gelang es ihm, das Namensschild am nächstgelegenen Gartentor zu entziffern.

Krapp.

Er klingelte. Sie warteten. Dominik wollte etwas sagen, doch ein weiteres Flugzeug schnitt ihm das Wort ab. Es hatte die Landescheinwerfer eingeschaltet und blinkte rot und grün an den Spitzen der Tragflächen sowie am Leitwerk.

«Wie war das mit dem Nachtflugverbot?», fragte Dominik. «Wo kommt der Flieger wohl her?»

Eine entlegene Insel, dachte Vincent. Meeresrauschen und endloser Strand. Ein gutes Buch und jede Menge Ruhe.

Im Haus ging endlich ein Licht an. Die Eingangstür wurde geöffnet. Eine Frau ließ sich blicken.

«Kripo Düsseldorf», rief Vincent und hielt seine Marke hoch. «Können wir reinkommen?»

«Ist es wegen Paul?», blaffte sie zurück. «Was hat der Junge denn jetzt wieder ausgefressen?»

54

▼

Irgendwann registrierte Franziska, dass der Kerl nicht mehr da war. Ihre rechte Hand war immer noch frei. Eine Chance, erkannte sie – vielleicht die einzige, die letzte.

Sie zerrte am Kabelbinder, der die Linke am Regal festhielt. Sie scheuerte, bis die Haut aufsprang. Das Plastikband hielt.

Denk nach, Franziska.

Sie tastete zwischen den Matratzen nach Alinas Ray-Ban, fand das Ding und brach einen Brillenbügel ab – sorry, Alina.

Mit dem dünnen Ende stocherte sie in der Schlinge des Kabelbinders. Sie versuchte, die Zunge wegzudrücken, um die Lasche herauszuziehen. Ihr Herz raste, ihre Finger verkrampften. Immer wieder entglitt ihr der Bügel.

Endlich klappte es. Mit viel Geduld schaffte sie schließlich auch die Fesseln an den Füßen. Sie brauchte nur noch aus dem Raum zu spazieren, dann war sie frei.

Zum ersten Mal seit zwei Tagen richtete sich Franziska auf. Ihr Schädel pochte im Takt ihres Herzschlags, doch die Euphorie dämpfte den Schmerz.

Schon beim ersten Schritt verkrampften ihre Waden. Sie knickte ein, die Welt schwankte.

Hinlegen, ausruhen, nur für einen Moment.

Kraft schöpfen.

Sie schloss die Augen und schwebte in ein helles Licht.

55

▼

Pauls Mutter trug einen gesteppten Bademantel aus einem glänzenden, rosafarbenen Material. Ihr dünnes blondes Haar war mit viel Spray zu einer ausladenden Frisur geformt. Hängebäckchen, reichlich Kajal um die Augen. Sie zündete sich eine Zigarette an und behauptete, dass ihr Sohn seit Sommer 2012 nicht mehr hier wohnte.

Wo er lebte und was er trieb, wisse sie nicht, es interessiere sie auch nicht – offenbar war das Verhältnis der beiden nicht das beste. Sie bezeichnete ihn als schrägen Idioten, als faul und verschroben, besessen von seiner dämlichen Kunst.

«Wenn Sie ihn finden, dann sagen Sie ihm, dass er gefälligst seinen Krempel abholen soll, damit ich die Einliegerwohnung endlich vermieten kann!»

«Können wir uns einmal umsehen, wo Paul gewohnt hat?»

Nicole Krapp ging voraus. Ein Plattenweg, um die Ecke lag der zweite Eingang. Die Blonde klimperte eine halbe Ewigkeit mit dem Schlüsselbund, bis das Schloss endlich aufsprang. Drinnen roch es nach Moder und altem Schweiß.

Vincent bat Pauls Mutter, draußen zu warten, und schaltete sämtliche Deckenlampen ein. Die Wohnung bestand im Wesentlichen aus einem großen Zimmer mit Bettcouch, Schrank und Kochecke. Ein winziger Flur führte zu einem fensterlosen Bad. Die Duschwanne verdreckt, Stockflecken am Vorhang, ein fast blinder Spiegel. Die Ablage voller Cremetuben und Shampooflaschen.

Vincent verwarf die Idee, Schutzkleidung überzuziehen. Sie holten sich lediglich Latexhandschuhe und Spurenbeutel aus dem Auto, dann knöpften sie sich das Zimmer vor.

Staubflocken stoben zur Seite. Tote Fliegen bedeckten das Linoleum vor der Küchenzeile, wo es besonders stank – in der

Spüle lagerte schmutziges Geschirr mit Resten von Lebensmitteln, über deren Zustand Vincent lieber nicht nachdachte.

Der Tisch war überladen mit Stiften, Skizzenblöcken und zerknülltem Papier. Nur in der Mitte klaffte eine Lücke, was darauf hindeutete, dass sich hier ein Computer samt Monitor und Tastatur befunden hatte, die Paul beim Auszug mitgenommen hatte. Ansonsten glich der Raum einem Schlachtfeld. Verstreute Kleidungsstücke, vertrocknete Pflanzen auf dem Fensterbrett, das Bett fleckig und ungemacht. Dominik hob einen USB-Stick auf und steckte ihn in eine Tüte.

In der Raummitte war eine leere Staffelei aufgebaut, der Boden davor voller Farbflecken, an den Wänden lehnten zahlreiche gerahmte Leinwände, allesamt mit der Rückseite zum Betrachter. Vincent drehte sie um: Abstraktes, Katzenbilder, nackte Frauen mit gespreizten Beinen, intime anatomische Details in Großaufnahme. Pornophantasien mit übergroßen Schamlippen und kugelrunden Pobacken. In einigen Fällen war die Leinwand im Nachhinein bearbeitet worden – aufgeschlitzt und angekokelt.

Vincent spürte, wie ein kalter Schauer über seinen Rücken lief. *Kunst darf alles, solange man sie mit Leidenschaft betreibt.*

Dominik winkte ihn zu einem weiteren Stapel Bilder. Wüste Karikaturen der eigenen Mutter: viel Gelb auf dem Kopf, schwarze Ringe um die Augen. In obszönen Posen grob auf die Leinwand gepinselt, nackt, der Körper grotesk verdreht. Sie hob die Brüste mit ihren Händen und bot sie dar wie Obst auf dem Markt. Sie vögelte einen dunkelhäutigen Mann mit riesenhaftem Geschlechtsteil.

Das letzte Porträt zeigte ausschließlich das Gesicht – die Leinwand war voller Brandflecken. Löcher anstelle der Augen, die Ränder verkohlt.

«Zigaretten», sagte Vincent. «Die Idee hatte er also schon damals.»

«Ich könnte kotzen», entgegnete Dominik.

Sie lehnten die Bilder zurück an die Wand und gingen nach draußen. Keine Spur von Frau Krapp, der Eingang zur Hauptwohnung stand offen. Sie fanden die Hausherrin im Wohnzimmer.

Eine Show lief im Fernsehen. Der übliche Samstagabendschwachsinn im Ersten – war das Kai Pflaume? Vincent griff nach der Fernbedienung und schaltete den Ton ab. Pauls Mutter wandte den Blick trotzdem kaum von der Flimmerkiste.

«Frau Krapp, wir müssen davon ausgehen, dass Ihr Sohn eine Frau gekidnappt hat und gefangen hält.»

«Paul? Er baut Scheiße, seit er acht ist. Verschonen Sie mich damit, ich will davon nichts wissen!»

«Wo könnte er sein?»

«Was geht mich das an? Sobald er anruft, leg ich auf. Das können Sie mir glauben.»

«Schauen Sie mich an, Frau Krapp.»

Sie gehorchte zögernd.

«Wo ist Paul? Hat er Freunde?»

«Freunde? Den fasst doch keiner mit der Kneifzange an. Wie oft soll ich Ihnen noch sagen, dass ich seit bald zwei Jahren nichts mehr mit ihm zu tun habe! Im letzten Sommer rief er noch ein paarmal an, brauchte 'ne Bleibe und natürlich Geld. Ich hab behauptet, Ihre Kollegen würden das Haus noch immer überwachen. Der Fette, der ihm so viel Angst eingejagt hat. Das hat mir Paul vom Leib gehalten.»

«Wer könnte etwas über ihn wissen?»

«Früher hat seine Tante ihn verhätschelt.»

«Und heute?»

«Haben Sie schon seinen Vater gefragt?»

«Wo finden wir Herrn Krapp?»

Sie lachte, es ging in ein Husten über, sie zündete den nächsten Glimmstängel an. «Auf'm Friedhof. Krapp hat sich umgebracht. Hat in der Finanzkrise sein Unternehmen verspekuliert und hinterließ mir nichts als dieses Haus, ein paar Aktien und meinen neuen Namen. Aber Krapp war nicht Pauls Vater.»

«Wer dann?»

«Das wissen Sie nicht?»

Vincent durchfuhr die Erkenntnis wie ein Stromstoß. Wer hatte Paul den Gründern der Thabo-Initiative vorgeführt? Wer hatte sie zu Stillschweigen verdonnert, um Paul vor Ziegler zu schützen?

«Hagenberg?», fragte er.

Die Frau nickte und schlug sich gegen die Brust. «Vor meiner Ehe war ich Nicole Seifert, Renés Managerin. Nur durch mich ist René so groß geworden. Als ich ihm nicht mehr jung genug war, hat mir das Schwein den Laufpass gegeben. Das war …» Sie begann, die Finger an einer Hand abzuzählen, dann gab sie es auf. «Kurz nach dem Attentat auf Rolf-Werner Winneken.»

«Vor dreiundzwanzig Jahren», sagte Vincent.

«Die Zeit vergeht, nicht wahr?» Sie blies eine Rauchwolke in den Raum. «Als Ihre Kollegen hinter Paul her waren, da hat er sich garantiert bei René verkrochen. Aber ich wette, dass er da auch nicht mehr ist. Keiner hält es mit Paul aus. Mein Sohn ist ein Arschloch.» Sie senkte die Stimme. «Und das hat er von René.»

«Was ist mit der Tante?», fragte Dominik.

«Mona? Ein arrogantes Weib.»

«Könnte Paul bei ihr sein?»

«Auf Lanzarote oder auf ihrer Hacienda in Südamerika? Gut möglich.»

Nicht in den letzten beiden Wochen, überlegte Vincent. Das Versteck, in dem Paul seine Opfer festhielt, konnte nicht allzu weit entfernt liegen. Er nickte Dominik zu, sie wandten sich zum Gehen.

Die Frau kam ihnen bis an den Gartenzaun hinterher. «Sagen Sie meinem Sohn, dass ich den Krempel wegschmeiße, wenn er nicht endlich aufräumt! Oder glauben Sie, die Bilder sind was wert? Kunst von Spinnern und Autodidakten – neulich haben sie im Fernsehen gebracht, dass es Leute gibt, die so etwas sammeln. Was meinen Sie, wie viel das Zeug bringen könnte?»

56

▼

Dominik drückte den Funkschlüssel, warf die Spurenbeutel auf den Rücksitz und nahm wieder hinter dem Steuer Platz.

«Wo finden wir den Liedermacher?», fragte er beim Starten.

«Er wohnt irgendwo in Oberkassel.»

Vincent rief die Leitstelle an, ließ sich die Adresse nennen und gab sie ins Navi ein. Ohne ein Wort rollten sie durch die Nacht. Niederrheinstraße, Danziger, Cecilienallee. Die Oberkasseler Brücke, unter ihnen der breite schwarze Fluss.

Vincent musste an das Gespräch denken, das er auf dem Parkplatz des Klang-Klang-Studios belauscht hatte. *Sie will mich vernichten.* Wieder fragte er sich, wen Hagenberg gemeint haben könnte. Etwa Pauls Mutter?

«Vincent?» Dominik warf ihm einen Seitenblick zu. «Vielleicht hast du recht.»

«Womit?»

«Morgen früh rufe ich Hanna an und bitte sie um Verzeihung.»

«Du willst bei mir ausziehen? Jetzt, wo ich mich langsam an dich gewöhne?»

«Mach dir keine falschen Hoffnungen. Ich steh nicht so auf muskulöse Typen.»

Sie hielten in zweiter Reihe vor einem alten Bürgerhaus, Jugendstil, aufwändig saniert. Allerlei Erker und Stuck, ein säulenverzierter Eingang. Nach den Klingelschildern zu urteilen, bewohnte Hagenberg das komplette zweite Stockwerk. Kein Licht dort oben, niemand öffnete.

«Und jetzt?», fragte Dominik.

«Hagenberg hatte in den letzten anderthalb Jahren ein politisches Projekt.»

«Ja, klar. Freiheit für Thabo Götz.»

«Und was ist heute passiert?»

«Stimmt. Wahrscheinlich feiert er mit den Leuten der Initiative. Fragt sich nur, wo.»

Vincents erster Impuls war, es beim Tonstudio zu versuchen. Doch dann besann er sich und rief in Uedesheim an. Nina meldete sich.

«Wo ist Brigitte?», fragte er.

«Unterwegs zu 'ner Fete. Die Entlassung von Thabo Götz, du weißt schon.»

«Hat sie dir gesagt, wo die Party steigt?»

«Kennst du Pablo, den Chilenen in der Altstadt? In seinem Hinterzimmer hat sich die Initiative oft getroffen. Um zweiundzwanzig Uhr soll's losgehen.»

Vincent bedankte sich und gab die Information an Dominik weiter. Der Kollege startete den Motor.

«Lass uns zuerst zu meiner Freundin fahren», sagte Vincent. «Ich muss da kurz mal nach dem Rechten schauen.»

«Jetzt?»

«Es hat keinen Zweck, vor René Hagenberg bei der Feier aufzukreuzen.»

«Du hast recht.»

«Wie immer.»

Dominik lachte. «Klar, Chef.»

Vincent lotste ihn zu Saskias Adresse.

Er benutzte den Schlüssel, den sie ihm überlassen hatte, und stellte fest, dass die Tür nur zugezogen war, nicht verriegelt. Dabei schloss Saskia stets ab, sobald sie das Haus verließ. Er dachte an ihr letztes Telefonat. Sie war nach Wiesbaden unterwegs gewesen – fast vierundzwanzig Stunden war das her.

«Saskia?»

Keine Antwort.

Im Flur lag die kleine gelbe Handtasche, die sie oft benutzte. Vincent wühlte darin. Kein Autoschlüssel. Vielleicht war sie noch nicht zurückgekehrt.

Die Küche war aufgeräumt, die Arbeitsflächen sauber. Ein benutztes Weinglas in der Spüle, vielleicht vom gestrigen Abend. Kein Anzeichen, dass hier jemand in letzter Zeit gegessen hätte. Keine Krümel, kein schmutziges Geschirr.

Er wählte noch einmal Saskias Handynummer.

Seit Stunden dasselbe: Niemand ging ran.

Das Bett war wie üblich zerwühlt – ungemacht würden die Federn besser auslüften, pflegte Saskia zu behaupten. Die Tür zum Balkon war geschlossen.

Vincent beschloss, sich gründlicher umzusehen. Vielleicht hatte Saskia einen Zettel hinterlassen, eine Nachricht für ihn oder Oskar, irgendeinen Hinweis.

Im Wohnzimmer, das auch Saskias Arbeitsraum war, fiel ihm auf, dass ihr Laptop samt Tasche fehlte. Vermutlich hatte sie das Gerät mitgenommen.

Dann wurde ihm klar, dass er den Schreibtisch seiner Freundin noch nie so leer gesehen hatte. Kein Notizbuch, kein Kalender, nicht ein einziger Zettel. Vincent öffnete Schubladen – sie waren gefüllt, und er konnte nicht beurteilen, ob darin etwas fehlte.

Vincent erinnerte sich an die Filmsammlung, das Versteck für das Material zum Fall Winneken. Er öffnete die Kommode, auf der ihr Fernseher stand.

Eine Hälfte war gähnend leer.

Auf der anderen Seite drängten sich Stapel von DVDs. Diverse Staffeln amerikanischer Serien, zahlreiche Kinoklassiker sowie ein paar Filme, die sich Saskia von ihm geliehen hatte. Vincent kniete sich hin und tastete den Raum hinter den Stapeln ab.

Sämtliche Unterlagen waren verschwunden. Mehrere Ordner voller Aufzeichnungen und Kopien von Zeitungsartikeln und Akten, wie Vincent wusste.

Er schloss die Klappe, bemüht, das Holzfurnier nur ganz außen mit einer Fingerspitze zu berühren. Er trat zurück und überlegte. Die Regale wirkten unangetastet. Kein Anzeichen einer Durchsuchung. Nichts lag am falschen Platz oder wirkte zerwühlt – vom Bett nebenan einmal abgesehen.

Meine Filmsammlung braucht mehr Platz.

Hatte Saskia die Kommode selbst ausgeräumt?

Vincent fiel die Möglichkeit ein, dass seine letzten Telefonate mit Saskia abgehört worden waren. Wer auch immer hier war, hatte gewusst, wo er zu suchen hatten. Es waren Profis am Werk gewesen.

Wahnsinn, mir schwirrt noch völlig der Kopf. Der BND hatte einen Spitzel, der beste Kontakte zur RAF hatte!

Der Bundesnachrichtendienst …

Du spinnst, sagte sich Vincent. Mach deinen Job. Dominik wartet unten im Wagen.

Saskias Telefon klingelte – sein Herz machte einen Sprung.

Vincent fand den Apparat in der Küche. Das Display leuchtete. Eine Wiesbadener Vorwahl. Er nahm das Gespräch an.

«Kann ich mit Frau Baltes sprechen?» Eine Frauenstimme, die Vincent nicht kannte. Sie klang sehr aufgeregt.

«Hier ist Vincent Veih, Saskias Freund.»

«Vincent Che Veih, der Polizist? Frau Baltes hat Sie erwähnt.»

Sogar den dämlichen zweiten Vornamen, dachte Vincent. «Sie ist gerade nicht zu Hause. Kann ich etwas ausrichten? Mit wem spreche ich?»

«Verzeihung, mein Name ist Haug. Elita Haug. Mein Exmann …» Ein Schniefen. «Er …»

«Ist gut, Frau Haug, ich werde Saskia ausrichten, dass sie so rasch wie möglich zurückruft, okay?»

«Aber ihr geht es gut, oder?»

«Sicher, ich meine … warum fragen Sie?»

«Weil …» Ein Schluchzen.

Meine Güte, was war los? «Frau Haug?»

«Konrad, mein geschiedener Mann … er hat gesagt, sobald ihm …»

«Ja?»

«Sobald ihm etwas zustößt, soll ich den blauen Karton an Frau Baltes übergeben.»

«Heißt das …?»

«Ein Auto hat ihn erwischt! Gestern Abend, keine zwei Stunden nachdem er sich mit Ihrer Freundin … Er war mit dem Hund unterwegs, heißt es, und …»

«Beruhigen Sie sich doch, ich kann Sie kaum verstehen.»

«Konrad ist tot! Fahrerflucht, ein Betrunkener, meint die Polizei!»

«Das tut mir sehr leid.»

«Schon den ganzen Tag versuche ich, Frau Baltes zu erreichen.»

Saskia verschwunden, ihr Informant von einem Unbekannten überfahren – Vincent fühlte sich, als habe man ihm den Boden unter den Füßen weggezogen.

«Sind Sie wirklich sicher, dass es Ihrer Freundin gutgeht, Herr Veih?»

57

▼

Sie fuhren ein Stück in die Fußgängerzone hinein und ließen den Wagen an der Rückseite der Altstadtwache stehen. Vincent deponierte seine Kripomarke auf dem Armaturenbrett.

«Was ist mit deiner Freundin?», fragte Dominik.

Vincent erzählte ihm von Saskias Verschwinden.

«Gehört sie auch zu Hagenbergs Gespielinnen?»

«Mir ist nicht nach Scherzen zumute!»

Die Gassen, die zum Rathaus führten, erwachten nach Einbruch der Dunkelheit zu einem ausgelassenen, wilden Leben. *Die längste Theke* – an den Wochenenden fiel die Jugend der gesamten Region hier ein. Diskobesucher aus dem Ruhrgebiet und vom Niederrhein, Frauen in identisch bedruckten T-Shirts, die einen Junggesellinnenabschied feierten, Holländer mit seltsamen Hüten. Alles torkelte, grölte und ließ Limo-Schnaps-Mischungen in Literflaschen kreisen, zum Vorglühen, bevor es in die Kneipen ging.

Vincent und Dominik wichen den Leuten aus, so gut es ging.

«Womöglich hat Paul einen Helfer», spekulierte der Junior.

Daran hatte Vincent auch schon gedacht.

«Fakt ist, er hat kein Geld und keinen festen Wohnsitz», fuhr sein Kollege fort. «Mal lebt er hier, mal da, bei seiner Mutter oder auf Lanzarote, vermutlich bei der Tante. Er kellnert nur gelegentlich, die Bilder bringen ihm auch kein Geld. Trotzdem muss er irgendwo in der Nähe einen Ort haben, an dem er Frauen gefangen halten kann, wo er seine Bilder malt, wo er pennt und seine Klamotten aufbewahrt. Schafft einer das ohne jede Unterstützung?»

«Und wenn es einen Unterstützer gibt, was weiß derjenige über Pauls Verbrechen?»

«Hab auch schon eine Idee, wer diese Person sein könnte.»

«Ich weiß. Hier geht's lang.»

Durch eine Lücke in der Häuserfront gelangten sie in ein besonders enges Gässchen. Hier gab es eines der letzten Programmkinos der Stadt, mehrere Spanier und einen Chilenen. Pablo, der Wirt der *Casa Chilena*, war 1973 nach Pinochets Militärputsch als politischer Flüchtling nach Deutschland gekommen. Ein Urgestein der linken Szene.

Ein großes Pappschild hing an der Innenseite der Glastür, handschriftlich mit dickem Filzstift: *Geschlossene Gesellschaft*. Das Gleiche behauptete, nachdem sie das Restaurant betreten hatten, auch ein junger Mann, der seine dunklen Haare mit viel Gel zum Hahnenkamm geknetet trug, vielleicht um etwas größer zu wirken. Er baute sich vor Vincent und Dominik auf und versuchte, sie aufzuhalten.

Weiter hinten im Raum war eine kleine Bühne aufgebaut. René Hagenberg stand vor einem Mikro, griff in die Saiten einer akustischen Gitarre und trug ein Lied vor. Eine beachtliche Menge an Leuten hatte sich versammelt, vielleicht fünfzig, sechzig Menschen, die im Takt klatschten und den Refrain mitsangen. Fast jeder trug den gelben Anstecker der Initiative.

Es gibt noch viel zu tun.

Nichts ist erreicht, um auszuruhn.

Dominik hob die Augenbrauen. «Bombenstimmung.»

«Geschlossene Gesellschaft», wiederholte der junge Mann mit den gegelten Haaren.

Vincent zeigte seinen Dienstausweis. «Kripo Düsseldorf, wir müssen mit eurem Troubadix sprechen.»

«Ihr habt Nerven! Raus hier, Bullen, aber dalli!»

Die Umstehenden wurden aufmerksam und drängten heran, rasch sahen sich Vincent und Dominik einer mächtigen Überzahl gegenüber, die bereit war, den Türsteher zu unterstützen.

Ein älterer Mann schob sich zu ihnen durch, kleiner Kugelbauch, kurzgestutztes weißes Haar, gestreiftes Trikot in Rot-Weiß – die Farben der Fortuna, dachte Vincent, vielleicht auch die von Chile.

«Verzieh dich, Pablito», sagte der Alte. «Willkommen in der *Casa*, meine Herren. Ich freue mich, dass die Polizei mit uns feiern möchte. Was Sie hier trinken, geht selbstverständlich aufs Haus. Seien Sie meine Gäste!» Er schüttelte Vincent, dann Dominik die Hand. «Man nennt mich Pablo.»

«Danke, Señor, aber wir bleiben nicht lange. Wir haben nur eine Frage an Herrn Hagenberg. Wir suchen seinen Sohn.»

«René hat einen Sohn? Unglaublich! Ich kenne den Prachtkerl nun seit vierzig Jahren, aber den Sohn hat er mir verschwiegen. Warten Sie hier, meine Herren. Sobald René fertig ist, bringe ich ihn zu Ihnen.»

Die Bangen kriegt ihr klein.

Doch uns friern nicht die Herzen ein.

Vincent schien es, als hätte er diese Verse schon einmal gehört. Mitte der siebziger Jahre in Brigittes wechselnden Wohngemeinschaften, bevor sie ihn weggegeben hatte. Wenn damals unter Freunden gebechert wurde und der Joint kreiste, hatte niemand darauf geachtet, ob es für einen kleinen Jungen Zeit war, ins Bett zu gehen. Es wurde gesungen, diskutiert, gestritten und geliebt. Vincent hatte sich unter den Erwachsenen unsichtbar gefühlt – vielleicht eine Form der Freiheit, vielleicht auch der Einsamkeit.

Zum Sterben bleibt noch Zeit.

Wir nehmen es mit Heiterkeit.

Applaus, Hagenberg verneigte sich tief. Der große Star – hier war er mindestens ein Halbgott. Dann stand Pablo bei ihm, redete auf ihn ein und deutete mit einer kaum merklichen Kopfbewegung zu Vincent herüber.

Vincent nahm die Geste als Aufforderung und ging zur

Bühne. Hagenberg kam ihm entgegen. Wieder sah sich Vincent umringt von Menschen, die ihn feindselig beglotzten. Er erkannte Thabo Götz. Die Blondierte mit den großen Augen und aufgespritzten Lippen musste Cora sein. Vincents Blick fand auch Brigitte – ein Weinglas in der Hand, empörte Miene, den schmalen Körper wie zum Angriff gespannt.

«Ich habe dir schon am Nachmittag klargemacht, dass ich zu deinen Anschuldigungen schweigen werde», sagte Hagenberg und breitete bedauernd die Arme aus. «Schick mir meinetwegen eine Vorladung, und wenn mir der Termin passt, treffen wir uns im Präsidium. Mein Anwalt ist unterrichtet, er wird mich begleiten. War's das, Vincent?»

Hagenberg wollte an ihm vorbeigehen, Vincent hielt ihn fest. «Wo ist Ihr Sohn?»

«Keine Ahnung.»

«Paul ist krank. Er braucht professionelle Hilfe. Und wir müssen das Mädchen retten, das er in seiner Gewalt hat.»

«Wieso Paul?», höhnte der Liedermacher. «Ich dachte, *ich* hätte Franziska gekidnappt.»

Brigitte trat hinzu. «Lass gefälligst René in Ruhe!»

Hagenberg wandte sich zur Theke. «Ein Glas vom Rioja, Pablo. Du weißt schon, welchen.»

Vincent stellte sich zu ihm und unternahm einen zweiten Versuch. «Herr Hagenberg, es war Ihr eigener Sohn, der den älteren Herrn mit den längeren grauen Haaren beschrieben hat, offenbar um Ihnen den Mord an Alina anzuhängen. Wollen Sie ihn wirklich schützen?»

Der Wirt stellte dem Liedermacher ein übergroßes, bauchiges Weinglas hin, drei Finger hoch gefüllt. Hagenberg griff danach, schwenkte es und beobachtete die kreisende rote Flüssigkeit.

Vincent fragte sich, ob Paul Seifert womöglich sein Halbbruder war. Der Gedanke ließ ihn schaudern.

«Hör mal, Vincent, das alles tut mir schrecklich leid, aber ich hatte nie ein enges Verhältnis zu Paul. Ich wusste lange Zeit nicht einmal, wo er lebt und was er so macht. Nach dem Mord an Julian Pollesch kam Paul zu mir, völlig fertig mit den Nerven. Meine Güte, deine Kollegen haben ihn gesucht, um ihn ebenfalls kaltzumachen. Was hättest du an meiner Stelle getan?»

Vincent nickte. «Ihm Unterschlupf geboten.»

«Du weißt, was vor zwei Jahren wirklich geschehen ist?»

«Eine Fünfzehnjährige wurde von Julian Pollesch zu Sexvideos genötigt, und Paul hat die Kamera geführt.»

«Er ist in Todesangst zu mir gekommen und hat mir klargemacht, dass Thabo nichts mit dem Mord an dem Jungen zu tun hatte. Deshalb habe ich die Initiative gegründet. Um Paul zu schützen, habe ich nur den harten Kern eingeweiht.»

«Ich weiß.»

«Dass Paul schwierig ist, haben Cora und ich rasch gemerkt. Der Junge hat sich mehrmals danebenbenommen. Ich musste ihn schließlich rauswerfen. Zum Glück hat ihm ein Künstlerkollege seine Bude überlassen.»

«Die Wohngemeinschaft in der Krahestraße.»

«Mag sein, da weißt du mehr als ich. Im Frühsommer letzten Jahres stand er noch einmal auf der Matte. Wieder kein Geld, keine Bleibe, und ich habe nun mal ein großes Herz. Also hat er noch einmal bei mir gewohnt, aber nur für kurze Zeit.»

«Warum?»

«Er hatte angefangen, Cora zu belästigen, es ging so einfach nicht weiter. Als wir es ihm sagten, hat er sich vor unseren Augen verletzt, es war schrecklich.»

«Hat er eine Zigarette auf seiner Haut ausgedrückt?»

«Woher weißt du das?»

Die Wunden auf Alinas Körper, die Malereien. Vincent spürte, wie sich sein Puls beschleunigte.

«Das war im Juli letzten Jahres», fuhr Hagenberg fort. «Seitdem habe ich Paul nicht mehr gesehen. Das ist die Wahrheit, Vincent.» Er musterte Vincent über sein Glas hinweg.

Fifty-fifty, dass der Mann lügt, dachte Vincent.

«Sollte ich herausfinden, dass Sie Ihren Sohn verstecken, dann sind Sie dran, Herr Hagenberg. Beihilfe zum Mord, Begünstigung oder Mittäterschaft – fragen Sie Ihren Anwalt, welche Strafen darauf stehen. Jedenfalls ist dann Schluss mit den Fernsehauftritten und der Verehrung durch die Yellow Press. Auf Ihrer elektrischen Gitarre können Sie dann in einer Einzelzelle üben.»

«Wow, ich bin beeindruckt.»

«Hör endlich auf!», rief Brigitte. «Du mit deinen faschistoiden Methoden!»

Ein Schwall Weißwein schlug Vincent entgegen.

Schmährufe, Beleidigungen. Geballte Fäuste reckten sich. Rassist. Rechtes Schwein. Venceremos.

Vincent wischte sich mit dem Ärmel über das Gesicht. Er nickte Dominik zu. Sie bahnten sich einen Weg zur Tür und verließen die *Casa Chilena*.

Die frische Luft tat gut, die Nacht war erstaunlich mild. Die Schritte hallten durch die Gassen, aus den Eingängen zu den Souterrainschuppen wummerte Musik. Leuchtreklamen spiegelten sich in Scherben und Bierpfützen auf dem Asphalt. Das Gegröle betrunkener Fußballfans schlug ihnen entgegen. Hatte die Fortuna heute ein Heimspiel bestritten?

Vincent dachte über Paul Seifert nach. Der Kerl war auf seinen Vater fixiert – die drei Entführungsopfer waren Frauen, mit denen der Liedermacher geschlafen oder geflirtet hatte. Also musste Paul ihn über einen längeren Zeitraum hinweg beobachtet haben. Ging er bei seinem Vater in Oberkassel ein und aus, auch wenn er nicht dort wohnte? Saß er nachts auf dem

Dach gegenüber und spähte mit dem Fernglas durch die Fenster? Auf welche Weise erfuhr er, was sein Vater trieb?

«Schuss in den Ofen», sagte Dominik. «Das arrogante Arschloch wird seinen Sohn niemals verraten.»

«Hagenberg verheimlicht etwas.»

«Ja, klar. Am liebsten hätte ich die Wahrheit aus ihm rausgeprügelt.»

«So funktioniert es nicht.»

«Ich weiß, aber die Zeit drängt!»

Vincents T-Shirt war nass und kalt vom Wein. Er schloss die Jacke bis zum Kragen.

«Chef?»

«Junior?»

«Es sind jetzt mehr als fünfzig Stunden, seit Franziska ...»

«Ich weiß.»

«Wir können nicht einfach Feierabend machen.»

«Habe ich auch nicht vor.» Vincent blieb stehen. «Was meinst du, wo Hagenberg seinen Schlitten geparkt hat?»

58

▼

Franziska wurde wach und musste husten. Dann erinnerte sie sich daran, dass sie sich von den Fesseln befreit hatte. Langsam stemmte sie den Oberkörper hoch und zog ein Bein an.

Vorsicht, keine neuen Krämpfe riskieren.

An der Tür stand ein grell geschminkter Clown und winkte ihr zu. Nebel quoll unter der Ritze hervor. Der Tod setzt Trockeneis ein, um den Effekt zu verstärken, dachte Franziska.

So plötzlich, wie er gekommen war, verschwand der Clown wieder.

In der Schulung zu Beginn ihres Praktikums hatte Franziska

gelernt, dass Leute, die zu wenig tranken, irgendwann unter Wahnvorstellungen litten. Nierenversagen ging damit einher. Meist waren Pflegebedürftige im Greisenalter betroffen, Demenzpatienten.

Der Bühnennebel sickerte immer noch durch die Türritze.

Franziska hustete wieder.

Von irgendwo glaubte sie zu hören, wie eine Frau mit Paul redete. Der Rauch wurde dichter.

Du musst aufstehen, befahl sich Franziska, denn weiter oben ist die Luft besser. Sie versuchte es, doch die Beine gaben nach. Sie hielt die Luft an und kroch auf allen vieren zur Tür. Dort gelang es ihr, sich aufzurichten. Sie rüttelte an der Klinke.

Abgeschlossen.

Franziska legte das Ohr an das Holz, um das Leben auf der anderen Seite zu belauschen.

Da war ein Poltern und Prasseln. Keine weiteren Stimmen, sosehr sie sich auch konzentrierte. Das Türblatt war gemütlich warm. Doch beim Atmen kratzte es in ihrer vertrockneten Kehle. Das Husten tat weh, als zerreiße etwas in der Brust.

Sie klopfte gegen die Tür. Wieder und wieder, in stetigem Rhythmus. Was sollte sie sonst tun? Es war ihr egal, ob Paul sie wieder quälen würde.

Alles war besser, als hier zu ersticken.

59
▼

Das Parkhaus Altstadt mit seinen Zufahrten aus beiden Röhren des Rheinufertunnels war mit knapp eintausend Stellplätzen auf drei Etagen die größte Tiefgarage der Stadt und lag näher an der *Casa Chilena* als jedes andere.

Und tatsächlich: Schon nach wenigen Minuten hatten sie

das weiß-rote Porsche-Cabrio entdeckt. Vincent erkannte Hagenbergs Kennzeichen.

Er trennte sich von Dominik und fuhr mit dem Aufzug nach oben. Dort zeigte er dem Aufsichtstypen hinter den Monitoren seine Marke und vereinbarte mit ihm, dass ihnen die Schranke geöffnet würde, sobald sie sich über die Rufanlage meldeten.

Zurück in die Aufzugkabine, Vincent drückte den Knopf für das unterste Parkdeck, auf dem Dominik wartete. Während sich die Tür wie in Zeitlupe schloss, blickte Vincent noch einmal zurück.

Hagenberg betrat den Vorraum.

Vincent drückte sich gegen die Wand. Keine drei Meter entfernt fütterte der Liedermacher den Kassenautomaten mit einem Geldschein.

Schau jetzt bloß nicht in meine Richtung, Alter.

Endlich setzte sich die Kabine in Bewegung – um schon auf der nächsten Ebene wieder zu stoppen. Minus eins, ein Pärchen stieg zu, dann eine alte Dame. Sie trat in die Lichtschranke und wartete auf ihre Begleiterin, die sich auf eine Gehhilfe stützte und sich mit schlurfenden Schritten näherte. Dann drückte sie den Knopf für das Erdgeschoss. Alle vier Neuankömmlinge murrten, als der Aufzug die Fahrt abwärts fortsetzte.

Am liebsten hätte Vincent einen Vortrag darüber gehalten, dass es nicht grundlos zwei Tasten gab, um einen Aufzug anzufordern, und dass es nichts brachte, auf beide zu drücken, wenn man nach oben wollte. Womöglich hatte Hagenberg ihn gerade überholt – es standen weitere Aufzüge zur Verfügung. Noch mehr hätte es Vincent geärgert, beim Aussteigen dem Liedermacher genau in die Arme zu laufen.

Endstation, die Tür glitt zur Seite. Vincent lugte hinaus – die Luft war rein. Er beeilte sich, seinen Wagen zu erreichen. Dominik hatte ihn unterdessen gewendet, um sofort losfahren zu können.

Der Porsche stand nur ein paar Plätze weiter vorn auf der anderen Seite.

«Er kommt», sagte Vincent.

Schritte knirschten auf dem Parkdeck, Hagenberg eilte herbei, zielte mit dem Funkschlüssel auf sein Cabrio und riss die Fahrertür auf.

Dominik wollte den Zündschlüssel drehen.

«Warte», sagte Vincent. «Erst wenn sein Motor läuft.»

Mit lautem Röhren schoss der Sportwagen rückwärts aus der Parklücke und raste in Richtung Ausfahrt davon. Schon nach wenigen Metern flammten die Bremslichter auf, in der Kurve quietschten die Reifen.

Hinterher. Dominik ließ beim Losfahren das Seitenfenster nach unten gleiten. Er nahm die Kehre etwas langsamer, um Lärm zu vermeiden. Vor ihnen senkte sich die Schranke, der Porsche verschwand.

Dominik drückte den Rufknopf. «Wir sind's, Kripo Düsseldorf.»

«Könnte jeder behaupten.»

«Mein Kollege war doch gerade ...»

«Scherz.» Die Schranke ging hoch.

«Idiot.» Dominik gab Gas. «Links oder rechts?»

«Rechts», sagte Vincent.

Eine enge Kurve, hinauf in die Tunnelzufahrt, die Beschleunigungsspur ließ nur wenig Raum. Weiter vorn röhrte der Porsche, hielt sich aber an die vorgeschriebene Höchstgeschwindigkeit. Ein Pkw hatte sich zwischen sie geschoben. Das blieb so, bis Hagenberg Richtung Kennedydamm abbog.

Sie folgten ihm. Vincent rief Anna an und berichtete ihr, was er und Dominik in den letzten Stunden in Erfahrung gebracht hatten.

«Keine Ahnung, ob Hagenberg in die Taten involviert ist», fasste er zusammen. «Auf jeden Fall deckt er seinen Sohn, obwohl sie angeblich ein schlechtes Verhältnis oder gar keines haben. Vielleicht hat Hagenberg vor, Franziska zu befreien, vielleicht will er auch nur seinen Sohn vor uns warnen.»

«Wo seid ihr jetzt?»

Dominik setzte den Blinker, es ging auf die A44.

«Wir verlassen die Stadt in Richtung Mönchengladbach.»

«Soll ich nachkommen?»

«Nicht nötig, Anna. Sobald wir Verstärkung brauchen, rufen wir Kollegen vor Ort, wo auch immer das sein wird.»

Die Autobahn war frei, doch zum Glück nutzte der Porschefahrer nicht das volle Potential seines Motors. Einhundertsechzig Sachen, sie hielten den Abstand konstant. Sollte Hagenberg in den Rückspiegel schauen, würde er nur ein Lichterpaar sehen, dachte Vincent. Zwei weiße, abgeblendete Scheinwerfer, die von jedem Auto stammen konnten – bei Dunkelheit war es leicht, jemandem unbemerkt zu folgen.

Kreuz Meerbusch, das Auto vor ihnen blieb auf seiner Fahrspur.

Nach weiteren zehn Kilometern erreichten sie die Ausfahrt Münchheide. Hagenberg setzte den Blinker.

«Er fährt ab», kommentierte Dominik.

Vincent rief Anna erneut an. Er vermutete, dass sie sich inzwischen in der Festung eingefunden hatte.

«Wir verlassen die A44 und erreichen jetzt die Landstraße, die in nördlicher Richtung zuerst nach Tönisvorst führt. Ich hoffe, er fährt nicht bis nach Holland weiter, denn wir haben höchstens noch Sprit für achtzig Kilometer.»

«Soll ich in Viersen anrufen? Soviel ich weiß, haben die dort eine Kriminalwache.»

«Warte noch. Kann auch sein, dass er in den Kreis Kleve hinüberfährt.»

Dominik verringerte den Abstand, um nicht in jeder Kurve

die Sicht auf Hagenbergs Wagen zu verlieren. Eine Ampelkreuzung näherte sich.

Rot, das Fahrzeug vor ihnen hielt an.

Dominik bremste. Als sie den Porsche erreichten, sprang die Ampel auf Grün. Zweifel, ob sie noch dem richtigen Wagen folgten, waren jetzt ausgeschlossen.

Tönisvorst.

Lichter eines Gewerbegebiets, rechts ging es in den Ort, sie fuhren jedoch weiter. Noch eine Kreuzung, grünes Licht, dahinter nur noch schwarze Felder – der Mond verbarg sich in den Wolken.

Kempen.

Der Porsche bog nach links auf die Ringstraße ab, die das Städtchen in weitem Bogen umspannte. Sie fuhren mit geringer Geschwindigkeit etwa drei Kilometer weit, dann verschwand das Fahrzeug hinter Buschwerk auf der rechten Seite.

Dominik bremste ab. Ein asphaltierter Weg mündete an dieser Stelle. Vincent registrierte ein Schild, das Hausnummern anzeigte. Die roten Rücklichter hatten sich nordwärts entfernt.

«Hinterher», sagte Vincent.

Er meldete sich wieder bei Anna. «Wir sind jetzt mitten in der Walachei zwischen Kempen und Grefrath. Vermutlich gleich am Ziel. Weißt du, ob es in Kempen eine Wache gibt?»

«Ja, ich ruf dort an.»

Konzentration auf den Weg. Eine breitere Fahrbahn kreuzte, die nach rechts zur Landstraße zurückführte. Ihr Vordermann bog links ab. Gleich darauf beschleunigte der Porsche – sie konnten das Aufjaulen des Motors hören.

Vincent schlug verärgert auf das Armaturenbrett. Hagenberg hatte einen Umweg genommen, um zu testen, ob er verfolgt wurde. Sie waren aufgeflogen.

Dominik gab Gas, doch der Abstand vergrößerte sich weiter.

In der ersten Kurve begann sich Vincent um sein Auto zu sorgen, doch bald darauf verringerte Dominik das Tempo wieder.

Vor ihnen loderten Bremslichter auf, weiter vorn das Blaulichtgeflacker von mindestens fünf Einsatzfahrzeugen.

London Calling. Anna.

«Ich hab gerade die Kollegen aus Kempen am anderen Ohr. Da draußen brennt ein Bauernhof. Die Feuerwehr …»

«Ich seh's, bleib dran!»

Im Näherkommen erkannten sie Löschfahrzeuge, die auf einem Hof neben der Straße standen. Aus dem Dachstuhl eines großen Gebäudes schlugen meterhoch Flammen.

Wasser aus mehreren Schläuchen – ein Tropfen auf den heißen Stein, dachte Vincent, aber mehr konnte die Feuerwehr offenbar nicht ausrichten. Ein Blau-Silberner der Kreispolizeibehörde war auch bereits eingetroffen.

«Hagenberg fährt weiter», bemerkte Dominik und legte die Hand auf den Schaltknüppel. «Hinterher?»

«Vincent?» Annas Stimme im Handy.

«Ja?»

«Die Kollegen berichten gerade, dass Hagenberg auf diesem Bauernhof seine Oldtimersammlung untergebracht hat. Er hat da offenbar eine Scheune gemietet.»

«Halt an!», sagte Vincent zu Dominik. Dann, ins Handy: «Wir brauchen unbedingt einen Notarztwagen, so schnell wie möglich!»

«Ist noch keiner vor Ort?»

«Ich sehe keinen.»

Die Rücklichter des Porsches wurden in der Ferne kleiner.

«Da haut er ab», bemerkte Dominik.

«Macht nichts. Den kriegen wir später.»

Sie stiegen aus und liefen zu den beiden Kollegen aus Kempen, die bei ihrem Fahrzeug standen und die Flammen bewunderten.

Vincent zeigte seine Marke. «Wir kommen aus Düsseldorf.»

«Ist halb so wild», antwortete ein Uniformierter. Schnauzbart, Stirnglatze. «Das Hauptgebäude steht leer, da wohnt schon seit Jahren keiner mehr.»

«Wir vermuten, dass hier eine Frau festgehalten wird, die bei uns auf der Vermisstenliste steht.»

Die Kollegen machten große Augen. Zu viert liefen sie zu den Feuerwehrleuten hinüber. Die Löschmannschaft trug schwarze Montur mit gelben, fluoreszierenden Streifen, Helme mit Visier – nicht alle hatten unmittelbar zu tun, einige schienen nur herumzustehen.

«Da soll eine Frau drin sein», sagte der Kollege mit dem Schnauzbart.

«Möglicherweise gefesselt», ergänzte Vincent.

Ungläubiges Kopfschütteln. Murren und Gesten der Ratlosigkeit.

Der größte unter den Feuerwehrleuten verschwand in einem der Fahrzeuge.

«Was ist?», fragte Vincent – seine Sorge steigerte sich mit jeder Sekunde.

«Wir können da nicht rein», antwortete einer der Schwarzgewandeten. «Das Gebäude ist hochgradig einsturzgefährdet!»

Zwei weitere Fahrzeuge kamen auf den Hof gerollt, ein Notarztwagen und ein Krankentransporter. Feuerwehrleute und Streifenpolizisten starrten weiterhin auf das brennende Haus.

Vincent wurde es zu bunt.

Er ging auf das Feuer zu. Mit jedem Schritt wurde das Prasseln und Tosen lauter. Dachziegel platzten und stürzten herab. Die Hitze nahm zu, ebenso der beißende Gestank der Rauchschwaden.

Zwei Männer rannten herbei und rissen ihn zurück. Vincent wollte sie abschütteln. In diesem Moment gaben die Wolken den Vollmond frei, und eine gigantische Rauchsäule zeichnete sich ab.

Der Große war wieder da, er trug jetzt eine Maske vor dem Gesicht, Schläuche standen an den Seiten ab – er wirkte wie ein Alien, eben auf der Erde gelandet. An seinem Rücken hing eine Gasflasche.

«Zu gefährlich!», rief ihm ein Kollege zu. «Matze, das gilt auch für dich!»

Der Mann mit der Maske stapfte unbeirrt auf das Gebäude zu und verschwand darin.

Sekunden verstrichen. Die Flammen schlugen aus den Seitenfenstern, dann wieder aus dem weitgehend nackten Dachstuhl. Sie wurden kleiner, als zeige das Löschwasser endlich Wirkung.

Plötzlich ertönte ein lautes Rumpeln, Sparren und Balken brachen, der First sackte in der Mitte ein. Funken sprühten in den Himmel, es prasselte noch lauter. Vincent hielt den Atem an.

Das Warten war unerträglich.

Endlich erschien der Große in der Tür. In seinen Armen trug er ein dünnes, nacktes Mädchen, dessen Haut im Mondlicht leuchtete. Das Gesicht war gerötet, dunkle Ringe um ihre geschlossenen Augen. Ein Kettchen um den Hals, das Peace-Zeichen.

Franziska, erkannte Vincent. Ihre Lider flatterten – sie konnte nicht ganz tot sein.

Die Feuerwehrleute johlten und applaudierten.

Ein bizarres Muster dunkler Spuren überzog die gesamte Vorderseite ihres Körpers.

Vincent war klar, was das bedeutete.

Die Sanitäter legten den reglosen Körper auf die Trage, warfen eine Decke darüber und schoben das Mädchen in den Transporter. Der Arzt kletterte hinterher.

Der Große nahm seine Maske ab, ein rosiger Bursche mit Stoppelbart. Er tippte auf ein Kästchen, das mit den Schläuchen verbunden war. «Ich musste endlich mal unseren neuen Totmannwarner ausprobieren. Das kleine Ding war teuer genug.»

«War das Mädchen die einzige Person im Haus?»

«In den Räumen auf der Westseite gab es nur sie. Im Rest des Gebäudes ist kein Durchkommen. Tut mir leid.»

«Geben Sie mir die Maske!»

«Unmöglich.»

Wieder sprühten Funken. Der Dachstuhl stürzte ein. Hinter den leeren Fenstern tobte die Hölle.

TEIL SECHS

Schatten

▼

60

▼

Dienstag, 18. April 2001

Weil Mona nur mit Handgepäck geflogen war, konnte sie sofort zum Ausgang gehen. Sie wählte die Autovermietung, vor deren Schalter die Schlange am kürzesten war, und unterschrieb für einen Seat Ibiza. Ein gutes Gefühl, wieder auf der Insel zu sein.

Im Kreisverkehr bog sie in Richtung Arrecife ab. An der Circunvalación wurde gebaut, der Verkehr schob sich langsam dahin. Ihr Blick wanderte hinunter zum einzigen Hochhaus, einer ausgebrannten Hotelruine – angeblich interessierten sich neuerdings wieder Investoren dafür. Mona machte an einem Einkaufszentrum halt und erstand für ein paar hundert Peseten einen Strauß gefüllter roter Tulpen.

Kurz vor Costa Teguise ging es rechts ab zur Punta de Lomo Gordo.

Sie parkte vor dem Haus, das sie vor zehn Jahren über einen Strohmann ihrem Bruder abgekauft hatte. Sie hatte den Preis um fast ein Drittel drücken können – nachdem der berühmte linksradikale Liedermacher seinen Genossen Fred Meisterernst verraten hatte, war er in ein Loch der Depression gefallen. Zu keinem neuen Lied, zu kaum einem Konzert mehr fähig, hatte er sich von seinem Feriendomizil trennen müssen und sogar von seiner geliebten Cessna.

Sie wusste alles über ihn. Sie spielte mit ihm. Sie hob ihn hoch, nur um ihn um so tiefer fallenzulassen.

Die Tür war verschlossen, Mona benutzte ihren Schlüssel.

«Hola, Papa!», rief sie ins Haus hinein.

Sie stellte die Tasche ab, ging in die Küche und setzte die Kaffeemaschine in Gang.

Auf der Terrasse fand sie ihren Vater, der im Halbschatten der Pergola döste. Mit sechsundachtzig Jahren noch immer eine halbwegs stattliche Erscheinung. Elegant gekleidet – heller Leinenanzug mit Weste, weißes Hemd, seidenes Halstuch mit Paisleymuster. Nur das Spanienkreuz aus seiner Zeit bei der Legion Condor störte den Anblick, wie sie fand.

Er grüßte sie mit Wangenkuss und wirkte erstaunt – offenbar hatte er mal wieder vergessen, dass sie sich angekündigt hatte.

«Nimm das ab», sagte sie und deutete auf den silbernen Orden an seiner Brust, der im Zentrum das Hakenkreuz präsentierte. «Du bist kein Soldat mehr. Außerdem ist es verboten, spätestens seit 1957, Bundesgesetz.»

«Zu Hause werde ich wohl noch stolz darauf sein dürfen, was wir geleistet haben.»

Sie lachte. «Na gut, Papa. Mach, was du willst.»

Mona blickte zum Meer hinüber. Was für ein herrliches Fleckchen Erde sie hier besaß! Sollte Ernst Hagenberg in möglichst ferner Zukunft seine Augen für immer schließen, würde sie etwas Geld in die Hand nehmen und das Haus zu einem Boutiquehotel für gutbetuchte Gäste ausbauen.

Sie schritt hinunter zum Ende des Gartens und legte die Tulpen unter der großen Palme ab. Als in Düsseldorf vor dreieinhalb Jahren das Grab ihrer besten Freundin aufgelöst worden war, hatte Mona den Schädel und einige Knochen verbrennen lassen und die Urne hier beigesetzt. Am Stamm hing ein Foto von Renate im wetterfesten Rahmen: Sommerferien 1967. Süß sah sie aus, zum Anbeißen.

Am heutigen Tag wäre Renate Zieball achtundvierzig Jahre alt geworden. Manchmal fragte sich Mona, ob Renate noch leben würde, wenn sie ihr damals beigestanden hätte. Wie ihr eigenes Leben dann verlaufen wäre.

«Wer ist das da unten, auf dem Foto?», rief ihr der Vater entgegen, als sie zur Terrasse zurückkehrte.

Mona schenkte dem alten Mann ein Lächeln. «Der Kaffee ist fertig. Willst du auch eine Tasse?»

Sie setzten sich in den Wintergarten, weil es ihrem Vater auf der zugigen Terrasse zu kühl geworden war. Er holte Erkundigungen ein, stellte die üblichen Fragen. Wann heiratest du endlich? Ich hoffe sehr, du bist keine verdammte Lesbe – nein, Papa, bin ich nicht.

Wie geht es Sturmbannführer von Wegener und diesem Munkwitz aus Goebbels' Presseamt? Stinkt er immer noch so nach Knoblauch, wenn er morgens ins Büro kommt? Ach, Papa. Munkwitz ist schon lange pensioniert wie die anderen auch, das weißt du doch. Aber von Wegener hab ich neulich im Heim besucht. Er lässt dich herzlich grüßen. Lebt leider nur noch in der glorreichen Vergangenheit.

Mona war Ernst Hagenbergs einstigen Weggefährten auf immer dankbar. Diese Männer hatten sie gefördert, als sie Mitte der Siebziger ins Berufsleben einstieg und Frauen in guten Positionen noch eine Rarität gewesen waren.

«Hast du etwas von René gehört?», fragte ihr Vater.

«Nein», log Mona.

«Dieser undankbare Racker. Ich habe beschlossen, dass du allein die Ländereien in Argentinien erben sollst.»

Das erzählst du jedes Mal, dachte Mona. Sie blickte auf ihre Rolex – die Siesta würde gleich vorbei sein. Zeit, sich auf den Weg zu machen.

«Wo willst du hin, mein Mädel?»

«Es geht um deinen Enkel, das weißt du doch.»

«Bringst du mir die *Nationalzeitung* mit?»

Sie fuhr auf der Avenida Mármoles nach Arrecife hinein. Im Kreisverkehr bei drei Uhr raus, Rambla Medular, im übernächsten Kreisel in Richtung Zentrum. Sie stellte den Seat auf dem Parkplatz an der Calle Albacete ab und ging zu Fuß in die Apolo, wo die Guardia Civil in einem schlichten zweigeschossigen Gebäude untergebracht war.

Das Schild am überdachten Eingang wirkte ramponiert, die Stromleitung war außen an die Fassade gedübelt. Die rot-gelbe Flagge Spaniens flatterte emsig im Wind, sonst war es still. Das Gewahrsam lag hinter dicken Mauern, seine Fenster gingen zum Innenhof.

Rodrigo Álvarez erwartete sie in seinem Büro. Schnauzbart, aristokratische Stirn, altes Schrot und Korn. Mona vermutete, dass er auch nach einem Vierteljahrhundert dem Caudillo noch nachtrauerte. Sicher hatte er den Putsch von 1981 unterstützt. Auf dem Tisch lag sein schwarz glänzender Tricornio.

«Buenos días, mi capitán», grüßte Mona und schob den Umschlag mit der üblichen Summe unter den Helm.

«Reden Sie mit seinen Eltern», sagte Álvarez. «Es geht so nicht weiter.»

Dermaßen kurz angebunden war er sonst nie. Kein Smalltalk übers Wetter, kein Lästern über den Euro, der ab nächstem Jahr gelten sollte, nicht einmal eine Erkundigung über den Gesundheitszustand des alten Herrn.

«Ich weiß, die Katzen», antwortete Mona.

«Wenn es nur die verdammten Katzen wären, mierda maldita!»

«Was hat er dieses Mal getan?»

«Er treibt sich bei den Ferienhäusern rund um Costa Teguise herum, steigt ein, klaut Höschen. Am Karfreitag hat ihn eine Frau erwischt, wie er auf ihrem Bett masturbiert hat.»

«Mein Gott.»

«Er hat der Dame eine Heidenangst eingejagt, sie hat fast

einen Herzanfall erlitten. Wie soll das mit dem Jungen weitergehen? Er braucht jemanden, der sich kümmert. Er ist doch erst sechzehn!»

«Fünfzehn», korrigierte Mona.

«Ich kann Ihnen nicht mehr helfen», antwortete Álvarez. «Es fällt auf.»

Sie unternahm mit ihrem Neffen eine kleine Rundfahrt. Feuerberge, El Golfo, schließlich Playa Blanca, wo es leckeres Eis gab.

Paul schwieg. Er kratzte seine Pickel auf und knabberte an den Fingernägeln. Sie bemerkte, dass seine Handrücken mit frischem Schorf übersät waren.

Am Rand des jungen Touristenortes auf der sonnensicheren Seite der Insel fraßen sich die *Urbanizaciónes* in die karge Landschaft. Frisch asphaltierte Straßenzüge erschlossen das Land, bereits mit Laternen bestückt und darauf wartend, mit eintönigen Reihen weißer Häuschen bebaut zu werden. Und jedes Jahr kam auf dem Weg in das Städtchen ein neuer Kreisverkehr hinzu, so schien es ihr. Sie war froh, dass sie nicht hier investiert hatte.

Mona parkte im Zentrum. Sie schlenderten zur Promenade hinunter. In der Gelateria Italiana kaufte Mona zwei Portionen Eis. Als ihr Neffe nach seiner Waffel greifen wollte, hielt sie sein Handgelenk fest und begutachtete die Wunden.

«War das Álvarez?»

«Wer?»

«Die Guardia Civil.»

Paul schüttelte den Kopf.

«Deine zugedröhnte Mutter?»

«Nein, nein.»

«Wer dann? Sag schon!»

«Ich hab das selbst getan.»

«Um Himmels willen, warum?»

«Weiß nicht. Wollte mal ausprobieren, wie das ist.»

Sie setzten sich auf die Mauer und schauten dem Treiben am Strand zu. Mona fragte sich, wie ihrem Neffen zu helfen war. René wollte von ihm nichts wissen. Nicole hatte nur Männer und Koks im Kopf. Und seinem Großvater tanzte Paul längst auf dem Kopf herum.

Mona nahm einen Packen Scheine aus ihrer Innentasche und zählte zweihundert D-Mark ab, die sie ihm zusteckte. «Das müsste bis zum Ende der Woche reichen.»

«Ich möchte bei Opa bleiben.»

«Weil du denkst, du könntest ungestraft in fremde Häuser einbrechen und in die Höschen von Touristinnen wichsen?»

Paul lief rot an und blickte zu Boden.

«Mach gefälligst weiter mit der Schule.»

«Ich bin zu blöd dafür.»

«Wer sagt das?»

Paul zuckte mit den Schultern. «Papa nennt mich einen Trottel», sagte er leise.

«Er selbst ist der größte Trottel unter dem Himmel, schwach wie ein Küken und eitel wie ein Pfau. Ich kenne sein Geheimnis. Wenn du über einen Menschen alles weißt, mein Pauli, dann hast du ihn in der Hand, verstehst du?»

«Krass.»

Mona wandte ihr Gesicht der Sonne zu, schloss die Augen und ließ ihre Gedanken wandern. Mit fünfundfünfzig würde sie sich pensionieren lassen. Nur noch ein paar Jahre. Dann schon auf diese Insel ziehen? Oder mit ihrem Know-how noch einmal Kohle machen?

Der Junge kratzte schon wieder an einem Pickel. Mona schlug ihm auf die Finger.

«Was brauchst du am nötigsten, Pauli?»

Schulterzucken.

«Eine gescheite Ausbildung. Du hast eine kreative Ader, du

malst gerne. Was dir fehlt, ist Förderung. Du könntest Graphiker werden, Illustrator oder auch Architekt, was immer du willst. Bring deinen Vater dazu, dass er seine Beziehungen für dich einsetzt. Ist das klar?»

Paul nickte, doch er schien nicht überzeugt.

«Ich habe dich nämlich heute zum letzten Mal aus dem Gewahrsam geholt. Steig nie wieder in Ferienhäuser ein. Denk nicht mal dran! Versprochen?»

«Versprochen», wiederholte er tonlos.

«Und für die Zukunft möchte ich, dass wir in Kontakt bleiben und du mir weiterhin alles über deinen Vater erzählst. Wer seine Freunde sind, was die so treiben. Namen, Autokennzeichen, verstehst du?»

Paul sah sie an. «Was ist denn Papas Geheimnis?»

Eine Möwe landete vor ihnen und blickte sie an. Mona warf ihr den Rest ihres Hörnchens zu. Das Tier stürzte sich gierig darauf.

«Er hat Menschen auf dem Gewissen», sagte sie.

Paul schloss plötzlich die Augen und begann, mit dem Oberkörper vor und zurück zu wippen. Dabei summte er monoton vor sich hin.

Mona hielt ihn fest. «Was hast du, mein Pauli?»

61

▼

Sonntag, 16. März 2014

Der zähe Verkehr östlich von Köln ließ Vincent schier verzweifeln. Erst hinter dem Dreieck Heumar konnte er wieder beschleunigen – Bleifuß, Blinker, Lichthupe, jedes Tempolimit missachtend. Die A3 in Richtung Süden.

Sein Handy. Dominik.

«Bin gerade in der Uniklinik.»

«Und?»

«Franziska liegt immer noch im Koma.»

«Ich dachte, sie sei übern Berg?»

«Rauchvergiftung ist tückisch, sagt der Arzt, daran kann man angeblich noch viele Stunden später ...»

«Ruf mich an, sobald sich ihr Zustand ändert», entgegnete Vincent und legte auf.

Er fragte sich erneut, wo Saskia steckte. Mittlerweile musste er mit dem Schlimmsten rechnen. Dass sie kein Lebenszeichen von sich gab, war nicht normal.

Die Anschlussstelle Dierdorf kam in Sicht, Vincent stieg auf die Bremse und verließ die Autobahn. Er unterquerte sie auf der Landstraße und fuhr in der Gegenrichtung wieder auf. Nach knapp zwei Kilometern erreichte er die Raststätte Urbacher Wald auf der vereinbarten Seite. Ein Blick auf die Uhr – dreizehn Minuten Verspätung. Hoffentlich hatte Frau Haug auf ihn gewartet.

Vincent steuerte seinen Wagen an der Tankstelle und den parkenden Lkw vorbei zum Restaurantgebäude und stellte ihn auf einem der hintersten Plätze ab.

Er näherte sich dem Eingang und stellte fest, dass dort niemand auf ihn wartete. Hatte sich die Frau aus Wiesbaden noch mehr verspätet als er selbst? War sie pünktlich gewesen, aber schon wieder zurückgefahren? Oder hatte womöglich der Bundesnachrichtendienst sie abgefangen? Saskia hat mich mit ihren Verschwörungstheorien angesteckt, dachte Vincent und rieb sich die Schläfen.

Er holte sein Smartphone hervor, recherchierte über Google die Telefonnummer des Polizeipräsidiums Westhessen in Wiesbaden und rief dort an. Er wurde zweimal verbunden, bis er einen Kollegen des regionalen Ermittlungs- und Fahndungsdienstes an der Strippe hatte, der zuversichtlich war, den Täter zu schnappen, der Konrad Haug tödlich erfasst und daraufhin Fahrerflucht begangen hatte. Mehrere Zeugen hätten übereinstimmend einen weißen Audi A4 mit Mainzer Kennzeichen beschrieben.

Vincent bedankte sich. Er rief auf dem Handy seine E-Mails ab und fragte sich, wie lange er noch warten sollte, mitten im Westerwald.

«Herr Veih?»

Eine ältere Frau stand vor ihm, rötlich gefärbtes Haar, mollig, große Oberweite. Etwas zu viel Gold um den Hals. Vincent wurde klar, dass sie ihn schon eine Weile beobachtet hatte.

«Elita Haug?», fragte er.

Sie nickte und nahm ihre Sonnenbrille ab. Gerötete Augen, verzweifelter Blick. Sie entfaltete ein Blatt Papier, ihre Hände zitterten. Vincent registrierte, dass es sich um einen Ausdruck aus dem Internet handelte – ein Online-Artikel der Düsseldorfer *Morgenpost*, der einen seiner Fälle behandelte, vermutlich den Mord an Walter Castorp im letzten Jahr. Die Frau verglich ihn mit dem Bild, das ihn bei einer Pressekonferenz zeigte. Vincent hielt ihr zusätzlich seinen Dienstausweis hin, das Plastikkärtchen mit Foto und Landeswappen. Er versuchte ein Lächeln und hoffte, beruhigend zu wirken. «Gewisse Ähnlichkeit, oder?»

«Tut mir leid. Man weiß gar nicht mehr, wem man noch trauen kann.»

«Geht mir auch so.»

Sie zeigte ihm ihren Ausweis. Vincent nickte.

«Ist Ihnen jemand gefolgt?», fragte er.

«Glaube nicht. Und Ihnen?»

«Zumindest habe ich niemanden bemerkt.»

Sie gingen zu ihrem alten Mercedes, der nicht weit von seinem Wagen entfernt stand. Vincent ließ seinen Blick über den

Platz schweifen. Er musterte die Menschen, die aus ihren Fahrzeugen stiegen oder das Restaurant verließen.

«Erzählen Sie mir von Ihrem Mann», forderte er die Frau auf.

«Exmann.» Sie verschränkte die Arme, als friere sie. «Wir sind schon seit langem geschieden. Bis Mitte der Neunziger haben wir in Pullach bei München gelebt. Offiziell hat Konrad beim Amt für Immobilienverwaltung gearbeitet, aber ich wusste natürlich, was hinter der Bezeichnung steckte. Er war damals viel unterwegs und hat gut verdient, jede Menge Zulagen. Aber heute frag ich mich, ob es das wert war. Unsere Ehe hat gelitten, vor allem, als ich herausbekam, dass Konrad ein Verhältnis mit einer kleinen Schlampe aus der Personalabteilung hatte.»

«Woran hat Ihr Exmann gearbeitet?»

«Konkret hat er darüber nie gesprochen. Nur am Schluss schimpfte er über seine Chefin, weil er Probleme bekam und ausgebootet wurde.»

«Wann war das?»

«Mein Gott, auch schon zwanzig Jahre her. Wir sind nach Wiesbaden gezogen, weil ich dort Familie habe und Konrad einen Job beim Bundeskriminalamt fand. Aber was für einen! Ein Agent, der in aller Welt unterwegs gewesen war, verbringt auf einmal seine Tage als Pförtner im Glaskasten neben der Schranke.»

«Stell ich mir bitter vor.»

«Konrad hat sich nie beklagt, das war vielleicht das Problem. Er hat fast gar nichts mehr geredet. Ich wollte die Scheidung, weil ich sein Schweigen nicht mehr ertragen konnte. Aber seine Vertraute bin ich geblieben. Seit er in Pension war, haben wir uns einmal im Monat auf einen Cappuccino getroffen. Der Kontakt zu Ihrer Freundin lief hauptsächlich über mich, weil Konrad Angst hatte, überwacht zu werden.»

«Wer könnte ein Interesse am Tod Ihres Exmannes haben?»

Sie schüttelte ratlos den Kopf.

«Jemand beim BND?»

«Sie meinen, weil Konrad Insiderwissen hatte? Die Sachen im blauen Karton? Keine Ahnung, ich versteh davon nichts. Außerdem ist das schon so lange her.»

«Sie haben seine Chefin erwähnt. Wer war das?»

«Namen waren stets Geheimsache. Konrad ist da sehr korrekt gewesen. Ich kenn nicht einmal irgendwelche Decknamen von ihm. Ich kann mich nur noch erinnern, dass er diese Frau gehasst hat, zuletzt jedenfalls. Eine bösartige und frustrierte Person – seine Worte.»

«Der blaue Karton ...»

«Natürlich.»

Sie schloss den Kofferraum auf. Der Behälter hatte die Ausmaße einer Umzugskiste.

«Können Sie mir etwas zum Inhalt sagen?»

«Als Konrad vor zwölf Jahren ausgezogen ist, hat er die Sachen bei mir gelassen, zur Sicherheit, hat er gemeint. Ich hab zwar auch mal darin gestöbert, neugierig, klar, aber mir sagt das nichts. Lauter Abkürzungen und verschlüsseltes Zeug. Und Kassetten, zu denen mir das Abspielgerät fehlt. Konrad meinte, ich sollte alles einer Zeitung übergeben, dem *Blitz* oder dem *Spiegel*.»

«Falls ihm etwas zustößt.»

«Ja, ich war mir eigentlich sicher, dass er sich damit bloß aufspielt. Aber jetzt ... Meinen Sie, er hat die ganze Zeit über geahnt, dass ihm etwas zustoßen könnte?»

«Möglich.»

«Ihre Freundin – ist sie inzwischen wiederaufgetaucht?»

Vincent schüttelte den Kopf.

Elita Haug befingerte ihre Goldkette. «Mir fällt noch etwas ein. Ich weiß nicht, ob es für Sie von Belang ist ...»

«Bitte.»

«Weil Sie nach Namen gefragt haben, einen einzigen gab es: Moritz, ein enger Kollege. Der Streit mit seiner Chefin beim BND hatte wohl mit diesem Moritz zu tun. Der war verschwunden oder so.»

«Moritz – war das ein Deckname?»

Sie lachte. «Geheimagenten! So viele Pseudonyme und Legenden. Lauter Schatten, die Sie nicht greifen können. Ich glaube, manchmal verlieren diese Leute selbst den Überblick, wer sie sind und was sie tun.»

Vincent hob den blauen Karton aus dem Kofferraum des Mercedes. Sein Handy spielte *London Calling*, er stellte die Kiste ab und signalisierte Frau Haug, dass er mit ihr noch nicht fertig war. Eine Wiesbadener Nummer auf dem Display, er nahm das Gespräch an.

«Kollege Veih aus Düsseldorf?», fragte eine männliche Stimme, jung und gelangweilt.

«Am Apparat.»

«Ich soll Ihnen ausrichten, dass wir das vermutliche Täterfahrzeug in der Unfallsache Haug gefunden haben. Auf einem Parkplatz hinter einem Ausflugslokal in Eltville, abgefackelt und bis aufs Blechgerippe ausgebrannt, heißt es. Der A4 war gestohlen, so viel steht fest. Sie können ja in ein paar Wochen noch einmal nachhaken, aber im Moment fürchte ich …»

«Trotzdem vielen Dank.»

Er steckte das Smartphone ein. Sein Blick fixierte die geröteten Augen der Frau.

«Der Mord an Ihrem geschiedenen Mann – offenbar die Handschrift von Profis. Ich schätze, da hatte jemand Angst, Konrad könnte ihm gefährlich werden, auch nach zwanzig Jahren noch.»

«Ein alter Eigenbrötler, dessen Leidenschaft dem Riesling des Rheingaus und den Rosen auf seiner Terrasse gegolten hat? Ist das nicht verrückt?»

Vincent fiel auf, dass aus allem, was ihm die Frau des Agenten berichtet hatte, nicht der geringste Zusammenhang mit Paul Seifert ersichtlich wurde. Wohin würde der Karton ihn führen?

«Letzte Frage …»

«Ja?»

«Sagt Ihnen der Name Hagenberg etwas, René Hagenberg?»

«Der berühmte Liedermacher? Natürlich, den kennt doch jeder!» Sie verzog den Mund zu einer spöttischen Grimasse. «Ich weiß noch, wie Hagenberg einmal in Thomas Gottschalks Sendung gesungen hat und Konrad tatsächlich behauptete, er hätte diesen Auftritt eingefädelt. Verrückt, nicht wahr?»

Vincent hob den Karton auf, um ihn zu seinem Wagen zu bringen.

Elita Haug berührte zum Abschied seinen Arm. «Wegen Ihrer Freundin drücke ich die Daumen.»

62

Endlich gelang es Saskia, sich aufzusetzen. Die Hände hinter dem Rücken gefesselt, die Fußgelenke aneinander fixiert – Klebeband. Saskia wälzte sich auf die Knie, schließlich stand sie aufrecht. Geschafft.

Sie trug noch die Klamotten, in denen sie ihre Wohnung verlassen hatte. Wie viel Zeit seitdem vergangen war, konnte sie nur raten. Eines war ihr allerdings klar: Die Verabredung in Wiesbaden musste eine Falle gewesen sein.

Filmriss, Kopfschmerzen und ein trockener Mund. Die Schulter schmerzte vom Liegen auf dem abgenutzten taubengrauen Teppichboden. Wo bin ich?

Vor ihr ein langer Konferenztisch aus dunklem Holz, spiegelnd glatt poliert. Zehn Drehsessel auf Rollen, hohe Lehnen, schwarzes Leder. An der Wand Steckdosen und leere Buchsen für den Telefonanschluss, staubige Umrisse an der Tapete, wo einmal Bilder gehangen hatten. Sie wandte sich dem Fenster zu, rang für einen Moment um ihr Gleichgewicht und hielt den Atem an.

Unter ihr erstreckte sich ein weites Häusermeer. Ein paar Türme ragten hervor, vereinzelt unterbrachen Grünflächen die Reihen der Dächer – Saskia erkannte den Teich beim alten Landtag, dahinter das verschachtelte Hochhaus der Landesversicherungsanstalt am Ende der Königsallee. Den Glasturm am Graf-Adolf-Platz. Weiter links den eleganten Bau aus drei Scheiben, in denen einst Thyssen residiert hatte.

Sie befand sich mitten in Düsseldorf.

Vom Rhein war nichts zu sehen, doch sie schätzte, dass es von hier nur ein Katzensprung zur Uferpromenade war. Das verlassene Vodafone-Hochhaus, schoss es Saskia durch den Kopf. Chefetage, die schmale Ostseite, ein Besprechungsraum am Ende des Gangs. Hier werde ich gefangen gehalten.

Das Bauwerk stand leer, seit der Mobilfunkkonzern auf die andere Rheinseite gezogen war. Die Landesregierung hatte die denkmalgeschützte Immobilie aus den Fünfzigern erworben. Soviel Saskia wusste, sollte hier demnächst ein Ministerium unterkommen.

Sie hüpfte auf die Tür zu, verlor die Balance und knallte hin.

Im zweiten Anlauf gelang es ihr. Mit dem Ellbogen drückte sie die Klinke.

Verschlossen.

Sie warf sich mit Anlauf gegen die Tür – zwecklos. Jetzt schmerzte auch noch die andere Schulter.

Saskia rief sich zur Ruhe. Sie hoppelte zu einem der Sessel und ließ sich nieder. Ihr Herz klopfte bis in den Hals. Denk nach, Frau Baltes, ermahnte sie sich.

Sie haben deinen Wagen gerammt, dich herausgezerrt und dir eine Injektion verpasst. Noch eine Spritze, als du aufgewacht bist, in einem anderen Auto, in einem fremden Zimmer. Verhöre und Schlaf. Wie oft hatte sich das wiederholt?

Nun befand sie sich in einem der exponiertesten Gebäude inmitten der Stadt und war dennoch unsichtbar. Ob sie um Hilfe schrie oder hinter dem Fenster wie eine Irre auf und ab sprang, bekam achtzig Meter unter ihr kein Mensch mit. Und bis die neuen Bewohner anrückten, würden noch Monate vergehen.

Blieb ihr etwas anderes übrig, als auf ihre Entführer zu warten? Irgendwann würden sie wieder aufkreuzen. Denn sie wollten etwas von ihr.

63

▼

Auf der Rückfahrt hielt sich Vincent ans Tempolimit. Er spürte wieder seine Rippen, die Wirkung der Schmerztabletten ließ nach. Er musste gähnen – die Nacht war viel zu kurz gewesen. Warum meldete sich Fabri nicht vom Bauernhof? Und was war mit Saskia? Was Elita Haug ihm über ihren Exmann erzählt hatte, beunruhigte ihn.

Im Radio äußerten sich Politiker aller Parteien bestürzt über die Festnahme eines Polizeibeamten wegen des Mordes an dem Schüler Julian Pollesch.

Ein Abgrund des Behördenversagens … Die Innenministerin hat ihren Laden nicht im Griff … Wir werden mit größter Entschlossenheit für Ordnung sorgen … Die Polizei muss landesweit auf den Prüfstand.

Dass Franziska Thebalt aus den Fängen ihres Entführers befreit worden war und noch in Lebensgefahr schwebte, lief als letzte Meldung vor dem Wetterbericht. Selbst in Vincents Ohren klangen die Sätze nicht nach einem Erfolg, sondern nur wie ein weiterer Beleg dafür, dass es mit der Gesellschaft bergab ging. Nichts als Verbrechen, wohin man auch schaute.

Das Klingeln des Handys riss ihn aus seinen Gedanken. Anna war dran. «Wir haben in den Ruinen eine Leiche entdeckt.»

«Und?»

«Etwa Ende zwanzig, männlich, sieht aus, als könnte es sich um Paul Seifert handeln. Ein dunkel verfärbter Schneidezahn oben, hast du gesagt?»

«Richtig.»

«Dann ist es Hagenbergs missratener Balg.»

«Gibt es Neues wegen Saskia?»

«Fehlanzeige. Wir haben die Krankenhäuser der näheren Region abgeklappert – nichts. Auch nichts über Saskias Auto in der Datenbank. Lass es uns positiv sehen, offenbar kein Unfall, das ist schon mal eine gute Nachricht, oder? Warte mal …»

Vincent hörte, wie die Kollegin sich mit jemandem unterhielt, verstand aber nicht, was gesprochen wurde. Die Autobahn erreichte Nordrhein-Westfalen, wie ein Schild mit dem Landeswappen verkündete. Noch eine gute Stunde, schätzte Vincent.

Endlich hatte er Annas Stimme wieder am Ohr. «Bist du noch dran?»

«Hab sonst nicht viel zu tun.»

«Fabris Leute haben eine Perücke gefunden. Langes graues Haar. Das erklärt die Aussage des Zeugen, der Franziskas Entführung beobachtet hat.»

«Verstehe. Paul Seifert wollte sich in seinen Vater verwandeln. Wir müssen herausbekommen, woher er die Perücke hatte und wer sie gekauft hat, um auszuschließen, dass er einen Komplizen hatte. Und noch etwas, Anna.»

«Ja?»

«Marietta soll sich ausschließlich um die Fahndung nach Saskia kümmern. Sag ihr, sie soll Gas geben. Es wird höchste Zeit, dass Braun ihr Foto an die Medien gibt.»

Ein Strohhalm, mehr nicht.

Nach einigen Kilometern beschloss Vincent, selbst beim Behördensprecher nachzuhaken. Im Büro ging Markus Braun nicht ran. Vincent wählte die Handynummer.

«Hab's schon vernommen, dir ist die Freundin weggelaufen», sagte Braun. Im Hintergrund Radiomusik, Besteckgeklapper. Frühstücksgeräusche – als sei dies ein Sonntagvormittag wie jeder andere.

Vincent atmete tief durch. «Vielleicht hat ihr Verschwinden etwas mit dem Thema zu tun, an dem sie zuletzt gearbeitet hat.»

Braun pfiff durch die Zähne. «Möchtest du konkreter werden?»

«Später. Hast du Saskias Foto an die Presse geschickt?»

«Mach ich gleich. Aber glaub bloß nicht, dass es auf die Titelseiten kommt. Im Moment ist Stefan Ziegler mit Abstand der größte Aufreger der Republik. Rassismus und tödliche Selbstjustiz, der Polizeiskandal schlechthin. Die Medien rösten uns bei lebendigem Leib, und das Ministerium rotiert.»

«Hey, es gibt auch ein paar Gute in unserem Laden.»

«Mein Gott, Veih, interessiert das jemanden?»

Vincent wechselte die Radiosender und landete bei einem, der ein Interview mit Thabo Götz ausstrahlte. Der Fragensteller zerging fast vor Betroffenheit. Welch ein Schicksal. Zwei Jahre irrtümlich im Knast, die U-Haft mitgerechnet. Eingesperrt mit wirklich üblen Typen. Er habe am Rechtsstaat gezweifelt, erzählte Thabo, habe sich wie eine Figur in einem Roman von Kafka gefühlt und sei jeden Abend mit dem Gedanken an Selbstmord ins Bett gegangen. Hagenberg und seine Bürgerrechtler hätten ihm das Leben gerettet.

Mir kommen gleich die Tränen, dachte Vincent. Ganz das Unschuldslamm. Wie es Pia wohl ginge, wenn sie das miterleben müsste?

Zwanzig vor zwölf, endlich zurück im Präsidium. Vincent trug den blauen Karton in sein Büro, schloss beide Türen ab und ging hinüber zu Anna Winkler. Sie beriet sich gerade mit Felix May, dem Aktenführer. Vincent setzte sich dazu und ließ sich auf den neuesten Stand der Ermittlungen bringen.

Zuallererst interessierte ihn, was die Spurensicherung in Saskias Wohnung ergeben hatte. Nichts, was weiterhalf – außer seinen eigenen Fingerprints nur abgewischte Flächen.

Das Telefon auf dem Tisch schnarrte, der Brandsachverständige, ein erster Überblick aus seiner Sicht.

Anna schaltete den Anrufer auf den Lautsprecher. Nach der Begehung des Unglücksorts und ersten Messungen stand für ihn fest, dass es im Wohngebäude des Bauerngehöfts mehrere Zündquellen gegeben habe. Spuren von Kohlenwasserstoffen in den Brandausgangsbereichen. Reste einer organischen Flüssigkeit unter Türschwellen und in den Ablagerungen unter einem Fußabtreter. Ein Kanister sei zu einem Fladen verschmort, unten klebte ein unversehrtes Etikett: *5 l Reservekraftstoffkanister.*

Die Laboranalyse der Proben stehe noch aus, aber es handele sich um Brandstiftung – eindeutig, meinte der Sachverständige und tippte auf Benzin.

«Darf ich spekulieren?», fragte Anna, nachdem sie aufgelegt hatte.

«Bitte», antwortete Vincent.

«Hagenberg hat seinen Sohn gewarnt, dass wir ihn als Mörder und Entführer auf dem Schirm haben. Daraufhin setzt Paul Seifert in einem Anfall von Panik sein Versteck in Brand, um Spuren zu beseitigen. Den Tod von Franziska nimmt er dabei in Kauf. Doch stattdessen kommt er selbst ums Leben – hat die

Stichflamme unterschätzt, den Brand seiner Kleidung nicht in den Griff bekommen, vielleicht auch ein Hitzeschock oder zuviel Kohlenmonoxid.»

«Klingt plausibel», kommentierte Felix.

«René Hagenberg wird uns jedenfalls ein paar Dinge erklären müssen», sagte Vincent. «Setz dich mit dem Staatsanwalt in Verbindung, Anna. Er soll Hagenberg möglichst rasch vorladen, dann nehmen wir den Liedermacher in die Mangel. Beihilfe, unterlassene Hilfeleistung. Ich wette, dass er zumindest wusste, wo Paul sich aufhält. Und das hat er uns verschwiegen.»

Anna griff nach dem Telefon und hielt inne. «Übrigens habe ich einen Leichenspürhund angefordert, um sicherzugehen, dass in den Trümmern nicht noch weitere Leichen von vermissten Frauen liegen. Man weiß ja nie.»

«Gute Idee», sagte Vincent und spürte, wie sein Hals enger wurde.

Er dachte an Saskia.

Zurück in seinem Büro. Als Erstes schluckte Vincent eine weitere Schmerztablette und bereitete sich einen Espresso zu. Dann begann er, das Material zu sichten, das Konrad Haug, einstiger BND-Mitarbeiter und pensionierter BKA-Pförtner, hinterlassen hatte.

Vieles hatte auf den ersten Blick keinen Bezug zu Saskias Recherchen, Vincent sortierte es aus. Der Rest war umfangreich genug – ohne Unterstützung würde er dafür weit mehr als einen Tag benötigen.

Zwei identische braune Papierumschläge weckten sein Interesse mehr als alles andere. Beschriftet mit schwarzem Filzstift, auf dem einen stand *Winneken*, auf dem anderen *Veih*.

Sein eigener Name.

Mit unruhigen Fingern riss Vincent die Umschläge auf und schüttete den Inhalt auf den Tisch. Kleine Kassetten, Datenträger aus der Technik-Steinzeit. Ihm fiel eine Videokamera ein, die er einst besessen hatte und die mit ähnlichen Bändern funktioniert hatte.

Ein Label auf jeder Seite: *Maxell DAT 124 min.*

Vincent erinnerte sich: DAT bedeutete Digital Audio Tape. Ende der achtziger Jahre galt dieses Format als Nonplusultra bei der Speicherung von Tonaufnahmen. Er hatte sich nie ein entsprechendes Gerät angeschafft, weil es ihm als jungem Bereitschaftspolizisten zu teuer erschien, und letztlich hatte sich der Standard auch nicht durchgesetzt. Erst als in den Neunzigern die CD aufkam, war Vincent von Langspielplatten und Analogkassetten auf die Digitaltechnik umgestiegen.

Die Kassetten trugen weitere Klebeschildchen mit Datierungen.

Winneken, 8.1.91.

Veih, 23.9.79.

Wer würde ihm ein Abspielgerät besorgen können? Ihm fiel das Medienzentrum am Bertha-von-Suttner-Platz ein. Vincent rief dort an und ließ es schier endlos klingeln. Niemand meldete sich. Sonntag.

Er fuhr seinen Rechner hoch, öffnete den Browser und tippte den Namen des Herstellers Maxell in die Maske der Suchmaschine. Gab es nicht ganz in der Nähe eine Zweigstelle der japanischen Firma? Tatsächlich. Maxell Deutschland war in Meerbusch beheimatet. Wieder versuchte er, jemanden zu erreichen, natürlich ebenso vergeblich.

Schließlich wählte er Fabris Nummer. Der Kollege meldete sich sofort.

«Du bist doch Techniker», begann Vincent.

«Ist das 'ne Fangfrage?»

«Wie komme ich an einen DAT-Player ran?»

«An einen *was*?»

«Digital Audio Tape.»

«Ist mir schon klar. Was willst du denn damit?»

«Kassetten anhören, was sonst, aber ich seh schon …»

«Warte, Veih. Mein Schwager ist Soundbastler. Komponiert Musik für Werbespots, Industriefilme und so. Ich ruf ihn mal …»

Der Kollege brach ab. Geräusche, die wie eilige Schritte klangen. Ein tierisches Knurren.

«Fabri?»

«Sorry, Veih. Ich glaub, er hat schon wieder angeschlagen.»

«Wer?»

«Der Leichenspürhund. Wir müssen graben. Vermutlich Fehlalarm, vorhin waren's auch bloß tote Katzen.»

«Seiferts Katzentick.»

«Bitte?»

«Die Kadaver sind 'ne Spur, will ich damit sagen. Und gib mir Bescheid, sobald ihr etwas gefunden habt.»

64

▼

Sich mit den Füßen abstoßend, rollte Saskia im Bürosessel auf das nächste Fenster zu. Dort angekommen, erhob sie sich aus dem Sitz, packte hinter ihrem Rücken die Armlehne mit beiden Händen und versuchte mit einer Drehung ihres Körpers, den Stuhl gegen die Scheibe zu schleudern.

Das Ding war zu schwer.

Oder sie zu schwach.

Saskia probierte es erneut. Du schaffst das, redete sie sich ein. Nur eine Frage der Geschicklichkeit. Beim dritten Anlauf brachte sie den Sessel bis auf Hüfthöhe und knallte ihn gegen die Fensterscheibe.

Klong – nicht einmal ein Sprung im Glas.

Nicht aufgeben, sagte sich Saskia. Ein Gefühl für den Bewegungsablauf bekommen. Die Atmung richtig einsetzen. Körperspannung und Konzentration. Noch einmal umklammerten ihre Finger die Lehne.

«Lassen Sie das!», befahl eine Frauenstimme.

Saskia fuhr vor Schreck zusammen.

Ihr Blick suchte den Raum ab. Sie entdeckte zwei Kameras unter der Decke und einen schwarzen Kasten in der Mitte, vermutlich den Lautsprecher.

«Warum sollte ich auf Sie hören?», rief Saskia voller Trotz.

«Weil Ihr Schwung Sie unweigerlich hinausstürzen ließe, falls die Scheibe bricht.»

Die fremde Stimme erinnerte Saskia an ihre alte Lateinlehrerin, die alle in der Klasse gefürchtet hatten. Sie klang, als würde jeder Widerspruch umgehend und mit Härte bestraft.

Wäre sie nicht gefesselt gewesen, hätte Saskia der Kameralinse den Mittelfinger gezeigt.

«Und um Ihres Sohnes willen.»

«Wie bitte?»

«Ein wirklich süßer Junge. Sie wollen doch nicht, dass Ihrem kleinen Oskar etwas zustößt, nicht wahr, Frau Baltes?»

Oskar.

Saskia ließ sich in den Sessel sinken.

Ihr Widerstand war gebrochen.

65

▼

Als sich Vincent in der Kantine ein belegtes Brötchen holte, lief ihm Bruno über den Weg. Sein Schädel glänzte, wie eingekremt nach der Rasur. Ein Zwinkern, als der ehemalige Amateurboxer ihn grüßte.

Die vergangenen Tage hatten gezeigt, dass es nicht viele Kollegen gab, denen Vincent vertrauen konnte. Bruno gehörte dazu, wie er glaubte. Und ich habe ohnehin keine Wahl, wenn ich vorankommen möchte, dachte Vincent.

Er bat den Kollegen um Hilfe beim Durchforsten des Materials.

«Der Mann, von dem das Zeug stammt, ist seit gestern tot», erklärte er, als sie vor der blauen Kiste standen. «Ein angeblicher Verkehrsunfall, könnte aber auch Vorsatz sein. Zuvor hatte er sich mit einer Journalistin getroffen, und die ist nun ebenfalls verschwunden.»

«Verstehe.»

«Die Journalistin ist meine Freundin.»

«Oh.»

Er erzählte Bruno, was er von Elita Haug über ihren Exmann erfahren hatte. Ohne weitere Fragen machte sich der Kollege mit ihm an die Arbeit.

Vincent stieß auf eine Mappe mit Presseartikeln, deren Inhalt um die Privatisierung der Leuna-Werke in Sachsen-Anhalt kreiste. Weil Saskia angedeutet hatte, dass Winnekens Widerstand gegen diesen Deal ein Motiv für den Anschlag gewesen sein könnte, sah er sich die Berichte näher an.

Es waren Meldungen, Kommentare und Reportagen aus einem Zeitraum von etwa zehn Jahren, säuberlich ausgeschnitten, auf DIN-A4-Blätter geklebt und abgeheftet. Das DDR-Unternehmen war unmittelbar nach Winnekens Tod an den französischen Ölkonzern Elf-Aquitaine verkauft worden, zusammen mit dem kompletten Netz der Minol-Tankstellen in den neuen Bundesländern. Vorausgegangen war ein gemeinsames Drängen der damaligen Regierungschefs von Frankreich und Deutschland, wie es hieß.

In den Folgejahren flossen nachweislich mehr als neunzig Millionen D-Mark aus Schwarzgeldkassen des Ölkonzerns an unbekannte Empfänger. 1995 wurde Mitterrand von Chirac abgelöst, ab 1996 ermittelte die Staatsanwaltschaft in Paris. Schließlich wurden mehrere Manager zu Haftstrafen verurteilt, darunter auch der einstige Vorstandsvorsitzende. Die französischen Richter gingen davon aus, dass die Schmiergeldzahlungen nach Deutschland geflossen waren, an Politiker oder Beamte.

Bundeskanzler Helmut Kohl wurde 1998 abgewählt. Im Zuge des Regierungswechsels verschwanden sechs Aktenbände aus dem Leuna-Komplex sowie die Daten zahlreicher Festplatten in diversen Ministerien – Bundeslöschtage, so nannten Kommentare später die Aktion. Doch im Unterschied zur französischen Justiz stellten sämtliche in Deutschland befassten Staatsanwaltschaften die Ermittlungen ein, keine mochte sich für zuständig halten. Es gab auch keinen Untersuchungsausschuss des Bundestags, die neue rot-grüne Regierung hielt ihn nicht für nötig, was Vincent erstaunlich fand.

Die Artikel, die Konrad Haug gesammelt hatte, ließen die neunziger Jahre als üblen Sumpf erscheinen. Mit guten Beziehungen zur Treuhandanstalt konnten sich allerlei Glücksritter in Ostdeutschland eine goldene Nase erschwindeln. Leuna-Minol war mit Abstand der größte Brocken von allen.

Und es war nicht nur um die Bestechungs-Millionen gegangen, stellte Vincent fest. Als Sahnehäubchen flossen mehr als anderthalb Milliarden D-Mark an Subventionen aus der deutschen Steuerkasse an die neuen Leuna-Besitzer.

«Suchen wir nach Belegen für Korruption?», fragte Bruno unvermittelt.

«Hast du etwas Konkretes gefunden?»

«Keine Ahnung», der Kollege reichte einen Brief herüber. «Da ist jemand mit einer superschicken Uhr belohnt worden. Wenn so etwas beim Bundesnachrichtendienst üblich ist, bin ich wohl bei der falschen Behörde gelandet.»

Das Schreiben datierte vom Mai 1991, einen Monat nach dem Attentat auf Winneken. Für Einsatz und Zuverlässigkeit wurde eine seltene Rolex Submariner verliehen, wie sie angeblich auch Paul Newman trug, ein teures Sammlerstück. Haugs Exfrau fiel Vincent ein: *Er hat bei der Firma gut verdient, jede Menge Zulagen.*

Der Empfänger wurde Maximilian Wildmoser genannt. Vincent wusste, dass jeder beim Bundesnachrichtendienst einen Tarnnamen trug, Agenten im Außendienst meist sogar mehrere. Er las die Unterschrift der Chefin: *Gerhild von Zeitlitz, Leiterin Abtl. TE I.*

«Wäre schön, wenn wir die Klarnamen wüssten», sagte Vincent.

«Eigentlich irre», entgegnete Bruno.

«Was meinst du?»

«Da gibt es Behörden, die als Teil der staatlichen Exekutive geheim agieren. Das heißt, sie können ohne wirkliche Kontrolle tun, was sie wollen. Und du weißt nicht einmal, wer die Personen sind, die da mit Paul-Newman-Uhren belohnt werden.»

«Wir kriegen's raus.»

«Da bin ich mir nicht so sicher. Es kommt mir vor, als würden wir Schatten durch den Ring jagen, ohne jemals einen Treffer zu landen.»

«Vom Boxen verstehst du mehr als ich.»

«Nein, damals hatte ich es mit Gegnern aus Fleisch und Blut zu tun. Aber hier? Maximilian Wildmoser, Gerhild von Zeitlitz. Der ganze Bundesnachrichtendienst. Im Grunde nichts als Schatten.»

Kein schlechtes Bild, dachte Vincent und wühlte weiter, bis ihn ein Stempel in der Kopfzeile eines vergilbten Blattes Papier neugierig machte.

Verschlusssache – vertraulich.

Aufgedruckte Kreise am linken Rand, wo beim Original

die Lochung eingestanzt war, also eine Fotokopie. Namen, D-Mark-Summen im vierstelligen Bereich, Datumsangaben aus der zweiten Hälfte der siebziger Jahre, als Vincent noch ein Kind gewesen war – offenbar dokumentierte die Liste Honorarzahlungen des BND an deutsche Informanten. Aus der Zeit des RAF-Terrorismus, dachte Vincent unwillkürlich.

Er zeigte Bruno die Liste.

«Echter Geheimscheiß.» Der Kollege legte die Stirn in Falten und rieb sich den Schädel.

Vincent nickte. Sie begaben sich auf Glatteis, wenn sie dieses Material nicht sofort und unbesehen an den Nachrichtendienst zurückgaben.

«Kannst du die Namen überprüfen?», bat er den Kollegen.

«Die Frage ist eher, ob ich das darf.»

«Falls uns jemand fragt, haben wir diese Liste nie in der Hand gehabt.»

Bruno grinste. «Welche Liste?»

«Hier ist noch mehr davon.»

Vincent fand drei weitere Kopien aus dem gleichen Zeitraum. Noch mehr Namen von Geldempfängern. Ein paarmal derselbe Eintrag: *Moritz Neuendorf, Handgeld für div. Auslagen.*

Konrad Haug hatte seiner Frau gegenüber einen Moritz erwähnt.

Vincent bemerkte, dass Bruno in dem Stapel wühlte, den er zu Beginn aussortiert hatte.

«Das Zeug ist sekundär», erklärte er.

«Wolltest du nicht die echten Namen?», antwortete der Kollege. «Hier sind Personalakten.»

«Tatsächlich?»

«Kopien von Personalakten.» Bruno ließ sie auf den Tisch klatschen. «Maximilian Wildmoser, Moritz Neuendorf und Gerhild von Zeitlitz.»

Vincent fiel eine weitere Bemerkung von Elita Haug ein:

… *dass Konrad ein Verhältnis mit einer kleinen Schlampe aus der Personalabteilung hatte.* Vielleicht war ihr Mann über die Liebschaft verbotenerweise an Informationen über Mitarbeiter gelangt.

Und wieder ein Stempel auf jeder Seite.

Verschlusssache – vertraulich, amtlich geheimgehalten.

Gefährliches Glatteis. Was soll's.

Diese Kopien waren weit weniger vergilbt, besseres Papier oder neueren Datums. Maximilian Wildmoser entpuppte sich demnach als Konrad Haug. Jahrgang 1947, Eintritt in den Bundesnachrichtendienst 1973, ab 1977 in der Abteilung TE I – HumInt.

TE steht für Terrorismus, vermutete Vincent, HumInt für Human Intelligence – die Aufklärungsarbeit mit Spitzeln im Außendienst.

Moritz Neuendorf lautete der Deckname eines gewissen Bernd Neumann. Geboren 1950, seit 1976 Beamter des BND, ebenfalls seit 1977 in der gleichen Abteilung wie Haug.

Der letzte Eintrag zu Neuendorf/Neumann datierte vom Februar 1994 und lautete: *Vermisst, vermutl. enttarnt u. liquid., aus Gründen d. Sicherheit k. weiteren Nachforschungen. Legende: Bei Absturz China Airlines Flug Nr. 140 am 26. 4., Nagoya, unter d. Todesopfern.*

Die dritte Kopie war ein Auszug der Personalakte von Haugs zuletzt so verhasster Chefin.

Vincent stutzte, als er ihren Klarnamen las.

Mona Hagenberg, geb. 26. 2. 1953.

Das Telefon.

«Veih.»

«Michels, Rechtsmedizin. Der junge Mann aus dem Bauernhof bei Kempen, das ist doch Ihr Fall, oder?»

«Sie sind aber schnell!»

«Nein, nein», erwiderte die Professorin. «Obduziert habe

ich noch nicht. Aber schon mal geröntgt. Und vor allem der Kopf hat's in sich.»

«Ich liebe es, wie Sie mich auf die Folter spannen.»

«Eine verborgene masochistische Ader?»

«Jetzt aber raus mit der Sprache.»

«Okay, um es kurz zu machen: Ein Geschoss steckt an der Innenseite des Stirnbeins. Breit aufgepilzt wie ein Pfannkuchen, nachdem es den Hinterkopf durchschlagen hat.»

«Also ein Teilmantelgeschoss.»

«Und es hat garantiert eine verheerende Bahn durch das Hirn gefräst. Ich bin mir fast sicher, dass wir in der Lunge keine Rußrückstände finden werden.»

«Von hinten, sagten Sie?»

Vincent registrierte, wie sich Brunos Blick auf ihn heftete.

«Die Folgen des Gebäudebrands haben dem jungen Mann jedenfalls nicht mehr viel bedeutet», antwortete Michels.

Vincent murmelte ein Dankeschön und legte auf.

«Die Rechtsmedizin?», fragte Bruno.

Vincent nickte.

«Sag bloß, Paul Seifert, kein Unfall?»

«Hinrichtung trifft es offenbar eher.»

«Das heißt …»

«Jemand hat ihn kaltgemacht, bevor wir ihn schnappen konnten, und danach den Bauernhof in Brand gesetzt.»

66

▼

Aufguss.

Ein Schwall feuchtheißer Luft traf Sebastian Seidel ins Gesicht. Sofort trat der Schweiß aus seinen Poren. Mürrisch verfolgte er, wie der Bademeister kunstvoll sein Tuch schwang. Die

Gäste waren zuhauf für diese Zeremonie in die Sauna geströmt und drängten sich dicht an dicht auf den Holzbänken. Seidel schloss die Augen und ließ die Tortur über sich ergehen.

Er vermied es, die vielen Nackten in der Kabine zu mustern, aber er wusste, dass er unter Beobachtung stand. Als der Zeremonienmeister nach getaner Arbeit sein Handtuch und den Holzbottich nach draußen trug, floh auch Seidel aus der beißenden Hitze.

Er duschte und rubbelte sich trocken. Sein Bademantel hing noch am selben Haken, aber Seidel war sich sicher, dass er unterdessen gecheckt worden war. Ihm war noch immer heiß, er ging nach draußen. Am liebsten hätte er sich eine Zigarette angezündet, aber erstens war das Rauchen auf dem Areal der Rhein-Therme verboten, zweitens hatte er es sich schon vor etlichen Jahren abgewöhnt.

Seidel gestand sich ein, dass er nervös war. Er hatte die Frau, die er unter dem Namen Delpierre kannte, bisher erst zweimal getroffen. Mit weitreichenden Folgen für sein Leben. Sie hatte ihn reich gemacht – die kurze Zeit im Knast wegen Steuerhinterziehung fiel nicht ins Gewicht und war ohnehin Vergangenheit.

Würde er Delpierre nach dreiundzwanzig Jahren überhaupt wiedererkennen? Er hatte eine Brünette mit wachen Augen in Erinnerung, ein wenig älter noch als er, gut aussehend, unnahbar.

Seidel sah einer molligen Dame zu, die im Außenschwimmbecken ihre Bahnen zog. Zwei Frauen, in Handtücher gewickelt, die zur Dampfsauna am anderen Ende unterwegs waren. Ein paar Leute traten ins Freie – niemand, der ihm zuwinkte.

Plötzlich hörte er ihre Stimme, von hinten, ganz nah.

«Bonjour, Sebastian.»

Er wandte sich um. Sie trug den hellblauen Frotteemantel mit dem Rhein-Therme-Logo, den man an der Rezeption ausleihen konnte, und wirkte darin attraktiv wie eh und je. Im Gesicht ein Lächeln und zahlreiche Fältchen, die sie noch nobler wirken ließen.

Seidel deutete eine Verbeugung an. «Bonjour, Madame.»

«Kompliment», antwortete sie. «Sie haben sich gut gehalten, mon cher.»

«Und Sie erst recht, darf ich Sie abtasten?»

«Filou!» Sie lachte heiser.

«Sie wissen, dass ich nicht verkabelt bin. Woher weiß ich, dass Sie es nicht sind?»

«Mein Wort, Sebastian.» Delpierre blickte sich um. «Kleiner Spaziergang?»

Sie setzten sich in Bewegung und waren rasch außer Hörweite der übrigen Gäste. Seidel spürte, wie er in seinen Adiletten kalte Füße bekam. Ein Kribbeln in der Nase. Er nieste in den Ärmel seines Bademantels.

«À vos souhaits», sagte Delpierre. «Und jetzt zur Sache. Ich habe von dieser Journalistin erfahren. Wir müssen sämtliche Verbindungen kappen, bevor sie etwas herausbekommt.»

«Ist bereits geschehen.»

«Das höre ich gern.»

«Maximilian hatte in Wiesbaden einen Autounfall. Er hat es leider nicht überlebt.»

«Wie schrecklich. Und der andere?»

«Das wissen Sie nicht? Moritz ist schon seit zwanzig Jahren tot.»

«Kommen Sie mir nicht mit Nagoya und China Airlines Nummer soundso! Wollen Sie mich für dumm verkaufen wie seine Angehörigen?»

Seidel schüttelte den Kopf. «Nein, Moritz starb in Deutschland. Er hat eine Auseinandersetzung mit einem seiner Informanten nicht überlebt, und Sie verstehen sicher, warum wir das vertuschen mussten. Sie sehen, die Verbindungen sind gründlich gekappt. Die Journalistin mag behaupten, was sie will. Keiner kann es bestätigen, und niemand wird der x-ten Verschwörungstheorie Glauben schenken.»

«Très bien.»

«Sie können uns vertrauen, Madame.»

«Und Frau von Zeitlitz?»

Seidel musste daran denken, wie er Gerhild 1977 in Mogadischu kennengelernt hatte. Er ein Abenteurer, keinem Nebengeschäft abgeneigt, sie schon damals auf dem Karrieresprung, zielstrebig und skrupellos. Die Befreiung der Lufthansa-Maschine war der Beginn ihrer Freundschaft gewesen.

«Es geht ihr gut», antwortete er. «Sie lässt grüßen.»

«Ich meine, wird man ihr auf die Spur kommen?»

«Nein, unmöglich, das wird nie passieren.»

«Das *darf* nicht passieren.»

«Keine Sorge, Madame. Wir halten die Ermittlungsbehörden unter Beobachtung.»

«Ich frage mich, ob Ihr Netz noch so dicht und belastbar ist, wie es sein sollte. Jetzt, da Frau von Zeitlitz auf privater Basis arbeitet.»

«Die Verbindungen sind besser denn je, Madame.»

«Frau von Zeitlitz sollte trotzdem für eine Weile untertauchen. Richten Sie ihr das bitte aus.»

«Halten Sie das wirklich für nötig?»

«Meine Auftraggeber können kein Risiko eingehen. Auch nach über zwanzig Jahren steht zu viel auf dem Spiel.» Delpierre zog einen Briefumschlag aus der Tasche ihres Bademantels und steckte ihn Seidel zu. «Geben Sie ihr das mit meinen aufrichtigen Grüßen. Gute Papiere, eine neue Identität. Wir wissen, dass Frau von Zeitlitz sich auf Tarnung versteht wie kaum ein anderer und dass sie über beste Verbindungen ins Ausland verfügt. Im Umschlag steckt eine Karte, mit der sie an ein Konto gelangt. Ich denke, das sind wir ihr schuldig. Das gleiche Bankinstitut wie damals, cent mille Euro. Das sollte sie entschädigen für die … désagréments.»

Seidel wog das Kuvert in der Hand. Und *seine* Unannehmlichkeiten?

«Und jetzt erkläre ich Ihnen, wo sie Frau von Zeitlitz treffen werden, mon cher.»

Er nickte. Wieder musste er niesen. Von wegen, Sauna steigert die Abwehrkräfte, dachte Seidel. Ich habe mir eine beschissene Erkältung geholt.

67

▼

London Calling. Fabri.

«Bist du noch draußen in Kempen?», fragte Vincent.

«Was glaubst du denn? Das hier ist ein riesiger Tatort, es wird noch Tage dauern. Weshalb ich anrufe …»

«Ja?»

«Wir haben eine menschliche Leiche ausgegraben. In der Scheune, wo Hagenberg seine alten Sportwagen untergebracht hat. Wir mussten erst den Mercedes wegfahren. Ein 300 SL Cabrio, späte fünfziger Jahre, wunderschön und …»

«Ein weiteres Opfer von Paul Seifert?»

«Auf jeden Fall liegt die Leiche schon etwas länger hier. Weitgehend skelettiert. Am besten, du gibst der Rechtsmedizin Bescheid.»

«Apropos Rechtsmedizin», sagte Vincent. «Die Professorin hat eine Kugel in Paul Seiferts Schädel entdeckt.»

«Was du nicht sagst.»

«Dazu müsste es im Bauernhof Spuren geben, oder?»

«Mach dir keine großen Hoffnungen. Das Feuer.»

«Schaut trotzdem noch einmal nach. Vielleicht findet ihr

wenigstens eine Patronenhülse. Und wenn wir Glück haben, sind Fingerspuren darauf.»

«Optimist», sagte Fabri.

Vincent ließ Bruno allein zurück und ging hinüber zu Annas Büro, klopfte und riss die Tür auf. Er war überrascht, wie voll der Raum war. Dann wurde ihm klar, dass er in eine Vernehmung geplatzt war. René Hagenberg saß da, Auersberg, der Strafverteidiger, sowie Staatsanwalt Kilian.

«Verzeihung», sagte Vincent. «Kann ich dich mal sprechen, Anna?»

«Jetzt?»

«Und Sie bitte auch, Herr Kilian?»

Die beiden kamen zu ihm hinaus auf den Flur.

«Der Leichenspürhund war eine gute Idee, Anna. Auf dem Bauernhof wurde eine skelettierte Leiche gefunden.»

Sie strich ihre rote Strähne nach hinten. «Als hätten wir nicht schon genug zu tun.»

«Und: Paul Seifert ist erschossen worden.»

«Nicht Ihr Ernst», sagte Kilian.

«Doch.» Vincent erzählte den beiden vom Fund der Rechtsmedizinerin. Er spürte, dass Anna sauer war, weil die Professorin ihm Bescheid gegeben hatte und nicht ihr, der Leiterin der Mordkommission. Sie sollte sich endlich daran gewöhnen, dass ich die Dienststelle jetzt leite, dachte Vincent. Und zwar auf meine Art.

«Es gibt also einen zweiten Täter», schlussfolgerte Anna.

«Sein Vater?», fragte Kilian.

«René Hagenberg? Das kann rein zeitlich kaum hinkommen. Was sagt er denn?»

«Der Anwalt hat ihm eingeschärft, sich zur Sache nicht zu äußern. Und bis jetzt hält er sich daran.»

«Ich würde es gern mal versuchen.»

Der Staatsanwalt nickte, Anna zuckte mürrisch mit den

Schultern. Vincent folgte ihnen ins Zimmer. Mangels eines Stuhls lehnte er sich gegen den Heizkörper.

Er bemühte sich um einen entspannten Ton. «Guten Tag allerseits. Darf ich Sie kurz etwas fragen, Herr Hagenberg? Besitzen Sie zufällig eine Schusswaffe?»

Der Liedermacher blickte seinen Anwalt an, doch der reagierte nicht. Dann wandte er sich Vincent zu und zeigte ein spöttisches Lächeln.

«Nein, auch nicht zufällig.»

«Ihr Sohn ist erschossen worden.»

Hagenbergs Miene gefror.

«Eine Idee, wer ihm das angetan haben könnte?»

Er schüttelte bestürzt den Kopf.

«Und wir haben eine zweite Leiche entdeckt.»

«Ebenfalls erschossen?»

«Noch wissen wir nicht, was sich zugetragen hat. Augenscheinlich ist die Sache schon etwas länger her. Wollen Sie wissen, wo genau wir den Toten ausgegraben haben?»

Hagenberg hakte die Füße hinter den Stuhlbeinen ein, als suche er Sicherheit.

Hab ich dich, dachte Vincent.

«In der Scheune, die Sie seit vielen Jahren gemietet haben. Unter Ihrem Mercedes-Cabrio. Eine Erklärung, Herr Hagenberg?»

«Wollen Sie etwa den Tatvorwurf auf Mord erweitern?», fragte Anwalt Dr. Auersberg.

«Kein Kommentar», sagte Hagenberg.

Einen Versuch habe ich noch, dachte Vincent. «Kennen Sie einen Bernd Neumann?»

Der Liedermacher zog die Stirn in Falten.

Vincent fiel ein, dass der BND-Agent garantiert unter seinem Decknamen aufgetreten war.

«Alias Moritz Neuendorf?»

Der grauhaarige Liedermacher verschränkte die Arme, dann löste er sie wieder, als bemühe er sich, seine Körpersprache zu kontrollieren. Wieder ein Zeichen der Nervosität, das auch dem Anwalt auffiel.

«Mein Mandant macht hierzu keine Aussage», erklärte Auersberg rasch.

«Doch, warum nicht?», widersprach Hagenberg. «Moritz war in den Siebzigern mein Manager, ist ja kein Geheimnis. Aber wir haben seit ewigen Zeiten keinen Kontakt mehr.» Er runzelte die Stirn. «Vincent, warum fragst du mich danach?»

Dass der Grauhaarige ihn erneut duzte, traf Vincent wie ein Stich ins Herz. Dieses väterliche Getue.

«Für mich war's das schon», sagte er. «Herr Kilian und Frau Winkler werden das Gespräch fortsetzen. Schönen Tag noch.»

Nichts wie hinaus.

Sein Handy. Noch auf dem Flur nahm Vincent das Gespräch an. Es war ein Kollege aus der Wache im Erdgeschoss.

Jemand hatte etwas abzugeben, für Vincent Veih persönlich.

«Herr Kommissar?», fragte der Mann, der auf ihn gewartet hatte, ein hochgewachsener Mittdreißiger mit Geheimratsecken. Er überreichte Vincent einen Karton. «Ich soll Ihnen das hier geben. Tom meint, es sei dringend.»

«Thomas Fabri, Ihr Schwager?»

«Ja. Weil ich nicht weiß, wie Sie ausgestattet sind, hab ich noch ein paar Sachen dazugepackt.»

Die Schachtel war offen. Zwei Geräte, Rekorder und Verstärker, dazu eine Miniatur-Lautsprecherbox und mehrere Kabel. Sogar an eine Steckerleiste hatte Fabris Schwager gedacht.

«Mein Gott, ein DAT-Rekorder», sagte der Mann und lachte. «Lange her, dass ich den verwendet hab. Aber trotzdem hätt ich ihn gern zurück, sobald Sie ihn nicht mehr benötigen.»

«Danke.»

«Keine Ursache. Ich wohn schräg gegenüber. Katzensprung. Geben Sie Tom Bescheid, wann ich die Sachen abholen kann.»

Vincent trug die Kiste in sein Büro, wo Bruno Wegmann hinter dem Computer saß und recherchierte.

«Zwei Namen aus der Liste der Geldempfänger habe ich bereits identifiziert», berichtete der Kollege. «Ein einstmals bedeutender Konzertveranstalter und ein Musikredakteur des WDR. Aber der eine ist verstorben und der andere längst pensioniert und hochbetagt. Hast du eine Ahnung, was die mit dem Bundesnachrichtendienst zu tun haben könnten?»

«Sie wurden bezahlt, um Hagenbergs Karriere voranzubringen.»

«Meinst du wirklich?»

«Moritz Neuendorf alias Bernd Neumann hat Hagenberg in den siebziger Jahren gemanagt.»

«Der Agent, der 1994 verschwand?»

«Richtig. Hat mir Hagenberg gerade erzählt.» Und auch Konrad Haug hatte den Barden unterstützt, fiel Vincent ein. Der Auftritt in Thomas Gottschalks Fernsehshow.

«Das nenne ich Vetternwirtschaft!», empörte sich Bruno. «Ausgerechnet der deutsche Geheimdienst fördert einen Liedermacher, der damals als linksradikal gegolten hat. Nur weil Hagenbergs Schwester dort als Abteilungsleiterin arbeitet. Ist das nicht unglaublich?»

Vincent packte die Geräte aus, verkabelte sie und schloss sie ans Stromnetz an. Ein kleiner Donnerschlag ertönte aus der Lautsprecherbox, als Vincent den Verstärker einschaltete. Er drehte den Volumenregler zurück.

«Lässt du mich bitte wieder an meinen Platz?»

«Klar.» Bruno stand auf und verließ mit einem Teil der Unterlagen das Zimmer.

Vincent holte die Kassetten aus den Umschlägen und steckte

diejenige in den Rekorder, die mit seinem eigenen Namen beschriftet war. Ein Kribbeln lief durch seinen Körper.

Veih, 23. 9. 79.

Er setzte sich und drückte die Play-Taste.

Sofort war er mitten in einer Unterhaltung. Drei Männer, freundschaftlicher Umgangston. Vielleicht in einem Zimmer – keine identifizierbaren Hintergrundgeräusche. Die Stimme des einen Gesprächsteilnehmers erkannte Vincent sofort. Wenn die Beschriftung stimmte, war er zu dem Zeitpunkt fast fünfunddreißig Jahre jünger gewesen als jener René Hagenberg, der zwei Zimmer weiter mit seinem Anwalt in einer Vernehmung saß.

Und ich muss nichts über die Kleine in der Zeitung lesen?

Nein, René. Wir vergessen die alte Geschichte ganz einfach.

Ihre Eltern sind schuld. Die haben ihr mit ihrer verstockten Sexualmoral die Hölle heißgemacht!

Ist klar, René, wie konntest du auch wissen, dass die Kleine erst vierzehn war.

Ich …

Die anderen beiden redeten abwechselnd auf Hagenberg ein, der zu schluchzen begann.

Schon gut, René, mach dir keine Sorgen.

Wir haben so viel für dich getan, wir würden dich doch niemals fallenlassen.

Du bist einer von den Guten. Und jetzt gib dir einen Ruck.

Die Adresse. Wir haben nicht viel Zeit.

Von wegen Vetternwirtschaft, überlegte Vincent. Der Geheimdienst hatte Hagenberg am Haken. Mona förderte ihn nicht bloß, sondern nutzte ihren Bruder für ihr Vorankommen beim BND. Ihre zwei Agenten gaben sich als Freunde, aber sie forderten eine Gegenleistung. Vielleicht war der eine sein Manager Moritz Neuendorf alias Bernd Neumann. Und Maximilian alias Konrad Haug der andere?

Als Hagenberg endlich antwortete, klang er verändert. Klein, gebrochen, bitter. Vincent musste lauter drehen, um ihn zu verstehen.

Sie ist in Augsburg … nicht allein. Ristau ist bei ihr, schon seit Bagdad. Vorsicht, er wird schießen, da könnt ihr ziemlich sicher sein. Aber Brigitte … ihr darf auf keinen Fall etwas passieren, versprecht ihr mir das?

Adresse?

Versprecht mir, dass ihr Brigitte nichts tut!

Na klar.

Wieder ein leises Schluchzen. Vincent hörte, wie eine Flasche aufgeschraubt und Flüssigkeit in ein Glas gegossen wurde. Schniefen, gefolgt von weiterem Zureden der beiden Agenten.

Hagenberg nannte die Straße, die Hausnummer und das Stockwerk.

Geht doch, René. Die Chefin wusste, dass du uns nicht im Stich lassen wirst.

Vincent ballte die Fäuste. Steine im Magen, ein Herz voller Wut.

Und diesen Kerl hält meine Mutter für ihren besten Freund!

Vincent fühlte sich, als sei er selbst verraten worden.

68

▼

«Wer hat Ihnen den Tipp gegeben, sich an Konrad Haug zu wenden?»

Saskia behielt die Kamera im Blick, während die Lateinlehrerinnenstimme auf sie einredete. Wie im Fiebertraum rasten ihre Gedanken. Sie hatten ihr Telefon abgehört. Der Bundesnachrichtendienst? Kriminelle Verschwörer innerhalb des Geheimdienstes? Oder war alles von ganz, ganz oben abgesegnet?

«Hören Sie mich, Frau Baltes?»

Saskia erinnerte sich an ihr Treffen mit Konrad Haug, einem schwitzenden Alten in heller Rentnerfreizeitkluft, misstrauisch und wichtigtuerisch zugleich, die Wangen rot geädert vom Riesling – im Café hatte er sich gleich einen Viertelliter bestellt. Den einstigen BND-Agenten hatte man ihm nicht gerade angesehen. Wegen der versprochenen Belege hatte er sie schließlich auf ein zweites Treffen vertröstet.

«Frau Baltes!»

«Es war umgekehrt. Herr Haug hat sich an mich gewandt.»

«Sie lügen.»

«Er hat damit gerechnet, dass Sie sein Telefon überwachen. Er hat Sie ausgetrickst.»

«Was hat er Ihnen gegeben?»

«Nichts.»

«Dokumente, Aufnahmen, Datenträger?»

«Ich hätte mich gefreut, wenn es so gewesen wäre. Nein, Herr Haug war eine Enttäuschung für mich.»

«Jede Ihrer Lügen bedeutet große Schmerzen für Oskar. Ist Ihnen das egal?»

«Sie müssen mir glauben!»

«Und am meisten wird es Ihrem Jungen weh tun, wenn ich ihm sagen muss, dass Sie nichts unternommen haben, um ihn zu retten.»

Irgendwo trällerte ein Handy-Klingelton.

Die Lateinlehrerin lügt, versuchte sich Saskia einzureden. Oskar ist noch bei meiner Mutter. Oder bei Vincent in Sicherheit. Doch schon im nächsten Moment siegte Saskias Angst, und sie war vom Gegenteil überzeugt: Es war völlig gleichgültig, wie sie sich verhielt. Oskar und ich sind der Willkür dieser Frau ausgeliefert. Wir werden die nächsten Stunden nicht überleben. Man wird uns beseitigen. Mich auf jeden Fall.

Saskia wartete auf die nächste Frage.

Doch da kam nichts.

Stattdessen klang die Stimme der alten Lehrerin dünn und leise, wie von ganz weit weg. Die Frau telefonierte offenbar abseits ihres Mikrophons. Saskia spitzte die Ohren. Ihr Blick fixierte den Lautsprecher und sie hielt die Luft an, als könne sie dadurch besser verstehen, was geredet wurde.

… natürlich abhörsicher. Red schon!

Bist du erkältet?

Muße für die Sauna hätt ich auch gern mal wieder.

Hafen, wieso das denn?

Was der unbekannte Anrufer zur Unterhaltung beitrug, blieb Saskia verborgen. Wahrscheinlich war er ein Komplize, steckte mit ihren Entführern unter einer Decke.

Aber wenn nicht?

«Hilfe!», schrie Saskia so laut, wie sie nur konnte.

Ein kurzes Krächzen im Lautsprecher, dann war völlige Stille.

Die Lateinlehrerin hat mich abgeschaltet, erkannte Saskia.

Sie rollte auf ihrem Bürosessel zurück zum Fenster, stand auf und packte wie zuvor die Armlehne mit ihren gefesselten Händen.

Einatmen. Konzentration. Drehen, Aufrichten und Hochschleudern in einer einzigen, flüssigen Bewegung.

Klong.

Das kannst du besser, sagte sie sich. Schneller, fester, dabei ausatmen. Leg alles in den Wurf, was du hast. Deine Kraft, deine Furcht, deinen Zorn.

Der schwere Drehstuhl krachte durch die Scheibe. Scherben durchschnitten den Himmel. Ein frischer Luftzug umwehte Saskias Gesicht.

Schreie von unten, aus achtzig Meter Tiefe.

Saskia stand mit beiden Füßen fest auf dem Teppichboden. Sie hatte den Stuhl rechtzeitig losgelassen. Sie war nicht aus dem zersplitterten Fenster gestürzt.

69

▼

Vincent schob die zweite Kassette in den Rekorder.

Zwölf Jahre später. Inzwischen war die Mauer geöffnet und Deutschland vereint. Die ehemals volkseigenen Betriebe der DDR wurden von der Treuhandanstalt unter Aufsicht des Bundesfinanzministeriums verwaltet. Was nicht schleunigst verkauft werden konnte, wurde dichtgemacht. Abwicklung, so nannte man das.

Der Kanzler sprach von blühenden Landschaften, die es bald anstelle der Industriebrachen geben solle. Elf-Aquitaine bestand darauf, Leuna nur im Paket mit dem lukrativen Tankstellennetz zu erwerben.

Winneken, 8.1.91.

Ein Vierteljahr vor dem Attentat gegen den Treuhandchef.

Play.

Vincent hörte Hagenberg und eine zweite Stimme, die über die neue Managerin des Liedermachers herzog und ihm Hilfe anbot. Moritz, da war sich Vincent nun sicher. Eine stark befahrene Straße im Hintergrund. Ab und zu ein Auto, das vorbeifuhr. Vielleicht ein Autobahnparkplatz, dachte Vincent und erinnerte sich wieder an sein Treffen mit Elita Haug.

Wo ist das Handtuch her?

Aus seinem Badezimmer. Die Haare hingen im Kamm.

Sein Kamm, bist du dir sicher?

Er lag auf seiner Seite des Waschbeckens. Angelika ist blond. Die Haare sind dunkel. Also Freddies Haare.

Gut.

Ich hab trotzdem kein gutes Gefühl.

Wie oft soll ich dir das noch erklären? Der Verfassungsschutz hat Freddie im Visier, die Bullen haben ihn im Visier. Aber mit den Haaren werden wir ihnen beweisen, dass unser Freddie nichts mit der RAF zu tun hat, dass er nicht am Tatort Herrhausen war und auch nicht am Tatort Braunmühl. Mensch, wir wollen Freddie helfen, versteh das doch endlich!

Vincent hörte sich die Aufnahme ein zweites Mal an. Von Rolf-Werner Winneken war an keiner Stelle die Rede.

Dann fiel der Groschen. Mit Freddie war Alfred Meisterernst gemeint, der später als Winnekens Mörder galt und beim Festnahmeversuch 1994 ums Leben gekommen war. Das Handtuch war das blaue Ding, das Vincent selbst im Schrebergarten unterhalb Winnekens Villa entdeckt hatte und das ein paar Haare von Meisterernst enthielt.

Die Spur war fingiert worden.

Vincents Puls ging schneller. Er spürte, wie seine Hände feucht wurden. Er entnahm die Kassette dem Abspielgerät.

Dieses kleine Ding war der Beweis dafür, dass ein Agent des Bundesnachrichtendienstes in den Mord an Treuhandchef Winneken verwickelt war.

Vincent schloss die Kassette in der Schublade ein, in der auch seine Dienstpistole lag. Kein besonders sicheres Versteck, überlegte er. Mit einem Brecheisen leicht zu knacken. Doch vorläufig fiel ihm nichts Besseres ein.

Es klopfte. Bruno kehrte zurück.

«Chef?»

«Ich heiße Vincent.»

«Auf die Schnelle hab ich nirgendwo etwas über Wildmoser/Haug herausgefunden, auch nichts über Neuendorf/Neumann. Aber zu Mona Hagenberg gibt es etwas, wenn auch nicht viel.»

«Sprich.»

«Was hast du, Vincent? Du siehst aus, als wärst du einem Gespenst begegnet.»

«Sag schon, was hast du gefunden?»

«Mona Hagenberg ist tatsächlich die jüngere Schwester von

René, dem Liedermacher. 2008 hat sie eine Firma gegründet, die offenbar recht erfolgreich Konzerne und Regierungen berät. Sicherheit, Gefahrenabwehr. Das geht von abhörsicherer Telekommunikation bis zur Verteidigung gegen Terroranschläge.»

«Sieh an. Also ist sie 2008 aus dem Bundesnachrichtendienst ausgeschieden.»

«In der Düsseldorfer Presse wurde Mona Hagenberg kurz erwähnt, als sie für den Vodafone-Konzern tätig war. Stichwort bombensicherer Neubau und Überwachung des Umzugs aus dem alten Hochhaus in die neue Zentrale. Zumindest zu der Zeit hat sie hier in der Stadt gewohnt, im Breidenbacher Hof. Ich habe die Rezeption angerufen, aber am Telefon wollte man nichts bestätigen.»

«Vielleicht sollten wir dort mal unsere Marke vorzeigen.»

Das Telefon. Vincent ging ran. Professorin Michels von der Rechtsmedizin.

«Hab mir gerade das Skelett angesehen», sagte sie. «Draußen in Kempen …»

«Ich weiß, welches Sie meinen. Weiblich oder männlich?»

«Die Glabella hebt sich gegen die Nasenwurzel deutlich ab, das Relief des Hinterhauptes ist ausgeprägt, und der Processus mastoideus …»

«Ich hab's nicht so mit dem Medizinerlatein.»

«Soll vorkommen. Das Skelett stammt von einem Mann.»

«Und seit wann ist er tot?»

«Vier bis fünf Jahre sicherlich, eher noch länger, denn bei dieser Bodenbeschaffenheit …»

«Seit 1994?»

«Durchaus möglich.»

«Wie alt war er?»

«Kein Jugendlicher mehr. Die Schädelnähte sind zugewachsen.»

«Geht es nicht exakter, zum Beispiel ‹vierundvierzig Jahre›?»

«Ich könnte den Razemisierungsgrad der Asparaginsäure …»

«Bitte?»

«Asparaginsäure ist eine Aminosäure, die an vielen Stellen im Körper vorkommt. Es gibt sie in der L-Form und in der D-Form. Je älter ein Mensch ist, desto mehr überwiegt die D-Form. Die Messung des Verhältnisses ist die exakteste Methode der Altersbestimmung. Das haben Sie jetzt aber verstanden, oder?»

«Und Sie beherrschen dieses Verfahren?»

«Als einziges Institut in ganz Deutschland. Die Methode ist aufwändig und kostspielig, aber auf plus/minus zwei Jahre genau.»

«Dann hoffe ich, dass die Staatsanwaltschaft die Kosten ausnahmsweise nicht scheut.»

«Das wäre schön, denn wir sind über jeden Auftrag froh, der unser Institut am Leben hält.»

«Können Sie etwas zur Todesursache …»

«Eindeutig wird sie sich vermutlich nicht mehr klären lassen. Aber der Brustkorb ist regelrecht zertrümmert. Massive stumpfe Gewalt gegen die Rippen. Lunge und Herz sind da mit Sicherheit erheblich in Mitleidenschaft gezogen worden.»

«Danke, dass Sie am Sonntag nach Kempen rausgefahren sind.»

«Ach was, ich war bloß neugierig auf Herrn Hagenbergs Oldtimersammlung. Meinen Sie, er könnte mich benachrichtigen, falls er sich einmal von dem Jaguar trennen möchte?»

Vincent zählte eins und eins zusammen. Moritz Neuendorf alias Bernd Neumann: *Vermutlich enttarnt und liquidiert.* Auch der andere BND-Mann lebte nicht mehr. Konrad Haug hatte sterben müssen, weil er sich mit Saskia getroffen hatte.

Verdammt!

Die Zeit flog, und Vincent hatte noch immer keine Ahnung, wo seine Freundin steckte.

Er klopfte an die Tür von Pressesprecher Braun. Druck machen. Jeden Strohhalm nutzen.

Der Kollege hatte die Beine hochgelegt. Er telefonierte und signalisierte Vincent, dass er auf dem zweiten Stuhl Platz nehmen solle.

Offenbar sprach Braun mit dem Leiter des KK21 – Betrug und Beamtendelikte. Es ging um Stefan Ziegler, dessen Vernehmung auch heute fortgesetzt wurde. Braun fragte nach Neuigkeiten, mit denen er den Hunger der Medienmeute stillen konnte, doch es gab nichts, wie Vincent mitbekam.

Endlich legte Braun auf. Er tippte auf seinem Gerät herum und studierte das Display. «Schau dir das mal an, Veih, allein während dieses Gesprächs schon wieder drei neue Anrufe! Die ganze Republik verlangt nach Stellungnahmen. Und unser Präsident traut sich nicht aus der Deckung. Wenn ich nur wüsste, was ich sagen soll!»

«Was ist mit Saskia?», fragte Vincent.

Braun hatte den Blick wieder auf seinen Monitor geheftet.

«Hey, ich hab dich was gefragt!»

«Sorry, aber ich muss checken, was anliegt. Das Intranet, die aktuellen Meldungen aus unserer Leitstelle. Mein Job ist stressiger, als du vielleicht denkst, mein Lieber. Dabei wollte ich eigentlich mit meiner Frau durch die Eifel wandern!»

«Du hast die Medien doch über Saskias Entführung informiert, oder? Gibt es Rückmeldungen? Hat sie jemand gesehen und den *Blitz* oder die *Morgenpost* angerufen?»

«Ja, natürlich hab ich das rausgegeben. Aber nein, bislang hat sich niemand gemeldet. Erstens ist es noch viel zu früh dafür, zweitens hab ich dir doch gesagt, dass der Skandal um unseren Kollegen Ziegler alles andere überschattet.»

«Ziegler sitzt in Gewahrsam, sein Opfer ist seit zwei Jahren tot. Aber Saskia ist in größter Gefahr!»

«Erklär das mal den Medien.»

«Hey, ich dachte, das wäre dein Job!»

«Lass uns nicht streiten, Veih. Ich tu, was ich kann. Ehrlich.»

Vincent stand auf.

«Warte, setz dich, ich muss dir etwas verraten. Es gibt im Moment eine Kontroverse darüber, wer für die Ermittlungen gegen Ziegler zuständig sein soll. Wusstest du, dass Präsident Schindhelm den Fall dem KK21 übergeben hat, weil er dich am liebsten kaltstellen möchte?»

Darauf war Vincent bislang nicht gekommen. Er hatte der offiziellen Sprachregelung vertraut, dass es nach außen nicht zu erklären gewesen wäre, wenn die gleiche Dienststelle ermitteln würde, die damals im Fall Pollesch so krass versagt hatte.

«Aus dem Ministerium gibt es jedoch Stimmen, die dich für einen unbestechlichen Beamten halten und lieber Schindhelm selbst aus dem Verkehr ziehen würden. Wie kommt es, dass du so ein gutes Image hast?»

«Ehrlich gesagt habe ich Wichtigeres zu tun, als mich um Intrigen zu kümmern.» Vincent ging zur Tür.

«Was ist das denn?» Der Pressesprecher deutete auf seinen Bildschirm. «Das alte Vodafone-Gebäude – heute ist wirklich überall was los!»

«Sagtest du Vodafone?» Vincent kehrte zurück und blickte dem Kollegen über die Schulter. Immer noch das Intranet. Angeblich sei in großer Höhe eine Scheibe geborsten. Bürostühle fielen aus dem Gebäude, hatte ein Anrufer behauptet.

Vincent erinnerte sich an Brunos Nachricht: *In der Presse wurde Mona Hagenberg erwähnt, als sie für den Vodafone-Konzern tätig war.*

Sie hatte den Umzug überwacht. Sie verfügt noch über die

Schlüssel, dachte Vincent. Was zum Teufel spielt sich in dem leerstehenden Gebäude ab?

«Schick sofort alle verfügbaren Streifenwagen hin», rief er dem Pressesprecher zu.

«Ich?»

«Und ein SEK!» Eilig verließ Vincent das Büro.

70

▼

Ausgerechnet Konni Mahler, dachte Vincent, als sie die Neusser Straße entlangrasten, er auf dem Beifahrersitz, Blaulicht, hinter ihnen drei weitere Einsatzfahrzeuge.

«Stimmt es, was man über Stefan hört?», fragte der uniformierte Kollege – das Schicksal seines einstigen Vorgesetzten bedrückte ihn sichtlich.

«Ja», bestätigte Vincent.

«Ermittelt das deine Dienststelle?»

«Das ist noch nicht endgültig festgelegt.»

Kurz das Martinshorn, dann bei Rot über die Kreuzung beim Innenministerium. Unter der Rheinkniebrücke hindurch, schließlich links ab. Mahler schaltete das Blaulicht aus und hielt an.

Vor ihnen ragte der Büroturm auf. Ein schlanker Quader, Stahlskelett und viel Glas, zweiundzwanzig Stockwerke.

Vincent sprang aus dem Wagen und lief auf die Kollegen zu, die bereits einen Teil der Berger Straße mit Flatterband abgeriegelt hatten und Aussagen von Passanten aufnahmen.

Scherben sowie Trümmer von Bürostühlen auf dem Asphalt.

«Wann ist das passiert?»

«Vor zwanzig Minuten vielleicht. Zum Glück ist hier unten niemand verletzt worden.»

Vincent zählte die Etagen. In der zwanzigsten war ein Fenster geborsten. Kein Laut von dort oben, auch nichts weiter zu sehen.

Noch mehr Blau-Silberne trafen ein, zwei Dutzend Uniformierte aus den Wachen Bilk und Altstadt umringten Vincent. Er schilderte ihnen die Lage, wie sie sich ihm darstellte. Ein mögliches Kidnapping – der Wurf der Stühle als Zeichen eines Kampfes oder ein Versuch der Gefangenen, auf sich aufmerksam zu machen. Es galt, die Umgebung des Gebäudes auf allen Seiten abzuriegeln. Vielleicht hielten sich Entführer und Opfer noch im Hochhaus auf.

Wo blieben Spezialeinsatzkommando und Verhandlungsgruppe? Vincent rief noch einmal an und erfuhr, dass das SEK anderweitig benötigt wurde – ein Einsatz im Auftrag des Landeskriminalamts, vom Düsseldorfer Medienhafen war die Rede. Um ein zweites Kommando anzufordern, sei der Befehl eines hochrangigen Polizeiführers nötig.

Ein untersetzter Mann in Sportjacke und Turnschuhen hastete herbei. An einem Schulterriemen trug er eine Ledertasche. Nach Luft ringend fragte er Vincent: «Haben Sie hier den Hut auf?»

«Wer sind Sie?»

«Kleinschmitt. Das Gebäudemanagement von Vodafone schickt mich. Aber ich kann Ihnen nicht garantieren, dass ich sämtliche Schlüssel dabeihabe.»

«Kommen wir durch die Eingangstür?»

«Das auf jeden Fall.»

Vincent beschloss, nicht auf einen Vorgesetzten und das SEK zu warten.

Scheiß auf den Dienstweg.

«Ich brauche Freiwillige, die mit mir nach oben gehen.»

Eine Sekunde des Zögerns, dann meldeten sich sämtliche Beamten. Vincent wählte zehn Kollegen aus. Sie würden verteilt über alle Aufgänge versuchen, das zwanzigste Stockwerk zu erreichen. Vincent briefte die Leute noch einmal. Kommunikation per Funk. Auf Eigensicherung achten. Nichts riskieren.

Der Vodafone-Techniker hielt eine Magnetkarte an ein Kästchen, die große Glastür glitt zur Seite.

«Funktioniert der Aufzug?», fragte Vincent.

«Müsste.»

Beide Kabinen standen im Erdgeschoss bereit. Eine von ihnen öffnete sich fast lautlos, als Kleinschmitt die Taste drückte.

Das Funkgerät krächzte. Vincent meldete sich. Kollegen, die draußen auf der Berger Straße sicherten, hatten aus dem Gebäude Rufe vernommen.

Was ging dort oben vor?

Vincent betrat mit drei Leuten den Aufzug. Er drückte die Taste für das zwanzigste Stockwerk. Leises Surren, bange Momente. Eigentlich Wahnsinn, dachte Vincent, während sie nach oben fuhren. Keiner von ihnen hatte Erfahrung mit einer solchen Situation. Was würde sie erwarten? Eine hochgerüstete Privatarmee? Sprengfallen?

Wieder das Funkgerät. Die Vorhut, die den Weg über die Treppe genommen hatte, war bereits angekommen. Der Flur sei menschenleer.

Die Kabinentür öffnete sich. Aus der Deckung zielte Vincent in den Flur. Er schien tatsächlich leer zu sein. Als die Tür Anstalten machte, sich wieder zu schließen, durchbrach Vincent die Lichtschranke und trat auf den Gang. Der Techniker folgte ihm und drückte einen Schalter. Die Deckenlampen erstrahlten. Vorn beim Treppenhaus hatten sich Kollegen versammelt.

Sämtliche Bürotüren waren geschlossen. Vincent schlich zum Ende des Gangs.

Die Ostseite.

«Hilfe!»

Saskias Stimme. Sie lebte. Seine Erleichterung war grenzenlos.

«Ich bin's, Vincent. Bist du allein?»

«Ja. Zumindest in diesem Raum.»

Vincent winkte den Techniker herbei. Mit einem Handgriff wählte der Mann den richtigen Schlüssel, vermutlich den General. Das Schloss schnappte auf. Vincent ermahnte Kleinschmitt zurückzutreten. Dann stieß er gegen die Tür und ging rasch hinein, die Waffe vorgestreckt, beide Hände am Griff.

Saskia hüpfte mit zusammengebundenen Füßen auf ihn zu. Die Haare strähnig, dunkle Schatten um die Augen. Unverletzt – zumindest auf den ersten Blick.

Vincent verstaute die Pistole und schloss seine Freundin in die Arme. Sie zitterte.

«Wo ist Oskar?», fragte sie voller Panik.

«Bei Bastian.»

«Weißt du das wirklich ganz genau? Wann hast du ihn zuletzt gesehen oder gesprochen?»

«Bist du okay, Saskia?»

«Ich will sofort zu Oskar!»

Ihr Ex öffnete die Tür. Saskia lief an ihm vorbei in die Wohnung. Vincent folgte ihr. Oskar saß am Esstisch und bemalte mit bunten Kreidestiften ein Stück Pappe.

Sie bedeckte sein Gesicht mit Küssen und drückte den Jungen an ihre Brust. Tränen der Erleichterung rannen ihr über die Wangen. Bastian brachte ihr einen großen Becher mit Tee, von dem Saskia sofort trank. «Hast du auch was zu essen da? Mir ist, als hätte ich seit einer Woche nichts zu mir genommen.»

«Warst du in der Wüste, oder was?», fragte Oskar mit einer steilen Falte zwischen den Augenbrauen.

Saskia lachte und weinte zugleich.

Bastian holte seine Vorräte aus dem Kühlschrank. Vincent half ihm, den Tisch zu decken. Auch er hatte Hunger. Oskar weigerte sich zu essen und zeichnete weiter. Vielleicht aus Trotz, dachte Vincent und stellte sich vor, dass in dem Jungen der Verdacht aufgekommen war, seine Mutter habe ihn schlicht vergessen – als sei er ihr nicht wichtig.

Beim Essen vermieden sie es, Saskias Entführung zu erwähnen, um Oskar nicht zu ängstigen. Vincent wollte von den Unterlagen berichten, die Elita Haug ihm übergeben hatte, aber Saskia reagierte anders, als er es erwartet hatte. Ihr Augenmerk galt ausschließlich Oskar. Sie versuchte ihren Sohn zu ermuntern, ein Stück Käse zu essen, doch der kleine Sturkopf ließ sich nicht von seinem bunten Gekrakel ablenken.

London Calling. Eine Handynummer.

Vincent legte das Besteck weg, verließ das Zimmer und nahm das Gespräch an.

Es war Konni Mahler. «Keine weitere Person in dem Hochhaus. Wer auch immer deine Freundin da oben eingesperrt hat, ist entweder rechtzeitig abgehauen oder hat von anderswo mit ihr kommuniziert.»

«Seid ihr sicher, dass ihr nichts übersehen habt?»

«Wir waren zuletzt fast fünfzig Leute, und der Gebäudemanager hat uns jeden Winkel gezeigt.»

Vincent bedankte sich.

Mona Hagenberg alias Frau von Zeitlitz war ihm durch die Lappen gegangen.

Vorerst, sagte sich Vincent.

Saskia ging über den Flur und steuerte die Toilette an. Etwas in ihrem Blick hinderte ihn daran, sie in den Arm zu nehmen. Lass sie, dachte Vincent. Sie hat viel durchgemacht, ist traumatisiert, gib ihr Zeit.

«Hast du was?», fragte Saskia.

«Ich glaube, ich weiß, wer die Frau war, die dir gedroht hat.»

«Mir fällt ein, dass sie mit jemandem telefoniert hat.»

«Mit wem?»

«Weiß nicht. Die Person war erkältet. Und sie hat einen Hafen erwähnt.»

«Welchen Hafen? In welchem Zusammenhang?»

«Keine Ahnung. Vielleicht ist dort etwas geschehen. Oder der Anrufer wollte sich mit ihr verabreden. Sie klang, als sei sie nicht ganz damit einverstanden gewesen.»

«Gut gemacht, Saskia.»

In unmittelbarer Nähe gab es drei Rheinhäfen. Den Haupthafen mit seinem schicken Büroviertel, den gegenüberliegenden Neusser Hafen sowie den im Stadtteil Reisholz ein Stück weiter flussaufwärts. Wenn man aber in Düsseldorf vom Hafen sprach, meinte man in der Regel nur einen davon.

Vincent nahm seine Jacke vom Haken und verabschiedete sich.

71

▼

Mona erreichte den vereinbarten Ort im Düsseldorfer Medienhafen mit zwanzigminütiger Verspätung. Ihre Sachen hatte sie in ihrem Hotelzimmer zurückgelassen.

Stattdessen hatte sie ihre Depots geleert, die sie in der Stadt angelegt hatte. Pässe, Bargeld, Waffen sowie ein paar Koffer mit nützlichen Klamotten – wie ein Agent im Feindesland war sie jederzeit bereit zur Flucht. Auch wenn sie nicht im Traum damit gerechnet hatte, dass es jemals nötig wäre.

Vor sechs Jahren war sie ausgestiegen, hatte sich selbständig gemacht, um in Ruhe ihr Vermögen zu mehren. Aber natürlich pflegte sie weiterhin ihre Verbindungen, war bestens vernetzt, gehörte eigentlich noch dazu. Man tauschte sich aus und half sich gegenseitig – es ist wie bei der Mafia, dachte Mona: Einmal drin, kommst du nicht mehr raus.

Sie fragte sich, ob sie sich in den letzten Wochen etwas zuschulden hatte kommen lassen. Oder waren Delpierre und ihre Auftraggeber paranoid geworden, alles nur übertriebene Panik?

Der Parkplatz an der Speditionsstraße war zu mehr als drei Vierteln belegt. Mona schlenderte daran entlang. Der Wind zerrte an ihrem Blouson.

Im Kabuff an der Schranke war lediglich eine Person auszumachen. Dahinter ein fensterloser Container, die Tür verschlossen. Soweit Mona es überblicken konnte, waren sämtliche Fahrzeuge menschenleer. Bis auf den unscheinbaren Renault Megane, in dem Sebastian Seidel auf sie wartete.

Seidel, den man ihr erstmals im heißen Herbst von 1977 zur Seite gestellt hatte – und auch nachdem er sich auf die finanziellen Aspekte geheimdienstlicher Operationen spezialisiert hatte, war er ihr immer wieder über den Weg gelaufen. Mit Gerüchten, die in ihren Kreisen über Seidel kursierten, hätte man Bände füllen können. Aber Mona hatte ihn stets als verlässlich erlebt, sorgfältig und loyal.

Sie stieg über die Leitplanke, die den Platz umzäunte, und ging auf den Wagen zu. Das Fenster senkte sich. Seidel wedelte mit der Hand.

«Steig ein. Ich bring dich aus der Stadt. Brüssel wäre gut fürs Erste, meint Delpierre.»

«Ich habe meine eigenen Pläne.»

Ein Achselzucken. «Natürlich.»

Wieder blickte sich Mona um. War dies ein Hinterhalt? Hatte man Seidel geschickt, um sie hereinzulegen? Der Parkplatz gefiel ihr nicht. Der Blechcontainer beim Kassenhäuschen. Der Transporter mit den getönten Scheiben, der ganz in ihrer Nähe abgestellt war.

Mona beschloss, auf der Hut zu bleiben.

Adomeit saß mit seinem Team im Container, der als Befehlsstelle diente, und starrte auf die Monitore, die den Parkplatz aus verschiedenen Blickwinkeln zeigten. Auf zweien von ihnen stand der weiße Megane im Mittelpunkt.

Er machte den Job als Kommandoführer des Düsseldorfer SEK seit gut zwölf Jahren. Im Herbst würde er die Altersgrenze erreichen und in eine ruhigere Polizeidienststelle wechseln. Ihm ging durch den Kopf, wie sich die Zeiten geändert hatten: Früher waren Einsätze noch selten gewesen, aber jedes Mal brisant – Banküberfälle, Geiselbefreiungen, Festnahmen wirklich schwerer Jungs.

Heutzutage befiel jeden Entscheidungsträger das Hosenflattern. Keiner ging auch nur das kleinste Wagnis ein. Wo früher eine Motorradstreife genügt hatte, musste nun stets das Spezialeinsatzkommando ran.

In den nächsten Minuten würden sie zwei ältere Herrschaften hopsnehmen. Eigentlich ein Witz.

Die Schranke ging hoch, ein Businesstyp im schwarzen Mercedes fuhr auf den Platz. Zum Glück parkte er weit entfernt. Adomeit schob sich einen Kaugummi in den Mund. Die Zielpersonen seien möglicherweise bewaffnet, hieß es wie immer. Erstes Gebot für seine Männer war, sich selbst und Unbeteiligte zu schützen.

Nicht die eigene Behörde, sondern das Landeskriminalamt hatte das SEK angefordert. Ein höheres Tier aus der Völklinger Straße leitete den Einsatz. An der Besprechung hatten zudem zwei Geheimdienstler teilgenommen. Von ihnen war offenbar der entscheidende Hinweis gekommen. Wenn der Bundesnachrichtendienst involviert ist, zählen die Zielpersonen zum international organisierten Verbrechen, schlussfolgerte Adomeit – Bosse eines lateinamerikanischen Kartells oder der Mafia, Genaues erfuhr er nicht, wie so oft. Seine Männer waren nur fürs Festnehmen zuständig. Ihr Job war es, die Zielpersonen zum Päckchen zu schnüren, wie sie es nannten, und sie den Kriminalbeamten zu übergeben. Darin waren sie Spezialisten, bestens trainiert.

Ein Funker und der Einsatztagebuchführer saßen bei ihm im stickigen Container. Ein Aufklärer hatte im Kassenhäuschen Posten bezogen, ein weiterer im obersten Stockwerk des Hotels gegenüber. Zwei Teams sollten für den Zugriff genügen. Das eine lauerte versteckt im Kassenhäuschen, für das andere hatte das LKA einen sauberen Müllcontainer hinter der Schranke aufstellen lassen. Nur für den Fall, dass etwas aus dem Ruder lief, hielten sich abseits des Platzes zwei weitere Trupps sowie die Geheimdienstler bereit.

Der Plan war, den Megane beim Verlassen des Parkplatzes zu stoppen.

Aber zum Teufel, warum zögerte die Frau? Steig ein zu deinem Komplizen und kommt herüber!

Monas Blick folgte dem Businesstypen, der seinen Mercedes abschloss und mit schnellen Schritten auf eines der Bürohäuser zuging. Harmlos. Dann musterte sie erneut den Transporter. Hinter den dunklen Scheiben war nichts zu erkennen. War da ein leichtes Schaukeln gewesen? Am Wind konnte es nicht liegen.

Seidel stieg aus und zündete sich einen Zigarillo an.

«Ich dachte, du hättest es aufgegeben?», bemerkte Mona.

«Die letzte.» Er gab ihr den angekündigten Umschlag. «Ist es nicht verrückt?»

«Was meinst du?»

«Unser Leben, was bringt es? Ich meine, was bringt es uns wirklich? Denkst du nicht auch manchmal darüber nach?»

«Du solltest dich mal hören, Sebastian. Was sind denn das für Anwandlungen?»

Er inhalierte, stieß eine Wolke aus und sah ihr hinterher.

«Delpierre hat Andeutungen gemacht. Jemand könnte dir auf die Spur gekommen sein.»

«Unsinn.»

«Die Journalistin ...»

«Mensch, Sebastian, wie lange bin ich in diesem Business? Die kleine Tussi kann mich nicht identifizieren. Hat mich kein einziges Mal zu Gesicht bekommen.»

«Und die Sache, wegen der dich dein Neffe ...?»

«Paul ist tot», erklärte Mona und spürte zu ihrer eigenen Überraschung einen Anflug von Trauer. Der dumme Junge – stets hatte sie ihn gefördert und ihn nicht nur in seinen künstlerischen Ambitionen bestärkt, sondern schließlich sogar darin, seine perversen Phantasien an Renés Gespielinnen auszuleben. Es wäre ihr ein weiterer Triumph gewesen, ihren Bruder auf diese Weise ans Messer zu liefern. Nichts anderes hatte er verdient.

Ihr einziger Fehler, sie hätte es besser wissen müssen: Natürlich fehlte Paul die Cleverness, die Entführungen glaubhaft seinem Vater in die Schuhe zu schieben. Er faselte immer nur von seinen Bildern, etwas anderes interessierte ihn kaum.

Bloß nicht sentimental werden, schärfte sich Mona ein. In einem Polizeiverhör hätte Paul todsicher ihren Namen genannt. Ich musste das Spiel auf diese Art beenden.

«Ein Gebäudebrand», erklärte sie. «Tragische Sache.»

«Tut mir leid.»

«Delpierre soll sich nicht ins Höschen machen. Erklär ihr das, wenn sie das nächste Mal Kontakt aufnimmt.»

Mona steckte den großen wattierten Umschlag in ihren Blouson. Als würde es ihr an Ausweispapieren oder Geld mangeln. Aber gut, ein paar Euro zusätzlich waren nicht zu verachten.

Die Seitentür des Transporters ging auf.

Mona griff sofort nach hinten, wo ihre Glock im Hosenbund steckte.

Eine Frau kletterte ins Freie, steckte sich eine Zigarette an und vergewisserte sich, dass ihre Bluse korrekt zugeknöpft war. Ein Mann folgte ihr, küsste ihren Nacken, stieg vorne ein und öffnete von innen die Beifahrertür. Nach zwei, drei hastigen Zügen warf die Frau den Glimmstängel auf den Asphalt, zog krachend die Seitentür zu und ging nach vorn. Der Motor sprang an, der Transporter rollte davon.

Mona löste ihre Hand vom Griff der Pistole. Entwarnung.

Seidel musste niesen. «Scheißsauna.»

«Das Leben», nahm Mona den Faden auf. «Was sollte es deiner Meinung nach noch bringen? Wir sind, was wir sind. Für einen Neuanfang sind wir zu alt, mach dir nichts vor.»

Er zuckte mit den Schultern. «Wo steht dein Wagen? Ich fahr dich hin.»

Delpierre strich die Haare zur Seite, die vor das Fernglas wehten. Unter ihr der Hafen mit seinen Landzungen voller Bürohäuser und Restaurants, weiter drüben der ursprüngliche Teil mit Getreidemühlen, Lagerhallen und Brachflächen.

Neben ihr lagen die beiden Präzisionsschützen völlig regungslos, wie versteinert. Arctic-Warfare-Gewehre des britischen Herstellers Accuracy International, bei der Bundeswehr auch als G22 bekannt, mit Zielfernrohr, Zweibein und Schalldämpfer. Letzterer würde zwar nicht den Knall der Überschallmunition verhindern, aber das Orten der Schützen erschweren. Zwischen ihnen und Seidels Auto lagen ein Hafenbecken und dreihundertsechzig Meter Luftlinie laut Delpierres Laser-Laufzeit-Entfernungsmesser.

Sie hielt das Anemometer in den Wind. «Südwest. Vier Komma fünf Beaufort.»

Die Schützen justierten ihre Zielfernrohre. Delpierre blickte auf das Display, auf dem sie mitverfolgen konnte, was die beiden Männer sahen.

«Habt ihr die Zielperson?»

Die Sniper sagten kein Wort. Sie nahmen den Druckpunkt, auf Delpierres Display leuchteten zwei grüne Punkte auf – die positive Antwort.

Mona blickte sich noch einmal um. Der Transporter hatte das Kassenhäuschen passiert und verschwand. Der gesamte Platz verfügte nur über diese eine Ausfahrt. Im Fall einer Falle das Nadelöhr, wenn man mit dem Auto unterwegs war. Nie durfte sie sich auf Seidels Angebot einlassen, selbst wenn es gut gemeint war.

«Nein, ich geh lieber zu Fuß.»

«Wie auch immer.» Seidel ließ seine Kippe auf den Asphalt fallen und trat die Glut aus. «Mach's gut, bis zum nächsten Mal. Ist immer schön, mit dir zu plaudern.»

«Geht mir auch so.»

Händeschütteln. Sie zog den Reißverschluss ihres Blousons bis ganz nach oben. Trotz der schusssicheren Unterziehweste war ihr kühl. Ein Schal wäre gut gewesen.

Seidel zögerte.

«Steig schon ein», sagte Mona. «Nach der Sauna ist Zugluft ungesund.»

Sie winkte ihm noch einmal zu und wandte sich in die entgegengesetzte Richtung.

«Okay, dann eben Plan B», sagte Adomeit. «Schick die Teams los, jetzt!»

«Taco und Titanic von Null eins», sprach der Funker in sein Mikro.

Drei Männer im mexikanischen Restaurant auf der anderen Straßenseite. Vier Kollegen auf dem Boot, das gegenüber im nächsten Hafenbecken festgemacht hatte. Ein Rauschen im Lautsprecher, Stimmen.

«Hier Taco.»

«Hier Titanic.»

«Zugriff», sagte der Funker.

«Verstanden.»

72

▼

Mona ging sofort in Deckung. Drei Bewaffnete hatten das mexikanische Restaurant verlassen und stürmten auf den Parkplatz zu. Sie änderte die Richtung und hastete in gebeugter Haltung weiter an den geparkten Autos entlang.

«Polizei! Nicht bewegen!»

Ein Zugriff erfolgt niemals nur aus einer Richtung, schoss es Mona durch den Kopf. Sie spähte durch ein Autofenster nach links. Tatsächlich: Weitere Männer in grauen Overalls kamen über die Böschung des Hafenbeckens herbeigerannt. Geschlossene Helme – wie böse Krieger aus einem Science-Fiction-Film.

Mona duckte sich noch tiefer, zog die Glock aus dem Hosenbund und lief weiter. Wenn sie es bis zur Fußgängerbrücke schaffte, wäre sie aus dem Schneider. Am anderen Ende stand ihr erster Fluchtwagen.

Auf keinen Fall durfte sie sich festnehmen lassen. Man würde dafür sorgen, dass sie nicht auspackte. Im Gefängnis hätte sie keine Überlebenschance. Nicht für einen Tag.

«Bleiben Sie stehen, keine Bewegung!»

Mona wandte sich um. Seidel stand verängstigt und mit erhobenen Händen neben seinem Auto. Die ersten Bullen näherten sich ihm mit vorgestreckter Waffe.

An seiner Stelle hätte sie sich ebenfalls ergeben. Seidel hatte nicht viel zu befürchten. Er war stets nur Mittelsmann gewesen, nie an vorderster Front. Solange Mona ihn nicht verriet, war ihm nichts nachzuweisen – keine Anklage, kein Knast, kein Messerstich beim Hofgang in den Hals.

Plötzlich ein Klatschen. Blut spritzte aus Seidels Kopf, und er sackte in sich zusammen.

Monas Herz begann heftig zu pochen. Selbst die Bullen schienen schockiert zu sein. Erst eine gute Sekunde später war ein doppelter Knall zu hören.

Chaos brach aus. Schüsse krachten aus der Nähe, Querschläger peitschten. Links und rechts sprangen die Bullen in Deckung. Hektik, Schreie: «Polizei, Waffen weg!» – «Wir werden beschossen!»

Mona warf sich auf den Boden. Was war da los?

Sie beschloss, das Durcheinander zu nutzen.

«Touché», bestätigte Delpierre, schwenkte das Fernglas ein wenig und stellte auf die Frau scharf, die sie unter dem Namen von Zeitlitz kannte.

Wo war sie nur?

Da.

Sie bewegte sich zwischen zwei Wagenreihen vorsichtig voran, Blicke nach allen Seiten. Ein Reh auf der Flucht vor den Wölfen. Und der Jäger auf dem Hochsitz als lachender Dritter.

Auf dem Display war von Zeitlitz in Großaufnahme zu betrachten. Delpierre studierte ihre Züge und bewunderte, wie gefasst die zweite Zielperson reagierte.

«Seid ihr so weit?», fragte Delpierre.

Zwei grüne Punkte.

In diesem Moment sah von Zeitlitz herüber. Vielleicht hatte die Linse eines Zielfernrohres das Sonnenlicht reflektiert.

Unter den parkenden Autos hindurch konnte Mona Stiefel ausmachen. Sie robbte nach vorn und bemerkte zwei Typen in Zivil, höchstens drei Wagenreihen entfernt. Wer war das? Einer der beiden feuerte über die Autodächer hinweg. Völlig sinnlos, dachte Mona.

Sie musste an die Firma denken, für die sie bis zu ihrem Fünfundfünfzigsten gearbeitet hatte. An die Ballerei, zu der sie als Abteilungsleiterin einst selbst die GSG9 losgeschickt hatte – als Sündenbock für die Liquidierung des Treuhandpräsidenten hatte Alfred Meisterernst, ein guter Freund ihres Bruders, dran glauben müssen. Ein Höhepunkt in ihrer Laufbahn, brillant in Planung und Ausführung.

Freddies Tod war als Selbstmord deklariert worden.

Mona fragte sich, ob dies auch ihr Schicksal werden sollte.

Was einmal war, kehrt wieder, hatte Renate ihr einmal ins Poesiealbum geschrieben. Zu deinem Wohl, wenn du Gutes tust. Andernfalls zu deinem Wehe.

«Feuer einstellen!», rief jemand.

Mona legte sich einen Fluchtplan zurecht und hob den Kopf, um sich zu orientieren. In diesem Sekundenbruchteil nahm sie ein Blinken am Rand ihres Gesichtsfelds wahr. Sie wandte sich um. Ihre Gedanken rasten.

Jemand hatte Seidel aus großer Entfernung erschossen, ohne dass man den Knall exakt orten konnte. Wieder blinkte es. Drüben auf einem der Dächer jenseits des Hafenbeckens.

Hastig duckte sich Mona und kroch weiter.

Zwei Schüsse, die fast wie einer klangen – Vincent stoppte seinen Wagen vor den Pollern der Fußgängerbrücke und rannte los, den hämmernden Schmerz in seinen Rippen ignorierend.

Weitere Schüsse aus anderen Waffen. Die Holzplanken polterten unter Vincents Schritten. Er erreichte die Landzunge und erblickte Männer in grauen SEK-Overalls, dazu zwei in Zivil, die auf den Parkplatz zielten.

«Feuer einstellen!», brüllte Vincent, lief weiter, reckte seine Marke mit links in die Höhe und fuhr mit der Rechten unter die Jacke. Er zog seine Walther P99 aus dem Schulterholster.

Zugleich zwang ihn der Schmerz, das Tempo zu verringern.

Der Parkplatz war umstellt, wie es schien. Aller Augen waren auf einen Punkt zwischen den Wagen gerichtet, irgendwo am westlichen Ende, das ihm am nächsten lag.

Vincent ging darauf zu, den Griff seiner Waffe fest in beiden Händen. Dann hörte er ein Klatschen, das Sirren eines Querschlägers auf dem Asphalt und eine gute Sekunde später wie vorhin den doppelten Knall.

Er duckte sich, sein Herz raste.

Delpierre beobachtete, wie von Zeitlitz zu robben begann. Noch einen Meter, dann wäre sie außer Sicht.

«Feuer», befahl Delpierre.

Wieder die beiden grünen Punkte, dann der Krach – die Sniper hatten abgedrückt.

Die zweite Zielperson blieb auf dem Asphalt liegen. Rasch breitete sich Blut unter dem Kopf aus. Auf dem Display konnte Delpierre keine Regung erkennen. Sie nahm das Fernglas, um die Umgebung der Zielperson zu kontrollieren.

Ein Mann trat in das Blickfeld und verstaute eine Pistole in seiner Jacke. Er ging in die Hocke, betastete den Hals der Toten und winkte aufgeregt. Nach der Beschreibung, die Delpierre vorlag, war das der Bulle, der in der Polizeibehörde dieser Stadt für Tötungsdelikte zuständig war. Markante Züge, bestes Alter, wie sie fand. Delpierre erinnerte sich an den Namen: Vincent Che Veih.

Um ein Haar wäre er von Zeitlitz auf die Spur gekommen. Ein hartnäckiger Ermittler, Respekt.

Delpierre griff wieder nach dem Display und betrachtete die Großaufnahme des Bullen mit dem dunkelblonden, ungescheitelten Haar. Die grünen Punkte blinkten zwischen den Augen auf – ihre beiden Präzisionsschützen hatten Veih im Visier.

Das Angebot einer Gratiszugabe.

Delpierre wog ab. Was konnte der Mann über die Osternacht vor dreiundzwanzig Jahren wissen? Selbst wenn er neue Spuren fand – liefen sie mit dem Tod der beiden Zielpersonen nicht endgültig ins Leere?

Für einen Moment verdeckten andere Männer den Kommissar. Delpierre entschied, sich an ihren Auftrag zu halten, der lediglich Seidel und von Zeitlitz gegolten hatte.

«Wir brechen auf», befahl Delpierre.

Die Schützen zogen sich vom Dachrand zurück und nahmen ihren Gehörschutz ab. Routiniert zerlegten sie ihre Waffen und packten die Teile in einen Rucksack. Es ist jedes Mal eine Freude, mit Leuten zu arbeiten, die ihren Job beherrschen, dachte Delpierre.

73

▼

Wie hypnotisiert blickte Adomeit auf die Bildschirme. Hektik, Schreie, sämtliche Kollegen waren zwischenzeitlich in Deckung gesprungen. Auch er hatte den Überblick verloren. Von der Frau, die sie festnehmen sollten, war immer noch nichts zu sehen.

Was sollte die Knallerei? Wer hatte geschossen? Nicht bloß die beiden Zielpersonen, vermutete Adomeit. Selbstschutz, Nervosität, was auch immer – es roch nach einer verdammten Panne.

«Feuer einstellen!», hatte er mehrfach in das Handmikro des Funkgeräts gebrüllt.

Die Männer seines Kommandos umringten einen weiteren Typen in Zivil. War das nicht Veih, der neue Leiter des KK11?

Kollegen des Landeskriminalamts gesellten sich ebenfalls dazu. Dass keine der Zielpersonen aufstand und abgeführt wurde, ließ Adomeit das Schlimmste vermuten. Er verständigte Arzt und Rettungswagen, beide standen in einer Seitenstraße des Hafenviertels für den Notfall bereit.

Dann griff er wieder nach dem Mikro. «Was ist bei euch los?»

«Adomeit von Olschewski.»

«Hier Adomeit, ich höre.»

«Zielperson ohne Lebenszeichen.»

«Herzdruckmassage! Der Notarzt ist sofort da!»

«Zwecklos. Es hat ihm den halben Kopf weggerissen.»

Adomeit raufte sich die Haare. Ein Kratzen im Funk, ein Knistern.

«Null eins von Massimo.»

«Was gibt's?»

«Die Frau …»

«Nicht auch noch!»

«Doch. Leider.»

Adomeit ließ den Kopf in seine Hände sinken.

Die Tür wurde aufgerissen, Sonnenlicht flutete in den Container. Adomeit sah hoch und musste blinzeln. Das hohe Tier vom Landeskriminalamt. Ein großer, hagerer Kerl im grauen Anzug, rotes Einstecktuch. In seinem Rücken einer seiner Männer mit einer Tüte in der Hand.

«Was haben Ihre Leute da angerichtet?»

«Wer sagt denn, dass jemand aus meinem Kommando geschossen hat?»

«Die Datenträger sämtlicher Videoaufnahmen, los, her damit!»

«Das sind Beweismittel», versuchte Adomeit zu protestieren.

«Eben», sagte der Einsatzleiter. «Und ich führe die Ermittlungen.»

Der Typ mit der Tüte drängte sich herein.

Adomeit gab auf und überließ ihm das Feld. Er schlich über den Platz und fühlte sich wie in einem bösen Traum. Vor dem weißen Renault Megane traf er die ersten Kollegen. Hängende Köpfe, Helme und Sturmhauben abgenommen.

«Ich hab nicht geschossen.»

«Ich auch nicht.»

«Keiner von uns.»

«Bleibt am besten bei dieser Aussage», antwortete Adomeit und schaffte es nicht, den Männern in die Augen zu blicken.

Der Notarzt eilte herbei, stellte seine Tasche ab und kniete neben dem Mann nieder, dem die Stirn fehlte. Der hagere Einsatzleiter persönlich stülpte einen Spurenbeutel über einen Zigarettenstummel.

Etwas abseits standen weitere Männer des Kommandos und schwiegen. Zwei Beamtinnen vom LKA sammelten ihre Waffen ein.

Adomeit suchte die weibliche Zielperson und fand sie reglos zwischen zwei BMW-Limousinen. Ihr Kopf lag in einer dunklen Blutlache. Adomeit entdeckte die Austrittswunde am Haaransatz. Tödlicher konnte ein Treffer nicht sein.

Ihm wurde flau im Magen.

Neben ihrer Hand lag eine Pistole. Eine Glock 19 der vierten Generation, erkannte Adomeit, fünfzig Gramm leichter als das Vorgängermodell, beliebt bei Profis und Spezialeinheiten. Ein weiterer LKA-Beamter bückte sich nach der Waffe und ließ sie in einem Plastikbeutel verschwinden.

Adomeit schaute sich um. Zwei Blau-Silberne rasten heran, Kollegen aus der nächstgelegenen Polizeiwache. LKA-Leute fingen sie ab. Adomeit beobachtete, wie der KK11-Chef mit dem hageren Einsatzleiter diskutierte. Kompetenzgerangel.

Die beiden Geheimdienstler hatten sich aus dem Staub gemacht.

Adomeit beschloss, einen Anwalt zu konsultieren, bevor er seinen Bericht abfasste. Er war gespannt, wem man den Schlamassel letztlich in die Schuhe schieben würde.

TEIL SIEBEN

Sternschnuppen

74

▼

Montag, 17. März 2014

Vincent schnürte seine Laufschuhe und trat auf die Straße. Er brannte darauf, wieder Sport zu treiben. Aber nach wie vor schmerzten die Rippen bei jedem tieferen Atemzug, und noch bevor er das Rheinufer erreichte, kehrte Vincent um.

Er kam sich erniedrigt vor, alt und beraubt.

Die beiden Ständer vor dem Büdchen an der Nordstraße waren bestückt mit lokalen und bundesweiten Tageszeitungen, Heften und Magazinen, Blättern in türkischer Sprache. Eine Schlagzeile in übergroßen roten Lettern sprang ihm ins Auge, es war die des Boulevardblatts *Blitz*:

René Hugenberg unter Schock – einziger Sohn ermordet!

Grauenvoller Fund bei Kempen

Vincent kaufte sämtliche Zeitungen der Region, gespannt darauf, wie die schreibende Zunft seine Arbeit sah – er zweifelte nicht daran, dass die Berichterstattung über Stefan Zieglers Inhaftierung, den Fall Paul Seifert und die Entführung Saskias breiten Raum einnehmen würde. Die *Morgenpost* entnahm er wie immer seinem Briefkasten.

Die Stille in der Wohnung, als Vincent aufschloss, erschien ihm nach den letzten fünf Tagen ungewohnt. Dominik und seine Freundin Hanna hatten endlich das Kriegsbeil begraben, der junge Kollege war nach Hause zurückgekehrt. Vincent beschlich ein Gefühl der Unsicherheit.

Was wäre, wenn jemand während seiner kurzen Abwesenheit das Schloss geknackt hätte und auf ihn lauerte, um auch ihn auszuschalten? Ihm fiel ein Romanzitat in, über das er einmal herzlich gelacht hatte: *Nur weil du paranoid bist, heißt das nicht, dass sie nicht hinter dir her sind.*

Er drückte die Tür zu und schritt die gesamte Wohnung ab, um sicherzugehen, allein zu sein. Ab sofort nicht mehr ohne Waffe, nahm sich Vincent vor.

Beim Morgenkaffee breitete er die Blätter auf dem Tisch aus. Er konnte sich nicht erinnern, jemals ein solches Medienecho erlebt zu haben. Die Seite zwei der *Morgenpost* ließ ihn stutzig werden. Dass bei der Formulierung von Überschriften dichterische Freiheit herrschte, war Vincent gewohnt. Aber hier hatte jemand schon nach wenigen Stunden ein Urteil gefällt, ohne zumindest die Auswertung der wichtigsten Spuren abzuwarten:

Schüsse im Medienhafen: Mutmaßliche Mafiakuriere richten sich bei Festnahmeversuch selbst.

Rasch trank Vincent die Tasse leer. Keine Zeit für ein Frühstück. Er steckte einen Apfel ein. Ein weiterer turbulenter Tag stand ihm bevor, die nächste Runde im Schattenboxen.

Er saß bereits im Auto, als er es sich anders überlegte und noch einmal nach oben ging. Vor der Wohnungstür kniete er sich hin und zupfte sich ein Haar am Hinterkopf aus. Es war blond, aber kurz – unauffällig. Mit etwas Spucke klebte er es knapp oberhalb des Fußbodens quer über die Türritze.

Eine gute Minute wartete Vincent, bis er halbwegs sicher war, dass das Haar nicht von selbst herunterfallen würde. Dann machte er sich auf den Weg.

Sitzungen, E-Mails, Aktenstudium. Allmählich setzte sich aus Beweisen und Zeugenaussagen ein Bild zusammen. Pauls Schuhe, seine Fingerabdrücke sowie der Abgleich mit der

DNA-Spur an Alinas Leiche bestätigten, dass Paul Seifert ihr Mörder gewesen war. Auch die Herkunft der Baumwollfasern war geklärt: ein Sweatshirt, das vermutlich Paul gehörte. Es hatte zwischen seinen Sachen in einem Raum des Bauernhofs gelegen. Der USB-Stick, den sie in dem Apartment gefunden hatten, das Paul bis in den Sommer 2012 bei seiner Mutter bewohnt hatte, enthielt Tonaufnahmen – Schreie gequälter Katzen, wie ein zu Rate gezogener Biologe vermutete.

In den Trümmern der Ruine bei Kempen waren weitere Speichermedien gefunden worden, verkohlte Überreste von Kameras, Rekordern, verschmorte USB-Sticks und Festplatten. Allesamt durch das Feuer schwer in Mitleidenschaft gezogen. Die Spezialisten des KK42 arbeiteten daran, die Daten so weit wie möglich zu retten. Ergebnis ungewiss.

Franziska war am gestrigen Nachmittag aufgewacht und konnte erstmals befragt werden. Ihr zufolge hatte Paul allein gehandelt. Während ihres Martyriums hatte sie keinen weiteren Menschen bemerkt. Allerdings konnte sie nicht wissen, was außerhalb ihrer Zelle vor sich gegangen war. Zudem wies ihre Erinnerung Lücken auf – sie wusste nicht einmal mehr, dass es gebrannt hatte.

Vincent schätzte, dass es Wochen dauern würde, Hagenberg eine Mitwisserschaft nachzuweisen. Falls das überhaupt möglich war.

Am späteren Vormittag wurde Saskia von Anna Winkler und Dominik Roth befragt. Vincent hielt sich da raus.

Um die Ermittlungen gegen Stefan Ziegler riss er sich ebenfalls nicht. Sosehr er den bisherigen Dienstgruppenleiter der Mörsenbroicher Wache auch verabscheute – Ziegler und seine Komplizen waren immer noch Kollegen, und wie Politiker aller Couleur die Mordtat und ihre Vertuschung zum Vorwand für ihre Machtspiele nutzten, schmeckte Vincent schon gar nicht. Sein Kommissariat hatte genug um die Ohren.

Aus dem gleichen Grund überließ er auch den gründlich missglückten Festnahmeversuch an der Speditionsstraße gern dem Landeskriminalamt, auch wenn ihm die brüskierende Art, mit der die LKA-Leute am Tatort ihren Claim abgesteckt hatten, noch immer in den Knochen saß.

Es klopfte an der Verbindungstür zum Geschäftszimmer.

«Ja?», rief Vincent.

Die Tür schwang auf, Nora segelte herein, in den Händen eine Torte, die nach Käsesahne aussah, in der Mitte eine brennende Kerze. «Happy birthday to you ...»

Weitere Stimmen fielen ein, Vincent sah sich umringt von zahlreichen Kollegen.

«Hab ich völlig vergessen», sagte er.

«Aber wir nicht.» Nora reichte ihm ein Messer zum Anschneiden der Torte.

Ihm war bewusst, dass er nur selten nett zu seinen Mitarbeitern war. Dominiks Beschwerde: *Die Art, wie du die Leute forderst.* Und trotzdem sind wir wie eine Familie, dachte Vincent – ein Gefühl, das ihn in diesem Moment sehr anrührte.

Während seine Mitarbeiter über den Kuchen herfielen, war er mit seiner Espressomaschine beschäftigt, um sie mit Kaffee zu versorgen. Immerhin hoben sie ihm ein Stück auf. Nach fünfzehn Minuten war der Spuk beendet, die Kollegen wanderten zurück in ihre Zimmer, und nur ein Stapel verschmierter Pappteller, schmutziges Besteck und Tassen mit Kaffeeresten kündeten auf dem Besprechungstisch von der kleinen Feier.

Elf Uhr, Vincent verfolgte die Radionachrichten des WDR über das Internet. Weitere Details zum angeblichen Doppelselbstmord wurden vermeldet. Zwei Deutsche, ein Mann und eine Frau, hätten zunächst das Feuer eröffnet, hieß es. Als sie die Aussichtslosigkeit ihrer Lage erkannten, hätten sie ihre Waffen gegen sich selbst gerichtet.

Vincent wechselte auf die Internetseite der *Morgenpost.* Hier wurde erstmals ein Festnahmegrund bezeichnet: Steuerbetrug und Geldwäsche im Auftrag irgendwelcher Oligarchen. Der Mann habe vor Jahren schon einmal eine Gefängnisstrafe wegen einer Steuersache abgesessen. Bei der Frau seien falsche Papiere und ausländische Kontounterlagen gefunden worden.

Finanzdelikte – Vincent fand es merkwürdig, dass solche Täter auf einem Parkplatz um sich schossen.

Er wählte die Nummer von Ela Bach, seiner Vorgängerin im KK11, die letztes Jahr an die Völklinger Straße gewechselt war. Nach dem zweiten Klingeln hatte er ihre Stimme in der Leitung.

«Vincent, wie nett, dass du dich mal meldest!»

«Wie geht's dir, Ela? Schönst du Statistiken für das Ministerium, oder entwirfst du Pläne, wie wir unsere Leistung noch ressourcenschonender optimieren sollen?»

«Weder noch. Ich bin der Kriminalitätsbekämpfung treu geblieben.»

«Politisch oder OK?»

«Rechtsextremismus.»

«Dann hast du mit der gestrigen Schießerei nichts zu tun.»

«Ach, rufst du deshalb an?»

«Bin mit einem deiner neuen Kollegen aneinandergeraten. Ziemlich unangenehmer Typ, muss ich schon sagen.»

Seine ehemalige Chefin lachte. «Das ist der Vincent, den ich kenne. Jedes Tötungsdelikt im Umkreis will er am liebsten selbst ermitteln.»

«Kann es sein, dass deine Behörde gerade versucht, eine Riesenschlamperei zu vertuschen?»

«Bitte?»

«Ich habe in den letzten Tagen Dinge erfahren … jedenfalls glaube ich nur noch, was ich selbst überprüft habe.»

«Dein dicker Schädel und damit immer durch die Wand. Woher hast du das bloß?»

«Komm mir jetzt nicht mit meiner Familiengeschichte.»

«Die Autobiographie deiner Mutter liest sich jedenfalls sehr interessant.»

«Du lenkst vom Thema ab.»

Einen Moment schien Ela zu überlegen, dann antwortete sie: «Hat nicht bei euch um die Ecke ein neuer Italiener aufgemacht? Preiswerter Mittagstisch, hab ich gehört?»

«Ich war noch nicht dort.»

«Dreizehn Uhr?»

«Gern. Ich lade dich ein.»

Auf dem Flur traf er Saskia, die von der Toilette kam und zur Vernehmung in Annas Zimmer zurückkehrte.

«Wie geht es dir?», fragte Vincent.

«Hab mich gerade übergeben.»

«Tut mir leid, Saskia. Ich sag Anna, dass sie die Befragung unterbrechen soll. Das kann auch bis morgen warten.»

«Nein, geht schon. Bin froh, wenn ich's hinter mir habe.»

«Wenn ich etwas für dich tun kann …»

«Gestern Abend hätte ich dich gebraucht.»

«Es gab zwei Tote bei einer Schießerei.»

«Ja, klar.»

«Saskia …»

«Mein Verlag hat angerufen. Sie wollen den Vertrag auflösen. Ich lass ab jetzt besser die Finger von Winneken und rate dir dringend, das auch zu tun.»

«Das geht doch nicht!»

«Den Vorschuss darf ich behalten. Ist die beste Lösung.»

«Du findest einen besseren Verlag. Du hast die Geschichte des Jahrzehnts!»

«Ich will nicht mehr, wirklich. Die Sache ist eine Nummer zu groß für mich geworden. Eine kleine Journalistin, der keiner glaubt, ganz allein.»

«Du bist nicht allein, Saskia.»

«Ach nein?»

«Wir reden heute Abend darüber.»

«Heute Abend? Da hab ich Besichtigungstermine. Oskar und ich suchen uns nämlich etwas Neues.»

«So plötzlich?»

«Ich brauch ein Arbeitszimmer. Außerdem muss ich ständig daran denken, dass jemand die Wohnung durchsucht hat, während ich nicht da war. Ich bin da nicht mehr zu Hause.»

«Wollt ihr zu mir ziehen, vorerst?»

«Vorerst?»

Vincent schwieg. Er wusste, was sie meinte. Saskia hatte die Hand bereits auf die Klinke gelegt. Sie deutete mit dem Daumen über ihre Schulter.

«Die warten dadrin auf mich.»

Vincent antwortete nicht, die Tür schloss sich, Saskia war verschwunden.

75

Seit gestern hatte Vincent eine weitere Totensache: die skelettierte Leiche, die in der Scheune unter Hagenbergs Sportwagen vergraben war. Vincent hatte dazu eine Theorie. Der Eintrag in der Personalakte ging ihm durch den Kopf: *Vermutlich enttarnt und liquidiert.*

Da sie den Klarnamen des BND-Agenten wussten, sollte sein letzter Wohnort zu ermitteln sein und sein Zahnarzt, der vielleicht noch Unterlagen besaß. Der Vergleich der Zahnschemata war in den meisten Fällen eine zuverlässige Methode zur Identifizierung. Vincent beschloss, Sofia darauf anzusetzen.

Einige Anrufe später wusste er, dass Hagenberg den Bauernhof am Ortsrand von Kempen in jenem Februar 1994 zur Gänze gemietet und als Wohnung sowie Studio genutzt hatte.

Vincent schloss sich telefonisch mit Staatsanwalt Kilian kurz. Der hörte sich die Geschichte an, überlegte kurz, dann wandte er ein: «Wir können Hagenberg keinen Mord nachweisen. Und Totschlag ist nach zwanzig Jahren verjährt. Wir haben März, Herr Veih. Wir sind um einen Monat zu spät dran.»

Abgehakt, dachte Vincent.

Es klopfte. Bruno Wegmann.

«Alles Gute zum Wiegenfest!»

«Wo warst du? Jetzt ist der Kuchen alle.»

«Vincent, erinnerst du dich an die Vierzehnjährige, die der Agent namens Moritz in dem mitgeschnittenen Gespräch erwähnt hat? Die Sexgeschichte, mit der er René Hagenberg weichgekocht hat?»

«Hast du das Mädchen aufgetrieben?»

«Mädchen ist gut. Sie wäre inzwischen über sechzig Jahre alt.»

«Wäre?»

«Sie ist auch schon tot.»

Vincent sah ihm an, dass er noch etwas herausgefunden hatte. «Aber?»

«Renate Zieball war schwanger von Hagenberg, heißt es. Sie hat sich umgebracht, nachdem ihre Eltern von der Sache erfahren hatten. Damals war so etwas eine große Schande.»

«Ich weiß. Doppelt schlimm für Hagenberg.»

«Und Zieball war Mona Hagenbergs beste Freundin. Die beiden waren unzertrennlich. Das hat mir jeder bestätigt, mit dem ich gesprochen habe.»

Das Telefon. Anna.

«Moment», sagte Vincent und ging ran.

«Wir haben den Laden, der die graue Perücke verkauft hat», meldete Anna.

Vincent drückte den Knopf, um den Anruf auf den Lautsprecher zu legen. «Das ging ja schnell», antwortete er.

«Zweithaarboutique Weigel, Bahnstraße. Aber weißt du, was seltsam an der Sache ist?»

«Sprich.»

«Die Angestellte behauptet steif und fest, dass der Käufer kein junger Mann war, sondern eine Frau. Ich bin extra hingefahren und habe ihr Paul Seiferts Foto gezeigt sowie das, was von der Perücke noch erhalten ist. Die Angestellte bleibt dabei. Die Kundschaft war eine Frau von mindestens Ende fünfzig, eher Anfang sechzig. Sie hat das Teil in bar bezahlt.»

«Mona Hagenberg», sagte Bruno, der mitgehört hatte.

Die Puzzleteile fügten sich und Vincent begriff: Seit dem Tod ihrer Freundin hasste Mona ihren Bruder. So sehr, dass sie seinem Sohn dabei geholfen hatte, sich als René Hagenberg zu verkleiden. Hatte sie geahnt, wie weit der durchgeknallte Kerl gehen würde?

76

▼

Das Hotel galt seit seiner Übernahme und Renovierung durch arabische Investoren wieder als eine der ersten Adressen der Stadt. Ein weites Vordach, schwarze Limousinen vor dem Eingang, ein Doorman in Gehrock und Melone. Im Gebäude herrschten Marmor und schwere Teppiche vor, eine geschwungene Treppe führte in die nächste Etage. Messinggeländer, geschnörkelt und gediegen. Vincent kam sich vor wie in der Disney-Ausgabe eines französischen Schlosses zur Napoleonzeit. Mit Bruno im Schlepptau trat er an die Rezeption.

Ein junger Mann im blauen Anzug blickte auf. «Was kann ich für Sie tun?»

Vincent zückte seine Marke. «Wohnt bei Ihnen eine Mona Hagenberg? Oder eine Frau von Zeitlitz?»

Der Rezeptionist schaute nach. «Hagenberg. Ihr Schlüssel hängt hier, das heißt, sie ist gerade nicht da. Kann ich etwas ausrichten?»

Eine Frau kam hinzu, ihr Kostüm im gleichen Blau. «Polizei?»

Vincent hatte noch die Marke in der Hand.

«Suite Nummer 316», erklärte die Frau. «Ihre Kollegen sind schon da.»

Die Angestellte gab ihnen ein Plastikkärtchen, damit sie die Aufzüge benutzen konnten. Schweigend fuhren Vincent und Bruno nach oben. Auch im dritten Stock viel schwarzer Naturstein, weiße Tischchen auf zierlichen Beinen, frische Blumen in barock anmutenden Vasen.

Weiter hinten im Gang stand eine Tür offen, ein Mann in Jeans und Windjacke lehnte davor. Vincent lugte an ihm vorbei ins Innere der Suite. Dunkle Wandvertäfelung, weitere Türen. Leute in Schutzanzügen – es sah ganz nach Spurensicherung aus.

Vincent zeigte erneut seine Marke vor.

«Chef!», rief der Mann nach drinnen.

«Landeskriminalamt?», fragte Vincent.

«Was so 'ne Bleibe wohl kostet! Stellt euch vor, die Vorhänge schließt man mit 'ner Fernbedienung, und in den Badezimmerspiegel ist ein Fernseher eingebaut!»

«Ist Mona Hagenberg etwas zugestoßen?»

«Chef!», rief der Windjackenträger noch einmal hinein.

Der hagere Mann im grauen Anzug tauchte auf, Latexhandschuhe über langen, dürren Fingern, Plastiküberzieher an den Füßen. Vincent erkannte ihn sofort. Der Kerl hatte ihn gestern vom Parkplatz komplimentiert. Heute war sein Einstecktuch violett.

«Nicht Ihr Job, Herr Veih», sagte der hochrangige LKA-Beamte und wedelte mit der Hand. «Und tschüs.» Er kehrte in das Innere der Suite zurück.

Der Windjackenmann verschränkte die Arme und trat in die Mitte der Tür. «Kann man nichts machen», sagte er.

In Vincent kochte es.

«Lass gut sein», versuchte Bruno ihn zu beschwichtigen.

Vincent nahm sein Handy aus der Tasche und rief Staatsanwalt Kilian an.

«Die beiden Toten von gestern im Medienhafen …»

«Veih, warum …»

«Von wegen Mafia! Eine von ihnen scheint Mona Hagenberg zu sein. Wie kommt es, dass nicht wir die Sache verfolgen?»

«Keine Aktien», antwortete Kilian ungewöhnlich barsch. «Anweisung von ganz oben.»

«Mit welcher Begründung?»

«Vergessen Sie's, Veih. Lassen Sie die Finger davon, verstanden?»

77

Fast pünktlich betrat Vincent das Lokal. Er freute sich, Ela Bach wiederzusehen. Sie umarmten sich zur Begrüßung.

«Was hast du über den Einsatz an der Speditionsstraße in Erfahrung gebracht?»

«Hey, wir haben uns ein Jahr nicht gesehen, und du wirst sofort dienstlich. Hältst du das für charmant?» Seine Vorgängerin im Chefsessel des Düsseldorfer KK11 schenkte ihm etwas aus der San-Pellegrino-Flasche ein, die sie bereits bestellt hatte.

«Darfst du nicht darüber reden?»

«Unsinn, Vincent, wie kommst du darauf? Der Einsatz lief im Auftrag des Generalbundesanwalts. Ein Informant, der meines Wissens nicht von uns geführt wird, hat die beiden Kriminellen, die sich auf dem Parkplatz erschossen haben, dorthin gelockt.»

«Nicht von euch geführt? Also steckt ein Geheimdienst dahinter.»

«Darüber weiß ich nichts.»

«Der BND?»

«Dessen Tätigkeitsfeld ist das Ausland, Vincent.»

«Ja, offiziell.»

Der Kellner trat an den Tisch, um ihre Bestellung aufzunehmen. Ela und Vincent wählten beide das Garnelenrisotto mit grünem Spargel.

«Ich weiß nicht, was du damit andeuten willst», sagte Ela, nachdem der Kellner gegangen war. «Auslandsgeheimdienst ist Auslandsgeheimdienst.»

«Überleg doch mal: In den Siebzigern hat der Bundesnachrichtendienst PLO-Terroristen beobachtet. Und damit auch deren Verbindungen zur einheimischen RAF. In den Achtzigern kam als weitere Aufgabe die Abwehr der organisierten Kriminalität dazu. Und die Banden arbeiten grenzüberschreitend. Du kannst Inland und Ausland nicht trennen. Aber darum geht es mir gar nicht.»

«Sondern?»

«Ein Kommando des BND hat 1991 Rolf-Werner Winneken erschossen. Es war nicht die RAF.»

«Bist du verrückt?»

«Ob auf Befehl aus der Regierung, ob im Alleingang oder angestiftet durch Dritte, das weiß ich nicht.»

«Was für ein Unsinn!»

«Erinnerst du dich noch an Leuna/Minol?»

«Ich weiß, dass es da Gerüchte gab. Bestechung und so.»

«In zweistelliger Millionenhöhe. Und nach Abschluss mit der Treuhand wurde in ganz großem Stil kassiert. Milliardensubventionen plus jahrelange Profite aus marktbeherrschender Position. Und dem hätte Winneken im Weg gestanden.»

«Tut mir leid, Vincent, für mich klingt das nach einer gewaltigen Räuberpistole.»

«Der Bundesnachrichtendienst hat die Karriere von René Hagenberg angeschoben und ihn als Informanten benutzt, als er noch weit links außen stand. Zeitweise arbeitete sogar ein BND-Agent als Hagenbergs Manager. Für all das gibt es Beweise.»

Ela schwieg.

«Ich bin im Besitz einer Tonbandaufnahme, die belegt, wie Hagenberg seinem V-Mann-Führer ein Handtuch mit Haaren seines Freundes Alfred Meisterernst übergibt, damit man den Mord an dem Treuhandchef dem armen Kerl in die Schuhe schieben kann.»

«Ich glaub dir kein Wort, Vincent.»

«Noch vor einer Woche hätte ich es auch nicht geglaubt.» Er reichte ihr die Ohrstöpsel seines iPods, den er sonst beim Laufen für die Musikuntermalung nutzte – er hatte die Aufnahme zur Sicherheit auf alle möglichen Datenträger überspielt.

Ela presste die Lippen zusammen. Sie legte die Stirn in Falten. Als sie genug gehört hatte, gab sie die Stöpsel zurück und blickte sich verstohlen im Lokal um.

«Der Agent, dessen Stimme du gehört hast, ist tot», fuhr Vincent leise fort. «Sein Kollege, der an der Verschwörung beteiligt war, wurde vor drei Tagen in Wiesbaden mit dem Auto umgenietet, und die Chefin der beiden ist eure Tote vom Parkplatz im Medienhafen. Frag mal eure Techniker, an welchem Geschoss Anhaftungen mit Mona Hagenbergs DNA festgestellt wurden und ob dieses Geschoss aus ihrer Glock stammt. Wenn nämlich nicht …»

Das Essen kam. Vincent bestellte dazu zwei Gläser Prosecco.

Seine ehemalige Chefin hob verwundert die Augenbrauen.

«Ich hab heute Geburtstag», erklärte Vincent.

«Dann viel Glück, mein Lieber!»

«Wie heißt der hagere Kerl, der eure Ermittlungen zu dieser Schießerei leitet?»

«Was hast du vor?»

«Ich wette, der Bundesnachrichtendienst hat jemanden in deiner Behörde platziert. Geheimdienstleute haben das Chaos im Hafen inszeniert, um zwei Menschen zu liquidieren. Deine übrigen Kollegen und unser SEK waren nur Statisten in einem absurden Theaterstück.»

«Vincent, die Sache ist zu groß für dich.»

Den Ausdruck hatte er heute schon einmal gehört. «Lass das meine Sorge sein.»

Der Kellner brachte den Prosecco. Vincent und Ela stießen an.

«Wolfgang Keupers», sagte sie. «Stellvertretender Leiter unserer Abteilung für Organisierte Kriminalität.»

«Keupers – ein Deckname, oder heißt er wirklich so?», fragte Vincent.

«Keine Ahnung, aber du hast recht. Der Mann ist wirklich ziemlich unangenehm.»

78

▼

Die Sache ist zu groß für dich – Vincent dachte noch darüber nach, als er längst wieder an seinem Schreibtisch saß.

Ich kann nicht klein beigeben, beschloss er. Wie könnte ich noch in den Spiegel gucken? Dann wäre ich Teil der Verschwörung, des Verbrechens, der Korruption.

Es klopfte, Sofia Ahrenfeld lugte durch den Türspalt. «Vincent, hast du einen Augenblick?»

Er winkte sie in sein Büro. Ohne Aufforderung nahm sie auf dem Besucherstuhl Platz.

«Mein Praktikum hier – ich hab beschlossen aufzuhören. Versteh mich nicht falsch, Vincent, aber es hat keinen Zweck, wenn ich das Studium an der Polizeihochschule länger vor mir herschiebe. Ich verliere bloß Zeit, wenn ich noch ein Semester warte.»

Schade, dachte Vincent, aber eigentlich hätte man darauf wetten können.

«Du musst dich nicht rechtfertigen», sagte er.

«Nichts gegen die Kommissarslaufbahn, aber …»

«Du meinst die Kommissarinnenlaufbahn», sagte Vincent. «Es gibt da nämlich eine neue Sprachregelung.»

«Ich hab dir zu danken, Vincent.»

«Wofür? Die Wetteinsätze, die du für die WM gesammelt hast, bleiben hier.»

«Ich hab viel gelernt.»

«Quatsch. Nicht in sieben Tagen. Ich mach den Job seit mehr als zwei Jahrzehnten und lerne immer noch dazu.»

«Du weißt, was ich meine. Bist ein prima Chef.»

«In dieser Behörde eine Minderheitsmeinung.»

Sofia stand auf und reichte Vincent die Hand. «Vielleicht arbeiten wir irgendwann wieder miteinander. Würde mich sehr freuen.»

Du wärst dann meine Chefin, überlegte Vincent. Ob wir uns dann noch duzen würden?

Er wünschte ihr alles Gute.

Als Vincent am späten Nachmittag den großen Aufnahmeraum der Klang-Klang-Studios betrat, lehnte René Hagenberg seine Fender Stratocaster an die Lautsprecherbox und rief: «Schluss für heute, Feierabend!»

Hagenberg gab Vincent die Hand, ganz der freundliche

Gastgeber. Musiker und Techniker verließen das Studio. Nur die junge Frau mit den langen blonden Haaren blieb bei ihnen, Hagenbergs persönliche Assistentin.

«Gilt auch für Sie», sagte Vincent.

Die Blonde zögerte, der Liedermacher nickte, dann folgte sie den anderen nach draußen.

Hagenberg öffnete einen Kühlschrank und holte eine bauchige Flasche heraus. Einem Hängeschrank entnahm er zwei langstielige Gläser.

«Schampus?», fragte er fröhlich. «Gehört für mich zum Ritual am Ende eines Arbeitstags.»

«Nein, danke.»

«Stets auf einen klaren Kopf bedacht?» Der Liedermacher goss sich ein Glas ein. «Alte Schule, nicht wahr?»

Eine mehr oder weniger subtile Anspielung auf Vincents Großvater. Hagenberg hatte Brigitte schon gekannt, als sie noch bei ihren Eltern lebte. Dann hatte er vermutlich auch Gerhard Veih erlebt.

Hagenberg hob das Glas. «Aber ich sage nichts ohne meinen Anwalt. Das weißt du.»

«Ich bin nicht wegen Paul gekommen.»

«Aha.»

«Herr Hagenberg …»

«Ja?»

«Sie waren schon vor ewigen Zeiten mit meiner Mutter befreundet. Ich kann mich zwar nicht mehr daran erinnern, aber Brigitte behauptet, wir hätten sogar eine Weile in der gleichen Wohngemeinschaft gelebt.»

«Hamburg, ja, heiße Zeiten.»

«Ich frage mich …»

«Was denn, Vincent?»

«Wie eng sie liiert waren. Brigitte und Sie. Ob Sie vielleicht …»

«Sprich's aus, Vincent.»

«Ob Sie mein Vater sind.»

Hagenberg lachte und patschte ihm auf die Schulter. «Du machst dir keinen Begriff, was ich damals herumgevögelt habe! Es gab die Pille, und Aids war noch unbekannt. Meine Güte, wir waren jung und probierten alles aus, wirklich alles.»

«Also ist es möglich?»

«Ich weiß nicht mehr, wann ich deine Mutter gebumst habe und wie oft. Richtig liiert waren wir nie. Ich glaube, ich war Brigitte nicht radikal genug.»

«Ein Salonlinker. Keiner, auf den Verlass war, wenn es brenzlig wurde.»

«Vorsicht, junger Mann.» Der Grauhaarige hob im Scherz den Zeigefinger.

Die Tür quietschte, schlurfende Schritte in Vincents Rücken. Er wandte sich um.

Thabo Götz.

Mit erhobener Hand ging er auf den Liedermacher zu. Kurze blond gefärbte Dreadlocks, die Haut im Ton von Milchkaffee, das Lächeln war breit und selbstbewusst. «Ey, Hagi, da steckst du ja!»

René Hagenberg klatschte ihn ab. «Und du? Wir wollten vor zwei Stunden mit den Aufnahmen beginnen!»

Thabo erblickte den Champagner und goss sich das andere Glas ein. «Ich lauf erst abends zur Hochform auf, verstehst du? Außerdem hatte ich grade Stress.»

«Wieso?»

«Mein Handy läuft den ganzen Tag schon heiß. Woher haben die bloß meine Nummer, Mann? Alle wollen mich in ihren Talkshows haben. Die fahren voll auf mich ab! Was meinst du, Hagi, kann Cora mich nicht managen?»

«Frag sie selbst.»

Thabo prostete Vincent zu. «Und was bist du für ein Komiker? Presse, oder was?»

«Warst du schon am Grab von Pia Ziegler?», fragte Vincent zurück.

«Tickst du noch ganz sauber? Was laberst du mich an?»

«Schon mal drüber nachgedacht, was du dem Mädchen angetan hast?»

Thabos Lächeln war verrutscht, sein Blick suchte den seines Gönners. «Ey, Hagi, muss ich mich von dem Kerl anquatschen lassen? Hat der ein Problem mit uns?»

«Ich mach dir einen Vorschlag», sagte Vincent. «Dein erstes Talkshow-Honorar investierst du in einen Kranz für Pia. Ein Zeichen der Reue für den Anfang.»

«Hagi, sag dem Clown, dass er mir keine Vorschriften zu machen hat!»

«Und jetzt lässt du uns allein», ergänzte Vincent.

«Hagi …»

«Tu, was er sagt», sagte der Liedermacher. «Das mit dem Kranz ist eine gute Idee.»

Thabo knallte sein Glas auf die Tischplatte, Schampus verkleckerte. Wortlos verließ der Junge den Raum. Vincent schloss die Tür hinter ihm.

Aus seiner Jackentasche zog er eine CD und gab sie Hagenberg.

Ratlos drehte der Grauhaarige die Hülle mit der unbeschrifteten Scheibe in seiner Hand.

«Kommen Sie schon», sagte Vincent. «Hier gibt es doch sicher ein Abspielgerät.»

«Was ist das?»

«Eine historische Aufnahme. Nicht gerade mit Bob Dylan oder Neil Young vergleichbar, aber trotzdem ein hochinteressantes Zeitdokument.»

Der Liedermacher ging zur Anlage und schob die Disk in den Schlitz.

Die Play-Taste.

Das Rauschen einer Schnellstraße als Hintergrundgeräusch. Wind knatterte. Die Stimmen klangen verwischt, aber gerade noch vernehmbar.

Wo ist das her?

Aus seinem Badezimmer. Die Haare hingen im Kamm.

Sein Kamm, bist du dir sicher?

«Scheiße!», entfuhr es Hagenberg. «Wer hat dir das gegeben?»

Er lag auf seiner Seite des Waschbeckens. Angelika ist blond. Die Haare sind dunkel. Also Freddies Haare.

Hagenberg stoppte die Wiedergabe. «Das ist eine Fälschung.» Er fuhr sich mit den Fingern durch die graue Mähne. «Darauf fällst du doch nicht rein, Vincent? Der Typ klingt ähnlich, aber das bin ich nicht. Die verdammten Schlapphüte verstehen sich auf Desinformation, glaub mir, immer schon, keine Frage. Passable Stimmen, witziges Skript, echt witzig.»

«Ich bitte Sie, Hagenberg. Bestätigen Sie, dass die Aufnahme echt ist, und wir mischen die Leute auf, die Ihnen und Ihrem Freund Meisterernst so übel mitgespielt haben!»

«Fälschung bleibt Fälschung. Mir hat niemand übel mitgespielt. Ich weiß gar nicht, welche Leute du meinst.»

«Na, die Schlapphüte, die sich schon immer auf Desinformation verstanden haben.»

Vincent ging zur Anlage, drückte die Taste für schnellen Vorlauf, übersprang etwa eine Minute und ließ die Aufnahme weiterlaufen.

Und die Samstagabendshow im Ersten?

Noch in diesem Jahr. Maximilian kümmert sich darum.

Danke.

Ehrensache. Deine letzte Scheibe verdient es, groß herauszukommen. Am liebsten würde ich dich wieder managen.

Ende der Aufnahme.

«Ein verdammter Fake. Lass mich in Ruhe!»

«Für einen Fernsehauftritt verkaufst du einen Freund. Ganz schön billig. Und was war der Preis für meine Mutter?»

Hagenberg rieb sich mit beiden Händen das Gesicht. Er wirkte plötzlich wie ein alter Mann, der schwer an seinem Gepäck trug und den Rücklichtern des Zugs nachsah, den er verpasst hatte.

«Ich hab nämlich noch einen zweiten Mitschnitt», sagte Vincent.

«Ach ja?»

«Aus der Zeit unmittelbar vor Brigittes Festnahme.»

«Was willst du?»

Vincent ballte die Fäuste beim Gedanken an Renés Verrat. *Sie ist in Augsburg … nicht allein.*

«Red mit meiner Mutter, René. Schenk ihr reinen Wein ein.»

«Ich kann das nicht.»

«Doch. Sonst muss ich es tun.»

79

▼

Nina hatte Hühnerteile geschmort – Coq au Vin mit kräftiger Sauce, allerlei Gemüse und Baguettebrot. Vincent fragte sich, wann er zuletzt so lecker gegessen hatte.

«Warum hast du deine kleine Freundin nicht mitgebracht?», fragte Brigitte.

«Sie hatte schon etwas vor.»

«Stimmt etwas nicht?»

«Ich weiß nicht, ob es eine Krise ist, die vorbeigeht, oder so etwas wie die Schlussphase.»

«Oh!» Sie zog die Augenbrauen hoch und blickte Nina an, die einen Hühnerknochen begutachtete, als gäbe es vielleicht noch etwas abzunagen.

«Liebe kommt, Liebe geht», sagte Brigitte. «Manchmal kehrt sie auch zurück.»

«Wie war das bei dir?»

«Was meinst du?»

«Du und mein Vater.»

«Ach, Vincent.»

«Sag mir nur eins, Brigitte: Ist René Hagenberg mein Vater?»

«Hat er das behauptet?»

«Nein.»

«Er ist es nicht.»

«Da fällt mir ein Stein vom Herzen!»

«Red nicht so. René ist ein feiner Kerl. Ist es immer gewesen.»

Vincent schwieg dazu. Er wischte mit einem Stück Brot den letzten Rest Sauce von seinem Teller und lobte das Mahl.

Nina schob ihm ein kleines Päckchen zu, bunt gestreiftes Papier. «Zum Geburtstag, ein wenig Musik. Ich hoffe, dir gefällt's. Bei mir läuft seit Wochen kaum etwas anderes.»

Ihr Lächeln war der Lichtblick des Tags. Vincent musste an die fünfzehn Jahre denken, in denen sie ein Paar gewesen waren. Wann hatte es begonnen, dass die großen Gefühle im Alltag verloren gingen?

Brigitte erhob sich. «Ich muss dein Geschenk noch einpacken.»

«Du brauchst mir nichts …»

«Nur 'ne Kleinigkeit.»

Nina wartete darauf, dass er die CD auswickelte, doch nachdem seine Mutter die Küche verlassen hatte, berührte Vincent ihren Arm und sagte leise: «Ich muss dir was sagen, Nina.»

«Was denn?»

Er räusperte sich. «Hagenberg …»

«Was ist mit ihm?»

Vincent rückte näher und flüsterte hastig: «Der Scheißkerl

hat Brigitte vor ihrer Festnahme verraten. Er war ein Spitzel des BND. Stell dir vor: Der große linke Barde ist erst durch die Unterstützung des Geheimdienstes so populär geworden.»

«Nein!»

«Pst.»

«Wir können es ihr nicht sagen. Sie würde es niemals glauben, Vincent. Eher würde sie uns zum Teufel jagen und jeden Kontakt abbrechen. Willst du das?»

«Ich hab René Hagenberg gesagt, er soll es ihr selbst beichten. Aber ich fürchte, dafür ist er viel zu feige.»

«Vielleicht auch nicht.»

«Wie kommst du darauf?»

«René hat vorhin angerufen, kurz bevor du geklingelt hast. Er und Brigitte haben sich für morgen Abend verabredet, soweit ich das verstanden habe.»

«Da bin ich gespannt.»

Seine Mutter kehrte zurück. «Na, ihr Turteltäubchen?» Sie legte ein Päckchen im gleichen bunt gestreiften Papier vor ihn hin. Ein Buch, erkannte Vincent und wusste sofort, um welches es sich handelte. Er scheute sich, es anzufassen.

«Guck nicht so angesäuert», sagte Brigitte. «Übrigens kommst du in meinem Machwerk vor.»

«Ach.»

«Mehrfach sogar», bestätigte Nina.

Vincent wog das Päckchen in der Hand und bedankte sich.

«Und entschuldige, dass ich dir am Samstag bei Pablo den Wein …»

«Schon gut, Brigitte. Wenigstens war's kein Rotwein.»

Gegen zweiundzwanzig Uhr parkte Vincent in der Nähe seines Hauses. Eine freie Lücke, ganz legal, was selten war. Er klemmte seine Geschenke unter die Achsel und kramte mit der freien Hand in der Jackentasche nach seinem Wohnungsschlüssel.

Oben angekommen, wollte er ihn schon ins Schloss stecken, als er innehielt und sich hinkniete.

Das Haar war verschwunden.

Mit der batteriebetriebenen Leuchtdiode seines Schlüsselanhängers suchte Vincent den staubigen Boden ab und fand es. War es von selbst abgefallen?

Er wich zur Seite, drückte sich gegen die Wand und lauschte. Er stellte sich einen Killer vor, der auf der anderen Seite der Tür stand und durch den Spion starrte.

Das Treppenhauslicht erlosch.

Vincent zog die Walther aus dem Holster.

Er kehrte zur Tür zurück, schloss sie möglichst leise auf und zielte in die Diele. Sein Herz pochte wild.

Er drückte sämtliche Lichtschalter und kontrollierte jeden Raum. Seine Anspannung löste sich nicht. Überall standen Schubladen auf, der Inhalt war auf den Teppich gekippt worden, die Bücher aus den Regalen gefegt.

Im Schlafzimmer hatte man die Matratze aus dem Bett gezogen und aufgeschlitzt, den Schrank geöffnet und sämtliche Klamotten auf einen Haufen geworfen. Auf den ersten Blick erkannte Vincent, dass sein privater Laptop fehlte.

Im Bad war mit Rasierschaum ein Fadenkreuz auf den Spiegel gesprüht worden.

Vincent sah sein Gesicht im Schnittpunkt der Linien.

Das war keine Durchsuchung, sondern ein massiver Einschüchterungsversuch. Jemand teilte ihm mit, dass er selbst in den eigenen vier Wänden nicht mehr sicher war.

Vincent wählte Brigittes Nummer. Nina meldete sich. Er war froh, ihre Stimme zu hören.

«Kann ich bei euch übernachten?», fragte Vincent.

Sie hatten sich Decken geholt und die Gartenliegen hinter dem Haus nebeneinandergeschoben. Sie blickten in den Himmel und warteten auf Sternschnuppen, obwohl Vincent wusste, dass der Monat dafür nicht günstig war. Aber die Luft erschien ihm von seltener Klarheit, keine Wolken, kein störender Dunst. Der Mond blieb vom Dach verdeckt, keine Straßenlampe warf störendes Licht herüber.

Nina berührte Vincents Schulter und wies nach oben. Er wusste, was sie meinte: das feine Band, das sich über den Himmel spannte, die Milchstraße – je länger er hinblickte, desto zahlreicher wurden die Sterne.

«Es heißt, das All sei unendlich», unterbrach Vincent die Stille.

«Ich weiß.»

«Und wenn das stimmt …»

«Ja?»

«Dann ist alles möglich. Wirklich alles.»

«Wie meinst du das?»

«Überleg mal, was bedeutet Unendlichkeit? Dass der Raum keine Grenze hat und auch nicht die Anzahl der Galaxien. Dass alles existiert, was man sich nur vorstellen kann. In sämtlichen denkbaren und undenkbaren Varianten. Ist doch logisch, oder?»

«Hm.»

«Irgendwo da draußen gibt es uns noch einmal.»

«Ein Paralleluniversum?»

«Mehrere, unendlich viele.»

Sie schwiegen und starrten empor.

«Dann stell ich mir vor», sagte Nina schließlich, «dass wir beide irgendwo in diesem Multiversum ein glückliches Leben führen. Ohne Zank und Hass und Eifersucht, weder Gier noch Verrat. Kein Leid und kein Schmerz. Du kannst dir treu bleiben, ohne dass man dir die Wohnung verwüstet. Und wir …»

Eine Sternschnuppe löste sich aus dem Nichts und raste als helles Licht von links nach rechts. Ein paar kleinere Punkte folgten.

«Hast du das gesehen?», flüsterte sie.

«Lass uns reingehen», antwortete er. «Mir wird kalt.»

Als sie die Tür erreichten, stellte sich Nina ihm in den Weg, ging auf die Zehenspitzen und leckte ihm blitzschnell über die Nasenspitze, wie sie es früher manchmal getan hatte, um ihn zu necken.

Er packte ihren Kopf, grub die Finger in ihr Haar und küsste sie lange.

«Die Sternschnuppe», sagte sie danach. «Was hast du dir gewünscht?»

«Pst», antwortete Vincent. «Sonst geht es nicht in Erfüllung!»

80

▼

Freitag, 21. März 2014

Frühlingsanfang, schon seit Tagen kletterten die Temperaturen. Das Grün schoss aus den Bäumen, alles blühte früher als sonst. Vincent verfluchte seine langen Arbeitstage, nach wie vor häufte er Überstunden an. Die Ermittlungen gegen Stefan Ziegler und seine Helfer waren ihm nun doch übertragen worden, zugleich musste der Abschlussbericht in der Mordsache Alina Linke fertiggestellt werden.

Doch das war nicht alles.

Rolf-Werner Winneken – die dreiundzwanzig Jahre alte Geschichte warf noch immer düstere Schatten. Vincent musste sich stellen.

Weit vor der Zeit traf er am vereinbarten Treffpunkt ein. Er durchstreifte die Gänge des Einkaufszentrums, lugte in jeden Laden und fuhr durch sämtliche Etagen, um sicherzugehen, dass dies kein Hinterhalt war. Schließlich begab er sich im Erdgeschoss an den Fuß der Rolltreppe.

«Die Luft ist rein», bestätigte Brunos Stimme in den Ohrstöpseln, die mit dem Funkempfänger am Gürtel verbunden waren. «Zumindest soweit ich das beurteilen kann.»

Vincent zeigte den erhobenen Daumen. Er wusste, dass der ehemalige Amateurboxer nicht weit entfernt seinen Posten bezogen hatte, um ihm den Rücken freizuhalten. Vincent nahm die Stöpsel ab und verstaute sie in der Hosentasche. Er wollte harmlos wirken, den Ball flachhalten. Im Notfall konnte er sich mit Bruno auch per Zuruf verständigen.

Wolfgang Keupers kam pünktlich.

Der große, hagere Mann, der unter diesem mutmaßlichen Decknamen im Landeskriminalamt arbeitete, zeigte kein Lächeln. Stirn und Wangen wirkten rosig, fast wie künstlich geglättet. Gut fünfzig Jahre alt, schätzte Vincent. Knapp dreißig, als Winneken ermordet worden war. Gehörte er zu den damaligen Verschwörern?

Keupers' Einstecktuch war rot. Wie an dem Tag, als es an der Speditionsstraße zwei Tote gab, dachte Vincent.

«Allein?» Er nahm seine Hände nicht aus den Jackentaschen.

«Sie sehen müde aus», erwiderte Keupers.

«Das täuscht.»

«Draußen steht mein Wagen. Wir könnten eine Tour ins Grüne machen. Uns in Ruhe unterhalten. Nur Sie und ich.»

«Ich möchte etwas klarstellen, Herr Keupers. In meiner Hand halte ich eine Waffe.»

«Okay.»

«Lassen Sie uns in den ersten Stock fahren. Bewahren Sie Ruhe. Ich bleibe ein paar Stufen hinter ihnen.»

«Wie Sie meinen, Herr Veih.»

Oben angekommen, betraten sie die Fernsehabteilung des

Elektronikmarkts, der die oberen Etagen des Komplexes einnahm. Flachbildschirme aller Größen und Marken, soweit das Auge reichte. Alle waren eingeschaltet, unterschiedliche Programme, ausnahmslos in höchster Auflösung, gestochen scharf.

Keupers und er wirkten wie zwei Männer, die Geräte verglichen, Preise, die technischen Daten auf den Schildern. Keiner beachtete sie, die wenigen Angestellten wurden von Kundschaft umlagert. Zwölf Uhr, auf vielen Monitoren startete gerade eine Nachrichtensendung.

«Unruhige Zeiten», sagte Keupers mit Blick auf einen Bericht über die Krim.

«Das liegt an Leuten wie Ihnen», antwortete Vincent.

«Sie sind verrückt.»

«Nein, Realist. Wer so viel unkontrollierte Macht besitzt wie Ihre Firma, der missbraucht sie auch.»

«Reden Sie vom Landeskriminalamt?»

«Der war gut, Herr Keupers. Oder welchen Namen hören Sie am liebsten?»

Der Hagere blieb vor einem Fernseher stehen, der Antilopen zeigte, Zebras, Warzenschweine. Eine weite Savanne. Strand und Meer, Fischerboote. «Ein schönes Fleckchen, meinen Sie nicht? Weit weg, vergleichsweise sicher.»

Vincent zuckte mit den Schultern. «Ich lebe gern in Deutschland.»

«Schade.»

«Ich habe etwas von Konrad Haug vererbt bekommen, das Sie nicht in meiner Wohnung gefunden haben.»

Keupers streckte die Hand aus.

Vincent nahm seine Fäuste nicht aus den Taschen und schüttelte den Kopf.

«Ich gebe Ihnen den dringenden Rat, nicht weiter im Dreck zu wühlen. Ja, es hat Fehler gegeben, doch das ist mehr als zwanzig Jahre her. Ja, es sind ein paar Leute aus dem Ruder gelaufen, aber das ist behoben.»

«Es handelt sich um einen Systemfehler. Ihr hört niemals auf.»

«Sie verwechseln Freund und Feind. Wir dienen der nationalen Sicherheit.»

«Keiner braucht Leute wie Sie.»

«Wie naiv Sie sind.»

«Finden Sie?»

«Ab einem gewissen Grad wird Naivität gefährlich.»

Vincent schritt die nächste Reihe der Fernseher ab und studierte diejenigen, die Nachrichten zeigten. Seine Nervosität wuchs. Wo blieb die Inlandsberichterstattung?

«Geben Sie mir endlich das Material», verlangte Keupers.

«Zu spät.»

Vincent deutete auf die Bildschirme. Tagesschau. Heute-Nachrichten. Mittagsmagazine der Privaten. Programme, die darum konkurrierten, die Zuschauer rasch zu informieren, wichtige Meldungen als Erste zu bringen, Sensationen nicht anderen zu überlassen. Aber die Bilder ähnelten sich: ein Anschlag in Kabul, Flüchtlingsboote vor Sizilien, Kämpfe in Syrien.

«Wovon zum Teufel reden Sie?»

«Ich hab das Material kopiert und verschickt, Keupers.»

«Der war jetzt auch gut.»

«Kein Witz. Ich hab's getan. Kopiert und an alle Medien rausgeschickt.»

Keupers musterte Vincent mit hasserfüllten Augen. «Sie richten mehr Schaden an, als Sie sich vorstellen können.»

«Hoffentlich.»

Die rechte Hand des Hageren verschwand in seinem Sakko. Vincent hob die Faust in seiner Jackentasche an. Auge in Auge.

«Nur mein Telefon», sagte Keupers. «Darf ich?»

Er holte sein Handy hervor, tippte auf das Display und hörte einem Anrufer zu.

Vincent spürte, wie ihm flau im Magen wurde. Etwas abseits bemerkte er einen bulligen Anzugträger, der ihn und Keupers beobachtete. Ein weiterer Mann stand drüben beim Aufzug. Er trug ein kleines Gerät hinter dem Ohr, ein Spiralkabel verschwand im Kragen.

Wo war Bruno?

Keupers hatte sein Telefonat beendet. Fast beiläufig fragte er: «Woher wollen Sie wissen, dass man es sendet?»

«Bitte?»

Der Mann lächelte nur.

Vincents Kehle fühlte sich trocken an. «Sie werden es senden.»

«Und wenn nicht?»

In diesem Moment entdeckte Vincent den Liedermacher auf drei Monitoren. Er hielt einen Verkäufer auf, der vorbeigeeilt kam, und bat ihn, den Ton einzuschalten.

René Hagenberg im Interview, gesunde Bräune im Gesicht, das graue Haar in schwungvolle Wellen geföhnt: «Diese Leute haben mir weisgemacht, die Unschuld meines Freundes belegen zu wollen. Ich hatte keine Ahnung, welche Schweinerei sie in Wirklichkeit vorhatten.»

Auch andere Sender behandelten nun das Thema. Überall sah Vincent Außenaufnahmen der BND-Zentrale in Pullach, den großen Neubau in Berlin. Archivbilder des BND-Präsidenten, eines fahrigen Mannes mit schütterem Haar. Eine Laufzeile auf n-tv: *Tondokument belegt Verwicklung des Bundesnachrichtendienstes in Mord an Treuhandchef Winneken.*

Auf Keupers Stirn traten kleine Schweißtropfen. «Sie machen alles kaputt.»

▼

«Fahr über den Rhein», bat Vincent.

«Warum?», fragte der Kollege. «Die Festung liegt auf dieser Seite. Die Kantine macht gleich zu.»

«Ich muss noch etwas zu Ende bringen.»

Bruno setzte den Blinker und bog ab. Vincent zappte durch die Sender. Auch in den Radioprogrammen waren Hagenbergs Erklärung und das aufgezeichnete Gespräch mit dem Agenten, der sich Moritz nannte, das Thema des Tages. WDR, Deutschlandfunk, Vincent konnte nicht genug davon bekommen.

Sein Kollege lenkte den Wagen auf die Brückenrampe und beschleunigte. Sie rasten auf den Stadtteil Oberkassel zu. Das grüne Ufer war voller Spaziergänger. Dann lag die breite, träge Wasserfläche unter ihnen.

Vincent ließ das Fenster heruntergleiten. Der Fahrtwind zerrte an seinem Haar. In der Hand hielt er die zweite DAT-Kassette, deren Inhalt er nicht an die Medien geschickt hatte. Das Band, das mit seinem Familiennamen beschriftet war.

Veih, 23. 9. 79.

Was René Hagenberg seiner Freundin Brigitte angetan hatte, sollte die private Geschichte der beiden bleiben.

Vincent schleuderte die kleine Kassette weit aus dem Fenster. Sie flog über das Brückengeländer, segelte als kleiner Punkt davon und versank im großen Strom.

Danksagung

Mein herzlicher Dank gilt den Menschen, die mir Rat und Auskunft schenkten, ohne dabei auf die Uhr zu sehen, die nicht mit Kritik geizten und mir Mut gaben.

Silke Wiebrock und Ruth Schäfer brachten mir den Waldfriedhof Gerresheim nahe, den ich bis dahin nicht kannte. Andreas Pielen und Ralf Stefan unterrichteten mich in Daktyloskopie. Wie die Wiederaufnahme eines Mordprozesses zustande kommt, erklärte mir die Exstaatsanwältin und werte Kollegin Gabriele Wolff. Sobald es um Brände geht, löscht Guido Schweers sachverständig meinen Wissensdurst, und Achim Rode steht mir bei, wenn ein SEK zugreift oder Sniper anlegen.

Klaus Dönecke, dessen polizeihistorische Forschungen bereits für meinen Roman *Schwarzlicht* den Anstoß zur Figur von Vincents Großvater gaben, war erneut ein wertvoller Ansprechpartner und Türöffner. Und ohne die Expertise des ehemaligen Soko-Leiters Hermann Gläser wäre Vincent an manchen Stellen im dünnen Eis eingebrochen.

Ingo Mersmann, der in Oberhausen ein Spionagemuseum leitet, führte mich ein kleines Stück weit in die schattenreiche Welt der Geheimdienste ein – reichhaltiger Stoff für die Autorenphantasie.

Ganz besonders bin ich meiner Frau Kathie Wewer und meinem Bruder Klaus Eckert verpflichtet. Ihr seid die Sterne, unter denen ich segle. Ohne euren Beistand wäre ich niemals angekommen.